STIEBER

WOLFGANG BRENNER

STIEBER

ROMAN

EICHBORN.

Die Deutsche Bibliothek – CIP-Einheitsaufnahme

Brenner, Wolfgang:
Stieber : Roman / Wolfgang Brenner. – Frankfurt am Main :
Eichborn, 1997
ISBN 3-8218-0487-4

Lektorat: Matthias Bischoff
Satz: Fuldaer Verlagsanstalt GmbH, Fulda
Druck und Bindung: Wiener Verlag, Himberg
Umschlaggestaltung: Stephanie Weischer unter Verwendung
eines Gemäldes von Anton von Werner
ISBN 3-8218-0487-4

Verlagsverzeichnis schickt gern:
Eichborn Verlag, Kaiserstraße 66, D-60329 Frankfurt am Main

ERSTER TEIL

PARIS

AM frühen Morgen des 10. März 1871 machten zwei Holzsammler aus dem Stadtteil Levallois im westlichen Teil des Bois de Boulogne eine Entdeckung: Auf einer von Gestrüpp schon fast überwucherten Marmorbank saß ein Mann. Er hatte seinen Kopf wie im Schlaf in den Nacken gelegt, seinen Mund hielt er so weit offen, als schnarche er. Neben ihm auf der Bank stand eine leere Flasche Champagner. Als die Holzsammler sich heranschlichen, stellten sie fest, daß der Mann nicht schlief. Seine blauen Augen waren weit offen und starrten sie an. Der Mann war tot.

Wäre er bloß betrunken gewesen, so hätten sie ihn ausgenommen. Der Fremde hätte später zur Polizei gehen können, aber die hätte ihn angesichts der Belanglosigkeit des Vorgangs in einer Stadt, in der bis vor kurzem täglich Hunderte im Kugelhagel der Deutschen umkamen, nicht einmal angehört und mit der Warnung, künftig nachts den Bois de Boulogne zu meiden, wieder weggeschickt.

Wenn sie sich aber am Besitz eines Toten vergriffen, so liefen die beiden Gefahr, ermittelt und als Mörder vor Gericht gestellt zu werden. Der Mann war, wie seine Kleidung zeigte, zwar kein wohlhabender, aber auch kein armer Mensch, sondern ein gepflegter, also arbeitender und verdienender Bürger der Stadt. Die Holzsammler ließen ihre Finger von der Leiche und zeigten ihren Fund bei der Polizei an.

Im belagerten Paris hatte es sechs Monate lang keine Nahrungsmittel zu kaufen gegeben – sieht man von faulem Pferdefleisch und ranzigem Brot ab. Bis zur Einnahme von Paris durch die deutschen Truppen am 1. März waren wochenlang alle Neugeborenen und viele Kranke an Unterernährung und Infektionen gestorben. Selbst den französischen Unterhändlern, die vor den Toren der Stadt die Bedingungen des Waffenstillstandes aushandelten, schlotterten die Kleider am Leib. Dennoch funktionierte die französische Polizei weiterhin gut – nicht zuletzt, weil die Besatzer Wert darauf legten, daß eine zivile Verwaltung ihnen gewisse, lästige Aufgaben abnahm.

So wurde Inspektor Lamartine an diesem 10. März vom Quai des Orfèvres zur Polizeiwache am Rand des Bois de Boulogne beordert. Lamartine war vierunddreißig Jahre alt, frisch verheiratet und in der Erwartung eines ersten Kindes, das heißt: sehr besorgt angesichts der katastrophalen Verhältnisse in den Gebärkliniken der Stadt. Seinen Vorgesetzten galt Lamartine – zumindest seit seiner Eheschließung mit einer gleichaltrigen Jugendfreundin aus dem Marais – als ausgeglichen und ungewöhnlich tüchtig.

Lamartine hatte sich am Morgen vorgenommen, nachmittags mit seiner Frau einen Arzt aufzusuchen. Jeanne klagte seit Tagen über einen in Intervallen auftretenden, stechenden Schmerz im Unterleib, der ihnen beide angst machte. Morgens hatte sie ihm beim Abschied gestanden, es komme ihr vor, als wolle das Kind vor der Zeit nach unten ausreißen. Dieser Satz seiner sonst nicht empfindlichen Gattin ging Lamartine den ganzen Tag über nicht aus dem Kopf. Durch die Dienstfahrt in den Bois de Boulogne würde sich seine Rückkehr erheblich verzögern. Für den Arztbesuch würde es zu spät sein, und er hatte nicht einmal die Möglichkeit, Jeanne von seiner Verspätung zu unterrichten.

Lamartine kam also nicht gerade in einer aufgeräumten Stimmung in dem zuständigen Revier am Rand des Bois de Boulogne an. Die maulfaulen Holzsammler, die alles dransetzten, so schnell wie möglich wieder an ihre Arbeit zu gelangen, verstärkten seine schlechte Laune noch. Obwohl er sie mehrmals anschrie und ihnen mit Verhörarrest im Keller seiner Dienststelle am Quai des Orfèvres drohte, wiederholten die beiden Männer monoton ihre Aussage: Sie hatten den Mann gegen sieben Uhr auf der Bank gefunden und ihn noch niemals vorher gesehen.

Schließlich ließ Lamartine sie gehen und begab sich mit dem Revierpolizisten zu dem Fundort, wo ein anderer Kollege, der kein Wort sprach, die Leiche bewachte. Lamartine machte sich sofort an die Untersuchung des Mannes. Die Pupillen des Toten waren geweitet, die Zunge war blau geschwollen. »Am Champagner ist der nicht gestorben«, erklärte Lamartine.

Die beiden anderen schien das nicht zu interessieren, sie standen bloß da, klatschten frierend in die Hände und traten von einem Bein auf das andere, um die feuchte Kälte aus ihren Gliedern zu vertreiben.

Lamartine durchsuchte die Taschen des Toten. Er fand nirgendwo ein Dokument oder einen anderen Hinweis auf seine Identität. Die Kleidung war einschließlich der Leibwäsche von einer sehr guten, robusten Qualität. Eigenartigerweise entsprachen die Hände des Mannes nicht seiner Kleidung, sie waren zwar gewaschen, aber abgearbeitet und stark gerötet – wie bei einer Wäscherin. Unter den Fingernägeln fand

Lamartine etwas, was er für Essensreste hielt. Die Tatsache, daß der Tote nichts bei sich trug, was Rückschlüsse auf seine Herkunft hätte geben können, deutete darauf hin, daß man ihn gefilzt hatte – daß er also gewaltsam zu Tode gekommen war und sein Mörder verhindern wollte, daß die Polizei durch die Ermittlung der Identität des Opfers zur Identität des Täters gelangte.

Lamartine erhob sich ächzend.

Er hatte die Visitation in der Hocke durchgeführt, und durch die Kälte schmerzten seine Sehnen nun bei jeder Bewegung. Lamartine, der alles andere als trainiert war, nahm sich vor, sich abends in die Badewanne zu legen, um einer drohenden Erkältung vorzubeugen. Der Schwiegervater hatte über einen ehemaligen Geschäftsfreund ein Bündel Holz besorgt und die seit der Schwangerschaft ihrer Tochter etwas zuvorkommendere Schwiegermutter würde ihm vielleicht den Badeofen anheizen – was nicht mehr und nicht weniger als ihre Pflicht war, brachte Lamartine doch mit seinem kargen Beamtengehalt Jeannes durch Spekulationen verarmte Eltern mit durch.

Er befahl einem der beiden Polizisten, zurück zum Revier zu gehen und den gerichtsmedizinischen Dienst der Pariser Polizei zu benachrichtigen, damit der die Leiche mit einem Fuhrwerk abholen ließ und sie am Quai des Orfèvres eingehend untersuchte. Den anderen Kollegen forderte Lamartine auf, mit ihm zusammen die Gegend um den Fundort der Leiche abzusuchen. Lamartine nahm den Bereich rechts von der Bank in Augenschein, der Kollege den linken.

Der Inspektor ging langsam in Richtung des breiten Zufahrtsweges und starrte dabei unverwandt auf die durch den Nachtfrost schorfige, von Rauhreif überzogene Erde. Je weiter er sich von der Bank entfernte, desto weniger hoffte er, noch etwas Aufschlußreiches zu finden: Der Boden war in der ungewöhnlich kalten Märznacht tief gefroren, er gab keinem Tritt, nicht einmal einem Wagenrad nach. Er sah zu dem Kollegen hinüber. Der Mann stapfte durch das trockene Unkraut, das das Dorngebüsch hinter der Bank umgab, und schaute dabei versunken wie ein Reisender auf einen Punkt am Horizont.

Lamartine wurde wütend. Er schrie den Mann an, er solle sich gefälligst Mühe geben, wenn er nicht wollte, daß der Inspektor seinem Revierchef Meldung machte. Der Mann erschrak, senkte den Blick zu Boden, aber – wie es schien – eher aus Scham über die Zurechtweisung als aus Diensteifer. Es hatte auch keinen Sinn: Wer den Toten so gründlich ausgenommen hatte, der hinterließ keine weggeworfenen Zigaretten oder andere Spuren.

Der Inspektor wußte, was auf ihn zukam: Da der Fundort, der sicher nicht der Tatort war, keine Anhaltspunkte mehr aufwies, war er allein auf die Leiche angewiesen. Es würden langwierige Obduktionen erfolgen, die meistens nur Unsinn ergaben. Er hatte oft genug erfahren, wie widersprüchlich und unzuverlässig die Befunde der Gerichtsmediziner waren. Erst kürzlich hatte sich die gesamte Pariser Kriminalpolizei ausgeschüttet vor Lachen, weil ein verkrachter Chirurg, der, da man ihn ungern an lebende Patienten ließ, sein Auskommen beim Obduzieren fand, einem Mordopfer aus einem Dorf der Île-de-France aufgrund der vergrößerten Leber Trunksucht angedichtet hatte. Die Leiche erwies sich später als ein von fanatischen Antiklerikalen erschlagener Priester, dessen Mörder ihn seiner Kleider beraubt und in die Seine geworfen hatten. Der Mann hatte sein Leben lang keinen Tropfen Alkohol angerührt, und die geschwollene Leber stellte sich bei näherer Untersuchung als ein riesiges Hämatom heraus, das dem Priester von seinen Peinigern geschlagen worden war.

Lamartine gab den Fall des Toten aus dem Bois de Boulogne insgeheim schon auf. Die Stadt war besetzt, überall lungerten deutsche Truppen herum. Allein auf den Champs-Élysées lagerten 30 000 Soldaten, die die Alleenbäume, unter denen sie biwakierten, nach und nach für ihre Freudenfeuer fällten. Die Franzosen trauten sich aus Angst vor Marodeuren nicht vor die Tür. Wie sollte er in einer solchen Situation Ermittlungen anstellen, die zur Identität eines Toten mit einer Champagnerflasche führten?

Nach etwa einer halben Stunde kamen zwei Burschen in schmutzigen Kleidern mit einem offenen, einachsigen Lattenrost-Wagen lärmend den Weg heraufgewackelt. Sie packten den steifen Toten und warfen ihn auf die Ladefläche. Lamartine wollte erst gegen den pietätlosen und wenig sachgemäßen Umgang mit der Leiche protestieren, dann aber dachte er daran, daß die Leichentransporteure in den letzten Wochen wohl Tausende toter Leiber hatten wegschaffen müssen, darunter viele Frauen und Kinder – und er hielt seinen Mund.

Der Inspektor machte sich mit seinem Kollegen auf den Rückweg. Sie trotteten stumm und mit gesenkten Köpfen hinter dem Wagen her, als befänden sie sich schon auf der Beerdigung des Toten. Die aber – das wußte Lamartine – würde noch lange nicht stattfinden.

Auf dem Revier am Bois de Boulogne unterschrieb Lamartine einige Formulare, dann bat er die beiden Gendarmen eindringlich, sich bei ihm zu melden, falls ihnen irgend etwas in Zusammenhang mit dem Toten aus dem Wald zu Ohren kommen sollte. Sie nickten schwer und sahen ihn aus stumpfen Augen an. Da wußte Lamartine, daß er nie wieder etwas von ihnen hören würde.

Als der Inspektor am späten Nachmittag wieder auf seiner Dienststelle in der Innenstadt eintraf, war er erleichtert, daß ihn kein Kollege auf den Toten aus dem Bois de Boulogne ansprach. Er erledigte einige dringende Schreiben, führte zwischen Tür und Angel eine Besprechung mit seinen Untergebenen, die schon seit Stunden mit den übrigen Fällen des Tages auf ihn warteten, und machte sich dann eilig auf den Weg nach Hause.

Jeanne war verärgert, weil er sie hatte warten lassen und es nun zu spät war für den Gang zum Arzt. Immerhin hatte sie keine Schmerzen mehr. Sie legte sich, nachdem sie ihren Gatten zur Strafe lange genug angeschwiegen hatte, in ihr Bett und ließ sich von der Mutter frischen Pfefferminztee kochen. »Laß es ihm nicht durchgehen!« flüsterte die Alte, als sie der Tochter die dampfende Tasse mit dem Tee brachte.

Lamartine aß etwas von dem Kartoffel-Mehl-Brei, den man ihm warmgehalten hatte, bedauerte, daß es immer noch kein Fleisch gab, verzog sich in die Zimmerecke und durchblätterte die Notausgabe seiner Zeitung. Es interessierte ihn vor allem der Bericht über die Feuersbrunst, die einige Tage zuvor im Stadtteil Saint-Denis ausgebrochen war. Die Krönung des deutschen Kaisers Wilhelm I. im Spiegelsaal zu Versailles hatte den Widerstandswillen der Pariser von neuem geweckt. Mit 100 000 Soldaten, zumeist auf die Schnelle rekrutierte und nur notdürftig ausgebildete Einwohner der Stadt, hatte die französische Armee einen Ausfall gewagt, der allerdings an der Gegenwehr der Belagerer gescheitert war. Zur Vergeltung hatten die Deutschen alle ihre Kanonen auf einen Punkt der Stadt gerichtet und geschossen, was das Zeug hielt: Der Stadtteil Saint-Denis war daraufhin weitgehend abgebrannt, fast zehntausend Menschen hatten den Tod gefunden, die Löscharbeiten hatten Tage gedauert. Nach dieser entsetzlichen Niederlage hatte sich Jules Favre, Vizepräsident und Außenminister, an die Spitze einer Delegation gesetzt, die mit den Deutschen die Bedingungen der Kapitulation aushandelte.

Nun wurde in Lamartines Zeitung unter dem stummen Protest der Genauigkeit über die Siegesfeiern berichtet, die am 1. März den Einzug der Deutschen in die Stadt begleitet hatten. Der Korrespondent schrieb, ein Husarenleutnant namens von Issendorf sei an der Spitze der Reiterei in die Stadt gestürmt. Ihm folgte – in einer dichten Staubwolke, die ihn fast verschwinden ließ – der General von Blumenthal, der sofort absaß und den Husarenleutnant in aller Öffentlichkeit zusammenstauchte, weil der den Einzug schon um 8 Uhr und nicht erst um 8 Uhr 30 – wie in den Kapitulationsdokumenten vereinbart – begonnen hatte.

Lamartine schmunzelte, als er las, die deutsche Reiterei hätte dreißig Minuten in Seitenstraßen warten müssen, bis es halb neun schlug. Erst dann sei sie unter den Klängen des »Pariser Einzugsmarsches« von 1814 in die Stadt eingezogen – mit aufgepflanzten Bajonetten und wehenden Fahnen.

Lamartine dachte an ein Spottgedicht, das ein Pariser Chansondichter zu der Zeit, als die Deutschen den Kaiser Napoleon III. noch nicht bei Sedan geschlagen hatten, geschrieben und unters Volk gebracht hatte. Der Refrain lautete: »So laßt sie denn bloß siegen, die wilden Preußen, denn sie werden sich unsterblich dabei blamieren.« Damals hatte er lauthals gelacht, erst jetzt wurde ihm klar, wie bitter dieses kämpferische Lied eigentlich war.

Die Lektüre einer kleinen Meldung amüsierte Lamartine: In der Champagnerstadt Reims hatte eine wohlhabende Witwe dem zivilen Beamtentroß des feindlichen Heeres ihr Schloß als Residenz zur Verfügung gestellt, weil der zeitweilige deutsche Stadtkommandant, ein Berliner Jurist namens Wilhelm Stieber, die Militärs davon abgehalten hatte, ein Haus, aus dem heraus auf die Deutschen geschossen worden war, dem Erdboden gleichzumachen. Jener Stieber wohnte mit seiner Entourage in den Räumen der Witwe und trank ebenso wie die Husaren, die auf das Bombardement des feindlichen Hauses verzichtet hatten, in Strömen den Champagner, mit dem die Witwe ein Vermögen gemacht hatte. Eines Abends – so wurde in Lamartines Zeitung berichtet – hätte die Witwe einen Empfang für ihre deutsche Einquartierung gegeben, zu dem neben jenem aufgezwungenen Präfekten Stieber auch Bismarck und Graf Waldersee eingeladen waren. Die Reimser Witwe habe beste Weine kredenzt und sich erhoben, um einen Toast anzubringen: »Ihr Sieger habt zwar den Männern Frankreichs ihre Waffen genommen, jedoch nicht uns Frauen! Und jene weiblichen Waffen des Charmes und der unwiderstehlichen Liebenswürdigkeit wollen wir weiter gegen euch gebrauchen, bis ihr von Siegern zu Besiegten geworden seid.«

Die, denen auf diese Art die Fortsetzung des Krieges mit anderen Mitteln erklärt worden war, sollen nach diesem Trinkspruch begeistert applaudiert haben. Die Frauen in Frankreichs besetzten Städten hätten den Toast der Witwe dankbar angenommen und bei jeder sich bietenden Gelegenheit den preußischen Siegern gezeigt, wie wenig wirksam ihre schweren Waffen gegen den Charme französischer Frauen waren, hieß es in der Zeitung.

Lamartine wußte sehr wohl, was es mit der Gegenoffensive der feinen Damenwelt auf sich hatte. Es ging nicht um aufopfernden Widerstand gegen die Besatzer. Die aristokratischen Damen des in Versailles privatisierenden Hochadels würden keinen preußischen Offizier nachts in ihr Zimmer lassen, um einen im Gefängnis darbenden Landsmann zu befreien. Die Damen handelten im Auftrag ihrer Gatten, der Adligen und Großbürger des Zweiten Kaiserreiches. Die hatten nämlich inzwischen einen anderen, für sie viel gefährlicheren Feind als die Deutschen ausgemacht – und um den zu vertreiben, brauchten sie die Hilfe der Deutschen. Deshalb mußten die Damen mit Charme um die Besatzer werben.

Im September des Vorjahres, zwei Tage nachdem Napoleon III. von den Deutschen bei Sedan geschlagen worden war, hatten die oppositionellen Kräfte die Gelegenheit genutzt, die alte Regierung entmachtet und die Dritte Republik ausgerufen. Wie viele seiner Kollegen von der Pariser Polizei war Lamartine ein nicht gerade glühender, aber dennoch zuversichtlicher Bewunderer der neuen Führer Jules Favre und Leon Gambetta. Zwar galt als wesentlicher Grund für die Ablösung des Kaisers die Gedankenlosigkeit, mit der er sich von den Deutschen zu einer Kriegserklärung hatte reizen lassen und Frankreich in den Krieg hineingezogen hatte. Aber da man die Deutschen nun mal im Land hatte, mußten auch die neuen Herren etwas tun, um sie wieder loszuwerden. Deshalb hatte Lamartine mitten in einer begeisterten Menge auf dem Place de la Bastille Beifall geklatscht, als bekannt wurde, daß sich eine »Regierung der nationalen Verteidigung« gebildet und der neue Innenminister Gambetta das eingeschlossene Paris mit einem Fesselballon verlassen hatte, um von außen die Befreiung der Hauptstadt zu befehligen.

Im Büro am Quai des Orfèvres hatten die Kriminalisten, die der Krieg des Kaisers gegen die Preußen eher deprimiert hatte, nun mit sportlicher Begeisterung die kleinen, unglaublichen Siege verfolgt, die die schnell in der Provinz aufgestellten Franctireur-Verbände bewaffneter Zivilisten gegen die Eindringlinge errangen. Die Kollegen hatten im Zimmer des Oberkommissars sogar eine Karte aufgehängt und mit Fähnchen die Orte markiert, an denen die Loire-Armee den Deutschen empfindliche Nadelstiche beibrachte: Orléans im Oktober, Coulmiers im November des Jahres 1870.

Erst als der lang ersehnte Vorstoß der Nordarmee zur Befreiung des eingeschlossenen Paris bei Amiens, Bapaume und St. Quentin steckengeblieben war, legte sich die Euphorie. Man sah wieder weniger Kollegen mit Kokarden an den Revers im Flur herumstolzieren. Es wurden auch keine Siegesfeiern mehr nach Feierabend veranstaltet, bei denen es zwar kaum etwas zu essen oder zu trinken gab, die sonst so hölzernen Beamten sich aber mit vor Eifer hochroten Köpfen umarmten. Den Waffenstillstand vom 28. Januar 1871 hatte man dann mit Gelassenheit quittiert – ohne offene Wut oder Verbitterung, aber mit stiller Erleichterung darüber, daß es nun vorbei war.

Als nun – kurz vor dem Fall der Hauptstadt – die Republikaner im Magistrat von Reims den Maire seines Amtes enthoben, baten die edlen Frauen und die dem Adel wohlgesonnene Witwe ihre Einquartierung um Hilfe. So soll der als Präfekt eingesetzte Herr Stieber aus Berlin dem alten Maire per Dekret einfach die Rückkehr in sein Amt mit dem Hinweis befohlen haben, Ereignisse in Paris hätten keinen Einfluß auf die von ihm geschützten Machtverhältnisse in Reims. Der Adel von Reims war begeistert von dieser Hilfe – vor allem als jener famose Herr Stieber mit der preußischen Feldpolizei die Republikaner aus der Stadt jagte. Danach wandten sich nach diesem Vorbild überall in Frankreich die konservativen Kräfte an die Besatzer und baten um Hilfe gegen ihre aufmüpfigen Landsleute – eine Allianz, die selbst dem gemäßigten Lamartine äußerst schäbig vorkam, obwohl er die neuerdings in Paris aufkommende Revolutionsstimmung unter den einfachen Leuten mißbilligte.

Der Feind, der in die Waffenstillstandsvereinbarung hineindiktiert hatte, daß das geschlagene Frankreich alle Kriegskosten zahlen und zudem noch Lamartines Heimat, Elsaß-Lothringen, an die Deutschen abtreten sollte, schoß im Auftrag von Franzosen auf Franzosen. Lamartine spürte, wie sein Blutdruck vor Empörung stieg, und er hätte gerne um eine Tasse vom Pfefferminztee der Schwiegermutter gebeten, aber er wollte der Alten keinen Anlaß geben, ihn zu demütigen, indem sie ihn mit dem Hinweis auf seine Verspätung diesen kleinen Dienst verweigerte.

Lamartine legte die Zeitung weg und sah aus dem Fenster in die Nacht. Die Pariser saßen in ihren ungeheizten Kammern und hofften, daß die Deutschen nicht mit Requirierungsanweisungen an die Tür klopften. Die Frauen und Mädchen ließen die Preußen ja in Ruhe – es herrschte in dieser Hinsicht Disziplin in der Truppe. Dafür nahmen sie sich sonst alles, was sie kriegen konnten, mit dem bürokratischen Flankenschutz, der der Willkür einen Anstrich von Legalität gab. Es stand schlecht um sein Land, fand Lamartine.

Plötzlich fiel ihm der Tote aus dem Bois de Boulogne wieder ein.

Was hatte es eigentlich für einen Sinn, nach den Mördern dieses Menschen zu fahnden? Um ihn herum ging die Welt unter, und er sollte seine Tage damit verbringen, die Umstände des Todes einer Alkoholleiche zu ermitteln.

Der Inspektor empfand seine Arbeit schon lange als absurd. Er hatte das Gefühl, daß das Morden unter den Menschen niemals ein Ende nehmen würde, ja, daß die Menschen immer mehr mordeten. Das Morden war wie eine Krankheit, die sich stetig verschlimmerte. Bald würden sie sich nicht mehr mit Totschlagen zufrieden geben, sie würden Möglichkeiten ersinnen, wie man immer mehr Menschen mit immer weniger Aufwand umbringen konnte. Was für einen Zweck hatten da kriminalpolizeiliche Ermittlungen?

Er sah es Tag für Tag, er verhörte viele Mörder. Es waren fast immer ganz normale Menschen, keine Monster. Und wenn sich Mörder als normale Menschen erwiesen, so mußten normale Menschen auch ohne weiteres zu Mördern werden können. Die Barbarei der Deutschen, die über Monate hinweg aus vollen Rohren in eine dicht besiedelte Großstadt hineinschossen, in der es kaum noch reguläre Truppen gab, bestätigte Lamartines Ansicht.

Wer konnte einen Grund haben, den Mann mit der Champagnerflasche zu ermorden? Brauchte der Mörder überhaupt einen Grund? Hatte er es aus einer Laune heraus getan? Oder hatte er sich verteidigen müssen, weil der Mann mit der Champagnerflasche ihn sonst umgebracht hätte? Nach Lamartines Erfahrung war das eine der häufigsten Ursachen für Morde.

Im Flur rumpelte es. Die Tür wurde aufgestoßen, die Schwiegermutter trat ins dunkle Zimmer. »Was sitzt du hier und grübelst? Deine Frau ist schwanger und liegt allein im Bett!« flüsterte sie.

Lamartine dachte daran, daß er, wenn er ein anderer, ein wilderer, impulsiverer, stärkerer Mensch wäre, sie irgendwann die Treppe hinunterstoßen würde – oder er würde ihr Gift in ihren Tee geben. Es gab Gifte in der Asservatenkammer am Quai des Orfèvres, die man im Körper nicht nachweisen konnte. Die Ärzte stellten dann meistens den Totenschein auf »Herztod« aus, weil sie nicht gerne zugaben, daß sie die wahre Ursache des Ablebens nicht finden konnten. Lamartine spürte ein eigenartiges Kribbeln; irgendwie schmeichelte es ihm, im Gegensatz zu anderen Menschen nicht nur von solchen Möglichkeiten zu wissen, sondern sie auch realisieren zu können. Dann aber seufzte er bloß und ging an der Schwiegermutter vorbei in das Zimmer von Jeanne.

Er war eben ein anderer Mensch, kein starker, sondern ein maßvoller.

Als Lamartine am nächsten Morgen müde und mit Sodbrennen ins Büro kam, fand er auf seinem Schreibtisch eine Nachricht von den Gerichtsmedizinern. Dr. Granche, einer der besseren Ärzte, über die die Pariser Polizei verfügte, hatte festgestellt, daß der Tote aus dem Bois de Boulogne an Gift gestorben war. Granche hatte geschrieben: Die Dosis war stark genug, um einen ganzen Kirchenchor ins Jenseits zu schicken.

Das erstaunte Lamartine. Warum verabreichte man mehr Gift als nötig? Gift war ein wertvoller Stoff –

selbst in besseren Zeiten. Der Gerichtsmediziner galt als besonnener Mann; wenn er sowas schrieb, dann war das keine Übertreibung. Dr. Granche arbeitete seit Jahrzehnten in der Gerichtsmedizin, ein derartiger Vermerk auf seinem Bericht konnte für den weiteren Gang der Ermittlung relevant sein.

Lamartine seufzte. Er würde im Laufe des Tages zu Granche in den Keller hinuntergehen müssen – und nichts in dem weitläufigen, modrigen Gebäude am Quai des Orfèvres stieß ihn mehr ab als die Gerichtsmedizin mit ihren weiß gekachelten Seziersälen, deren Türen immer weit offenstanden, damit der Zugwind den Geruch der Verwesung durch die Kellerfenster hinaus auf die Seine wehen konnte. Jedesmal, wenn Lamartine das Blut und die Bauchfettlappen in den Spülsteinen sah, die sich an den Wänden der Seziersäle entlangzogen wie die Tränke einer Großviehhaltung, konnte er wochenlang kein Stück Fleisch mehr anrühren. Aber seit die Deutschen vor Paris standen, gab es ja sowieso kein Fleisch zu essen...

Lamartine bat seine Assistenten herein und ließ sie Bericht erstatten.

Georges Danquart, ein verschlossener, intelligenter Mensch von 24 Jahren, der überraschend von der Politischen Polizei zu Lamartines Abteilung versetzt worden war und sich immer etwas abseits hielt, sprach diesmal mehr als sonst. Der hagere Mann mit dem tiefschwarzen Bartschatten, dessen dünnes Haar über den Kragen wuchs, ermittelte seit einigen Tagen gegen eine gewisse Léontine Suétens, der er vorwarf, ihr neugeborenes Kind in den Fluß geworfen zu haben. Danquart war durch eine alte Akte auf die Suétens gestoßen, der Fall lag also schon einige Monate zurück.

Lamartine wunderte sich über Danquarts Eifer. Bisher hatte sich der junge Mann nur mit Dienstanweisungen und Akten alter Fälle beschäftigt, und Lamartine hatte ihn gewähren lassen, weil er nicht genau wußte, was er mit dem Mitarbeiter anfangen sollte, der ihm aus heiterem Himmel ins Büro geschneit war und der von der Ermittlungsarbeit in Mordfällen keine Ahnung hatte. Auf Lamartines Frage hin, womit er bisher bei der Politischen Polizei zu tun gehabt hatte, hatte Danquart geantwortet, er sei im Archiv tätig gewesen. Diese Antwort und Danquarts Interesse für alte Akten bestärkten Lamartine in der Ansicht, daß es sich bei seinem neuen Untergebenen um einen unfähigen Menschen handeln mußte, den die Kollegen zur Mordkommission weggelobt hatten.

Umso erstaunter war er jetzt, als sich Danquart als ein Polizist entpuppte, der sich seine Fälle selbst suchte. Zwar war Lamartine damit nicht gedient, denn er hatte zu wenig Leute für die ihm von der Staatsanwaltschaft übertragenen Ermittlungen und konnte es sich nicht leisten, einen Mitarbeiter seine eigenen Wege gehen zu lassen. Aber er dachte sich, daß es von Nutzen sein könnte, Danquart den Fall der Kindsmörderin selbständig zu Ende führen zu lassen, um zu sehen, was er zu leisten in der Lage war, und ihm gleichzeitig das Gefühl zu geben, daß man ihn ernst nahm. Danach konnte er ihn immer noch in die Disziplin der Abteilung einbinden, und er würde auf diese Weise vielleicht auf lange Sicht einen wertvollen Mitarbeiter dazugewinnen.

Danquart war mit seiner Arbeit fast schon am Ende. Es gab zwei Zeugen, zwei Clochards, die unter der Brücke Pont-au-Double, gleich gegenüber von Notre-Dame, ihren Rausch ausgeschlafen hatten und geweckt wurden, als wenige Meter weiter eine Frau ein Bündel ins Wasser warf. Sie stellten sie zur Rede, wurden aber von ihr bloß angeschrien und weggeschickt. Am nächsten Morgen wurde etwa dreihundert Schritt flußabwärts, am Port des Saints Pères, ein totes Neugeborenes gefunden.

Lamartines neuer Mitarbeiter hatte die beiden Männer nun einer Frau gegenübergestellt, die etwa zur gleichen Zeit von einem Anonymus angezeigt worden war, weil sie nach ihrer Schwangerschaft kein Kind vorzeigen konnte. Es handelte sich um die Lebensgefährtin des Schankwirtes Pierre Suétens, von der es hieß, sie sei früher, bevor der Wirt sie in sein Haus aufgenommen hatte, am Montmartre auf den Strich gegangen. Danquart hatte einen Stammgast der Wirtschaft befragt: Léontine war schwanger gewesen, aber ein Kind gab es nicht im Haus der Suétens... Daraufhin hatte der Polizist das Ehepaar festgenommen, den Mann aber wieder auf freien Fuß gesetzt, als sich herausstellte, daß er schon in einer früheren Ehe keine Kinder hatte zeugen können und sich an dem Abend der Tat auf der Hochzeit seiner Nichte in St. Maur befunden hatte.

Danquart war zu der Ansicht gekommen, daß Léontine sich mit einem Fremden eingelassen hatte und schwanger geworden war. Lamartine mußte die Ermittlungsergebnisse bloß zu Ende denken: Vielleicht war der Vater des getöteten Kindes sogar der anonyme Anzeiger der Tat, vielleicht hatte Léontine, die als ruppig und eigensinnig galt und bei dem Wirt besser lebte als auf dem Strich, dem Fremden auch gesagt, er solle sie in Ruhe lassen, sie wisse, wo sie hingehöre. Vielleicht hatte der sich dadurch gekränkt gefühlt, vielleicht hatte er Léontine geliebt, vielleicht hatte er sich so auf das Kind mit Léontine gefreut wie Lamartine auf das Kind mit Jeanne.

Lamartine fand Danquarts Ermittlungen überzeugend, er lobte ihn und wartete darauf, daß die beiden anderen Assistenten, zwei ältere, erfahrene Polizisten der Mordkommission, es ihm gleichtaten. Die aber saßen bloß da, hatten die Hände gefaltet, lehnten die Ellbogen auf die Knie und starrten auf ihre Füße.

Lamartine gab Danquart die Erlaubnis, den Fall abzuschließen und dem Staatsanwalt zu übergeben. Dann bat er den Neuen, ihn ins Leichenhaus zu begleiten. Er wollte sehen, was der leistete, wenn er sich seine Fälle nicht selbst aussuchen konnte.

Der Inspektor beobachtete seinen jungen Kollegen genau, als sie die schwere Stahltür zur Gerichtsmedizin öffneten und ihnen der süßliche Geruch der Leichen entgegenschlug. Danquart verzog keine Miene, er war bleich, aber das war er immer.

Doktor Granche trug eine Gummischürze, die blutverschmiert war. Er gab niemandem die Hand, sondern nickte bloß. Dann führte er die beiden Männer in einen der Säle.

Ein Gehilfe des Mediziners spritzte den Fliesenboden des Saales mit einem Gummiwasserschlauch aus. Die beiden Polizisten, die keine Stiefel trugen, gingen auf Zehenspitzen, um sich die Straßenschuhe nicht mit Blut zu beschmutzen.

Granche hatte den Mann aus dem Bois de Boulogne ausgeweidet. Die Teile, die er entnommen und unter dem Mikroskop zerschnitten hatte, lagen schwarz von geronnenem Blut in der Rinne. Der Gehilfe schob sie mit bloßen Händen zusammen und drückte sie dann in einen breiten Abfluß wie in eine Fleischmaschine. Danquart schaute dem Gehilfen interessiert zu, ohne daß sein Gesicht eine Spur von Ekel zeigte.

Granche trat zu der Leiche und machte eine Handbewegung über sie hinweg, es sah aus, als segnete er sie. Er sagte: »Der ganze Körper steckt voller Gift. Wir hatten sowas noch nie hier, nicht wahr, Pierre?«

Der Gehilfe murrte Zustimmung.

»Es muß eine ziemlich große Menge gewesen sein«, fuhr Granche fort. »Ich meine damit, eine so große Menge, daß man niemanden damit vergiften kann, wenn Sie verstehen...«

Lamartine schüttelte den Kopf. Er fürchtete plötzlich, daß es ihm übel werden könnte.

»Unbemerkt kann man solche Mengen niemandem verabreichen«, erklärte Granche. »Auch ein Selbstmörder kann das nicht, denn das Gift würde wirken, bevor er alles geschluckt hat.«

»Was heißt das?« fragte Lamartine.

Granche zuckte mit den Achseln. »Man hat es ihm nicht eingegeben, ohne daß er es merkte, man hat es ihm beigebracht – auch noch, als er schon nicht mehr lebte. Wir haben in der Leber und den Nieren Thalliumsulfat gefunden. Man benutzt es bei der Herstellung lichtbrechender Gläser – und als Rattengift. Es hat weder Geruch noch Geschmack. Eine Dosis von 11 Tausendsten Gramm pro Kilogramm Körpergewicht kann schon töten. Der Tote hat fast Hundert Gramm Thalliumsulfat im Körper. Die Menge hätte rein rechnerisch für 120 Männer seines Gewichtes genügt. Mehr kann ich Ihnen nicht sagen!«

Er ging zu einem Tisch, auf dem Instrumente lagen, nahm ein frisches Laken vom Stapel und entfaltete es geübt wie eine Hausfrau. Dann ging er zu der Leiche und wollte das Tuch über sie decken, da sagte Danquart: »Moment!«

Granche hielt das Laken auf Brusthöhe vor sich. Danquart trat näher und blickte auf die Leiche. Der

Gerichtsmediziner hatte den Rumpf mit einem groben, schwarzen Faden zugenäht. Der Tote wirkte jetzt zufrieden und entspannt – so als hätte man ihn von einer schweren Last befreit.

»Danke!« sagte Danquart und trat einen Schritt zurück.

Granche machte ein gekränktes Gesicht. Er war nicht daran gewöhnt, daß Polizisten ihm in diesem Ton Anweisungen gaben. Lamartine würde mit Danquart reden müssen. Granche warf das Laken über die Leiche, der Gehilfe, der leise herangetreten war, bekreuzigte sich. Dann nickte Granche Lamartine zu und ging hinaus. Der Gehilfe löste die Bremse der Bahre und schob die Leiche in einen dunklen Nebenraum.

Danquart stand immer noch so da wie vorher, er wirkte abwesend. »Gehen wir!« befahl Lamartine – er fürchtete plötzlich, dem jungen Kollegen von der Politischen Polizei zu viele Freiheiten zu lassen. Überhaupt war er zu nachgiebig.

Als sie die schwere Tür, die die Gerichtsmedizin von den übrigen Abteilungen der Polizei trennte, hinter sich schlossen, wandte sich Lamartine an Danquart. »Dr. Granche ist der beste Mediziner hier im Haus, wir haben kein Recht, ihm Anweisungen zu geben…«

Danquart fiel seinem Chef so ungehalten ins Wort, als habe der ihn bei einem wichtigen Gedanken gestört: »Ich weiß, wer der Tote ist!«

Auf dem Weg zum Magistrat der Stadt Paris erläuterte Lamartine in einem durch das schnelle Fortkommen der Ermittlungen hervorgerufenen Anfall von Gesprächigkeit Danquart die Vorzüge einiger Neuheiten, die durch die Besatzer nach Paris gekommen waren. Die Deutschen hatten – wie Lamartine durch die fleißige

Lektüre seiner Zeitung wußte – schon während der Belagerung in Versailles, wo es ihnen die Bevölkerung durch ihre legitimistische Haltung gegenüber der alten Regierung besonders einfach machte und zu ihren Ehren sogar im Schloßpark die »Großen Wasser« springen ließ, vorgeführt, was sie den Besiegten an Verwaltungskönnen voraus hatten. So hatte der von den Siegern eingesetzte Präfekt – wieder der schon in Reims durch seine Schneidigkeit hervorgetretene Stieber – ein Register des gesamten Personenstandes der Stadt anlegen lassen. Man war darüber in den neuerdings deutschfreundlichen, aristokratischen Kreisen der Stadt einigermaßen erstaunt, denn eine derart penible Erfassung der Bevölkerung hatte es selbst in den Tagen des Direktoriums nicht gegeben. Erst recht rebellierten die sonst zu jedem preußenfreundlichen Trinkspruch bereiten adligen Damen, als ungalante Helfer des Präfekten schon morgens um halb zehn in ihre Gemächer eindrangen und ihnen ihr Geburtsdatum auf Tag, Monat und Jahr genau abverlangten.

Man war sich in der Hautevolee von Versailles einig: Wenn die Preußen ihr sogenanntes »Einwohnermeldeamt« – ein weiteres deutsches Wort in der durch die Invasion arg strapazierten französischen Sprache – unbedingt einrichten mußten, so sollten sie das mit den Bauern und Handwerkern und deren Gattinnen tun, aber um Gottes Willen nicht mit der Aristokratie, die von jeher sehr empfindlich auf Verletzungen ihrer Privatsphäre reagierte.

An dieser Stelle seiner Erzählung sah Lamartine seinen Kollegen zum ersten Mal schmunzeln. Danquart schien langsam aufzutauen. Vielleicht, so überlegte Lamartine, lag es auch an ihm, daß der Neue sich hinter die Akten zurückgezogen hatte, vielleicht hatte er ihm das Gefühl gegeben, bei der Mordkommission nicht gebraucht zu werden.

Lamartine versuchte nachzuholen, was er versäumt hatte. Es sprudelte nur so aus ihm heraus. Er überschüttete Danquart mit dem, was er bisher wie eine Fruchtblase gehütet und vermehrt hatte, ohne jemals eine Gelegenheit zu finden, die angenehme Last an jemanden weiterzugeben, der damit etwas anfangen konnte. Jeanne wandte, seit sie schwanger war, ihre gesamte Geisteskraft zur Sicherstellung ihres Wohlbefindens auf, der Schwiegervater war ein Simpel, die Schwiegermutter seine Feindin, die beiden alten Assistenten im Büro zwei stumpfsinnige Opportunisten. Wem also hätte er seine kostbaren Lesefrüchte anbieten können – außer Georges Danquart, dem jungen Mann, den ihm die Kollegen von der Politischen Polizei überlassen hatten, ohne zu wissen, auf welches Kleinod sie da verzichteten?

Als sie über den Vorplatz auf das Rathaus zuschritten, erläuterte Lamartine Danquart schnaufend vor Eifer, daß die Preußen durch jenen Stieber in Versailles nicht nur ihr erstes Einwohnermeldeamt auf französischem Boden errichtet hatten. Sie hatten auch Pläne der Zugangsstraßen zu ihrem Hauptquartier anlegen lassen, die Auskunft über Höfe und Eingänge jedes Hauses gaben, damit Vorkehrungen für den Fall eines Anschlages getroffen werden konnten. Seine Zeitung hatte weiterhin berichtet, daß Listen existierten über alle in Versailles lebenden Personen, denen ein Attentat zuzutrauen war, so daß die Deutschen diesen Personenkreis überwachen und im Ernstfall sofort festnehmen konnten.

Danquart schien beeindruckt zu sein. Er blieb plötzlich stehen und sagte, er höre zum ersten Mal davon und könne sich insbesondere die letzte Maßnahme nicht vorstellen. Seit sich nämlich herausgestellt hatte, daß die deutschen Besatzer nicht nur Feste feierten und bei Bedarf gegen die den Konservativen unliebsamen Republikaner vorgingen, sondern auch essen und wohnen mußten, pro Tag an die 2000 Francs Kostgeld kosteten und das Vermögen Versailles schnell aufbrauchten, ebbe die Begeisterung deutlich ab. Die, die sie früher freudig begrüßt hatten, führten plötzlich aufrührerische Reden und sprachen von der besudelten Ehre der Grande Nation. Wie hätten die deutschen Beamten in einer solchen Atmosphäre an die Liste mit den zu Mordtaten gegen die Eindringlinge fähigen Einheimischen gelangen können?

Lamartine nahm freudig zur Kenntnis, daß sein Gegenüber ein belesener Zeitgenosse war, der ihm in nichts nachstand. Welche Zeitung er lese, fragte er seinen Untergebenen. Danquart zögerte, dann antwortete er stammelnd, er habe kein Blatt abonniert, lese aber in Cafés und – manchmal auch – bei der Arbeit alles, was ihm unter die Finger komme. Er, fuhr Lamartine fort, lese seit langem schon die Zeitung der Demokratenpartei, die »Liberté«. Vor ein paar Wochen sei ein preußischer Beamter mit zwei Bewaffneten in die Räume ihrer Versailler Redaktion eingedrungen und habe die Abonnenten-Kartei konfisziert. Man sei wohl bei der preußischen Feldpolizei des Herrn Stieber der Meinung, daß die Liste der potentiellen Attentäter gegen die Besatzer identisch sei mit der der festen Bezieher dieser Zeitung. Diese Einsicht gab Lamartine nicht ohne Stolz weiter.

Obwohl er als Franzose und auch als aufrechter Demokrat die deutschen Besatzer hasse, so sei er aus beruflichen Gründen doch recht dankbar für die verwaltungstechnischen Neuerungen, die sie seinem Land bescherten, erklärte der Inspektor dann etwas ruhiger. Nachdem sie von Versailles aus nach Paris gezogen waren, hätten sie auch in der Hauptstadt ihre Anstrengungen fortgesetzt, den preußischen Standard in die eroberten Gebiete zu bringen. Wieder sei jener unermüdliche Stieber als Organisator der Zivilverwaltung eingesetzt worden, und der habe auch sofort veranlaßt, daß die komplizierte napoleonische Verwaltung vereinfacht und nach Berliner Muster ein zentrales Einwohnermeldeamt angelegt wurde, das sich derzeit im Rathaus im Aufbau befinde.

Diesmal schwieg Danquart. Lamartine schien es, als habe er den jungen Mann verärgert. Er überlegte noch, ob er den Nationalstolz des Kollegen mit seiner pragmatischen Haltung gegenüber den Besatzern verletzt haben könnte. Aber da trat auch schon die Wache vor dem Hôtel de Ville auf sie zu. Lamartine verfügte über ein improvisiertes Schreiben des Justizministeriums, das ihn zu bestimmten Kooperationen mit anderen, auch von Deutschen geführten Behörden berechtigte. Das wies er vor, der Posten nickte und ließ die beiden Kriminalbeamten passieren.

Sie sprachen im Keller des Gebäudes bei einem gewissen Schneider, einem mürrischen Lothringer, vor, der prüfte, ob die Anliegen der französischen Stellen an das eben erst eröffnete zentrale Einwohnermeldeamt den Deutschen genehm und von der noch unvollständig sortierten Behörde zu bewältigen waren. Lamartine zeigte ihm das amtliche Protokoll des Falles und den Totenschein, dann schrieb er den Namen des Toten, der ihm von Danquart genannt worden war, auf ein Stück Papier. Schneider verschwand damit hinter einem Regal.

Die beiden hörten, daß er sich mit jemandem auf deutsch unterhielt. Dann erschien Schneider wieder und wies sie unfreundlich an, in der Ecke Platz zu nehmen. Sie taten es, und er verschwand hinter einer Tür.

Lamartine fühlte sich unwohl. Er war es nicht gewöhnt, von anderen Behörden wie ein Bittsteller behandelt zu werden, und er hoffte, daß Danquart nicht merkte, wie es in ihm rumorte.

»Woher kennen Sie den Toten?« fragte er halblaut.

Danquart überlegte lange. »Ich bin ihm während der Zeit der Belagerung begegnet«, antwortete er schließlich.

»Wo?« fragte Lamartine.

»Bei Versailles.«

»Wie kamen Sie nach Versailles, wo die Stadt doch eingeschlossen war?«

»Sie wissen doch, daß es geheime Ausgänge gab, unterirdische Gänge und Schlupflöcher in der Stadtmauer.«

»Ja, das weiß ich«, antwortete Lamartine. »Aber die Deutschen wußten von den meisten Ausgängen und beobachteten sie. Sogar die, die durch die Katakomben führten, wurden von deutschen Spähern ausgekundschaftet.«

Danquart schien die Angelegenheit als persönliche Herausforderung zu betrachten, er winkte ab. »Kann sein, daß sie Posten da hatten, aber wir haben dennoch Nacht für Nacht bis zu 300 Trainvoitures unterirdisch in die Stadt gebracht – die Räder mit Lappen umwickelt. Das war eine generalstabsmäßige Arbeit: Wir erkundeten jede Bewegung der Deutschen im Vorfeld. Tagsüber versteckten wir ganze Märkte in Schluchten und Scheunen. Nachts füllten wir damit den Bauch von Paris.«

Lamartine wollte eigentlich sagen: »Dennoch haben wir gehungert wie im Mittelalter.« Aber er fragte dann mit kalter Stimme: »Wer ist wir?«

»Die Partisanen«, antwortete Danquart schnell. »Wir gingen ein und aus, wie es uns paßte. Wir schickten Brieftauben...«

»Die die Deutschen mit Jagdfalken bekämpften.«

»Wir hatten auch Ballons zur Verfügung...«

»...bis Krupp aus Essen ein Spezial-Ballon-Abwehrgeschütz nach Paris schaffen ließ.«

»Sind Sie ein Freund der Deutschen, Monsieur Lamartine?« fragte Danquart unvermittelt.

»Nein. Aber ich gehörte zu den zwei Millionen Einwohnern, die nachts nicht nach draußen konnten. Wir bekamen pro Person 300 Gramm Brot am Tag, Kindern stand nur 150 Gramm zu. Wer ein wenig Geld hatte, konnte Rattenfleisch essen. Wir saßen in der Stadt fest und waren schutzlos den Vierundzwanzigpfündern ausgesetzt, die die Preußen auf unsere Häuser abfeuerten – weil ihnen die Partisanen zu lange auf der Nase herumtanzten!«

»Monsieur«, begann Danquart nach einer langen Pause. »Sie begehen einen Fehler. Nicht Ihre Landsleute, die sich im Untergrund gegen die Eindringlinge wehrten, sondern die deutschen Barbaren haben unser Land zugrunde gerichtet. Die Preußen schossen nicht mit Kanonen auf eine wehrlose Stadt, weil wir die Einwohner nachts mit Essen versorgten. Sie schossen, weil sie die Hauptstadt unseres Landes demütigen wollten...«

Lamartine spürte, daß Danquart recht hatte, deshalb schwieg er – zumal ein Gehilfe des Lothringers auf sie aufmerksam geworden war und sich bei seiner Tätigkeit an den weitläufigen Regalen, offensichtlich um ihr

Gespräch besser verfolgen zu können, immer näher an sie heranarbeitete.

»Der Tote war also ein Partisan wie Sie?« flüsterte Lamartine.

»Ja, er war Anführer einer kleinen Einheit. Sie hielten im Wald vor Versailles ein Haus. Von dessen Giebel aus schickten sie mit einer hölzernen Klappenvorrichtung Signale über eine Kette anderer Posten nach Paris. Das Haus wurde irgendwann von deutschen Spionen in Brand gesteckt.«

»Wissen Sie auch, was er nach der Kapitulation der Stadt unternommen hat?«

»Die meisten meiner Kameraden sind wie ich nach Paris zurückgekehrt und haben ihre Arbeit wieder aufgenommen – soweit das möglich war.«

»Gibt es noch aktive Partisaneneinheiten in der Stadt?«

»Ich glaube nicht. Die Deutschen sind überall präsent, und sie begehen nicht den Fehler, die Bevölkerung allzu sehr zu drangsalieren. Zudem setzen sie sich mit Regierungsstellen ins Einvernehmen. Der gemeine Bürger weiß selbst nicht mehr genau, ob er es bei den Deutschen nun mit Besatzern oder mit ausländischen Hilfstruppen zu tun hat. Dieser Stieber ist ein geschickter Präfekt: Er vermeidet alles, was den Zorn unserer Leute reizen könnte. Er wirkt – wie man hört – sogar mäßigend auf die Militärs ein.«

»Also war unser Toter wieder ein ganz normaler Pariser und kein Partisan mehr?«

»Wahrscheinlich ebenso normal wie ich auch!« sagte Danquart und lächelte. Es war ein verkniffenes, ein sich mühsam abgezwungenes Lächeln. Lamartine nahm sich vor, den Neuen genauer unter die Lupe zu nehmen. Irgend etwas stimmte nicht mit Georges Danquart.

Schneider erschien mit einem halben Blatt Papier, auf dem der Name und die Adresse des Toten aus dem Bois de Boulogne standen. Gaston Franc. Rue des Lions St. Paul 12. Paris. Zugezogen Anfang März 1871, also erst vor wenigen Tagen – deshalb hatte Schneider ihn auch in seinem Register gefunden. »Wenn es sich um einen Lebenden gehandelt hätte, hätten wir Ihnen nicht geholfen«, erklärte Schneider und ging grußlos wieder an seine Arbeit.

Lamartine und Danquart begaben sich sofort zu der angegebenen Adresse. Sie lag nur ein paar Straßen vom Place de la Bastille entfernt. In der Rue des Lions St. Paul 12 wohnte unter der von Gaston Franc angegebenen Adresse ein pensionierter Soldat namens Brunoy, der zwei Kammern an Handwerksburschen vermietete.

Franc sei erst vor zehn Tagen bei ihm eingezogen, erklärte der Veteran den Polizisten. Er hätte eine Arbeit in der Stadt nachgewiesen, sonst wäre er nicht aufgenommen worden. Der Vermieter Brunoy gab nur stockend Auskunft, weil die kalte Witterung seinem zerschossenen Knie zu schaffen machte. Der alte Soldat erklärte, Franc sei Koch gewesen und habe in einem Restaurant namens »Le canard« in der Rue Mouffetard gearbeitet.

Lamartine war zufrieden, er dankte dem Veteran und wollte sofort weiter zum »Le canard«.

»Ich hätte eine Bitte«, wandte sich Danquart auf der Straße an Lamartine. »Bevor ich morgen die Sache der Kindsmörderin an die Staatsanwaltschaft weitergebe, möchte ich mir die Akte noch einmal anschauen... Und zu diesem Restaurant können Sie doch auch ohne mich gehen...«

Lamartine fand Danquarts Anliegen etwas vermessen, immerhin war er sein Untergebener und neu in der Abteilung. Aber der Kriminalist sah keinen triftigen Grund, Danquart die Bitte abzuschlagen, und ließ ihn gehen.

Das »Le canard« hatte – wie ein in ungeübter Handschrift geschriebenes Schild mitteilte – geschlossen, aber die Tür war offen, und Lamartine trat ein. Die Bediensteten saßen an einem großen Tisch und aßen einen dunklen Eintopf, der aussah, als wäre er aus Kohlen gemacht. Lamartine vermutete, daß es sich um ein Ragout aus getrockneten Pilzen handelte. Er bekam auch Hunger.

Jemand rief: »Geschlossen!«

Lamartine wartete darauf, daß ihn jemand danach fragte, was er wollte, aber niemand beachtete ihn. Da trat er näher und fragte nach dem Patron. Die Bediensteten aßen stumm weiter. Erst jetzt bemerkte der Inspektor, daß es eigenartig roch: viel zu süßlich für einen Pilzeintopf. Auch hatte er den Eindruck, daß etwas angebrannt war: Horn oder Haare.

Lamartine setzte sich an einen der freien Tische und wartete. Ein alter, gebückter Mann stand auf und ging in die Küche. Lamartine glaubte, er hole den Patron, aber der Alte kam mit einem halben Laib Brot zurück, von dem er ein Stück abriß, um es in den Topf mit dem schwarzen Essen zu tunken. Die anderen teilten den Rest des Brotes untereinander auf.

Lamartine stand auf und ging zu dem Tisch hinüber. Niemand schaute auf. »Ich will den Patron sprechen!« sagte er. »Nicht da«, antwortete der Alte mit vollem Mund, ohne Lamartine anzusehen. Der Inspektor legte ihm seine Hand auf die Schulter, der Alte erstarrte und hörte auf zu kauen. Die übrigen sahen auf und schauten Lamartine an.

»Ich komme wegen Gaston Franc«, erklärte Lamartine.

»Wir wissen nicht, wo er ist«, antwortete der Alte.

»Wann kam er das letzte Mal zur Arbeit?« fragte Lamartine.

»Vorgestern«, antwortete der Alte.

»Haben Sie ihn gestern nicht vermißt?«

»Nein. Er hatte frei.«

»Wann hat er hier angefangen?«

»Vor einer Woche.«

»Und dann bekommt er so schnell frei?«

»Was geht Sie das an?« fragte der Alte.

Ein kräftiger, junger Mann erhob sich und putzte sich den Mund ab. Lamartine griff in die Tasche seines Überziehers, holte die stählerne Marke der Pariser Polizei hervor und zeigte sie in die Runde. Der junge Mann nahm wieder Platz, dafür erhob sich der Alte. Er ging zum Tresen und besah sich ein Glas im Gegenlicht, dann schenkte er es halb voll Cognac und reichte es Lamartine. Der Inspektor trank einen winzigen Schluck, er vertrug tagsüber keinen Cognac, aber er wollte das angebotene Glas nicht ablehnen.

»Franc war erst wenige Tage hier. Wenn er etwas angestellt hat, dann ist das seine Sache. Unter uns war er ein Fremder«, erklärte der Alte.

Lamartine nickte. »Warum hat er den freien Tag genommen?«

Der Alte wußte es nicht. »Wir haben ihn an diesem Tag nicht unbedingt gebraucht, da war es uns egal, warum er nicht kam...«

»Er wird nicht mehr kommen. Gaston Franc ist tot«, erklärte Lamartine.

Alle schwiegen.

Lamartine gab das Glas an den Alten zurück und ging hinaus. In der Tür drehte er sich noch einmal um und fragte: »Wie kam er zu Ihnen?«

»Eine Empfehlung.«

»Von wem?«

»Von einem Stammgast.«

»Wie heißt der Gast?«

»Wir kennen unsere Gäste nicht mit Namen.«

Lamartine war verärgert, er spürte immer, wenn man ihm nicht helfen wollte, und es kränkte ihn jedesmal. Er ging grußlos hinaus, überquerte die Straße und setzte sich in ein kleines Bistro, von dem aus er das »Le canard« im Blick hatte. Er bestellte Kaffee, obwohl es eigentlich schon zu spät dafür war und er fürchten mußte, nachts nicht einschlafen zu können. Aber nach dem Cognac tat ihm der Magen weh, und nach dem Ärger mit dem Alten war ihm kalt.

Schon der erste Schluck Kaffee tat Wunder. Lamartine schien innerlich aufzutauen, er lehnte sich zurück und entspannte sich. Die Uhr auf dem Kirchturm von St. Médard am Ende der Rue Mouffetard schlug sechs Uhr abends. Seit er auf seinem Platz saß, hatte niemand das Restaurant »Le canard« betreten.

Lamartine trank die kleine Tasse Kaffee bis auf einen Rest Satz aus, in dem er ein Zuckerstückchen auflöste. Dann winkte er dem Kellner. Der Mann kam sofort.

»Noch einen Kaffee!«

Es dauerte keine Minute, bis der Kellner das nächste dampfende Tässchen brachte. Lamartine hielt seinen Ärmel fest. »Ich habe eine Frage«, flüsterte er, als der Mann sich zu ihm herunterbeugte. »Kann man bei Ihnen Arbeit bekommen?« Der Mann machte seinen Ärmel los, schüttelte heftig den Kopf und nahm die leere Tasse vom Tisch. »Und da drüben?« fragte Lamartine.

»Sind Sie Kellner?«

»Koch.«

Der Mann schien Mitleid mit ihm zu haben. Er sah ihn eine Weile an, dann erklärte er: »Suchen Sie sich was anderes! Es wird doch jetzt sicher vieles wieder aufgebaut in der Stadt...«

»Köche werden immer gebraucht!«

Der Mann grinste mitleidig. »Aber doch nicht in diesen Zeiten. Wer kann sich denn heutzutage leisten, essen zu gehen?«

»Der Laden da drüben sieht mir nicht so aus, als würden die am Hungertuch nagen.«

»Die haben seit Wochen geschlossen!« erklärte der Kellner wütend und ging zum Tresen zurück.

Lamartine verbrannte sich den Mund, als er zu hastig an dem Kaffee nippte. Er sprang auf und wischte sich mit dem Ärmel seines Überziehers über die schmerzenden Lippen. »Was glauben Sie, wovon die da drüben leben?« fragte er den Kellner.

Der Kellner zuckte müde mit den Achseln. »Irgendetwas werden sie schon drehen«, antwortete er schlecht gelaunt. »Was geht's mich an – ich habe hier mein Auskommen. Und es ist niedrig genug, die Leute gehen nicht mehr gerne ins Café, seit die Deutschen in der Stadt sind. Sie verkriechen sich in ihre Häuser und schließen die Augen vor der Schande...«

Lamartine hatte keine Lust, sich das Gejammer des Kellners anzuhören. Er legte die Münzen abgezählt auf den Tresen, grüßte mit einem Kopfnicken und ging hinaus auf die Straße.

Immer noch waren in der Luft Schwaden des scharfen, brenzligen Geruchs, der sich seit den großen Bränden in Saint-Denis über ganz Paris gelegt hatte. Lamartine verzog sein Gesicht vor Ekel, sein Magen verkrampfte sich, schon wieder quälte ihn Sodbrennen. Er glaubte, im leichten Südwind angekohltes Menschenfleisch zu wittern.

Es war schon eine Weile her, daß die Deutschen die Stadt beschossen hatten. Aber seit Lamartine gehört hatte, daß in der daraufhin entstandenen Feuersbrunst Menschen lebendigen Leibes verbrannt waren, weil sie durch die Treppenhäuser der Mietskasernen, die wie heißgebrannte Schlote die giftigen Dämpfe hochbliesen, nicht mehr ins Freie gelangt waren, glaubte er manchmal, den Geruch dieser armen Teufel wahrzunehmen. Lamartine schüttelte sich.

Es dämmerte. Die wenigen Menschen, die noch auf der Straße waren, beeilten sich, nach Hause zu kommen. Lamartine sah überall mürrische und graue Gesichter, die Blicke der Passanten waren gesenkt. Auf der Straße, auf der die Stimmen früher oft den Lärm der Fuhrwerke übertönten, war es still.

Lamartine ging ein paar Schritte, er schlug einen Bogen um den Block, um von hinten an das Restaurant »Le canard« heranzukommen. Die Straßen wurden schmaler, das Pflaster war an vielen Stellen aufgerissen und nicht mehr erneuert worden, auch schienen Anwohner nach etwas gebuddelt zu haben.

Lamartine mußte sich vorsehen; in der Passage des Patriarches, die auf die Rue Mouffetard stieß, gab es keine Straßenlampen, und die Schlaglöcher waren so tief, daß man sich bei einem Sturz ernsthaft verletzen konnte. Als Lamartine etwa in der Mitte der Gasse war und schon umkehren wollte, weil er keinen Zugang zu den Grundstücken finden konnte, die an der Rue Mouffetard lagen, polterte ein Fuhrwerk um die Ecke.

Es fuhr für die Straßen- und Sichtverhältnisse ungewöhnlich schnell, Lamartine hatte den Eindruck, daß der Wagen auf der Flucht war. Aus Angst, auf der unbeleuchteten Straße niedergefahren zu werden, sprang er von der Straßenmitte auf das schmale Trottoir, das dicht an den Mietskasernen vorbeiführte. Doch der Wagen verlangsamte plötzlich seine Fahrt, der Kutscher ließ die Bremsen quietschen und lenkte die beiden Gäule in eine Einfahrt. Lamartine konnte sich ausrechnen, daß das Portal auf der Höhe des Restaurants lag.

Er lief los. Schon nach wenigen Schritten schlug er sich an einem aus dem Pflaster gerissenen Stein die Zehen an. Er mußte einen Moment stehenbleiben. Lamartine war ein schlechter Läufer. Er saß seit Jahren in Büros. Er wurde schnell kurzatmig, bei geringen Anstrengungen trat ihm Schweiß auf die Stirn, und es wurde ihm übel. Er erreichte das Portal, durch das das Fuhrwerk verschwunden war, als ein Fuhrknecht gerade die Flügeltüre zustieß, deren Kanten schon so abgewetzt waren, daß das Holz weißlich hervortrat.

Als der Knecht Lamartine erblickte, hielt er die schwere Türe auf, grüßte höflich und ließ ihn ein. Er mußte den Polizisten für den Mieter einer der über dem Portal liegenden Wohnungen halten. Lamartine verhielt sich danach, bedankte sich knapp, aber ohne Herablassung und betrat den Aufgang. Er bemühte sich, auf der Treppe Lärm zu machen, damit der Knecht, der im Durchgang lauerte, sich sicher sein konnte, daß der Bewohner verschwunden war. Lamartine stieg schwer atmend drei Treppen hoch, dann wartete er und ging leise wieder nach unten. Im ersten Zwischenstock tastete er in der Dunkelheit nach einem Fenster zum Hof, das er hätte öffnen können. Er fand aber nur eine unverschlossene Tür. Lamartine öffnete sie und schlüpfte hindurch.

Sofort wurde es ihm speiübel. In dem Kabuff stank es bestialisch. Es handelte sich um eine Außentoilette, die vor wenigen Minuten erst benutzt worden war. Lamartine hielt sich mit einer Hand die Nase zu, mit der anderen Hand griff er in die Mauernische, wo er den Eisenknauf des Toilettenfensters zu fassen bekam. Als sich der Knauf nicht drehen ließ, riß Lamartine das Fensterchen aus dem Schloß heraus. Dann streckte er seinen Kopf in die Nische, um frische Luft einzuatmen.

Er hörte die Gäule schnauben und jemanden am Fuhrwerk hantieren, aber er konnte in der Dunkelheit des von Brandmauern umschlossenen Hinterhofes nichts erkennen. Erst als seine Augen sich an die Sichtverhältnisse gewöhnt hatten, sah er Umrisse: Die Männer hatten den Wagen an einem vergitterten Kellerloch abgestellt, die Gitter waren hochgeklappt, aus dem Keller drang ein schwacher Lichtschein. Auf der Ladefläche stand eine Kiste, die Wagenklappe war entfernt worden und wurde nun als Rampe benutzt.

Die beiden Knechte hielten lange Stöcke in den Händen. Einer von ihnen sprang auf den Wagen und hämmerte, dann klappte das hintere Seitenteil der Kiste auf. Der andere stieß mit seinem Stock mehrmals in die Kiste hinein. Bis hinauf in die Mauernische konnte Lamartine hören, daß sich in der Kiste etwas bewegte, schwere Schuhe stampften auf den Boden.

Der Mann stieß mit seinem Stock erneut zu. In der Kiste ertönten Schmerzensschreie, die Lamartine durch Mark und Bein gingen. Der Knecht auf dem Wagen schlug mit dem Hammer auf den Deckel der Kiste, worauf der Gefangene noch lauter aufschrie.

Lamartine drückte seinen Oberkörper tiefer in die Nische, um besser in den Hof sehen zu können. Dann hörte er das Opfer der Knechte die Rampe herunterdonnern. Sehen konnte er nichts – außer den abwechselnd sich hebenden Stöcken der Knechte. Der Geschlagene fiel hin, schien sich aber schnell wieder aufzurappeln, obwohl er mit seinen schweren Schuhen auf dem steinernen Hofboden mehrmals ausrutschte, was Lamartine aus einem scharrenden Geräusch schloß.

Der Polizist wußte, daß man ihn vom Hof aus nicht sehen konnte. Er versuchte, seinen Kopf aus dem winzigen Fenster hinauszustrecken, aber sein Rumpf war zu breit für die schmale Nische. Für einen Moment fürchtete er, sich in dem Toilettenfenster einzuklemmen; seine Rippen schmerzten schon, und er spürte eine unangenehme Beklemmung, die bei jedem Atemzug schlimmer wurde. Aber Lamartine geriet nicht in Panik; er vergaß den Schmerz und die Atemnot, er wollte sehen, was unten im Hof vor sich ging.

Nun war der Mann von der Ladefläche heruntergesprungen und schlug mit seinem Stock auf sein Opfer ein. Der Geschlagene stieß kehlige Laute aus, die Lamartine noch nie bei einem Menschen gehört hatte. Er stampfte vor Schmerzen mit den Füßen auf den Steinboden. Es klang wie ein Tanz mit Holzschuhen. Einer der Knechte geriet in den Lichtkreis, der aus dem Kellerloch drang. Lamartine sah für eine Sekunde sein Gesicht. Es war tiefrot, und der Mann lachte breit: Es schien ihm zu gefallen. Er verschwand sofort wieder, und der kahlgeschorene Hinterkopf seines Kumpans leuchtete kurz hell auf. Dann ließen die beiden plötzlich von ihrem Opfer ab. Lamartine glaubte, Blut über die Steine rinnen zu sehen. Vielleicht hatte dieser

Anblick die Knechte besänftigt... Lamartine hörte auf zu atmen, die plötzliche Stille in dem dunklen Hof schnürte ihm die Brust zu. Dann war ein leises, fast vorsichtiges Klicken der Holzschuhe auf dem Pflaster zu hören.

Das Opfer torkelte. Es trat ins Licht. Lamartine konnte es ganz klar sehen. Vor allem weil es Streifen hatte. Es war schwarzweiß gestreift, und es hatte vier Beine und einen langgezogenen, knorrigen Schädel mit spitzen, nervösen Ohren. Das, was die Geräusche auf dem Steinboden verursacht hatte, waren keine Holzschuhe sondern Hufe.

Noch nie hatte Lamartine ein solches Wesen gesehen. Am ehesten erinnerte es ihn an ein Pferd, aber Pferde waren größer und kräftiger, hätten sich auch nicht derart drangsalieren lassen – und waren vor allem nicht schwarzweiß gestreift. Das Geschöpf schnaubte und schüttelte seinen großen Kopf. Seine Nüstern blähten sich so weit auf, daß es aussah, als würden sie jeden Augenblick aufreißen. Dann verharrte das schwarzweiß gestreifte Ding, und zum ersten Mal kam Lamartine der Gedanke, daß er verpflichtet sein könnte, diesem Geschöpf zu Hilfe zu eilen. Es war zwar kein Mensch, aber ein Lebewesen, das litt.

Er trug keine Waffe mit sich herum – die Handfeuerwaffen der Polizei waren unhandlich und wenig hilfreich, manchmal versenkte der glühende Pulverstaub dem Schützen sogar die Wimpern –, aber vielleicht würden die Knechte sich scheuen, das Geschöpf in Anwesenheit eines Polizisten weiter zu quälen.

Noch während Lamartine überlegte, wie er einschreiten könnte, geschah etwas in dem Lichtkreis, in dem das Geschöpf dampfend vor Angst stand und langsam den Kopf schüttelte: Die Knechte stürmten gleichzeitig los und warfen sich gegen das gestreifte Ding. Es stürzte wie eine Theaterattrappe um und fiel kreischend und mit allen vier Beinen gleichzeitig strampelnd in das Kellerloch. Unten schlug es hart auf und verstummte augenblicklich.

Die Knechte schlugen die Gitter über dem Loch zu, dann schoben sie die Rampe wieder auf das Fuhrwerk, sprangen auf, feuerten die Gäule an und fuhren schnell in den Durchgang zur Straße ein. Das Portal wurde aufgerissen, und die Räder klapperten über das Pflaster.

Als Lamartine sich gerade aus dem Fensterloch befreit hatte und seinen verstaubten Überzieher abklopfen wollte, versperrte ihm eine kleine, alte Frau in einem Nachthemd den Weg. Sie hielt ihm eine flakkernde Kerze ins Gesicht. »Was haben Sie hier drinnen zu suchen?!« schrie sie ihn mit quäkender Stimme an. Er stieß sie weg und lief die Treppe hinunter.

»Kommen jetzt die feinen Herrschaften schon zu uns armen Leuten scheißen?!« schrie die Alte hinter ihm her. »Sind eure Toiletten verstopft von den vielen guten Sachen, die ihr in euch hineinfreßt, während wir hungern?«

Lamartine hörte, daß in den Fluren Türen geöffnet wurden. Schon war er draußen und sah noch, wie das Fuhrwerk aus dem Durchgang in die Passage des Patriarches einbog. Das Gelächter der Knechte war länger zu hören als die Fahrgeräusche des Fuhrwerkes.

Er überlegte, ob er zu Fuß die Verfolgung aufnehmen sollte. Dann kam ihm jedoch der Gedanke, daß er das Geschöpf aus seinem Gefängnis retten könnte, falls es den Sturz in das Kellerloch überlebt haben sollte. Lamartine lief in den Hof zurück. Aus dem vergitterten Loch fiel immer noch Licht nach oben.

Der Inspektor verlangsamte seine Schritte – weil er

nicht bemerkt werden wollte, falls sich Kumpane der Fuhrwerksknechte im Keller befanden, aber auch weil er sich vor dem Anblick des mit gebrochenen Beinen im Keller liegenden, gestreiften Wesens fürchtete. Er blieb stehen und horchte. Nichts war zu hören. Dann trat er mutig in den Lichtschein, bückte sich und schaute durch das Gitter in die Tiefe.

Lamartine stockte der Atem. Nur einen Meter von ihm entfernt war der Kopf des Geschöpfes. Seine schwermütigen, schwarzen Augen starrten ihn an. Im Hals des Wesens steckte ein S-förmiger Metzgerhaken, der mit einer Kette am Gitter festgemacht war. Der Kopf drehte sich, die rosafarbene Zunge schien aus dem Maul herauszufallen.

Er griff zwischen den Gitterstäben hindurch nach der Kette, sprang auf und zog. Das Geschöpf drehte sich langsam. Es wog ein ungeheures Gewicht – aber der Büromensch Lamartine sah in die großen, schwarzen Augen, und er schaffte es. Er zog die Kette soweit an, daß er den Metzgerhaken mit der freien Hand vom Gitter losmachen konnte. Dann ließ er die Kette los. Sie rasselte blitzschnell durch das Gitter, das Geschöpf fiel in die Tiefe, schlug auf den Kellerboden auf und rollte zur Seite.

Der Bauch klaffte vom Hals bis zu den hinteren Oberschenkeln auf. Lamartine sah ein weißliches Gerippe. Der Bauch war völlig leer, ausgenommen. Nur noch die gestreifte Hülle des Wesens war übrig. Lamartine warf sich auf die Gitterstäbe und drückte sein Gesicht gegen das Eisen. Dann sah er es: Die Eingeweide, frische, dampfende, blutrote und schwarze Fleischbrocken hingen an der Wand des Kellers, fein säuberlich nach Größe und Form an Haken aufgereiht.

Weil er das für sieben Uhr angesetzte Abendessen verpaßt hatte, sprach zu Hause niemand ein Wort mit Lamartine. Die Schwiegermutter hatte für teures Geld bei einem Bauern aus Buc bei Versailles eine Handvoll Kartoffeln und einen Schweinemagen erstanden. Den Magen hatte sie stundenlang weichgekocht und dann in Sojasoße eingelegt, die Kartoffeln waren – zusammen mit dem marinierten Fleisch – in Schmalz gebraten. Die Schwiegermutter war – im Gegensatz zu Jeanne – eine hervorragende Köchin, die auch aus einfachen Zutaten ein gutes Mahl zubereiten konnte. Ein kleiner Rest des Essens stand auf dem Tisch, ein Zettel lehnte am Teller: »Nur Jeannes Gutmütigkeit hast du es zu verdanken, daß wir dir einen Rest Essen aufgehoben haben. Mutter.«

Lamartine wurde wütend: Immerhin lebte die ganze Familie von seinem Geld. Er beugte sich über das kalte Essen, nahm Messer und Gabel, um das Stück zerknitterten Magen klein zu schneiden – da fiel ihm das Wesen wieder ein, er sah die ausgenommene Bauchhöhle, den Brustkorb und die tiefschwarzen Augen, in denen noch Leben war.

Lamartine schob den Teller weg und setzte sich in die Ecke, um die Zeitung zu lesen.

Er begann mit einem Artikel über die Proteste in den niederen Volksschichten der Stadt. Die Leute, die sich bisher aus allem herausgehalten hatten, äußerten neuerdings ihren Unwillen über den Waffenstillstand, den die neue Regierung unter Adolphe Thiers mit den Deutschen abgeschlossen hatte. Der Korrespondent schrieb, die Stadt stehe kurz vor einer Revolte. Auffällig oft war in dem Artikel von einer Kommune die Rede. Es handelte sich dabei – wie Lamartine an den

Namen einiger Beteiligten feststellte – um Arbeiter und Kleinbürger. Auch ein paar Zeitungsschreiber und Literaten waren darunter, vor allem Neojakobiner, Proudhonisten und Blanquisten, was Lamartine aus den Berichten seiner Kollegen von der Politischen Polizei wußte. Diese Kommune rief offen zum Bau von Barrikaden auf, sie stellte sich gegen die Regierung, sie wollte soziale Reformen, ja einen völlig neuen Staat. Der Ministerpräsident Adolphe Thiers denke daran, in den nächsten Tagen die Nationalgarde entwaffnen zu lassen, was – nach der Ansicht des Korrespondenten – die Bevölkerung als eine Kriegserklärung mißverstehen könnte.

Lamartine schlug die »Liberté« zu. Zwar wußte er, daß die Unzufriedenheit mit der neuen Regierung unter den einfachen Leuten wuchs und daß man Thiers offen vorwarf, die Sache der Clique um Napoleon weiterzuführen und das Großbürgertum und den Adel zu unterstützen, während dem Rest der Bevölkerung ebenso wenig Einfluß eingeräumt wurde wie unter den Aristokraten. Aber die Menschen in Paris schimpften immer auf ihre jeweilige Regierung, und Lamartine hatte nirgendwo Menschenmengen gesehen oder gewalttätigen Pöbel – von Barrikaden ganz zu schweigen.

Auch aus einem anderen Grund konnte Lamartine an diesem Abend mit den Neuigkeiten aus seiner Zeitung wenig anfangen: Das soeben Erlebte wollte ihm nicht aus dem Kopf gehen.

Die Schwiegermutter durchquerte das halbdunkle Zimmer und räumte den Teller weg. »Du mußt doch was essen, mein Sohn!« bettelte sie. Als sie das Zimmer verlassen hatte, hörte Lamartine im Flur aufgeregtes Flüstern: Ihr Gatte wartete auf das Essen, das der Schwiegersohn verschmäht hatte.

Lamartine ging ins eheliche Schlafzimmer hinüber. Zuerst dachte er, Jeanne schlafe schon, dann hörte er sie aber leise schluchzen. Er zog sich aus und legte sich neben sie. Er wartete, bis sie regelmäßiger atmete, dann fragte er: »Hast du schon einmal ein Wesen gesehen, das wie ein Pferd aussieht, nur kleiner und stämmiger ist, einen sehr großen Kopf hat und am ganzen Körper schwarzweiß gestreift ist?«

Jeanne fuhr im Bett hoch, ihr Kopf flog herum, mit rot verheulten Augen sah sie Lamartine an. »Wir darben hier und teilen uns einen Schweinemagen – und du... du vertrinkst das Geld!« Lamartine drehte sich weg und blies die Kerze aus, die neben seinem Bett brannte.

Nachts träumte er von dem schwarzweiß gestreiften Wesen. Es verfolgte ihn über einen morastigen Acker, in dem er immer tiefer versank, während das Wesen mit den Streifen und den gelblichen Hufen über den Morast galoppierte wie über das Hippodrom von Chantilly und dabei die Nüstern bedrohlich aufblies. Kurz bevor das Wesen ihn erreichte, versank Lamartine völlig im Morast. Er drohte zu ersticken – und erwachte.

Als Lamartine am Morgen ins Büro ging, waren ungewöhnlich viele Menschen auf den Straßen. Einige trugen schwarze Waffenröcke mit Silberknöpfen in Doppelreihen. Auf der Brücke Pont Notre-Dame, die er immer nahm, um auf die Île de la Cité zu gelangen, traf er Gustave Bara, einen Kollegen, der von der Kriminalpolizei zur Politischen Polizei gewechselt war und nun jede Nacht Streife laufen mußte.

An der Vendôme-Säule hätten sie Stricke um das Standbild Napoleon I. geworfen und machten Anstalten, es umzustürzen, teilte Bara seinem Kollegen aufgeregt mit. Als Lamartine weniger beeindruckt zu sein schien, als Bara das erhofft hatte, warnte der ihn: In der Rue d'Allemagne sei am Morgen die erste Barrikade entstanden, es würde nicht mehr lange dauern, bis der Pöbel sich an den Staatsbeamten vergriff.

Lamartine dankte Bara, der als Aufschneider galt, für die Warnung und setzte seinen Weg zum Justizpalast über den Quai de la Corse fort. Er nahm die Sache nicht sehr ernst. In den letzten Wochen und Monaten hatte man sich in Paris an Menschenaufläufe gewöhnt. Auch die Barrikaden bedeuteten noch lange nicht, daß die Stadt am Rande einer Revolte stand. Die Menschen waren durch die Belagerung und die Niederlage verbittert, niemand konnte von ihnen erwarten, daß sie ihrer Regierung zujubelten. Die Massen mußten ihre Wut an irgend etwas auslassen – der Barrikadenbau schadete noch am wenigsten, fand Lamartine.

Im Büro erwartete ihn Danquart mit einem Schreiben, das er in der Nacht aufgesetzt hatte. In diesem Schreiben teilte er dem Untersuchungsrichter mit, daß die Beweise gegen die Kindsmörderin Léontine Suétens so erdrückend wären, daß eine Mordanklage bestritten werden konnte. Es fehlte nur noch die Unterschrift Lamartines. Der Inspektor las das Papier, lobte Danquart für die gute Arbeit und nahm eine Feder von seinem Schreibtisch.

Bevor er zur Unterschrift ansetzte, wandte er sich an Danquart: »Sie sind ein gebildeter Mensch, lieber Danquart. Haben Sie jemals von einem Wesen gehört, das einem Pferd ähnlich sieht, aber viel kleiner und von oben bis unten schwarzweiß gestreift ist?«

Danquart sah ihn groß an. Lamartine verspürte Genugtuung: Er hatte den Mitarbeiter mit seiner Beobachtung beeindruckt. »Und? Was sagen Sie?« drängte er Danquart.

»Ich sage: Sie sollten jetzt den Brief an den Untersuchungsrichter unterschreiben. Es eilt«, antwortete Danquart gereizt.

»Sie haben also noch nie von einem solchen Tier gehört?«

»Monsieur Lamartine, lassen Sie mich um Gottes willen mit ihrem gestreiften Pferd in Ruhe. Ich will um neun Uhr bei Gericht sein. Noch in dieser Woche soll die Verhandlung stattfinden. Spätestens Montag kommt die Suétens auf die Guillotine ...«

Lamartine legte die Feder wieder weg und steckte Danquarts Bericht in einen Aktenumschlag. Dabei zitterten seine Hände leicht.

»Wenn ich eben meine Befugnisse überschritten und einen falschen Ton gewählt haben sollte, so möchte ich Sie bitten, es mir ...« stotterte Danquart.

»Keineswegs«, unterbrach ihn Lamartine in einem belanglosen Ton. »Ich will mir die Ermittlungsergebnisse bloß noch einmal in Ruhe ansehen. Schließlich geht es um den Kopf der Frau ...«

Danquart biß die Zähne zusammen. »Natürlich«, sagte er ruhig. Er wollte das Zimmer verlassen, drehte sich an der Tür noch einmal um. »Wie lange werden Sie benötigen?«

»Ich teile Ihnen mit, wenn ich mit meiner Prüfung fertig bin«, antwortete Lamartine.

Wieder klang es höflich und leidenschaftslos – so wie es immer klang, wenn Lamartines Geist hellwach war.

Lamartine rührte die Akte der Kindsmörderin nicht an. Er verbrachte den ganzen Vormittag damit, ein Bild des schwarzweiß gestreiften Wesens zu zeichnen. Lamartine war kein besonders guter Zeichner, er mußte mehrmals ansetzen, drei Blätter landeten zerrissen im Papierkorb. Mit der vierten Zeichnung war Lamartine zufrieden, obwohl ihm der Kopf des Wesens im Verhältnis zum Körper zu klein geraten zu sein schien. Auch hätte er gerne die schwarzen Augen so gezeichnet, wie er sie – vor allem bei dem toten Tier – in Erinnerung hatte, aber bei Nuancen versagte seine Zeichenkunst.

Lamartine machte sich mit der Zeichnung auf den Weg in den Keller. Unterwegs traf er auf Danquart, der sehr unterwürfig wirkte. Der junge Kollege hatte alle Unterlagen zum Fall der Kindsmörderin zusammengefaßt und drängte sie seinem Vorgesetzten auf. Dabei wiederholte er mehrmals: »Falls ich nachlässig gearbeitet habe, so sagen Sie es mir doch, Monsieur Lamartine!«

Der Inspektor hatte fast Mitleid mit ihm. Fast. Er nahm die Akten an sich, dankte nickend und setzte stumm seinen Weg fort. Danquart rief ihm noch nach: »Natürlich halte ich mich heute den ganzen Tag für Sie bereit, Monsieur Lamartine.«

Lamartine traf den Gerichtsmediziner Dr. Granche in seinem winzigen Labor neben dem Seziersaal. Granche hatte ein Stück Gewebe von der Größe einer Zündholzschachtel mit Stahlnadeln auf dem Objektträger ausgespannt. Es sah aus wie ein für naturkundliche Studien weit gespreiztes Insekt. Granche beugte sich über das Mikroskop. Er schaute mit dem rechten Auge durch das Okular und legte mit einem Skalpell vorsichtig Schicht für Schicht frei.

Lamartine räusperte sich und sagte: »Ich möchte Sie nicht stören ...« Granche sah auf, offensichtlich war er so in die Arbeit vertieft, daß er Lamartines Klopfen überhört hatte. »Was wollen Sie denn schon wieder?!« fuhr Granche ihn an.

Lamartine lächelte unsicher. Er wußte, daß Granche von allen Kollegen in Anspruch genommen wurde. Deshalb durfte er ihm seine Ruppigkeit nicht übelnehmen. Schließlich war er bei seinem Anliegen, das außerhalb der Pflichten des Gerichtsmediziners lag, auch auf das Wohlwollen Granches angewiesen. Er legte die Zeichnung neben das Mikroskop. Granche schob seine Brille, die er auf die Stirn gesetzt hatte, wieder auf die Nasenwurzel zurück und beugte sich über die Zeichnung. Er schüttelte den Kopf, schaute zu dem wegen der etwas kindlichen Zeichnung befangenen Lamartine hoch und fragte: »Was soll ich damit?«

»Ich würde gerne wissen, was es darstellt«, antwortete Lamartine.

»Ich bin ein Gerichtsmediziner und kein Pferdehändler.«

»Aber Sie sind der fähigste Naturwissenschaftler in diesem Haus!«

Granche schien sich geschmeichelt zu fühlen, denn er beugte sich wieder über die Zeichnung und betrachtete sie so eingehend, als könnte man auch unter den Streifen des Wesens verschiedene Schichten freilegen. Lamartine wurde ungeduldig. »Immerhin nehmen Sie an, es handele sich um ein Pferd... Ich meine, sonst hätten Sie das mit dem Pferdehändler nicht gesagt.«

Granche schüttelte den Kopf. »Es ist kein Pferd. Soweit man das aufgrund dieser naiven Zeichnung...« Er wartete die Wirkung dieser Kränkung bei Lamartine ab, fuhr aber sogleich fort, als der keine Anzeichen von Verärgerung zeigte: »...aufgrund dieser wirklich naiven

Zeichnung sagen kann, ist es kein Pferd, sondern ein Esel.«

»Ein Esel?«

»Ein Wildesel, um es genau zu sagen. Ahnungslose sagen auch Tigerpferd, wegen der Zeichnung des Felles. Ich halte es aber für einen Esel, wegen des niedrigen Wuchses. Soweit ich weiß, kommt es in der Savanne Afrikas vor, also südlich der Sahara...«

»Und nördlich?«

»Nördlich der Sahara dürfte der Wildesel sich nicht wohlfühlen – wegen der Enge in den Städten.«

»Ich meinte... in Paris.«

»Paris ist für Wildesel ein denkbar ungeeignetes Pflaster. Ganz abgesehen davon ist das Equus burchelli burchelli – zweifelsohne handelt es sich bei dem hier stilisierten Exemplar um einen Vertreter dieser Unterart – so gut wie ausgerottet...«

»Ausgerottet?«

»Hat es eine rötlich-ockergelbe Grundfarbe?«

»Ich glaube, ja.«

»Na also. Und zwischen den schwarzen Hauptstreifen schmale bräunliche Zwischenstreifen?«

»Soweit ich mich erinnere: weißlich, sie können aber auch ins Braune gegangen sein...«

»Burchell-Zebra. Eine weitgehend ausgerottete Unterart. Wahrscheinlich auch unnütz für die weitere Evolution – nehme ich zumindest an. Warum sonst sollte die Unterart so einfach von der Karte verschwinden?«

»Ich hätte da noch eine Frage, Doktor...«

Granche schob Lamartines Zeichnung schroff beiseite und widmete sich wieder dem Fleischfetzen unter dem Mikroskop. »Das hier ist eine Leiche, von der kein Mensch weiß, ob sie in der Seine ertrunken oder vorher an der Cholera gestorben ist und bloß von den Angehörigen ins Wasser geworfen wurde...«

Lamartine nahm seine Zeichnung wieder an sich, bedankte sich artig und machte sich – froh darüber, daß Granche keine weiteren Auskünfte von ihm erwartete – davon. Im Flur, in dem es nach Desinfektionsmittel und Verwesung stank, rief ihn Granches Bärenstimme zurück. »Was war noch?« fragte der Mediziner, ohne von seinem Okular aufzusehen.

»Was glauben Sie... können Sie sich vorstellen, wie... wie so ein Burchell-Zebra schmeckt?«

»Raus!« brüllte Granche.

Lamartine war enttäuscht. Er wußte zwar nicht genau, was er sich erhofft hatte, aber sicher war es kein Wildesel. Er nahm sich Danquarts Ermittlungsakten vor. Im Grunde wußte er nicht, warum er dem Kollegen die Unterschrift verweigert hatte. Wahrscheinlich war es nur die Art, wie sich Danquart über sein Interesse an dem Wildesel hinweggesetzt hatte.

Danquart hatte gute Arbeit geleistet, der Untersuchungsrichter würde zufrieden sein, und wenn es wirklich diese Woche noch zur Verhandlung vor einem der Schnellgerichte kommen sollte, die seit dem Belagerungszustand tagten, würde die ehemalige Prostituierte Léontine Suétens in weniger als zehn Tagen wegen Kindsmord auf die Guillotine gehen.

Nach zwei Stunden schlug Lamartine die Akten zu. Er suchte das vorbereitete Papier von Danquart, das er unterschreiben und ihm sogleich bringen wollte, aber eigenartigerweise fand er das Blatt nicht mehr an dem Platz, an dem er es abgelegt zu haben glaubte. Lamartine fiel ein, daß Danquart es mittlerweile geholt haben könnte, um Korrekturen anzubringen, und er beschloß, sich etwas zu essen zu besorgen. Bevor er das Polizeigebäude verließ, ging er zu der Toilette in der Mitte des Ganges und wusch sich lange die Hände. Er fühlte sich jedesmal schmutzig, wenn er bei Granche im Keller war.

Als er die Toilette verließ, begegneten ihm seine beiden anderen Mitarbeiter. Sie zogen lange Gesichter, als er sie von der Treppe zurückholte. Offensichtlich hatten sie sich gerade davonmachen wollen. Der Inspektor fragte sie, wohin sie wollten. Sie sahen sich verständnislos an, dann erklärte ihm der Ältere der beiden, sie seien auf dem Weg zu einer Kundgebung der Kommune. Die Aufständischen würden die Macht in der Stadt übernehmen, und sie wollten dabei sein und sehen, was vor sich ging.

Lamartines Laune wurde noch schlechter. Er ärgerte sich, daß die beiden, die er für Drückeberger und Dummköpfe hielt, mehr wußten als er. Er ärgerte sich auch darüber, daß er über der Arbeit des Vormittages völlig vergessen hatte, was sich außerhalb des Gebäudes tat. Aber Lamartine hatte keine Angst. Er wußte, daß niemand seiner Frau und dem ungeborenen Kind etwas antun würde, er wußte sogar, daß es sich bei dem Aufstand – wenn es denn wirklich einer war – nur um ein kurzes Aufheulen der Zukurzgekommenen handelte, die den Kapitulationsvertrag mit den Deutschen als Anlaß dafür nahmen, Sorge um Frankreich zu heucheln. Wenn sie sich ausgetobt hatten, würden sie sich in die Kneipen verziehen, und kein Mensch würde mehr ein Wort über den Kapitulationsvertrag verlieren.

Lamartine trug den beiden Mitarbeitern auf, zum Pariser Zoo zu gehen, sich zu erkundigen, ob es dort einen Burchell-Esel gab, und sich gegebenenfalls das Tier zeigen zu lassen. Sie schauten sich an, als habe ihr

Chef den Verstand verloren, aber zu protestieren wagten sie nicht. Als sie wortlos abzogen, kam Lamartine der beruhigende Gedanke, daß es mit dem Umsturz der Kommune nicht sehr weit her war, wenn die Mitläufer noch, ohne zu mucken, ihre Pflicht erfüllten.

Anschließend machte sich Lamartine auf den Weg zu einem kleinen Bistro am Boulevard St. Michel, um einen Kaffee zu trinken und etwas zu essen – falls es etwas gab. Die Straßen waren jetzt überfüllt, die wenigen Kutschen, die unterwegs waren, steckten im Gedränge fest. Die Menschen schrien wild durcheinander, einige brüllten Parolen, deren Sinn Lamartine nicht verstand. Eine Gruppe schmutziger Männer mit Werkzeugen zog in breiter Front in Richtung Norden, um weitere Barrikaden zu errichten. Dennoch hatte Lamartine immer noch nicht den Eindruck, daß sich etwas tat, was über die üblichen Aufwallungen hinausging. Auch waren nirgendwo Polizeikräfte oder Militär zu sehen. Im Regierungspalast schien man also die Kommune nicht sehr ernst zu nehmen.

Es gab kein Stück Brot mehr in dem Bistro. Der Wirt erklärte stolz, vor einer Stunde sei eine Streife der Kommune hereingekommen und habe ihn um eine Unterstützung für die Kameraden auf den Barrikaden gebeten, da habe er, ohne lange zu überlegen, sein ganzes Brot weggegeben. Lamartine wußte, daß die Brote des Wirtes seit Tagen in der Vitrine gelegen hatten. Wahrscheinlich waren sie hart oder sogar verschimmelt gewesen. Immerhin bekam er als einziger einen Kaffee, die anderen mußten billigen Rotwein trinken. Einige der Gäste waren bereits schwer betrunken, andere schliefen mit den Köpfen auf den Tischplatten. Das sonst so ruhige Bistro wirkte wie ein Heerlager.

Lamartine blies den Kaffee kalt und trank ihn in kleinen, hastigen Schlucken. Er wollte schnell wieder weg.

Da stürzte ein junger Mensch mit wirrem, schwarzem Haar und blitzenden Augen herein und schrie – mit den Armen in der Luft herumfuchtelnd: »Sie kommt! Sie kommt hierher. Léontine kommt!« Die Männer sprangen auf, die Schlafenden wurden angestoßen und hochgerissen. In wenigen Sekunden herrschte Stille in dem Lokal, die Gäste standen stramm, einige hatten sogar die Hände militärisch an die Hosennaht gepresst. Andere drängten von draußen herein, in der offenen Eingangstür kam es zu einem Stau, weil zwei Kutscher sich gegenseitig anrempelten. Dann öffnete sich eine Gasse, und eine Frau trat ein.

Sie war klein und stämmig. Ihre dunkelblonden Haare waren lieblos abgeschnitten worden, und die abstehenden Büschel hatte sie – nach Art der Köchinnen – mit Klammern gebändigt. Ihr Kleid war einfach und lang, eigentlich handelte es sich nur um einen Arbeiterinnen-Kittel mit schmalen weißen Längsstreifen; Lamartine fühlte sich etwas an die Berufskleidung der Metzger erinnert. Die Frau hatte ein derbes Gesicht, ihre Augen waren lebhaft, ihre Nase war breit wie nach einem Faustschlag. Lamartine fielen ihre Ohrringe auf, an zwei Kugeln hingen Glöckchen. Um den Hals trug sie ein Amulett, an dem sie herumspielte, während sie sich in der Kneipe umsah.

»Leute«, schrie sie plötzlich so laut, daß Lamartines Unterarm vor Schreck vom Tisch rutschte. »Wir sind dabei, etwas zu vollbringen, was es noch nirgendwo auf der Welt gegeben hat: Das Volk – die Leute von der Straße, die Arbeiter, die kleinen Händler und die Hausfrauen und Mütter – wird sich den Staat so einrichten, wie er für die Mehrheit der Bevölkerung am besten ist.« Sie machte eine Pause und sah sich in der Runde um. »Unser Anliegen ist das Anliegen aller Franzosen, ja aller Menschen auf dieser Welt. Wir wollen nicht mehr für die Adligen und Großbürger schuften. Wir wollen nicht mehr hungern. Deshalb haßt uns die Regierung. Sie weiß, daß wir sie wegfegen werden. Deshalb hat sie sich mit dem größten Feind Frankreichs verbündet: mit den Deutschen. Habt keine Angst, Männer! Habt keine Angst, Frauen! Hinter uns steht nicht nur das französische Volk. Hinter uns steht die Erste Kommunistische Internationale. Wir werden alle Gewalten im Staat übernehmen. Wir werden die Bürger der Stadt bewaffnen, wir werden die verlassenen Fabriken an Arbeitergenossenschaften übergeben, wir werden die Klerikalen aus dem Parlament schmeißen und in ihre Kirchen zurückschicken, und wir werden dafür sorgen, daß die französischen Frauen die gleichen Rechte genießen wie ihre Männer. Wir werden siegen. Wir werden unsere Feinde vertreiben!« Sie stieß einen Arm hoch und ballte die Fäuste.

Die Gäste brachen in Beifall aus. Lamartine wurde unsanft angestoßen, dann applaudierte auch er. Er wandte sich an den, der ihn angestoßen hatte: »Wer ist das?«

Der Kerl sah ihn verständnislos an: »Die kennst du nicht? Das ist doch Léontine Suétens!«

Lamartines Gehilfen trafen kurz nach ihm wieder im Präsidium ein. Sie machten keinen Hehl aus ihrem Ärger. Sie waren der Meinung, daß Lamartine ihnen ein historisches Ereignis vermasselt hatte.

Der Inspektor war an ihre Launen gewöhnt, er behandelte sie gewöhnlich wie herrschsüchtige Kinder, die man solange links liegen läßt, bis sie ihre Sturheit von selbst aufgeben. Diesmal aber bestellte er sie sofort in sein Zimmer und ließ ihnen keine Zeit, sich in ihren Verschlag zurückzuziehen, in dem es so stark nach schmutzigen Socken und altem Zigarettenrauch stank, daß Lamartine manchmal eine Arbeit lieber selbst erledigte, als den Raum zu betreten.

Ohne Umschweife verlangte er ihren Bericht. Die beiden waren überrascht gewesen, den Zoologischen Garten am Mittag verschlossen zu finden. Der Pförtner hatte sie nicht einlassen wollen, woraufhin sie die Marken der Pariser Polizei vorgezeigt hatten. Erst dann waren sie in die Verwaltung geführt worden. Dort hatte man eigenartig langmütig auf sie reagiert, man hatte sich sogar geweigert, in den Bestandlisten des Zoos nachzusehen, ob ein Burchell-Esel vorhanden war. Daraufhin hatten Lamartines Mitarbeiter gedroht, diejenigen Angestellten, die sich weiter unkooperativ verhielten, ins Präsidium vorladen zu lassen. Es war eine kleine Konfusion entstanden, der Direktor des Zoos war herbeigerufen worden. Der hatte ihnen schließlich mitgeteilt, daß ein Burchell-Esel Eigentum des Pariser Zoos war.

Sie hatten sich schon verabschiedet, berichteten die beiden Lamartine weiter, da fiel ihnen ein, daß ihnen aufgetragen worden war, sich den Burchell-Esel auch zeigen zu lassen. Der Direktor war angesichts dieser Bitte deutlich nervöser geworden. Er hatte dennoch einen Mitarbeiter gebeten, die Polizisten zum Stall des Tieres zu führen, und war verschwunden. Als die beiden nun durch den geschlossenen Zoo geführt worden waren, war ihnen aufgefallen, daß viele Käfige leer waren. Auf ihre Frage nach dem Verbleib der Tiere hatte der Assistent des Direktors geantwortet, die meisten Tiere befänden sich in ihren Häusern, weil es um diese Jahreszeit draußen zu kalt für sie sei. Aber im Stall des Burchell-Esels hatte es eine Überraschung gegeben: Der Stall war leer gewesen.

Auch der Assistent des Direktors hatte sich darüber sehr erstaunt gezeigt und auf der Stelle eine Anzeige wegen Diebstahls erstattet. Auf dem Rückweg zur Verwaltung hatte einer der beiden Polizisten in das eine oder andere Tierhaus geschaut, aber außer ein paar Ratten und Mäusen nichts entdeckt. Die anschließende Befragung der Angestellten des Zoos hatte keinen Aufschluß über den Verbleib der Tiere erbracht, da alle behauptet hatten, über den Verlust des lebenden Inventars ebenso überrascht zu sein wie die Polizisten.

»Gute Arbeit«, sagte Lamartine und entließ die beiden. Sie schienen sich über das Lob ihres Chefs zu freuen.

Der Inspektor setzte sich wieder über Danquarts Akte. Er las alles noch einmal sorgfältig durch und achtete vor allem auf die Zeugenaussagen, die die Suétens des Mordes an ihrem Kind überführen sollten. Aber zu mehr als dem vagen Gefühl, daß es entgegen seiner ersten Annahme doch irgendwo eine Schwachstelle gab, gelangte er immer noch nicht.

Gegen halb vier Uhr klopfte es an Lamartines Tür, und Brunoy, der Vermieter des Toten aus dem Bois de Boulogne, trat ein. Der Veteran nahm Haltung an und schnurrte, er habe noch etwas zu dem Fall seines ermordeten Mieters beizutragen. Dabei zitterte sein Beinstumpf.

Lamartine stand auf, bot ihm einen Stuhl an und bat ihn, weniger förmlich zu sein, schließlich befinde er sich in einer zivilen Behörde. Brunoy aber dachte nicht daran, sein militärisches Gehabe abzulegen. Er nahm auch den angebotenen Stuhl nicht an, sonderen wartete stumm, bis Lamartine wieder hinter dem Schreibtisch Platz genommen hatte. Dann erklärte der einbeinige Vermieter, er habe zwar schon beim ersten Gespräch an das gedacht, was er jetzt vorzutragen wünsche, aber er sei eben ein alter Militär und es falle ihm schwer, gegen Kameraden auszusagen, was der Tote schlußendlich ja gewesen sei, auch wenn er keiner regulären Einheit angehört hatte.

Kurz und gut, ein Reflex der Fürsorge habe ihm den Mund verschlossen. Danach aber – als er darüber nachgedacht hatte – sei ihm der Gedanke gekommen, daß es im Interesse des Toten liegen könnte, wenn er der Polizei half. Hier schwieg der Mann, bis Lamartine ihn durch eine schroffe Handbewegung zum Fortfahren aufforderte.

»Nun gut«, schnaubte Brunoy. »Mein Mieter war ein verdienter *partisan de guerre*, anders hätte er bei mir auch keine Wohnung bekommen. Zudem hatten ehemalige Kameraden mir ans Herz gelegt, ihn zu beherbergen. Wir… also mein Mieter und ich, wir sprachen manchmal miteinander. Über unsere Kriegserlebnisse. Er erzählte mir, was er so getan hatte während der Besatzung. Ein toller Bursche, sage ich Ihnen: Mit einigen Kumpanen hat er noch vor wenigen Wochen hinter den deutschen Kampflinien eine Villa besetzt gehalten. Sowas war nicht ungefährlich. Die Preußen haben jeden Verdächtigen sofort erschossen, die haben eine Heidenangst vor Spionage. Von dort aus… also aus dieser Villa haben unsere Jungs Meldungen nach Paris gesandt… Mittels einer Signalanlage. Die hatten sie wohl auf dem Dach versteckt. Irgendwelche Brettchen und allerlei Zeugs, das sie mit Seilzügen bewegen konnten. Raffiniert, nicht?«

»Was für Meldungen?« fragte Lamartine.

»Na was schon?!« fuhr Brunoy ihn an. »Truppenbewegungen natürlich. Ja, mein Mieter war ein Spion, einer, der seinen Hals für Frankreich riskierte. Hinter den feindlichen Linien. Umso erstaunter, ja wütender wurde ich, als er mir sagte, daß er sich nun als Hilfskoch verdungen hatte.«

»Was ist schon dabei?« fragte Lamartine, der plötzlich befürchtete, den Rest des Nachmittags mit einem geschwätzigen Kriegsveteran zu vertun.

»Was schon dabei ist?!« schnauzte der Alte ihn an. »Ich weiß ja nicht, wie Sie darüber denken… Meiner Meinung nach geht sowas gegen das Ehrgefühl eines französischen Soldaten… dem Feind das Essen zu machen…«

Lamartine horchte auf. »Er hat bei den Deutschen gearbeitet?«

Der Rentner schnaubte: »Franc, habe ich zu ihm gesagt, hast du keine Angst, den feinen Herrschaften in die Suppe kotzen zu müssen? Aber er war ja immer schlauer als alle anderen. Er winkte bloß ab… Ich solle abwarten und dann nachdenken und nicht vorher Zeugs daherschwafeln, von dem ich nichts verstehe. In diesem Ton sprach der Herr Partisan mit mir. Mit einem verdienten Caporal der Grande Armée! Aber gut, was bringt es, über Tote herzuziehen… Im Grunde war er ein armes Schwein, vielleicht hat er auch das Geld gebraucht, um die Miete und seine Kleider zu zahlen… Rente bekommen diese Privatsoldaten ja nicht.«

»Hat er denn im ›Le canard‹ nicht genug verdient, daß er nebenbei noch als Hilfskoch arbeiten mußte?«

»Fragen Sie mich nicht, was er im ›Le canard‹ verdient hat. Er war ja erst ein paar Tage dort angestellt.

Dafür ging er selten genug hin. Er behauptete immer, er müsse sich ›bloß mal blicken lassen‹. Wo hat man sowas schon mal gehört! Sich ›bloß mal blicken lassen‹!? Wenn wir uns früher bei der Armee so aufgeführt hätten, würde es Frankreich längst nicht mehr geben.«

Lamartine mochte keine Militärs, deshalb hätte er gerne etwas dazu gesagt. Da er aber fürchtete, sich dann endlose Tiraden anhören zu müssen, ließ er es sein.

»Wo sollte Franc an diesem Abend arbeiten?«

»Das kann ich Ihnen genau sagen, junger Mann«, tönte der Veteran. »An einem Ort, den ein aufrechter Franzose nur mit der Waffe in der Hand betritt. Im Palais an den Champs-Élysées, dort hat er sich anheuern lassen...«

Nun verstand Lamartine den Ärger des Veteranen. Das Palais Paiva hatte der deutsche Guido Graf Henckel von Donnersmarck seiner Gemahlin erbaut, einer aus Moskau stammenden Kurtisane namens Lachmann, die er in der Pariser Halbwelt als Thérèse Araujo de Paiva kennengelernt hatte. Guido Henckel von Donnersmarck war ein deutscher Zink- und Eisenindustrieller aus der schlesischen Linie seiner Familie. Er hatte sich – unter dem geschickten Einfluß der Madame Lachmann – Verdienste um den Ausbau des schlesischen Kohlereviers erworben. Vor dem Krieg war er in der Zeitung Lamartines als jener Typ des modernen Wirtschaftsführers gefeiert worden, der über die Grenzen seines Landes hinweg Bedeutung für ganz Europa gewonnen hatte, weil er mit seiner Arbeit Vorbilder schaffte für die Industrialisierung der Kohlengruben in Lothringen und Nordfrankreich und für die englischen Reviere um Manchester. Vor dem unseligen Streit Frankreichs mit Preußen wegen der Thronfolge der Habsburger auf dem Königsthron in Madrid, der schließlich zum Krieg geführt hatte, hatte man den Schlesier in Paris geduldet, ja sogar seine Feste besucht. Als sich jedoch die Stimmung zwischen Paris und Berlin verschlechterte, sagten viele der zu Henckel von Donnersmarck geladenen Aristokraten ab, und es mehrten sich in der Presse die Angriffe gegen den schlesischen Grafen und seine Zurschaustellung deutscher Kaufkraft. Schließlich wurde das Palais Paiva auch in Lamartines Zeitung als Hort deutscher Großmannssucht bezeichnet. Offen forderten Kommentatoren die Enteignung des Grafen, und kein einziger Vertreter des Adels oder des Großbürgertums wagte sich noch in die Nähe der mittlerweile als deutsches Agentennest geltenden Residenz. Als Donnersmarck dann auch noch zusammen mit dem Bankier Bleichröder für Bismarck die Reparationsverhandlungen in Versailles führte, haßte Paris den Grafen mehr als die Generale, die die Stadt wochenlang beschossen und schließlich eingenommen hatten.

»Um welches Diner handelte es sich?« fragte Lamartine. »Mir ist nichts bekannt von einem großen Empfang der Henckel von Donnermarcks.«

»Natürlich ist Ihnen nichts bekannt – weil Sie ein Franzose und kein Hunne sind«, antwortete Brunoy polternd. »Die Deutschen wollten unter sich bleiben. Die hatten schließlich vor, die Einnahme unserer Hauptstadt zu feiern...«

Lamartine nickte nachdenklich.

»Ich trauere diesem Verräter nicht nach«, schrie der Alte plötzlich auf, dann aber besann er sich wieder und erklärte ruhiger: »Wer weiß, was er dort gewollt hat. Ich bin ungerecht gegen ihn – vielleicht. Mit mir hätte er doch offen reden können. Aber er tat so, als wäre ich…« Brunoy machte eine kurbelnde Bewegung vor seiner Stirn, seine Lippen zitterten. Dann fing er sich wieder, nahm erneut Haltung an und schnurrte, als handelte es sich um eine förmliche Einladung: »Das Diner fand in Anwesenheit des deutschen Kaisers und seines Kanzlers Graf Bismarck statt. Die Führungsspitze unseres Feindes also… Vielleicht wollte der Partisan überlaufen?!«

»Und Sie meinen, die Deutschen schleppen jeden Überläufer gleich zum Essen mit ihrem Kaiser?«

»Sie halten mich auch für einen alten Spinner, stimmt's?!«

»Nein, wirklich nicht. Ich bin ebenso ratlos wie Sie. Aber da fällt mir ein: Die Deutschen sind äußerst vorsichtig im Umgang mit uns Franzosen. Der Hilfskoch muß in Besitz eines besonderen Ausweises gewesen sein, der ihm den Wechsel von einem der unbesetzten Stadtviertel in ein deutsch besetztes Viertel erlaubte. Und wie kam er durch den streng kontrollierten Zugang in das Palais?«

»Ich kenne diese Ausweise. Sie heißen Freipässe. Man kommt damit überall durch, selbst bei den Deutschen. Franc hat ihn mir gezeigt. Er war mächtig stolz auf den Wisch vom Kriegsministerium…«

»Das Kriegsministerium stellt diese Ausweise aus?« fragte Lamartine kleinlaut. Er schämte sich ein wenig vor dem Alten; eigentlich hätte er wissen müssen, wer die begehrten Freipässe ausstellte. Der Alte antwortete militärisch knapp: »Franc hat mir alles erklärt: Nur das Kriegsministerium ist in der Lage dazu. Es bekommt die Blankoformulare für die Passierscheine von den Deutschen. Sie sind eigentlich für hochstehende Personen bestimmt… für hochstehende Franzosen, meine ich.«

»Was unser Koch ja nicht gerade war...«

»Die Deutschen haben bestimmt selbst Köche. Wenn auch nicht so gute wie wir. Aber Franc war kein Meister seines Faches. Ich bin sicher, der war im Feld besser aufgehoben als am Kochtopf...«

Lamartine stand auf und streckte Brunoy die Hand entgegen. »Ich danke Ihnen für Ihre Hilfe...« Als der Alte ihn erwartungsvoll anschaute, brachte Lamartine es doch übers Herz und sagte leise: »Frankreich dankt Ihnen für Ihre Hilfe.« Die schmale Brust des Veterans schwoll etwas an, und er reichte Lamartine seine knochige Hand, die sich so kalt anfühlte, daß Lamartine sie schnell wieder loszuwerden versuchte.

Brunoy gab Danquart die Türklinke in die Hand, als er Lamartines Büro verließ. »Benötigen Sie noch irgendwelche Informationen zum Fall der Kindsmörderin?« fragte Danquart.

Lamartine sah den Neuen lange an. Dann fragte er: »Was hat Sie dazu bewogen, diesen alten Fall wiederaufzunehmen?«

Danquarts Gesichtsausdruck veränderte sich schlagartig. Die Maske der Freundlichkeit verschwand und offenbarte für eine Sekunde Danquarts Gefühle: Er haßte Lamartine.

Der Inspektor erschrak. Er war ein Mensch, der es schwer verkraftete, wenn ihn jemand nicht mochte. Er erschrak so sehr, daß er – ohne über andere Ursachen für Danquarts starke Gefühle nachzudenken – sofort die Schuld dafür bei sich zu suchen begann. Legte er einem ehrgeizigen und fleißigen, jungen Polizisten Steine in den Weg? Schikanierte er seine Untergebenen?

»Ich glaube, es war die Sorglosigkeit, mit der diese

Frau das Leben eines Kindes zerstörte«, antwortete Danquart, als er sich wieder gefangen zu haben schien. »Einfach zur Seine hinunter zu gehen und das kleine Wesen ins Wasser zu werfen.«

Was Lamartine ernüchterte, waren die Worte »das kleine Wesen«. Sie klangen falsch, und der Inspektor hatte ein Gehör für falsche Töne. Danquart war ein Heuchler, dessen war sich Lamartine nun sicher. Er stand auf und sagte: »Kommen Sie mit!« Er nahm seine vom feuchten Wetter noch klamme Pellerine vom Garderobenständer und trat in den Flur hinaus.

»Wo führen Sie mich hin?« fragte Danquart, als sie das Foyer erreicht hatten. Von draußen drang der Lärm herein, den die Menschen bei Kundgebungen und beim Bau der Barrikaden verursachten. Lamartine antwortete nicht. Im Portal zögerte Danquart. »Haben Sie's gehört?« fragte er. »Thiers hat die Nationalgarde entwaffnen lassen.«

Lamartine zuckte mit den Achseln. »Eine Vorsichtsmaßnahme oder einfach nur eine Anordnung, die dem Volk zeigen soll, daß es noch eine Regierung hat ...«

»Ich glaube, es wird Gewalttätigkeiten geben«, entgegnete Danquart gereizt. »Die Lage ist so gespannt, daß es durchaus zu einem Staatsstreich kommen kann ...«

»Wenn schon, dann zu einer Revolution!« korrigierte ihn Lamartine gelassen. »Vergessen Sie nicht, daß wir das einzige Volk auf der Erde sind, das eine gewisse Routine in diesen Dingen hat. Es wird alles gut ausgehen.«

»Ich weiß nicht, ob es klug ist, auf die Straße zu gehen«, sträubte sich Danquart.

»Alle tun es!« antwortete Lamartine knapp, und als er bemerkte, daß Danquart das Gebäude noch immer nicht verlassen wollte, fügte er hinzu: »Es kommt immer darauf an, auf welcher Seite man steht.«

»Auf welcher Seite stehen Sie?« fragte Danquart schnell.

»Auf keiner«, antwortete Lamartine. »Ich bin Polizist. Und ich habe einen Mordfall aufzuklären.«

Danquart nickte. Nun folgte er Lamartine ins Freie.

Als die beiden am Restaurant »Le canard« eintrafen, waren die Fenster dunkel und die Türen des Hauses verschlossen. Danquart schien erleichtert zu sein. Lamartine führte ihn in das kleine Bistro, das gegenüber dem Restaurant lag. Der Kellner begrüßte Lamartine. »Ihre Suche nach Arbeit hat sich wohl erübrigt?« fragte er, während er mit einer Bewegung seines Ärmels den kleinen Tisch abwischte, an dem die beiden Polizisten Platz nahmen.

»Wieso?« fragte Lamartine.

»Naja, jetzt wo wir bald einen neuen Staat haben werden«, antwortete der Kellner.

»Glauben Sie, wir müssen in Zukunft nicht mehr arbeiten?«

»Die Arbeiter werden sich ihre Arbeit selbst zuteilen, niemand wird ihnen mehr reinreden können.«

»Und die Köche auch?«

»Sie sind doch auch ein Arbeiter – wie ich!« bellte der Kellner verärgert.

Lamartine bemerkte, daß Danquart vor Zorn bebte. »Zwei Kaffee!« bestellte er. Der Kellner war enttäuscht darüber, daß das Gespräch so abrupt endete, er schlurfte zur Theke und kümmerte sich um die Bestellung. »Hoffentlich werden in dem neuen Staat, den wir nun bekommen sollen, die Kellner nicht bestimmen, was die Gäste zu konsumieren haben«, flüsterte Lamartine Danquart zu. Der biß sich so fest auf die schmale Unterlippe, daß sie weiß wurde, und entgegnete harsch: »So ein Unsinn! Diese Großmäuler landen alle im Gefängnis.« Da wurde auch Lamartine, der schnell gekränkt war, wenn man seine Friedensangebote ablehnte, wieder sehr ernst. »Diese Suétens – was ist das für eine Person?« fragte er.

»Eine ehemalige Straßenhure, die sich in ein warmes Nest gesetzt hat. Als ein Bastard ihr Arrangement mit dem Wirt gefährdete, ermordete sie ihr Kind...«

»Und Sie meinen, sie hat den Tod verdient?«

»Darüber entscheiden die Gerichte. Aber wenn Sie mich ganz persönlich fragen: Ja, sie hat kein Recht mehr weiterzuleben.«

»Auch nicht unter einer neuen Regierung? Unter einer Regierung der Kommune?«

Danquart machte ein verächtliches Gesicht. »Auch die wird es sich nicht erlauben können, Gesetze gegen die Natur zu erlassen. Wenn Mütter ihre Kinder in die Seine werfen und dafür auch noch belohnt werden, wird die Kommune bald ausgestorben sein – mangels nachwachsender Kommunarden...«

»Aber die Aufständischen wollen doch auch, daß die Frauen mehr Rechte bekommen. Es heißt, es stehen fast so viele Frauen auf den Barrikaden wie Männer.«

»Na und? Das sind Marketenderinnen. Mit den Frauen, die unsere Kinder aufziehen und unsere Häuser führen, damit wir arbeiten können, haben diese Flintenweiber nichts gemein...«

Lamartine grinste, denn er wußte, daß Danquart unverheiratet war und sich Frauen gegenüber so ungeschickt benahm, daß er es wohl auch bleiben würde. »Finden Sie das lustig?!« fuhr Danquart ihn an.

Der Inspektor ließ sich nicht beirren, er wußte, worauf er hinauswollte. »Ich kann mir vorstellen, daß eine Regierung, die den Frauen mehr Rechte einräumt, auch anders über unseren Fall urteilen wird. Man wird der Suétens zugute halten, daß sie sich in einer schweren Notlage befand. Daß sie damit rechnen mußte, daß der Wirt sie und ihr Kind aus dem Haus warf... falls es wirklich nicht von ihm war. Daß sie wieder auf den Strich gehen mußte... Und die Jüngste ist sie ja nicht mehr. Unter diesen Umständen wird man sie auch nicht mehr wie eine gemeine Mörderin behandeln...«

»Wollen Sie aus ihr eine Volksheldin machen?!« zischte Danquart.

Lamartine winkte müde ab. »Ich sagte Ihnen doch: Ich gehöre zu keiner Seite der kämpfenden Parteien. Ich bin bloß ein Polizist und ein Bürger, der sich abends für Politik interessiert.«

»Erstens hat dieser Fall nichts mit Politik zu tun...«

»Und da sind Sie sich ganz sicher, Danquart?!« unterbrach ihn Lamartine.

Danquart schrie seinen Chef nieder: »Zweitens wird es diesen Staat, von dem die Habenichtse jetzt faseln, nie geben. Ich sage Ihnen doch, Monsieur Lamartine, in wenigen Tagen sitzen diese Kommunarden alle im Gefängnis...«

»...oder sie sind tot – wie Léontine Suétens.«

Danquart schmales Gesicht verzog sich. Er hatte bemerkt, daß Lamartine ihn aus der Fassung hatte bringen wollen. Lamartine war ein erfahrener Verhörführer, er wußte, daß dieser kurze Moment der Einsicht eine Schwäche des Verhörten war – und er nutzte diese Schwäche.

»Von den Zeugen haben wir Akten. Ich habe sie mir mal näher angesehen. Einer der beiden Clochards saß im Gefängnis...«

Danquart atmete schneller. »Ich bitte Sie, welcher Pariser Clochard hat noch nicht gesessen?!« stieß er hervor.

Lamartine blieb gelassen. »Er saß während der Tat im Gefängnis!« Er beobachtete Danquarts Kieferknochen, die sehr weit hinten saßen und kraftvoll mahlten.

»Es muß sich um eine Falscheintragung handeln, ich werde das nachprüfen...« entgegnete Danquart nach einer Ewigkeit.

»Es wird diese Anklage nicht geben, solange ich Chef der Abteilung bin«, erklärte Lamartine entschlossen. »Ich werde dafür sorgen, daß gegen die Zeugen ermittelt wird: wegen falscher Beschuldigung und Irreführung der Behörden.«

Der Kellner brachte die beiden Tassen mit Kaffee und ging schnell wieder zum Tresen zurück. Lamartine blies seinen Kaffee kalt, Danquart trank in großen Schlucken. Lamartine wunderte sich, daß sein Kollege sich nicht den Mund verbrannte.

»Sie begehen einen großen Fehler, Monsieur Lamartine«, sagte Danquart schließlich leise. »Diese Frau ist eine Verbrecherin, und sie gehört auf die Guillotine. Wenn Sie das verhindern wollen, werden Sie Schwierigkeiten bekommen...«

»Wollen Sie mir drohen?« fragte Lamartine laut.

»Ich will Sie warnen.«

In diesem Augenblick hielt eine Kutsche vor dem »Le canard«, und ein hagerer Mann in einem schwarzen Gehrock schlüpfte durch die nun unverschlossene Tür des Restaurants. Lamartine nahm einen vorsichtigen Schluck und verbrannte sich. Obwohl er den Kaffee lieber schwarz trank, goß er ein wenig Milch aus dem Glaskännchen in seine Tasse und trank sie dann in zwei Schlücken leer. »Zahlen!« rief Lamartine; er legte das Geld abgezählt neben seine Tasse. Er stand auf. Danquart hielt immer noch die Tasse an seine Lippen. Er wirkte geistesabwesend.

»Wir müssen hinüber!« befahl Lamartine. Danquart gehorchte mechanisch, er stellte die Tasse hin und erhob sich.

Die Tür zum »Le canard« war wieder verschlossen. Lamartine schlug mit der Faust erst gegen den Rahmen und – als sich drinnen nichts regte – gegen die Glasscheibe. Es wurde aufgeschlossen. Der Alte stand in der Tür. »Was gibt's?!« fuhr er die beiden an.

»Polizei!« erklärte der Inspektor und drückte ihn zur Seite.

Der Speisesaal war für etwa zwanzig Personen mit Brokattischdecken und Tafelsilber eingedeckt. Die Angestellten, die sich bei Lamartines letztem Besuch noch in schäbiger Kleidung um den Eintopf geschart hatten, trugen livréeähnliche Uniformen. Aus der Tür zur Küche drang der Geruch von Bratensoße in den hellerleuchteten Raum, dessen Fenster verhängt waren.

Der Herr in dem schwarzen Rock saß steif an einem für sechs Personen eingedeckten Tisch und trank seinen Aperitif. Er nickte Lamartine und Danquart zu.

»Wo ist der Patron?!« schrie Lamartine.

Niemand gab ihm eine Antwort. Plötzlich bewegte sich Danquart, Lamartine wandte sich um und bemerkte, daß sein Kollege grinste. Er las Häme in Danquarts Blick. Danquart schob seinen Chef sanft beiseite und ging an ihm vorbei zu dem Tisch des schwarz gekleideten Mannes. Er beugte sich zu ihm herab und flüsterte ihm etwas ins Ohr. Dabei bewegte der Mann keine Miene, er sah unverwandt Lamartine an.

Der Mann nickte. Dann bat er Lamartine mit einer knappen Bewegung heran. Danquart schob einen Stuhl zurecht. Lamartine ging ein paar Schritte, deutete eine Verbeugung an und nahm Platz. Er sah dem Mann ins Gesicht: Er war fahl, seine Wangen waren eingefallen, er sah krank aus.

Der schwarz gekleidete Gast winkte den Alten heran und deutete auf Lamartine. Daraufhin fragte der Alte den Polizisten, welchen Aperitif er zu trinken gedenke. Lamartine entschied sich für einen Anislikör. Der Alte hantierte kurz an der Anrichte, brachte dann den Likör und klappte vor dem Polizisten eine großformatige Karte auf. »Sie sind mein Gast!« erklärte der Mann in Schwarz und straffte seinen Oberkörper. »Lecoq. Wir sind Kollegen.«

Nun wußte Lamartine, wen er vor sich hatte. Lecoq war der Chef der Politischen Polizei von Paris, und er hatte den Rang eines Polizeidirektors, stand also in der Hierarchie weit über dem Inspektor der Mordkommission. Lamartine sah auf die Karte. Es gab drei Menüs zur Auswahl. Er entschied sich für den Schulterbraten nach provenzalischer Art, denn er mochte den Geschmack von Thymian am Fleisch. Mit dem Zeigefinger deutete er auf das Menü seiner Wahl, der Alte nickte und verschwand.

»Ich dachte mir schon, daß Sie heute abend hierher kommen würden. Wenn nicht heute, dann morgen oder übermorgen«, erklärte Lecoq. Obwohl seine Erscheinung durch die langen, hölzernen Glieder und den schwarzen Rock etwas Beunruhigendes hatte, wirkte sein Gesicht fast sanft. Seine Wimpern waren eisgrau, seine Lippen dünn, aber nicht verschlagen. Lecoqs tiefliegende Augen glichen durch ihre Lebhaftigkeit die eisige Starre des Körpers aus.

»Sie sind ein guter Polizist!« sagte Lecoq. »Ich wäre stolz darauf, einen Mann wie Sie in meiner Abteilung zu haben.«

»Die Arbeit der Politischen Polizei wäre nichts für mich«, entgegnete Lamartine, er gab sich Mühe, nicht herablassend zu klingen. »Ich bin eher ein Kriminalist vom alten Schlage, einer, der sich die Füße wundläuft.«

Lecoq sah ihn stumm an. Dann seufzte er, es klang etwas theatralisch. Lamartine nahm sich vor, sich in acht zu nehmen. »Wir haben einen gerissenen Feind, Monsieur Lamartine. Dem ist mit dem üblichen Brimborium der Geheimpolizei nicht beizukommen. Vielleicht würde es ein Kriminalist vom alten Schlage schaffen. Er ist nämlich auch so einer – er hat wie Sie als Kriminalpolizist angefangen. Und jetzt ist er mein Gegenspieler...«

»Ich weiß nicht, wen Sie meinen...«

»Er heißt Stieber. Manchmal nennt er sich Schmidt. Er tritt als Kunstmaler, als Jäger oder als Redakteur auf. Das heißt, solche Maskeraden hat er längst nicht mehr nötig. Er ist der Chef des deutschen Geheimdienstes...«

Lamartine lächelte schwach. »Ich ermittle bloß in einer Mordsache.«

»Gut!« sagte Lecoq. »So lassen Sie uns über Ihren Toten sprechen! Er hat hier gearbeitet. Deshalb sind Sie hier, das verstehe ich, Sie tun Ihre Pflicht. Es liegt in meinem Interesse, wenn Sie den Mörder des Kochs finden, Monsieur Lamartine. Aber glauben Sie mir: Hier werden Sie ihn nicht finden. Gaston Franc ist nicht hier ermordet worden.«

Lamartine schwieg, er glaubte Lecoq.

Der Alte ging am Tisch der Männer vorbei und öffnete die Tür zur Straße. Etwa zehn bis fünfzehn Gäste strömten so schnell herein, als hätten sie die ganze Zeit draußen auf den Einlaß gewartet. Es handelte sich durchweg um wohlhabende Pariser, wie Lamartine an ihrer Kleidung erkannte. Während sie beim Eintreten noch gedrängelt hatten, gaben sie sich, sobald sie die festlich eingedeckten Tafeln und die Livrierten erblickten, wohlerzogen. Die männlichen Gäste begannen halblaute Konversationen, begrüßten gegenseitig ihre Damen und machten Verbeugungen voreinander.

Lamartine kannte einige der Gäste. Es waren Honoratioren, die er bei Gerichtsverhandlungen oder bei offiziellen Feierlichkeiten schon gesehen hatte. Ein prominenter Frauenarzt war darunter, aber auch ein hoher Beamter der Stadtverwaltung und sogar ein Abgeordneter der Nationalversammlung, der – wie Lamartine aus seiner Zeitung wußte – in Rouen eine Fabrik für Transportmaschinen besaß und vor einiger Zeit in eine Affäre um erschwindelte Staatsgelder verwickelt war.

Lecoq beugte sich leicht zu Lamartine hinüber. »Wie Sie sehen, beginnt gleich das Essen. Wir sollten unsere beruflichen Gespräche zu Ende bringen, damit wir die Köstlichkeiten in besserer Laune genießen können …«

Lamartine fühlte sich unbehaglich, die Gelassenheit Lecoqs und die Anwesenheit der hochrangigen Gäste irritierten ihn. Er hatte das Gefühl, daß etwas Bedeutendes hinter seinem Rücken vorging, von dem alle außer ihm wußten – auch Danquart. Lamartine spürte, daß er sich auf ein Terrain vorgewagt hatte, auf dem seine Befugnisse als Inspektor der Pariser Mordkommission nichts galten.

»Lassen Sie uns über den Fall der Léontine Suétens reden!« befahl Lecoq.

»Was interessiert Sie dieser Fall?« fragte Lamartine schnell.

Lecoq sah ihn lange an. »Danquart berichtet mir, daß Sie anderer Meinung sind als er.«

»Das ist mein gutes Recht als verantwortlicher Vorgesetzter.«

»Nun seien Sie doch nicht gleich gekränkt, Lamartine! Niemand tastet Ihre Rechte als Inspektor der Mordkommission an. Aber selbst ein erfahrener Kriminalist wie Sie kann sich irren – und dann sollte er dankbar sein für jede Hilfe unter Kollegen.«

»Wie sieht diese Hilfe aus?«

»Sagen Sie uns, was Sie benötigen, und wir kümmern uns darum. Wollen Sie neue Zeugenaussagen? Wollen Sie mehr Indizien? Wollen Sie...«

»Das ist nicht Sache der Politischen Polizei!«

»Ich bitte Sie, Lamartine, wenn man sich untereinander helfen kann...«

»Wenn Sie das wollen, so tun Sie es im Falle des Toten aus dem Bois de Boulogne.«

Lecoq schaute sich nach Danquart um, dann wandte er sich wieder Lamartine zu: »Danquart hatte recht: Sie sind kein einfacher Mensch, Lamartine. Aber wenn ich es mit einfachen Menschen zu tun haben wollte, hätte ich einen anderen Beruf ergreifen müssen.«

Die Tür zur Küche wurde weit geöffnet, der Alte erschien – jetzt in einem schwarzen Frack und mit einem großen Gong. Er schlug den Gong mit einem durch rote Wolle gedämpften Klöppel. Augenblicklich nahmen die Herrschaften Platz. Die Livrierten trugen dampfende Schüsseln auf, der Alte schenkte Wein ein.

Lamartine trank seinen Aperitif in einem Schluck aus und wollte sich erheben, aber Lecoq, der darauf gefaßt zu sein schien, legte seine Hand auf Lamartines Unterarm. »So bleiben Sie doch, Lamartine! Sie sind eingeladen!«

»Von wem?«

»Von mir. Von der Politischen Polizei, die sich nichts sehnlicher wünscht als eine fruchtbare Zusammenarbeit mit Ihnen!« Lecoq prostete dem Inspektor zu. Der Alte brachte ungefragt ein Glas für Lamartine und schenkte schweren Bordeaux ein. Lamartine war so höflich, auch Lecoq zuzuprosten. Dann wurde eine Schüssel vor den beiden Polizisten abgestellt. Der Kellner hob den Deckel – das Fleisch war dunkel, mager und so heiß, daß der Dampf bis zur niedrigen Decke des Restaurants hochschoß. Lamartine stieg der würzige Duft in die Nase. Wenn Jeanne dabei wäre, könnte sie sich einmal gründlich mit Fleisch sattessen, dachte er, davon hätte das Kind mehr als von den Schweinemägen der Schwiegermutter.

Dann fiel Lamartine der Burchell-Esel ein. Er gab dem Alten einen Wink, der sofort bei ihm war. »Woher kommt das Fleisch?« fragte der Inspektor. Der Alte sah Lecoq an, der bedeutete ihm mit einer wedelnden Bewegung seiner Rechten, daß er verschwinden könne, weil er die Frage des Gastes beantworten würde. Lecoq nahm eine lange Gabel und ein Tranchiermesser vom Tablett und schnitt ein knorpel- und fettloses Stück von dem Fleisch ab, ließ es abtropfen und tat es Lamartine auf. Dann schnitt er sich ein kleineres Stück ab und griff wieder zum Glas, um seinem Gegenüber zuzuprosten.

Lamartine sah sich um. Die Gäste griffen bereits zu, sie nickten beim Kauen anerkennend, einige bestätigten sich mit vollen Mündern gegenseitig den wunderbaren Geschmack des Fleisches. Allerdings schienen die angebotenen Menüs überall aus der gleichen Speise zu bestehen. Es gab keine Beilagen, keine Salate oder Gemüse.

Auch Lecoq aß, doch die Happen, die er etwas geziert mit der Gabel zum Mund führte, waren winzig klein. Er schloß die Augen und schien den Geschmack des Fleisches zu genießen. Plötzlich wandte er sich an Lamartine: »Eine Delikatesse. Köstlich. Wirklich. So greifen Sie doch zu! Es handelt sich um eine Lieferung von schlachtfrischem Fleisch aus der Normandie. Natürlich geheim. An den Lebensmittelkontrolleuren und Rationierungskommissionen vorbei...« Er zeigte mit der Gabel zu den übrigen Tischen hinüber und flüsterte: »Für diese Herrschaften. Man muß den besseren Kreisen selbst in Notzeiten etwas bieten. Wenn ihnen der Anreiz, der Luxus, das Besondere so ganz und gar abgeht, verlieren sie schnell die Lust an der Wahrnehmung ihrer Standesrechte und -pflichten. Auch dafür ist eine moderne Politische Polizei verantwortlich... So essen Sie doch endlich, Lamartine, und tun Sie um Gottes willen nicht so, als warte Ihre Gattin mit einem Côte de bœuf zu Hause auf Sie! Selbst ich esse mich hier schamlos satt...«

Das Fleisch ließ sich wie Butter schneiden. Der Duft war betörend. Auch Lamartine schloß die Augen, während er aß. Der Inspektor, der seit Wochen außer Schwarten und Mägen kein Fleisch bekommen hatte, konzentrierte sich auf den Geschmack – da waren weite Wiesen der Normandie, Heu in warmen Ställen, große Maiskolben in einem Kober, selbst frische Kleeblätter schien er durchzuschmecken. Vor allem aber war da der betörende Saft muskulösen Fleisches, die Mischung aus Salz und Blut. Lamartine schwelgte. Er zwang sich dazu, langsam zu essen, um den Genuß so weit wie möglich auszukosten.

»Es ist genug da«, sagte Lecoq und lächelte ihm aufmunternd zu.

Erst jetzt fiel Lamartine auf, daß Danquart immer noch hinter Lecoqs Stuhl stand. Aber es störte ihn nicht, ja, er fand es richtig, daß sein Mitarbeiter nichts von dem wunderbaren Essen abbekam; Danquart sollte ruhig zusehen, wie es sich die anderen gutgehen ließen.

Lecoq ließ neuen Wein kommen, der Alte erkundigte sich beim Nachschenken, wie es den beiden schmeckte. »Wie immer vorzüglich, Maître!« jubelte Lecoq.

Lamartine nickte nur. Je mehr er von dem normannischen Fleisch aß, desto größer wurde seine Gier auf das Essen. Jetzt vermißte er auch keine Beilagen mehr: Sie hätten den Genuß nur gestört. Lamartines Magen, ja sein Hirn und sein Bauch, sein ganzer Körper wollten dieses herrliche Fleisch, das er so lange entbehrt hatte – und nichts anderes.

Die Gäste schienen ebenso zu fühlen – sie redeten nichts mehr, sondern aßen nur noch, sie aßen immer schneller, immer gieriger, sie steckten einander mit ihrer Gier an. Es war wie eine gemeinsame Raserei, die alle Hemmungen hinwegschwemmte. Aus den Augenwinkeln beobachtete Lamartine die feinen Damen, ausschließlich Schönheiten, die sonst jede ihrer Gesten penibel unter Kontrolle hielten. Nun rollten sie beim Essen die Augen wie Schankmädchen, wenn sie besoffen waren und ihren Gästen Geilheit vortäuschten, um sie aufs Zimmer zu locken. Es wurde laut geschmatzt. Die zierliche Frau des Gynäkologen rülpste sogar einmal laut, und ihr Gatte umarmte sie augenblicklich, anstatt sie für ihr Benehmen zu tadeln.

Die Livrierten brachten neue Schüsseln mit dampfendem Fleisch. Lecoq verteilte den Rest auf die beiden Teller, bevor die alte Schüssel abgeräumt war. Sie aßen immer mehr, immer schneller, immer gieriger. »Daß

Fleisch so gut sein kann...« hörte sich Lamartine zu Lecoq sagen.

»Wenn man es nur lange genug entbehrt«, antwortete dieser und griff sich schon wieder einen stattlichen Brocken. Lamartines erstes Stück aus der neuen Schüssel hatte einen zartbitteren Beigeschmack. Auch bemerkte der Inspektor im Hintergrund eine eigenartige Süße. Es störte ihn nicht, er wunderte sich bloß. »Ist es das gleiche Fleisch?« fragte er Lecoq.

»Alles, was heute abend serviert wird, stammt von einem Tier«, antwortete Lecoq. »Darauf wird hier peinlich genau geachtet.«

Da sah Lamartine wieder den Blick des Wesens, das an dem Fleischerhaken hing, er sah sein großes Gebiß – und es schien ihn auszulachen. Er kaute langsamer. Obwohl das Fleisch so mager und so zart war wie ein gutes Steak, schmeckte er deutlich Fett – süßliches, ranziges Fett. Es war so, als hätte er in einen der Schmalzklumpen gebissen, die seine Schwiegermutter manchmal auf dem Bauernmarkt erstand. Lamartine nahm die Serviette und tupfte sich die Lippen ab.

Am Nebentisch erhob sich eine Frau in einem altmodischen, rosafarbenen Reifrock, ihr Oberkörper kippte leicht nach vorne, so daß sie beide Fäuste auf den Tisch aufstützen mußte. Ihr Gatte sprang auf und begleitete die Frau, die mehrmals mit weit aufgerissenen Augen würgte, schnell hinaus. Lecoq schüttelte den Kopf. »Manche der Damen vertragen den Alkohol nicht...« Er erhob sein Glas. »Oder sagen wir: Sie sind etwas aus der Übung.«

Lamartine trank sein Glas in einem Zug leer – aber der ranzige Geschmack verschwand nicht aus seinem Mund. Der schwere Rote stieg ihm in den Kopf. »Ich habe eine ungewöhnliche Beobachtung gemacht«, sagte er. Lecoq beugte seinen Kopf leicht zu ihm herüber. »Gestern abend wurde im Hof dieses Restaurants ein Tier entladen und in den Keller gestürzt – ein exotisches Tier. Ich bin der Meinung, daß es aus dem Pariser Zoo stammt. Es könnte sich um den Vertreter einer sehr seltenen, fast ausgestorbenen Art handeln. Ein Burchelli-Esel – falls Sie schon einmal von dieser Spezies gehört haben sollten.«

Lecoq tupfte seine Lippen ab, ließ sich Wein nachschenken, trank einen kräftigen Schluck und wandte sich dann an Lamartine. »Interessant – Ihre Beobachtung. Welche Folgerungen ziehen Sie?«

»Das Tier wurde geschlachtet und ausgeweidet.«

»Ich verstehe – Sie vermuten einen Mord.«

»Ich weiß nicht, warum Sie sich über mich lustig machen wollen, Monsieur Lecoq!«

Lecoq rückte seinen Stuhl näher zu Lamartine, er wirkte etwas ungehalten. »Ich habe Sie für klüger gehalten, Lamartine. Sie sehen doch, was hier los ist. Das Restaurant wird von meiner Abteilung betrieben – aus verschiedenen Gründen. Ein Grund besteht darin, daß wir wie jede Geheimpolizei – also auch die von Herrn Stieber – Gelder benötigen, die wir keinem vorwitzigen Parlamentsausschuß gegenüber abrechnen müssen. Die Herrschaften zahlen gut, sie zahlen in diesen Notzeiten horrende Summen für ein kräftiges und gut zubereitetes Essen, und wir können das Geld gut gebrauchen. Ein anderer Grund ist der, daß wir – vor allem den deutschen Besatzern gegenüber – unauffällige, unverdächtige Anlaufstellen für unsere Leute brauchen. Sie arbeiten hier und können, ohne auffällige Reisen ins Umland zu unternehmen, hier ihre Aufträge übernehmen und wichtige Kontaktleute treffen. Was ist besser als konspirativer Treff geeignet als ein Restaurant? Und glauben Sie mir: Stieber hält die Augen auf. Er läßt ganz Paris nach französischen Spionen absuchen – und er hat Erfahrung in diesen Dingen. Mehr Erfahrung als wir! Insofern kann ich mir auf meine Idee, im »Le canard« unter seinen Augen ein Agentennest aufgebaut zu haben, etwas einbilden...«

»War das auch der Grund dafür, daß Gaston Franc hier gearbeitet hat?«

»Aber natürlich! Ich dachte, das wüßten Sie längst, Lamartine. Franc war einer unserer wichtigsten Agenten. Während der Belagerung – und danach.«

»Welchen Auftrag hatte er?«

»Lamartine, Sie glauben doch nicht im Ernst, daß ich Ihnen gleich alles sage?! Zumal Sie sich uns gegenüber ja nicht gerade als hilfsbereit erweisen.«

»Wußten Sie, daß er am Tag seines Todes als Hilfskoch bei einem Empfang im Palais Paiva an den Champs-Élysées angeheuert hat?«

Lecoq überlegte. »Das ist doch dieses Schloß des großspurigen Schlesiers? Nein! Das muß ein Irrtum sein... Niemals wäre er in diese deutsche Höhle gegangen. Es sei denn...«

»Es sei denn, er wollte zu diesem Stieber überlaufen und Sie verraten...«

»Unmöglich, Lamartine, nicht dieser Franc, ein aufrechter Franzose...«

»Monsieur Lecoq, haben Sie Franc ermorden lassen, weil er eine Gefahr für Ihre Abteilung geworden war?«

Lecoqs Augen wurden ganz klein. Er gehörte offensichtlich zu den Menschen, die jene, die ihnen Steine in den Weg legten, verachteten. Lamartine schüttelte sich leicht, als er diese Verachtung spürte: die Verachtung des Machtmenschen gegenüber dem Legitimisten, es war die Verachtung, die alle Geheimdienstler den einfachen Polizisten gegenüber empfinden.

»Selbst wenn ich es getan hätte, Lamartine, könnten Sie nichts gegen mich unternehmen. Das ist es ja, was ich Ihnen die ganze Zeit beizubringen versuche: Sie haben nicht nur mich gegen sich, wenn Sie sich weiterhin stur stellen. Diesen Kampf werden Sie verlieren!«

Lamartine erhob sich, ihm war schwindelig geworden. Auch Lecoq sprang auf. »Ich habe mich in Ihnen getäuscht, Lamartine«, zischte er. »Ich dachte, Sie wären ein Verbündeter gegen Stieber. Aber Sie sind auch nichts weiter als einer dieser engstirnigen Prinzipienreiter, wie sie zu Abertausenden in den Amtsstuben sitzen...«

»Ich muß gehen«, erklärte Lamartine tonlos.

»Noch eins«, flüsterte Lecoq. »Ich möchte, daß Sie die Hände von dem Fall lassen. Wir haben genug Ärger und können niemanden gebrauchen, der uns unsere Arbeit noch schwerer macht. Nach unserem Gespräch muß ich annehmen, daß Sie meinen Leuten gefährlich werden können. Im übrigen bitte ich Sie noch einmal eindringlich: Behindern Sie nicht den Gang der Dinge in Sachen Léontine Suétens. Der Fall ist klar, die Dame hat das Fallbeil verdient!«

Lamartine sah sich nicht in der Lage, etwas zu entgegnen. Aus purer Verlegenheit nestelte er seine zerschlissene Brieftasche aus seinem Rock und winkte den Alten heran. »Was bin ich schuldig?« Der Alte sah wieder Lecoq an. Der winkte verärgert ab. »Ich bitte Sie, Lamartine! Wir können es uns leisten, einen Kollegen zu bewirten.«

»Danke!« sagte Lamartine leise. Dann wandte er sich zum Gehen. In der Tür drehte er sich noch einmal um. »Was ist mit dem seltenen Tier passiert?« fragte er.

Lecoq trat an ihn heran und grinste. »Sie glauben doch nicht im Ernst, daß wirklich Rinder aus der Normandie bis Paris gelangen, ohne daß die Deutschen sie sich unter den Nagel reißen?«

Lamartine spürte einen Brechreiz. Er stürmte hinaus ins Freie.

An diesem Abend sprach zu Hause wieder keiner mit Lamartine. Auf dem Tisch im kalten Wohnzimmer stand eine Schüssel, in der die Schwiegermutter Reste des von Lamartine unentschuldigt versäumten Abendessens gegeben hatte. Er stocherte ein wenig in der Schüssel herum und förderte unter einer dicken Milchtunke gekochte Kartoffeln und etwas Kohl zutage. Für einen Moment verspürte er Lust, die fleischlose Speise zu kosten. Da tauchte in der Milchsuppe die Kante einer Schwarte auf, und Lamartine schob die Schüssel angewidert weg. Er verzog sich in seine Ecke am Fenster, zündete eine fast abgebrannte Kerze an und nahm sich seine Zeitung vor.

Die Schwiegermutter schlurfte herein, Lamartine drehte sich weg. Er hörte sie seufzen, als sie sich über die von ihrem Schwiegersohn verschmähte Schüssel beugte. »Warum sagst du uns nicht, wenn du anderswo ißt? Ich mache mir die Arbeit doch auch deinetwegen. Du mußt doch gesund bleiben, mein Junge!« jammerte sie.

Lamartine kauerte über seiner Zeitung. Im Flur war ein vorsichtiges Zischen zu hören: Der Schwiegervater wartete darauf, daß seine Frau ihm Lamartines Essen brachte. Die Alte nahm die Schüssel und verließ schnaufend den Raum.

»Misery loves company« war eine Randglosse auf der ersten Seite der Zeitung überschrieben. Erst als Lamartine die französische Übersetzung las, verstand er und nickte. Dann ließ er die Zeitung sinken und schaute zur geschlossenen Tür hinüber. Zum ersten Mal ertappte er sich bei dem Gedanken, daß er eine Möglichkeit finden mußte, die Eltern Jeannes loszuwerden, bevor sein Kind zur Welt kam. Aber sofort verließ ihn der Mut: Aus ihrem eigenen Haus würde er die beiden Alten nicht hinausbekommen, also mußte er eine für die junge Familie geeignete Wohnung finden – ein Ding der Unmöglichkeit im besetzten Paris. Die Deutschen hatten die meisten großen Wohnungen für ihre Offiziere und die Entourage des neuen Kaisers requiriert. Wer auf einer Wohnung saß, gab sie in derart unsicheren Zeiten nicht auf, weil er damit rechnen mußte, daß die frisch renovierte, neue Wohnung, in die er umziehen wollte, noch vor seinem Einzug zusammenkartätscht wurde oder das Interesse der Besatzer auf sich zog, deren Späher durch die Straßen zogen und Ausschau nach Unterkünften hielten.

Lamartine würde es wohl noch eine Weile mit den Schwiegereltern aushalten müssen – zumal er befürchtete, daß Jeanne ihm eine Trennung von den beiden Alten nicht verzeihen und vielleicht sogar das Kind gegen den Vater aufbringen würde, weil er die Großeltern vergrault hatte. Dieser Gedanke erschrak Lamartine, er widmete sich schnell wieder seiner Zeitung.

Wieder fehlte ihm die Geduld für eine eingehende Lektüre. Er durchblätterte das Blatt bloß und überflog die Schlagzeilen. Aber auf der dritten Seite fand er dann doch einen Artikel, der ihn interessierte. Während auf den ersten Seiten in wohlwollender Form über die revolutionären Umtriebe in der Stadt berichtet worden war – eine Reportage beschäftigte sich sogar mit den technischen Problemen des Barrikadenbaus –

leistete sich die Redaktion von Lamartines Blatt hier eine kritische Note an die Kommune.

Der Kommentator unterstrich noch einmal die Sympathie seiner Zeitung mit der sich formierenden neuen Regierung des Volkes. Er sprach sich für die Ziele der Kommune aus: für die grundlegende Veränderung der französischen Gesellschaft, bei der endlich die Versäumnisse der bürgerlichen Revolution von vor nunmehr achtzig Jahren nachgeholt werden würden. Eine politische Gleichstellung aller Franzosen sei überfällig, ja, allein eine Regierung des ganzen Volkes sei in der Lage, das durch Mißwirtschaft und Krieg ruinierte Land zu retten. Erst wenn die Arbeiter und Kleinbürger ein gemäß ihrer Anzahl gewichtiges Wort würden mitreden dürfen, sei die Gefahr gebannt, daß einige wenige skrupellos ihre Ziele auf Kosten der Mehrheit der Bevölkerung verfolgten. Aus diesem Grund sei eine proletarisch dominierte Regierung geradezu eine nationale Pflicht, und daß die Gegner der Kommune auch die Gegner Frankreichs seien, zeigte sich ja in ihrer Bereitschaft, sich mit dem ärgsten Feind, nämlich mit den Deutschen zu verbünden, um durch deren Schwerter die Revolution der Franzosen niederschlagen zu lassen. Das bezeichnete der Kommentator offen als Verrat.

Dann warnte er die bürgerliche Regierung des Adolphe Thiers eindringlich davor, das Volk von Paris entwaffnen zu wollen oder die ihm zur Seite stehende Nationalgarde per Dekret auszuschalten. Das hätte schlimmste Ausschreitungen der tödlich beleidigten Bevölkerung zur Folge. Ebenso würde die Bevölkerung der Stadt ein bewaffnetes Vorgehen der Regierung gegen die Kommune als einen Affront gegen ihre demokratischen Rechte ansehen und sich mit den Aufständischen auf den Barrikaden solidarisieren. Kein

Franzose werde dann mehr zur Regierung Thiers stehen, denn selbst eine gewählte Regierung hätte, wenn sie Franzosen zwinge, das Gewehr auf andere Franzosen zu richten, keinerlei Legitimation mehr und sei sozusagen vogelfrei.

Bei aller Solidarität mit der Kommune und den sie unterstützenden Bürgern sah sich der Kommentator allerdings gezwungen, gewisse bedenkliche Ausuferungen zu tadeln. So müßte man bei allen Volksversammlungen der Kommune beobachten, daß sich kreischende Frauenspersonen nach vorne drängten und die Menge mit Forderungen aufputschten, die nicht mehr im Sinne der revolutionären Allgemeinheit sein konnten. Eine Demokratisierung der Gesellschaft bedeute nicht, daß die natürlichen Unterschiede unter den Menschen aufgehoben werden würden. Armut und Reichtum seien gegen die Würde des Menschen gerichtete Unterschiede, die aus der Politik der Adligen und des Großbürgertums herrührten. Der Unterschied zwischen Mann und Frau aber sei ein Unterschied, den die Natur gesetzt habe und der deshalb auch von Revolutionären respektiert werden müsse. Wer allerdings die Frauen an die Hochöfen oder an die neuen Schnellfeuergewehre stelle, vergehe sich gegen ein Naturgesetz. Ebenso sei es ein Irrtum zu glauben, Frauen würden in den revolutionären Gremien eine gute Aufgabe erfüllen. Die Natur habe den Frauen eine spezifische Ausstattung mitgegeben, die sie zum Kinderkriegen, zum Führen eines Haushaltes und zu pflegerischen Arbeiten befähige. Das seien durchaus ehrbare Tätigkeiten, die ebenso hoch stünden wie das Engagement der Männer in öffentlichen Dingen.

Im übrigen, schloß der Kommentator, kenne man den Typus der Flintenweiber, die jetzt auf die Rednertribünen drängten, noch allzu gut aus den Wirren der ersten Revolution: Es handele sich nämlich um die, die früher an den Schafotten ausgeharrt hatten, um abwechselnd still strickend und hysterisch kreischend den Hinrichtungen beizuwohnen – ganz gleich ob es sich bei den Delinquenten um verbrecherische Volksschädlinge oder um durch Intrigen zu Fall gebrachte Revolutionäre handelte. Mit diesem Typus sollte sich die neue Gesellschaft nicht einlassen, denn er brächte nur die Schattenseiten des weiblichen Charakters in den Staat hinein: Irrationalität, Häme und Blutdurst. Der letzte Satz war kursiv gedruckt: *»Die Kommune kommt ohne Eulalia Papavoine und Léontine Suétens aus, beide Frauen haben ihre Verdienste, die Massen lieben sie, aber sie sollten selbst ein Einsehen haben und sich jetzt, da die Regierungsbildung ansteht, im Interesse der gemeinsamen Sache zurückziehen. Ich danke ihnen für dieses Opfer!«*

Lamartine faltete die Zeitung zusammen und legte sie unter seinen Stuhl.

Léontine Suétens war eine umstrittene Figur, aber sie schien auch Einfluß in der Kommune zu haben, sonst hätte sich der Kommentator nicht so liebedienerisch aus der Affäre gezogen. Der Schreiber war ein offener Neojakobiner, er hatte Wochen vorher gnadenlos die Köpfe von Politikern gefordert, die seiner Meinung nach gegen das Interesse der Allgemeinheit gehandelt hatten. Und jetzt sprang er – für seine Verhältnisse – so vorsichtig mit den beiden Frauen um... Die Suétens mußte Macht haben, sie mußte gefährlich sein für ihre Feinde in der Kommune und erst recht für die Vertreter des alten Regimes.

Als Lamartine zu Bett ging, schlief Jeanne schon tief. Er horchte noch eine Weile auf den schweren, unregelmäßigen Atem der Schwangeren, dann schlief er selbst ein. In der Nacht träumte er von den Kämpfen auf den Barrikaden. Er trug seinen kleinen, in nasse Windeln gewickelten Sohn auf dem Arm und versuchte, ihn unbeschadet durch die Feuerlinien zu bringen. Jeanne, den Schwiegervater und die Schwiegermutter hatte er mit schweren Schußwunden zurücklassen müssen.

Am nächsten Morgen wurde Inspektor Lamartine vom Polizeidirektor und von Danquart in seinem Büro erwartet. Die beiden zeigten ernste Gesichter, aber Lamartine gab sich Mühe, nicht überrascht zu wirken und nicht laut zu werden. Er hatte mit einem Auftritt des Vorgesetzten gerechnet.

»Sie wissen, daß ich Sie schätze, Lamartine«, begann der Polizeidirektor, ein großer, ungewöhnlich fülliger Mann mit graublonden Haaren, einer schorfigen Knollennase und einem vom Rotwein geröteten Gesicht. »Allerdings bin ich von anderen Dienststellen und von Ihrem Mitarbeiter Danquart auf eine etwas eigenwillige Handhabung Ihrer Dienstpflicht aufmerksam gemacht worden.« Der Polizeidirektor wedelte mit der Akte Suétens. »Sie sollen eine Mörderin schützen! Sind Sie etwa mit der Person bekannt?«

»Nein!«

»Haben Sie sie jemals gesehen?«

»Nur einmal. Ganz kurz, in einem Bistro.«

»Welche Wirkung hatte diese Frau auf Sie?«

»Keine besondere.«

Damit war der Polizeidirektor am Ende. Er schaute unsicher zu Danquart hinüber, der angesichts der Ratlosigkeit des zu Hilfe gerufenen Chefs der Kriminalpolizei verlegen wurde und dem Blick des Alten auswich. Der Polizeidirektor machte einen Schritt auf Lamartine zu. »Mann, warum verhindern Sie die Weitergabe der Ermittlungen an den Richter!? Wenn Sie sich in das Weibsbild verguckt hätten, verstünde ich das noch…« Lamartine dachte daran, daß der Polizeidirektor wegen seiner Affären mit minderjährigen Prostituierten berüchtigt war. »Aber jetzt höre ich, es ist eine politische Angelegenheit. Sie wissen, daß ich sowas nicht mag, Lamartine…«

»Es ist erst einmal eine kriminalpolizeiliche Angelegenheit. Die Ermittlungsakte ist nicht zufriedenstellend.«

Der Direktor sah Danquart fragend an. »Ich habe Monsieur Lamartine angeboten, neue Zeugen beizubringen…« erklärte Lamartines Mitarbeiter.

»Die Zeugen sind falsch!« erklärte Lamartine. »Die ganze Akte ist eine einzige Fälschung.«

»Unerhört!« polterte der Direktor, aber es war ihm anzumerken, daß er sich nicht so recht entscheiden konnte, was er unerhört fand – die Fälschung der Akte oder der Vorwurf Lamartines, die Akte sei gefälscht.

Danquart geriet aus der Fassung. »Ich bin ein ehrbarer Beamter. So etwas muß ich mir nicht sagen lassen«, stotterte er.

Der Direktor schien nach einer Möglichkeit zu suchen, sich aus der Affäre zu ziehen, ohne eine Entscheidung treffen zu müssen. Aber Lamartine nutzte die Gelegenheit. »Dürfte ich bitte erfahren, warum Danquart von der Politischen Polizei zu uns versetzt worden ist?« fragte er den Direktor. Der schnaufte unwillig, aber er antwortete: »Weil er selbst um diese Versetzung gebeten hatte. Dem Kollegen gefiel die Arbeit bei den Politischen nicht mehr – was ich, ehrlich gesagt, gut verstehen kann.«

»Welche Verbindungen pflegt Danquart noch zu seiner alten Abteilung?« fragte Lamartine weiter.

Der Direktor sah Danquart an. Danquart antwortete: »Keine. Von privaten Freundschaften abgesehen...«

Lamartine nahm an seinem Schreibtisch Platz. Er öffnete mit dem Schlüssel, der mit einer dünnen Kette an seiner Weste befestigt war, das Tresorfach und entnahm einen dunkelblauen Aktendeckel. Er legte die Akte auf den Tisch und öffnete sie.

»Das ist eine zweite Ermittlungsakte im Fall der Kindsmörderin Suétens...« Lamartine schaute auf: Der Direktor sah genervt aus angesichts der immer komplizierter werdenden Sachlage; Danquart war verblüfft.

»Meine beiden anderen Mitarbeiter haben sie auf meinen Befehl hin in aller Eile zusammengestellt. Sie enthält alle in der Kürze der Zeit erreichbaren Erkenntnisse über das Zustandekommen der ersten Akte Suétens, die Sie, Herr Kriminaldirektor, in der Hand halten.«

Der Direktor legte die Akte Danquarts so eilig auf Lamartines Schreibtisch, als könnte er sich daran verbrennen. Lamartine lehnte sich zurück und referierte gelassen: »Einige gezielte Recherchen meiner Mitarbeiter ergaben folgendes: Die Zeugen, die die Suétens belasten, wurden entweder unter Druck gesetzt oder bestochen. Sogar der Gatte der angeblichen Kindsmörderin – wie wir feststellten: seit längerem von der Person verlassen – wurde erst in beträchtliche finanzielle Schwierigkeiten mit Weinlieferanten seiner Spelunke gebracht und dann durch die Übernahme seiner Verpflichtungen dazu bewogen auszusagen, seine Gattin wäre von einem Fremden schwanger gewesen. Die Clochards, die den Mord an dem Kind angeblich gesehen haben, hielten sich zur fraglichen Zeit entweder im Gefängnis oder bei einer Sauferei am anderen Ende der Stadt auf. Nur die Gäste, die aussagten, sie hätten in der Schenke der Suétens kein Kleinkind gesehen, sind echt. Ihre Aussagen entsprechen der Wahrheit, weil die Suétens wirklich kein Kind ausgetragen hat, sie war nicht einmal schwanger, wie einer der falschen Zeugen behauptete...«

»Wer soll das alles bewerkstelligt haben?« brachte der Direktor entsetzt hervor.

»Danquart und sein ehemaliger Chef Lecoq, für den unser neuer Mitarbeiter immer noch arbeitet.«

»Verleumdung!« schrie Danquart.

Lamartine stellte befriedigt fest, daß Danquart zum ersten Mal schrie, seit er in seiner Abteilung arbeitete.

»Warum sollte er das getan haben?« fragte der Direktor.

»Die Suétens gehört zu den Frauen, die in der Kommune großen Einfluß haben, sie ist eine Feindin der Regierung. Ich nehme an, daß sich die Politische Polizei schon lange mit ihr beschäftigt. Als sie Lecoqs Leuten zu gefährlich geworden war, beschloß man, sie loszuwerden. Wenn man ihr einen politischen Prozeß machen oder sie einfach ermorden würde, dann hätte die Kommune ihre erste Märtyrerin und es würden wahrscheinlich noch mehr Pariser zu den Aufständischen überlaufen. Also konstruierte man eine Anklage, die die Frau auch in den Augen ihrer Anhänger diskreditierte – einen Kindsmord. Darauf steht die Todesstrafe. Man wäre die Suétens losgeworden und hätte ihre Anhängerschaft erheblich verunsichert. Um den Fall Suétens auf diese elegante Weise zu lösen und vielleicht auch um in Zukunft eine Möglichkeit zu haben, sich unliebsamer Personen auf scheinbar legale Weise zu entledigen, hat Lecoq Danquart in unsere Abteilung eingeschleust. Wir sollen die Drecksarbeit für die Politische Polizei machen – mit fingierten Mordanklagen gegen Oppositionelle.«

Lamartine wußte, daß er den Direktor damit auf seiner Seite hatte: Sein Vorgesetzter war ein zutiefst mißtrauischer Mensch, wenn es um Politik ging. Nichts verunsicherte ihn mehr als Fälle mit politischen Hintergründen, die er nicht durchschaute. Er lebte seit Jahren in der Angst, eine politische Intrige könnte ihn zu Fall bringen. Eigenartigerweise schien er nie auf den Gedanken gekommen zu sein, daß er seinen Posten aufgrund fachlicher Inkompetenz oder aufgrund seiner Vorliebe für zwölfjährige Strichmädchen verlieren könnte.

Der Direktor bebte, er wandte sich an Danquart: »Was sagen Sie dazu?«

Danquarts Mund öffnete sich und schloß sich wieder, aber er ließ nichts vernehmen.

»Sie sind ab sofort vom Dienst suspendiert!« schrie der Direktor ihn an. »Ich werde mich beim Polizeipräsidenten und beim Innenminister über Ihren Chef, diesen Lecoq, beschweren. Ja, ich werde dafür sorgen, daß dieser Verbrecher aus seinem Amt gejagt wird!«

Als der Polizeidirektor das Zimmer Lamartines verließ, schlug er die Tür hinter sich zu. Der Inspektor beobachtete Danquart, der wie ein gescholtener Schüler wirkte.

»Sie haben heimlich gegen mich ermittelt?« maulte er.

Lamartine schwieg. Danquart verzog sein Gesicht vor Abscheu und zischte: »Das kostet Sie Ihren Kopf! Lecoq wird sich rächen. Ich werde mich rächen!« Dann rannte er hinaus.

Lamartine war seit langer Zeit wieder einmal zufrieden mit sich. Er beschloß, am Abend früher nach Hause zu gehen und endlich wieder einmal mit Jeanne zu schlafen.

Der Inspektor begab sich zum Kriegsministerium.

Mit den Beamten dort hatte er ungern zu tun. Wie herablassend das Kriegsministerium sich anderen Behörden gegenüber aufführte, hatte Lamartine erst kürzlich bei Ermittlungen gegen zwei Soldaten erfahren. Ein Sous-Lieutenant und sein Kamerad hatten während der Belagerung an der Peripherie der Stadt ein Bauernmädchen aus der Île-de-France erschlagen und die Tat den Deutschen in die Schuhe geschoben. Lamartine konnte damals nachweisen, daß sich keine deutschen Verbände in der fraglichen Gegend aufgehalten hatten und daß es den preußischen Soldaten wegen der herumstreifenden Partisanen strengstens verboten war, sich von der Truppe zu entfernen. Die Täter waren auch noch so dumm gewesen, Teile ihres Unterzeugs bei der Toten zurückzulassen, womit Lamartine sie schnell der grausamen Tat überführte.

Dann allerdings waren Angehörige des Kriegsministeriums auf den Plan getreten, hatten Lamartines Ermittlungsergebnisse in Zweifel gezogen und ihrerseits Beweise angekündigt, die den Mord deutschen Marodeuren anlasteten. Sie schreckten auch nicht davor zurück, Lamartine geheimer Sympathien für die Besatzungstruppen zu verdächtigen und seine Ermittlungen als eine Kampagne gegen Frankreich zu diffamieren. Nur die Tatsache, daß der Kriminaldirektor aus Angst vor politischem Schaden für sein Haus den Streit schlichtete und die Beamten des Kriegsministeriums die angekündigten Beweise schuldig blieben, hatte Lamartines Kopf gerettet. Als dann auch noch einer der beiden verdächtigten Soldaten im Suff eine Prostituierte halbtot schlug und ihn zivile, französische Zeugen schwer belasteten, gab das Kriegsministerium nach und ließ Lamartines Ermittlungen gelten. Die beiden wurden unehrenhaft aus der Armee entlassen und zu einer hohen Gefängnisstrafe verurteilt.

An diese Affäre dachte Lamartine, als er das schwerbewachte Gebäude vom Seineufer her betrat, er spürte einen unangenehmen Druck in der Magengegend. Lamartine hatte Angst. Der Pförtner, ein uniformierter Angehöriger des Wachregiments Napoleons, schnauzte den Inspektor an, als der sich an einer Schautafel orientieren wollte. »Sie haben sich anzumelden!« Lamartine zeigte ihm seinen Polizeiausweis, der Wächter sah ihn sich mürrisch an und tat so, als bezweifle er die Echtheit des Ausweises. »Zu wem wollen Sie?«

»Wer stellt die Freipässe aus?« fragte Lamartine.

»Freipässe gibt's nicht auf Antrag, vor allem nicht für normale Bürger.«

»Ich will keinen Freipaß haben, ich will nur mit dem Beamten sprechen, der dafür zuständig ist.«

»Warum?«

»Ich ermittle in einem Mordfall.« Lamartine hätte sich selbst ohrfeigen können: Warum gab er diesem Türsteher überhaupt Auskunft? Das hatte er, ein Inspektor der Pariser Mordkommission, doch nicht nötig…

»Ich werde nachfragen!« beschied ihm der Mann, der wohl selbst spürte, daß er zu weit gegangen war, etwas umgänglicher. Dann bat er einen Kameraden, ihn zu vertreten, und entfernte sich rasch. Der zweite Uniformierte, ein Mann mit einem gezwirbelten Schnurrbart, der auffällig schielte, musterte Lamartine eingehend.

Der Inspektor fühlte sich bewacht und machte – wie unbeabsichtigt – ein paar Schritte von dem Pförtnerhäuschen weg. Als er sich langsam umwandte, bemerkte er, daß der Schielende ihm folgte.

Für einen Moment dachte Lamartine daran, einfach umzukehren und einen seiner Mitarbeiter mit dem Besuch im Kriegsministerium zu beauftragen. Aber die unangenehme Nähe des schielenden Soldaten hinderte ihn daran. Er befürchtete, von dem Mann verfolgt und auf der Straße gestellt zu werden.

Endlich erschien der erste Pförtner wieder. »Zimmer 356, dritter Stock. Bitte anklopfen!« schnauzte er Lamartine an.

Der Inspektor flüchtete in das Innere des Kriegsministeriums. Das Treppenhaus mit den grauen Steintreppen, die symmetrisch auf beiden Seiten einer Kriegerstatue in die oberen Stockwerke führten, war menschenleer. Irgendwo hörte man eine schnaubende Stimme, die klang, als käme sie von einem Kasernenhof herauf. Unter starkem Herzklopfen begann Lamartine den Aufstieg.

Die Tür zum Zimmer 356 fand er schneller, als ihm lieb war. Er klopfte zaghaft an. Nichts tat sich. Lamartine klopfte wieder; diesmal etwas härter. Drinnen rief jemand etwas, vielleicht hatte aber auch nur ein Beamter gehustet.

Lamartine trat ein. Zwei klobige Schreibtische aus dunklem Holz standen sich gegenüber. Die Vorhänge waren zugezogen, auf jedem Schreibtisch brannte ein Windlicht – dabei war es noch taghell draußen. Zwei Köpfe brüteten über aufgeschlagenen Akten. Die Herren waren in Zivil, offensichtlich untergeordnete Sachbearbeiter.

Lamartine grüßte. Keiner der beiden Beamten reagierte. Der Inspektor trat näher. »Ich bin Inspektor Lamartine von der Pariser Kriminalpolizei, ich bin dienstlich hier.« Einer der beiden schneuzte seine Nase in die rechte Hand und wischte die Handfläche an der Hose ab.

»Es geht um die Freipässe…«

Der andere wandte sich langsam nach ihm um. »Was ist mit den Freipässen?«

»Ich ermittle in einem Mordfall. Der Ermordete besaß einen… ich dachte, ich mache mich bei Ihnen kundig… über die Bedingungen, unter denen diese Dokumente ausgegeben werden…«

»Die Freipässe sind eine interne Angelegenheit des Kriegsministeriums, niemand hat sich deshalb kundig zu machen!« beschied ihm der Mann und wandte sich wieder seiner Akte zu.

Lamartine überlegte.

»Auf Wiedersehen!« bellte der andere Beamte.

Der Inspektor hatte genug. Er war doch kein Bittsteller, er war ein Kriminalbeamter, ein Mann, der diesen Staat vertrat – mindestens ebenso vertrat wie die beiden Aktenleser. »Gut!« sagte er laut. »Es ergeht hiermit eine offizielle Ladung an Sie. Ich möchte Sie morgen früh um neun Uhr in meinem Büro sehen, um Sie eingehend zu befragen… Hiermit fordere ich Sie auf, mir Ihre Namen zu nennen!«

Keiner der beiden zeigte eine Regung. Lamartine zog seinen Notizblock und einen Bleistift aus der Innentasche der Jacke, öffnete die Tür und schrieb die Namen der beiden vom Türschild ab: Monsieur Garanche, Pierre und Monsieur Petit, Gaston. »Eine schriftliche Ladung ergeht noch heute. Ich lasse sie per Boten zustellen. Da Sie durch Ihre unkooperative Haltung diese Ladung selbst verschulden, wird Ihnen die Polizeikasse alle anfallenden Kosten in Rechnung stellen. Guten Tag, die Herren.«

Lamartine war schon auf der Treppe, als die aufgeregten Schritte von Garanche wie ein leichter Trommelwirbel durch das Gewölbe des Flurs hallten. »So warten Sie doch, Monsieur Lamartine! Wir haben Ihr Anliegen nicht ganz verstanden. Würden Sie sich bitte noch einmal in unsere Amtsstube bemühen?«

Als die beiden wieder das Zimmer 356 betraten, war Petit verschwunden. Lamartine wußte, daß er weggeschickt worden war, um Hilfe zu holen. Garanche hielt den Inspektor mit Floskeln hin. »Wir ziehen doch in diesen schweren Zeiten alle am selben Strang. Wenn unsereiner einem Kollegen helfen kann, so hilft er auch. Sie müssen nur verstehen, das hier ist nicht das Finanzamt, das ist das Kriegsministerium, da liegt es in der Natur der Sache, daß nicht alles offengelegt werden kann. Es geht immerhin um die Armee, um die Sicherheit unseres Vaterlandes...«

Lamartine wußte, daß er es später schwerer haben würde, und fragte deshalb schnell: »Wer bekommt Freipässe?«

Der Mann rieb sich gequält die Hände. »Eigentlich nur hochgestellte Persönlichkeiten, deren Position es mitbringt, daß sie sich im Interesse des Landes ungehindert über die Demarkationslinien bewegen müssen... Also Unterhändler, Wirtschaftsleute, hohe Offiziere, die mit den Reparationsverhandlungen zu tun haben.« Er schmunzelte. »Ab und an auch mal eine kleine Tänzerin. Es ist zwar Krieg, aber die Biologie verlangt dennoch ihren Teil...«

»Der Ermordete hieß Gaston Franc. Können Sie nachprüfen, warum ihm ein Freipaß ausgestellt wurde?«

»Wissen Sie, es ist nicht mal so, daß wir in jedem Fall bestimmen, wer einen dieser Freipässe bekommt und wer nicht. Die Freipässe gehen uns durch die deutsche Militärverwaltung zu. Oft sind sie schon ausgefüllt. Dann handelt es sich um Personen, die die Deutschen mit diesem Privileg ausstatten wollen...«

»Kollaborateure!«

»Ich weigere mich, dieses Wort dienstlich zu gebrauchen... Aber unter uns gesagt: Sie haben recht!«

»War Franc ein Kollaborateur?«

»Möglicherweise. Wir dürfen keine Bücher über die Freipässe führen, die uns schon ausgefüllt erreichen.«

»Die Deutschen haben wohl Angst, daß wir uns nach ihrem Abzug an den Kollaborateuren rächen?«

»Ich glaube, im Grunde ist es ihnen egal, was aus den Verrätern wird. Sie müssen nur eine gewisse Fürsorge demonstrieren, sonst würden sie keinen Franzosen finden, der mit ihnen kollaboriert.«

»Führen Sie Buch über die Freipässe, die Sie selbst ausstellen?«

»Ja.«

»Dann muß man annehmen, daß Franc, wenn er in Ihren Akten nicht auftaucht, ein Kollaborateur war?«

»So ist es.«

»Dann sehen Sie bitte nach!«

Die Tür flog auf und Petit stürmte herein. Ihm folgte ein schmächtiger Mann in der wenig gebräuchlichen, rotgrünen Uniform des Tambours eines Linien-Infanterieregimentes. In dem kargen Ministerium wirkte der Mann mit den vergoldeten Epauletten wie ein Operetten-Komparse. Lamartine kannte den Uniformierten, es war Jean de Baule, einer der vier stellvertretenden Kriegsminister. Mit ihm, einem für die Verhältnisse des Kriegsministeriums als besonders kultiviert geltenden, ehemaligen Militärattaché in London, hatte Lamartines Polizeidirektor die Einigung im Fall der beiden des Mordes an dem Bauernmädel verdächtigen Soldaten ausgehandelt.

»Schon wieder machen Sie uns Ärger, Monsieur Lamartine!« sagte de Baule leise, aber es klang nicht sehr ernst gemeint. »Man könnte glauben, Sie haben etwas gegen unser Ministerium...«

Lamartine suchte nach einer geistreichen Antwort, aber de Baule nahm ihn am Arm und zog ihn auf den Flur. »Lassen Sie uns doch in mein Zimmer gehen und die Angelegenheit dort besprechen!«

»Ihr Mitarbeiter hat mir schon erschöpfende Auskunft gegeben, ich müßte bloß noch ihre Freipaß-Liste einsehen...« sagte Lamartine schnell, es widerstrebte ihm, sich mit einem stellvertretenden Kriegsminister einzulassen. Aber der Blick, den de Baule daraufhin Garanche zuwarf, ließ Lamartine triumphieren: Er hatte einen empfindlichen Nerv getroffen – und Garanche würde später eine Abreibung von seinem Chef erhalten.

»Es gibt sicher noch einige Fragen, Monsieur«, erklärte de Baule, der sich schnell wieder gefangen hatte. Lamartine fragte sich, was ein geschickter Diplomat wie de Baule im Kriegsministerium zu suchen hatte.

De Baule schloß die Tür der Amtsstube und flüsterte Lamartine verschwörerisch zu: »Sie werden es nicht glauben, aber gerade befindet sich ein Herr in der gleichen Angelegenheit in meinem Vorzimmer. Ich darf ihn nicht lange warten lassen. Er ist auch ein Polizist. Allerdings ein deutscher...« Lamartine hatte mit allem gerechnet, aber nicht damit, einen deutschen Polizisten im Kriegsministerium zu treffen. »Ich kenne ihn schon länger, ein interessanter Mann«, fuhr de Baule fort. »Man kann an ihm die Talente studieren, die den Deutschen zum Sieg verholfen haben. Es sind die Talente, die darüber entscheiden werden, wer im nächsten Jahrhundert die Welt beherrscht.«

Lamartine verstand de Baule nicht, vor allem verstand er die Begeisterung des stellvertretenden französischen Kriegsministers für einen deutschen Polizisten nicht. Auch wunderte es Lamartine, daß de Baule genau zu wissen schien, in welcher Angelegenheit er unterwegs war.

De Baules Büro war ein Saal mit drei Spiegeln, mit einem für den kleinen Mann viel zu großen Schreibtisch und mit roten Samtvorhängen und -kordeln an den meterhohen Fenstern. Immerhin fiel etwas Tageslicht herein. Der stellvertretende Kriegsminister wies dem Besucher einen Stuhl in der Ecke zu. »Es fehlt die Zeit für weitere Erklärungen, werter Monsieur Lamartine. Einen Mann wie der, mit dem wir es nun zu tun bekommen, läßt man besser nicht warten. Sperren Sie Augen und Ohren auf, Inspektor! Nun gibt es viel zu lernen. Und vielleicht kommen Sie in Ihrem Fall einen kleinen Schritt weiter. Oder noch besser: Vielleicht werden Sie nach diesem Gespräch eine weise Entscheidung treffen. Nämlich die, Ihre Ermittlungen einzustellen ...«

Ohne Lamartines Entgegnung abzuwarten, läutete de Baule eine Tischglocke. Augenblicklich öffnete sich eine Flügeltür an der Stirnseite und ein junger Mann in einem eleganten, schwarzen Frack trat ein, dessen Haare in der Art der Jakobiner zu einem Zopf zusammengebunden waren. »Ich lasse bitten!« sagte de Baule laut. Lamartine beobachtete ihn genau, der ehemalige Militärattaché war nervös geworden.

Der Sekretär verschwand. Lange geschah nichts. Dann hörte man draußen Schritte. Es schien Lamartine, als käme jemand von sehr weit her. Sein Gang war nicht träge, aber müde. Er ging nicht schnell, aber auch nicht langsam oder bedächtig. Der Mann blieb draußen kurz stehen und räusperte sich, bevor er eintrat. Lamartine war etwas enttäuscht: Nach de Baules Nervosität zu urteilen, hätte eine imposante Erscheinung durch die Flügeltür in den Saal treten müssen. Aber der Deutsche, den der stellvertretende Kriegsminister so aufwendig angekündigt hatte, sah aus wie ein kleiner Kanzleibeamter. Seine Kleidung war einfach und in einem dunklen Grauton gehalten, so daß man sie Tag für Tag tragen konnte. Es war die Kleidung eines auf Sauberkeit bedachten und um Unauffälligkeit bemühten Beamten.

Der Mann mochte etwa fünfzig Jahre alt sein, er war klein und drahtig, er hatte eine Halbglatze und trug die schwarzen, mit grauen Strähnen durchsetzten Haare halblang und streng nach hinten gekämmt. Sein Oberlippenbart war buschig, aber längst nicht so wuchernd, wie die Franzosen es mochten. Trotz des feingeschnittenen, fast sensiblen Gesichtes hatte der Mann eine robuste Nase. Lamartine vermutete, daß das Nasenbein einmal gebrochen war, obwohl das bei einem Verwaltungsmenschen – und ein solcher war der Besucher zweifellos – unwahrscheinlich war. Die Augen des Mannes waren winzig und lebhaft. Er legte offenbar Wert darauf, sie hinter einer Brille mit ovalen Gläsern zu verstecken. Lamartine hatte den Eindruck, daß der Mann leicht schielte, aber dieser Eindruck konnte auch durch die unruhigen Augen entstanden sein.

Der Besucher wartete, die Hände gefaltet, bis der Sekretär de Baules die Flügeltür wieder geschlossen hatte. Erst dann verbeugte er sich tiefer, als es die Umgangsformen im Ministerium und der Rang des stellvertretenden Kriegsministers erforderten, und verharrte. Der Mann schien Etiketten gewohnt zu sein, wie sie an großen europäischen Königshöfen noch üblich waren – aber längst nicht mehr in Frankreich. Er zeigte die zugleich verlegene, aber bisweilen auch lustvolle Unterwürfigkeit von Bürgerlichen, die aus dienstlichen Gründen gezwungen sind, mit dem Hochadel zu verkehren.

De Baule warf Lamartine einen hämischen Blick zu. Erst dann sagte er laut: »Bitte, Monsieur!« Der Kopf des Besuchers kam langsam wieder hoch, sein Gesicht war gerötet, die Äuglein blitzten. »So treten Sie doch näher!« bat de Baule.

Der kleine Mann ging langsam und in einem eigenartig wiegenden Gang – wie ein Tänzer oder ein Mensch mit zwei verschieden langen Beinen – zum Schreibtisch de Baules. Dabei hielt er beide Arme steif an die Seiten gepreßt, um zu verhindern, daß die Rockschöße nach vorne schlugen. Lamartine hatte den Eindruck eines Menschen, der tun und lassen konnte, was er wollte, und dabei immer ein wenig lächerlich wirkte.

De Baule wandte sich Lamartine zu und erklärte beiläufig: »Das ist Inspektor Lamartine von der Pariser Polizei. Er hielt sich gerade im Haus auf, und ich habe ihn dazugebeten.« Der Besucher hielt inne und machte eine zweite, knappere Verbeugung in Lamartines Richtung. Der Inspektor, der sonst wenig auf Formen achtete, mußte sich kurz erheben und mit einem knappen Nicken zurückgrüßen.

De Baule wies auf den Stuhl neben seinem Schreibtisch. Der Deutsche warf die Rockschöße zurück und nahm Platz. Auf dem mit blutrotem Plüsch bezogenen

Kanzleistuhl sah er aus wie ein schüchternes Kind. Erst legte er die Beine übereinander, überlegte es sich dann wieder und stellte seine Füße schließlich nebeneinander.

»Darf ich Sie bitten zu beginnen?« sagte de Baule höflich.

Die Stimme des Besuchers war fest und laut, sein Französisch war sehr gut, nur ein harter Akzent identifizierte den Sprecher als Deutschen. »Lieber Herr stellvertretender Kriegsminister. Lieber Herr Kollege. Ich komme in einer ernsten Angelegenheit zu Ihnen. Ich muß Sie leider um Ihre Mithilfe bei der Aufklärung eines Verbrechens bitten, das unsere Herren sehr beunruhigt. Wie wir hörten, wurde gestern morgen im Bois de Boulogne die Leiche des Monsieur Franc gefunden. Franc gehörte zu den französischen Bürgern, die vernünftig genug sind, etwas für die Zukunft ihres Landes zu tun, indem sie sich mit uns arrangieren. Ich weiß, daß es in Paris Menschen gibt, die diese Landsleute verachten und sie Kollaborateure nennen. Aber Männer wie Franc handeln aus patriotischen Motiven, und die Geschichte wird zeigen, daß diese Menschen recht daran getan haben, uns ihre Mitarbeit anzubieten. Wenn einer dieser Menschen ermordet wird, so ist es unsere Pflicht, die Mörder dingfest zu machen und zu bestrafen. Deshalb bin ich hier. Ich erbitte Ihre Unterstützung!«

Lamartine sah de Baule an. Den schien das Anliegen des Deutschen zu quälen. »Mein lieber Freund«, antwortete der stellvertretende Kriegsminister nach einer Weile. »Ich verstehe ja Ihre Erregung angesichts dieses Mordes. Aber ich glaube, Sie sind hier völlig falsch. Sie befinden sich im Kriegsministerium und nicht im Polizeipräsidium …«

Der Besucher fiel ihm ins Wort: »Sie bekommen von uns die Freipässe, mit denen man sich in Paris ungehindert bewegen kann. Wir haben Ihnen in dieser Hinsicht weitgehend freie Hand gelassen, weil wir dachten, Sie sind an einer friedlichen Koexistenz mit uns interessiert. Offensichtlich wird aber mit dieser gutgemeinten Einrichtung Mißbrauch getrieben. Sie haben Leute damit ausgerüstet, die die großzügig überlassenen Blankoformulare dazu benutzen, um Landsmänner zu ermorden, die mit uns zusammenarbeiten!«

»Was erwarten Sie von mir?« fragte de Baule – fast schon verärgert.

»Kontrollieren Sie Ihre Listen...« Als de Baule protestieren wollte, wurde der Besucher schärfer. »Die Listen der Blankofreipässe! Wenn Sie sie nicht selbst kontrollieren und die Leute überprüfen, tue ich es. Sie haben zwei Tage Zeit. Sollten Sie bis dahin nicht zu einem Ergebnis gekommen sein, lasse ich Sie und Ihre Mitarbeiter verhaften und vor ein deutsches Kriegsgericht stellen! Sie wissen, daß Ihnen dann der Tod droht, falls sich erweisen sollte, daß der Mörder Francs in diesem Hause Unterstützung fand. Ich möchte wissen, mit wem Gaston Franc zu tun hatte. Diese Leute müssen in Besitz von Freipässen sein.«

Der stellvertretende Kriegsminister schluckte, als müßte er ein unzerkautes Stück Fleisch hinunterwürgen.

Der Deutsche wandte sich unvermittelt Lamartine zu. »Ich habe Hochachtung vor Polizisten, die ihre Arbeit anständig tun. Ich bin selbst Polizist. Vielleicht verstehen Sie mich besser als der verehrte Monsieur de Baule. Sollten Sie Hinweise auf die Täter haben, so bitte ich Sie, sie mir zu geben! Natürlich gilt meine Drohung mit dem Kriegsgericht nicht für Sie, Herr

Kollege. Dennoch sollten Sie mir helfen, denn ich will weiter nichts als Gerechtigkeit. Und Sie werden mir zustimmen, daß die Mörder des Gaston Franc nach Ihren Gesetzen bestraft gehören.«

Lamartine wußte, daß der Deutsche eine Antwort von ihm erwartete. Er überlegte fieberhaft: Die Angehörigen des Kriegsministeriums würden ihm bei seinen Ermittlungen Knüppel zwischen die Beine werfen, das war ihm klar. De Baules Friedensangebot hatte nur ein Ziel: Es sollte ihn dazu bringen, aufzugeben. Wenn er weiter ermittelte, würde das Kriegsministerium härter gegen ihn vorgehen. Wozu de Baules Leute fähig waren, hatte Lamartine schon am eigenen Leib erfahren. Und nun hatte er plötzlich einen Verbündeten. Einen Deutschen zwar, aber einen Polizisten, der ebenso wie er an der Aufklärung des Mordfalles Gaston Franc interessiert war.

Der Inspektor erhob sich, schaute auf de Baule, der seinem Blick auswich, und begann dann stockend: »Soviel ist mir bisher bekannt: Gaston Franc arbeitete in einem Restaurant in der Rue Mouffetard. Es heißt »Le canard«. Franc war Koch im »Le canard« und hat sich einen Tag freigenommen, um bei dem Empfang des Fürsten Donnersmarck als Hilfskoch zu arbeiten...«

De Baule schlug mit der Faust auf die Schreibtischplatte. »Was fällt Ihnen ein, Lamartine! Niemand hat Ihnen die Erlaubnis erteilt, sich in das Gespräch einzumischen. Ich habe Sie dazugebeten, weil ich dachte, Sie könnten etwas erfahren, was Ihnen weiterhilft. Von einer Offenbarung Ihrer Ermittlungen Dritten gegenüber war keine Rede!«

Lamartine brauchte eine Weile, um diese Rüge zu verkraften. Als er den Blick des Deutschen bemerkte, wußte er, daß er de Baule etwas entgegnen mußte, wenn er nicht als Trottel dastehen wollte: »Monsieur de Baule, ich habe es nicht nötig, mir von Ihnen dienstliche Anweisungen geben zu lassen. Falls Sie sich über mein Verhalten beschweren wollen, so tun Sie das beim Kriminaldirektor. Den kennen Sie ja bereits!«

De Baule schnaubte. »Raus, Sie Flegel!«

Der Deutsche lächelte zufrieden und sagte leise: »Nur die Ruhe, verehrter de Baule! Dieser Inspektor Lamartine ist ein fähiger Kriminalist, ganz abgesehen davon, hat er Ihnen soeben das Leben gerettet. Oder glauben Sie, ich hätte gezögert, Sie füsilieren zu lassen?« Damit verabschiedete er sich knapp und schritt auf die große Flügeltüre an der Stirnseite des Saales zu. De Baule beeilte sich zu klingeln, damit der Sekretär öffnete und der Abgang des Besuchers nicht zu eigenmächtig aussah. Die Türe wurde augenblicklich von außen aufgerissen, aber der Besucher schlüpfte, ohne sich umzusehen, an dem Sekretär vorbei in den dunklen Flur.

De Baule ließ sich auf seinen Stuhl fallen. »Diese Ratte!« zischte er. Lamartine hielt es für eine günstige Gelegenheit zu verschwinden. Er machte eine Verbeugung und schlich hinaus. Als der Sekretär die Tür hinter ihm schloß, hörte er de Baule brüllen.

Lamartine stieg langsam die Treppe des Kriegsministeriums hinunter. Jetzt wußte er, daß der Tote ein Kollaborateur war und seine Kameraden ihn umgebracht hatten. Er mußte nur noch herausfinden, wer ihm das Gift eingeflößt hatte. Wahrscheinlich war es jemand aus dem »Le canard«. Lamartine konnte sich gut vorstellen, daß Lecoq den Befehl dazu gegeben hatte.

Warum aber hatte man Franc diese immense Menge

Gift eingeflößt? Selbst Lecoqs Leute kamen nicht ohne weiteres an solche Stoffe heran und mußten mit Bedacht damit umgehen. Und allein um den abtrünnigen Partisanen leiden zu lassen, hatten sie ihn sicher nicht mit dem tödlichen Gift vollgepumpt: Die hohe Dosis hatte den Todeskampf eher verkürzt.

Eine Gestalt trat aus dem Schatten der Marmorsäule am Fuß der Treppe. Es war der deutsche Besucher de Baules. »Ich muß mich für Ihre Hilfe bedanken!« erklärte der Mann, der eben noch de Baule den Tod angedroht hatte, freundlich. »Falls Ihnen noch etwas einfällt, so besuchen Sie mich doch in meiner Kanzlei in der deutschen Kommandantur! Vielleicht sollten wir öfter zusammenarbeiten. Unsere Ziele sind ja nicht so verschieden. Wir wollen doch beide, daß Verbrecher ihrer gerechten Strafe zugeführt werden, oder?«

Lamartine gefiel dieser Mensch, er gefiel ihm nicht nur, er schien in ihm einen Gleichgesinnten gefunden zu haben, jemanden, der ihm keine Steine in den Weg legte, ein Kriminalist, der sich durch nichts von seinem Weg abbringen ließ. Für Lamartine war das Zusammentreffen mit dem deutschen Polizisten wie der Entsatz nach einer langen und harten Belagerung: Alle die Danquarts, Lecoqs und de Baules konnten ihm nichts mehr anhaben. Mit diesem Mann an seiner Seite würde er unangefochten seine Arbeit tun können. Er würde den oder die Mörder des Toten aus dem Bois de Boulogne finden und vor Gericht bringen. Alles weitere sollte dann der Richter entscheiden – aber einen unaufgeklärten Mord würde es in Lamartines Abteilung auch in diesen schweren Zeiten nicht geben...

Dann allerdings fiel ihm ein, daß man ihn der Kollaboration beschuldigen könnte. Doch er sagte sich, daß jedem vernünftigen Menschen der Unterschied zwischen ihm und einem Gaston Franc klar sein mußte. Er verriet niemanden, er tat nur das, was seine Pflicht war: Er ermittelte einen Mörder. Und welche Behörde in der Stadt arbeitete derzeit nicht eng mit den deutschen Stellen zusammen? Sogar das Kriegsministerium schien in regem Kontakt mit ihnen zu stehen, wie der Besuch des deutschen Polizisten bei de Baule zeigte.

Der Deutsche hängte sich bei Lamartine ein und führte ihn an den Uniformierten, die so taten, als nähmen sie die beiden nicht wahr, vorbei ins Freie. Als er die frische Luft atmete und die Beklemmung des Kriegsministeriums nicht mehr auf seinem Brustkorb spürte, blieb Lamartine stehen, machte sich los und erklärte seinem Begleiter: »Ich weiß übrigens, wer das Restaurant in Wirklichkeit führt. Es ist gut möglich, daß dieser Mann etwas mit der Ermordung des Gaston Franc zu tun hat. Er heißt Lecoq...«

Sein Gegenüber erstarrte. »Lecoq! Der Chef der Politischen Polizei?«

Lamartine nickte. »Er hat versucht, einen Mann bei mir einzuschleusen, um Mordanklagen gegen Oppositionelle erheben lassen zu können.«

Der andere starrte den Inspektor an. »Fingierte Mordanklagen gegen Oppositionelle! Eine ungewöhnliche Idee...« Er klopfte Lamartine auf die Schulter und sagte laut: »Ich bin Ihnen zu allergrößtem Dank verpflichtet. Ich glaube, Sie haben den Mordfall schon aufgeklärt. Besuchen Sie mich doch! Wir sollten einige Dinge miteinander besprechen.«

Lamartine konnte sich denken, daß die Besatzer auf diese Art auch Kollaborateure anwarben. Er schwor sich, peinlich darauf zu achten, daß der Deutsche von ihm nichts erfuhr, was über die Ermittlungen im

Mordfall Franc hinausging. »Wie war der werte Name?« fragte Lamartine.

Der Deutsche schien überrascht zu sein; offensichtlich hatte er angenommen, daß de Baule Lamartine über seine Identität informiert hatte. »Stieber«, antwortete er knapp. »Wilhelm Stieber aus Berlin.«

Zum ersten Mal seit dem Mord im Bois de Boulogne war Lamartine pünktlich zu Hause. Offensichtlich hatte niemand mit ihm zum Abendessen gerechnet. Es waren nur drei Gedecke aufgelegt. Als Lamartine ins Zimmer trat, erhob sich die Schwiegermutter ächzend, um ein viertes Gedeck zu holen.

Lamartine war bester Laune. »So bleib doch sitzen, Mutter!« sagte er und ging selbst zur Vitrine. Jeanne, die sich über Lamartines Rücksicht auf die Schwiegermutter freute, ließ es sich trotz ihres schon hinderlichen Bauches nicht nehmen, Lamartine von der vor Fett triefenden Ratatouille auf den Teller zu schöpfen. Lamartine bedankte sich und legte dabei die Hand auf den Unterarm seiner Frau. Die Schwiegereltern wechselten bedeutungsvolle Blicke, und Lamartine fühlte sich wie ein Verehrer beim ersten Besuch im Elternhaus der Angebeteten.

»Laß es dir schmecken!« wünschte ihm Jeanne, faltete aber sogleich beide Hände unter ihren Bauch, verdrehte die Augen, als käme gerade eine Wehe über sie, und ließ sich auf den Stuhl zurücksinken.

»Gott, Kind!« schrie die Mutter auf.

»Schon gut«, erklärte Jeanne. »Bloß eine Blähung.«

Lamartine schnupperte an der Ratatouille der Schwiegermutter. Sie roch nach Kräutern – die waren auf den Schwarzmärkten der Peripherie wieder zu haben – und nach etwas Schwerem, Süßlichem, Zartbitterem.

»Ist da Fleisch drin?« fragte Lamartine.

»Hast du schon mal eine echte Ratatouille mit Fleisch gesehen?« entgegnete die Schwiegermutter.

Lamartine aß zufrieden, er schmeckte zerkochte Kartoffeln und Rüben, mit einem Stück Weißbrot tunkte er die salzige, graue Soße auf.

»Schmeckt es dir, mein Sohn?« wollte die Schwiegermutter wissen.

Lamartine antwortete mit vollem Mund: »Danke. Es ist ausgezeichnet. Und Fleisch mag ich mein ganzes Leben lang nicht mehr essen.«

Die Alten sahen sich groß an, Jeanne grinste etwas dümmlich. »Warum nicht?« fragte der Schwiegervater vorsichtig.

»Wegen der Tiere«, antwortete Lamartine.

»Wegen welcher Tiere?« wollte der Schwiegervater wissen.

»Wegen der Tiere, die geschlachtet werden, damit wir Fleisch essen können.«

Die Schwiegermutter machte ihrem Gatten aufgeregt Zeichen, die ihm bedeuteten, Lamartine sei nicht ernstzunehmen. Der Schwiegervater fragte dennoch: »Gilt das auch für uns? Ich meine, bist du der Meinung, auch deine Familie sollte in Zukunft auf den Genuß tierischer Nahrung verzichten?«

Darüber hatte Lamartine noch nicht nachgedacht, er zuckte mit den Achseln, dann sagte er: »Das solltet ihr selbst entscheiden.«

Die Schwiegermutter schüttelte den Kopf und flüsterte: »Das arme Enkelkind, sein Knochenbau wird sich nicht richtig entwickeln, und die Nährstoffe fürs Hirn werden ihm fehlen. Nur weil sein Vater den Schweinen das Leben retten will...«

Jeanne fragte Lamartine so laut, daß ihre Eltern sich

sofort wieder stumm dem Essen widmeten: »Hattest du Ärger im Büro?«

Lamartine nahm sich noch einen Löffel von der Ratatouille. Dann wandte er sich freundlich an seine Gattin und erklärte ihr, er habe ausnahmsweise keinerlei Ärger im Präsidium gehabt, ja, er habe sogar das Gefühl, daß sich in Zukunft einiges zum Besseren wenden würde.

»Wirst du etwa befördert?« überfiel ihn die Schwiegermutter.

»Vielleicht sogar das«, antwortete Lamartine nach kurzem Nachdenken. »Auf jeden Fall wird sich meine Arbeit erleichtern. Ich habe heute Kontakt zu einem interessanten Herrn bekommen, mit dem ich zusammenarbeiten werde...«

»Um wen handelt es sich?« fragte Jeanne und gähnte dabei verstohlen.

»Um einen Kollegen namens Stieber.«

»Das klingt ja sehr nach Lothringen, ein alter Bekannter aus deiner Heimat?« fragte der Schwiegervater.

»Er kommt aus Berlin.«

»Ein Deutscher«, wunderte sich Jeanne. »Was hat ein Deutscher bei der Pariser Polizei zu tun?«

»Nichts. Er ist – soweit ich weiß – Chef der deutschen Feldgendarmerie.«

Die drei sahen ihn stumm an. Jeanne sprach als erste wieder, sie klang ernsthaft besorgt. »Und du meinst, du tust nichts Verbotenes? Nichts, was uns in einen schlechten Ruf bringt?«

»Wie kommst du denn darauf, Liebes?« fragte Lamartine.

»Wie sie darauf kommt?« fuhr die Schwiegermutter ihn an. »Das fragst du auch noch. Diese Barbaren haben uns belagert und beschossen. Sie haben bei Sedan unsere Armee aufgerieben und unseren Kaiser gedemütigt. Und du fragst, wie die arme Jeanne darauf kommt? Ich will es dir sagen: Sie kommt darauf, weil sie kein Kind zur Welt bringen will, dem die Nachbarn auf der Straße Steine hinterherwerfen!«

»Mutter, bitte!« zischte Jeanne. Lamartine merkte ihr an, daß sie den Tränen nahe war. Er legte sein Besteck neben den Teller und erklärte gelassen: »Ich weiß wirklich nicht, was ihr habt. Dieser Stieber ist ein Kriminalist wie ich auch. Er wird mir helfen, einen Fall aufzuklären, der mich sehr beschäftigt. Ein ehemaliger Partisan ist vergiftet worden. Wahrscheinlich von seinen Kumpanen...«

»Bestimmt weil er sie verraten hat!« schrie die Schwiegermutter auf. »Du hilfst den Deutschen, unsere Leute zur Strecke zu bringen.« Sie sprang auf und stieß ihren Gatten an. Der schlang schnell noch die letzten Bissen herunter und erhob sich dann ebenfalls. »Wir werden in Zukunft das Essen in unserem Zimmer einnehmen. Mit einem Kollaborateur sitzen wir nicht an einem Tisch!« erklärte die Alte wütend.

»Mama!« schrie Jeanne auf und schlug die Hände vors Gesicht.

»Wenn du außer dem Samen von diesem Menschen auch noch einen Funken Ehre im Leib hast, so folgst du uns!« fuhr die Schwiegermutter ihre Tochter an. Dann verließ sie – gefolgt von ihrem Mann – das Zimmer. Jeanne weinte.

»Ich weiß wirklich nicht, was die Alte hat«, maulte Lamartine. Er wollte seine Frau in den Arm nehmen, aber eine innere Stimme sagte ihm, daß er sie damit nur noch mehr aufregen würde, und so ließ er es.

»Das kannst du uns nicht antun!« stammelte Lamartines Gattin, als sie sich etwas gefangen hatte. »Versprich, daß du nie mehr ein Wort mit diesem Deutschen reden wirst! Versprich es mir im Namen unseres Kindes! Versprich es!«

Lamartine hatte seine Jeanne noch nie so reden hören. Sie stieß ihn ab, er mochte Pathos nicht, vor allem nicht, wenn er damit unter Druck gesetzt werden sollte. »Was ich im Büro tue, geht euch nichts an«, erklärte er tonlos.

Jeanne wischte sich die Tränen ab, zog die Nase hoch und erklärte mit fester Stimme: »Wie du meinst. Dann mußt du allerdings auch die Folgen aushalten.« Sie stand auf und ging, ohne ihn anzusehen, hinaus.

An diesem Abend hatte Lamartine nicht einmal mehr Lust auf seine Zeitung. Die Tür zum Schlafzimmer fand er verschlossen. Er schlief im Sessel im Wohnzimmer und wachte schon gegen halb sechs Uhr morgens auf. Bis sieben Uhr saß er am Fenster und sah in die Dämmerung hinaus. Als er Schritte im Flur hörte, verließ er ungewaschen das Haus und eilte in sein Büro.

Stieber saß zusammengesunken auf dem schmalen Besucherstuhl neben dem Aktenschrank. Er schien eingenickt zu sein. Sobald Lamartine die Tür hinter sich geschlossen hatte, sprang der Deutsche auf. »Ich dachte, wenn ich warte, bis Sie mich aufsuchen, werden wir nie zusammenkommen, Monsieur Lamartine.«

Lamartine fühlte sich überfahren. Er ging an Stieber vorbei, zog seinen Überzieher aus und hängte ihn in den Schrank.

»Ich hoffe doch sehr, Sie nicht zu stören!« beteuerte Stieber.

Lamartine nahm es dem Deutschen übel, daß er schon einen Tag nach ihrem ersten Zusammentreffen im Kriegsministerium ins Präsidium kam, so daß alle sehen konnten, mit wem Lamartine neuerdings Kontakt hatte. Er hätte dem deutschen Kollegen mehr Taktgefühl zugetraut. Der Inspektor nahm Platz und rieb sich den Schlaf aus dem Gesicht.

»Was führt Sie zu mir?« Er gab sich Mühe, reserviert zu klingen.

»Der Tote aus dem Bois de Boulogne. Ich habe gestern noch Erkundigungen eingezogen. Alle Ihre Annahmen haben sich bestätigt: Franc war in dem Restaurant angestellt, und das Haus wird insgeheim von Lecoq geführt. Der Tote gehörte zu einer Gruppe von Partisanen, die die Politische Polizei als geheime Mitarbeiter angeworben hat. Sie sollen nach dem Waffenstillstand im Untergrund für Lecoq weiterarbeiten... Als Saboteure und Attentäter.«

»Hatte Franc Ihnen das nicht längst erzählt?« fragte Lamartine bitter.

Stieber zögerte einen Moment, dann antwortete er etwas verärgert: »Franc war kein Verräter, er war ein Patriot, der sich im Interesse Frankreichs zu einer Zusammenarbeit mit den deutschen Behörden entschlossen hat.«

»Was meinen Sie mit Zusammenarbeit?«

»Nicht alle Partisanen sind Halsabschneider. Es gibt unter ihnen auch Leute, die nur vorübergehend in die Wälder gegangen sind und nun wieder in ihre ehrbaren Berufe zurückkehren.«

»Was könnte Ihnen ein Hilfskoch nutzen, Herr Stieber?«

»Wir sind beim Aufbau unserer neuen Verwaltung auf jeden intelligenten Menschen, der guten Willens ist, angewiesen.«

»Franc wollte also in Ihre Verwaltung. Mir scheint er

nicht gerade der geborene Verwaltungsmensch gewesen zu sein.«

»Er wollte als echter Patriot eben verhindern, daß Kriegsgewinnler nach unserem Abzug wieder die wichtigen Positionen besetzen. Im übrigen war Franc ein Monarchist. Die Kommune war ihm widerwärtiger als die Deutschen. Schließlich sind unsere Soldaten die einzigen, die Frankreich noch vor der Anarchie retten können... Franc wußte das sehr gut, und er hat danach gehandelt.«

Lamartine überlegte. Vielleicht hatte Stieber recht. Den Partisanen traute er keine Sympathien für die Aufständischen zu. Die Männer hatten für das französische Kaiserreich ihr Leben riskiert, sie ließen sich nicht ohne weiteres für eine Gesellschaft der Gleichen und für die Revolution einspannen, sie würden sich mit Zähnen und Klauen wehren – vielleicht sogar an der Seite ihres alten Feindes, schließlich stand ihnen der deutsche Kaiser näher als die Erste Kommunistische Internationale, die von London aus Grußadressen an die Pariser Barrikadenkämpfer richtete.

Stieber schien zu ahnen, was in Lamartines Kopf vor sich ging, er fuhr begeistert fort: »Leute wie Gaston Franc werden einmal als Helden gefeiert werden. Wenn wir erst den Aufstand der Anarchisten niedergemacht haben, wird Ihr Land wieder wissen, was es will. Die Leute werden erkennen, wer Freund und wer Feind ist. Die Niederlage in diesem unseligen Krieg hat Frankreich anfällig gemacht – das wissen die Anarchisten, sie nutzen den Krankheitszustand aus und dringen in den Volkskörper ein wie eine heimtückische Krankheit. Diese Leute, die jetzt Barrikaden bauen und die Fabriken besetzen, wollen keinen neuen Staat, sie kämpfen auch nicht für mehr Gerechtigkeit, sie wollen den Staat, ja, die Zivilisation zerstören. Das sind Menschen, die gegen jede Art von vernünftiger Organisation sind, Träumer, die die Menschen in einen primitiven Urzustand zurückversetzen wollen. Wir brauchen einen modernen Staat, um anständig miteinander leben zu können. Wer diesen Staat verdammt, der will den Kampf der Wölfe untereinander. Glauben Sie mir, ich bin kein Idealist, und es wäre auch dumm von mir, mich als ein Retter Ihres Landes aufzuspielen! Aber ich werde verhindern, daß in Paris die politische Pest ausbricht, diese Krankheit ist ansteckender als die wirkliche Pest. Mein Kaiser hat mich beauftragt zu verhindern, daß sich die Epidemie nach Osten ausbreitet.«

»Was könnten die Ideen der Kommune in Ihrer Heimat schon viel ausrichten?«

»Deutschland hat gerade erst zu sich selbst gefunden, Monsieur. Meine Landsleute wissen noch nicht so recht, wo sie hingehören. In so einem Übergangszustand ist selbst der Stärkste empfänglich für simple Ideen, für Träumereien. Der Versuchung der Anarchie könnte meine Heimat derzeit ebensowenig widerstehen wie Ihre. Deshalb müssen wir etwas unternehmen. Ich habe übrigens herausgefunden, daß es sich bei den Mördern Francs um eine mächtige Organisation handelt. Das sind Unruhestifter, die sich die allgemeine Verwirrung um die Kommune zunutze machen. Sie schüren die Barrikadenkämpfe, damit Ihr Land unregierbar wird. Dann schlägt die Stunde der Lecoqs. Ein Volk, das nach einem verlorenen Krieg und einer blutigen Revolte keinerlei Hoffnung auf Ordnung mehr hat, folgt gerne solchen Anführern. Menschen wie Gaston Franc sind deshalb die Todfeinde eines Lecoq. Franc wollte den derzeitigen Zustand so schnell wie möglich beenden, er wollte weder die Kommune und die Barrikaden, noch die Lecoqs, die die Anarchie solange schüren, bis das Volk nach ihrer Hilfe schreit. Deshalb hat er sich mit uns zusammengetan. Franc kannte Lecoqs Pläne genau, er wollte Frankreich vor dem Chaos und der Tyrannei bewahren. Deshalb ließ Lecoq ihn töten!«

»Lecoq ist ein Konservativer, vielleicht sogar ein Kaisertreuer, er haßt die Kommune. Warum sollte er verhindern wollen, daß Sie gegen die Aufständischen vorgehen?« fragte Lamartine.

»Lecoq ist gegen uns, das hat etwas mit seiner Berufsehre zu tun. Für die Spionage ist der Krieg nicht zu Ende, wenn alle Schlachten geschlagen sind. Lecoq führt immer noch Krieg – auch weil er Angst hat, seinen Einfluß zu verlieren, sobald der Frieden wirklich besiegelt ist. Am meisten aber fürchtet er, daß sich meine Leute in Frankreich umtun, was ich auch verstehe: Kein Geheimdienst kann es dulden, daß ein gegnerischer Dienst sich auf seinem Hoheitsgebiet benimmt, als wäre er zu Hause. Lecoq schürt den Unfrieden, weil er, solange es eine Kommune gibt und deutsche Truppen sich in Frankreich befinden, keine Angst haben muß, das Vertrauen der Regierung zu verlieren. Aber er geht strikt gegen alle vor, die sich um einen vernünftigen Ausgleich bemühen. Und daß er auch bereit ist, kriminelle Mittel anzuwenden, haben Sie ja am eigenen Leib erfahren. Glauben Sie mir: Gegen einen Lecoq sind Sie machtlos, er wird Sie zerstören. Ich aber kann Ihnen helfen, sich gegen ihn zur Wehr zu setzen. Und wenn Sie ein Patriot sind, dann müssen Sie das auch: Die Lecoqs sind es, die Ihr Land zugrunde richten, weil sie wollen, daß weitergekämpft wird – wenn nötig auch auf den Barrikaden.«

Lamartine hatte sehr aufmerksam zugehört. In seinem Kopf fügten sich die Teile eines Bildes zusammen. Alles war plötzlich klar: Lecoq hatte Danquart zur Kriminalpolizei gebracht, damit er eine Léontine Suétens loswurde, die ihm in der Kommune zu mächtig geworden war, und er hatte Franc vergiftet, weil der mit den Deutschen zusammen in Paris aufräumen wollte. Lecoq beseitigte alles, was ihm im Wege stand. Sein Ziel war das Chaos, nach dem Chaos kam die Macht, und hinter der war Lecoq her.

»Was erwarten Sie von mir?« fragte Lamartine.

»Helfen Sie uns, jemanden in das Restaurant einzuschleusen! Wenn wir das schaffen, haben wir das ganze Nest in wenigen Tagen ausgehoben.«

»Warum gerade ich? Es gibt Leute in Paris, die dafür besser geeignet sind, Monsieur Stieber!«

»Sehen Sie, Lecoq ist ein Fuchs. Er beobachtet mich und meine Leute mißtrauisch. Ich kann so gut wie nichts in die Wege leiten, ohne daß er Wind davon bekommt. Sie aber sind ein französischer Polizist und mit der Aufklärung eines Mordfalles beschäftigt. Sie wird niemand verdächtigen, Agenten in die Organisation einschleusen zu wollen...«

»Da wäre ich mir nicht sicher. Lecoq hat mich bereits gewarnt. Ich bin ihm ein Dorn im Auge.«

»Monsieur Lamartine, Sie wollen den Mörder von Franc fangen. Das werden Sie ohne meine Hilfe nicht können, denn ihre eigenen Leute werden Ihnen Knüppel in den Weg werfen, wo es nur geht...« Stieber kniff seine kleinen Augen zusammen: »Tun wir uns zusammen, und ich garantiere Ihnen, in wenigen Tagen haben wir Ihren Mörder! Im Interesse Ihres Landes!«

Lamartine überlegte. Die letzten Tage hatten sein Weltbild gründlich verändert. Er war immer der Überzeugung gewesen, daß es zwar in der Politik Unregelmäßigkeiten und Korruption gab, daß es aber bei der Justiz und der Polizei mit rechten Dingen zuging. Schließlich hatte Frankreich Gesetze, an die sich die Beamten trotz aller Wirren der letzten Jahrzehnte hielten. Woran sonst sollte man sich als Staatsbürger angesichts der aus den Gleisen geratenen Geschichte auch orientieren?

Nun aber hatte der pflichttreue Beamte Lamartine Menschen wie Lecoq und Danquart kennengelernt, Beamte, die das Recht beugten und dabei von höchster Stelle auch noch unterstützt wurden. Ein de Baule würde keinen Finger rühren, um die Geheimpolizisten, die sich in Lamartines Behörde eingeschlichen hatten, zur Strecke zu bringen. Menschen wie de Baule taten nur das, was ihnen und ihrem Fortkommen nützte.

Lamartine fühlte sich alleingelassen. Der Staat, an den er glaubte und dem er diente, ließ es zu, daß himmelschreiendes Unrecht geschah, ja, er schien so beschaffen zu sein, daß er das Unrecht sogar selbst hervorbrachte, denn die Verbrecher, mit denen Lamartine neuerdings zu tun hatte, vertraten doch diesen Staat. Und in diesen Staat würde er sein Kind setzen.

Lamartine verlor den Boden unter den Füßen. Eine Anklage gegen Lecoq wegen des Mordes an Franc würde es aufgrund seiner bisherigen Ermittlungsergebnisse nicht geben. Der Inspektor hatte seine Erfahrungen mit dem Kriegsministerium und der Politischen Polizei, er wußte sehr gut, wie stark der Einfluß dieser Herren war. Selbst in der Anklagebehörde besaßen sie Möglichkeiten zur Intervention. Sollte der Fall wider Erwarten ins Rollen kommen, dann aber kurz vor der Anklageerhebung von Lecoq und dem mächtigen de Baule hintertrieben werden, so würde man sich an ihm als dem Motor der Ermittlungen rächen. In einer solchen Situation würde ihn sein einfältiger Kriminaldirektor nicht mehr retten können. Seine Karriere wäre beendet, er wäre verloren, seine Familie ruiniert.

Lamartine wußte mittlerweile, wie sich die Mächtigen unliebsamer Bürger entledigten: Danquart war sicher nicht der einzige Scharfrichter, der in einer Amtsstube saß und auf Anweisung von einem Lecoq unschuldige Menschen mit fingierten Anklagen hinter Gitter oder sogar auf die Guillotine brachte.

Der Inspektor sah jetzt klar: Entweder er gab die Ermittlungen auf und verwischte alle Spuren seiner bisherigen Arbeit, oder er tat sich mit jemandem zusammen, der mächtiger und gerissener war als seine Feinde bei der Geheimpolizei. Wenn er an sein ungeborenes Kind dachte, so spürte er einen starken Reflex, die Sache so schnell wie möglich fallen zu lassen. Aber für diese Lösung war er schon viel zu weit vorgedrungen; seine Widersacher hatten ihn längst als Störenfried ausgemacht, und sie brüteten wahrscheinlich schon über Plänen, ihn unschädlich zu machen. Er mußte sich zur Wehr setzen, er mußte die Ermittlungen im Fall des Ermordeten aus dem Bois de Boulogne zu Ende bringen und dafür sorgen, daß die Mörder verurteilt wurden. Dann waren er und sein Kind sicher. Alles sprach für Stieber.

»Ich habe da zwei Mitarbeiter, die in dieser Sache bisher nur insgeheim tätig geworden sind. Außer Danquart – das ist der Mann, den Lecoq in meinem Büro postiert hatte – kennt sie niemand. Danquart ist suspendiert. Die beiden sind unauffällig und erfahren…«

Stiebers Augen blitzten. Er nickte heftig. Lamartine ging hinaus, um zu sehen, ob Bouvet und Moulin, seine beiden älteren Untergebenen, in ihrem Büro waren. Er fand Bouvet beim Frühstück – über einer in fettiges Zeitungspapier eingeschlagenen Makrele. Die Wangen des Polizisten glänzten. Als sein Chef herantrat, kaute er schneller – so als könnte ihm Lamartine einen Bissen streitig machen.

»Würden Sie bitte hereinkommen? Ich habe einen Auftrag für Sie.« Bouvet hörte augenblicklich auf zu kauen und starrte seinen Chef entsetzt an. Lamartine fürchtete plötzlich, sich mit Bouvet vor Stieber lächerlich zu machen. »Wo ist Moulin?« fragte er.

»Krank. Seit gestern leidet er an schwerem Durchfall, er muß das Bett hüten, seine Frau pflegt ihn. Wenn er zur Arbeit kommen würde, hätten wir hier...«

»Schon gut!« unterbrach ihn Lamartine. »Wischen Sie sich das Gesicht ab und kommen Sie herein! Wir haben Besuch.«

Lamartine ging zu Stieber zurück. Der Deutsche sah aus, als hätte er angestrengt über etwas nachgedacht. »Es wird nicht lange dauern«, begann Stieber. »Schließlich wissen wir, was wir suchen. Ihr Beamter muß nur Augen und Ohren offenhalten und genauestens dokumentieren, wer wann in dem Restaurant aus- und eingeht. In spätestens zwei, drei Tagen haben wir die gesamte Bande, wir verhören sie zur Sache Franc – und Sie können Lecoq den Prozeß machen.«

»Aber das Restaurant ist ein konspirativer Ort«, warf Lamartine ein. »Wie sollte sich ein Außenstehender dort einführen?«

»Daran habe ich auch schon gedacht, lieber Kollege. Ich glaube, es wäre klug, Ihrem Mitarbeiter eine Legende zu verschaffen.«

Lamartine wurde mulmig zumute. Er fürchtete, daß weder Moulin noch Bouvet in der Lage sein würde, diesen Auftrag auszuführen, schließlich waren sie keine Spione, sondern einfache Kriminalpolizisten, die es gewohnt waren, ihre Ermittlungen durch Laufarbeit anstatt durch Spionage zu führen. Und noch etwas anderes beunruhigte Lamartine...

»Monsieur Stieber, es muß gewährleistet sein, daß meinem Mitarbeiter kein Leid geschieht. Wenn die Leute um Lecoq die sind, für die wir sie halten, schrecken sie auch nicht davor zurück, einen Kriminalbeamten zu ermorden.«

»Das werden sie sicher nicht – Ihr Kollege fahndet schließlich nur nach Francs Mörder. Falls sie ihn enttarnen, werden sie lieber das Lokal wechseln als sich die ganze Pariser Polizei zum Feind zu machen!« beruhigte ihn Stieber.

Es wurde angeklopft und Bouvet trat ein. Lamartine war das schäbige Aussehen seines Untergebenen peinlich; dem Deutschen hätte er gerne einen seriöser wirkenden Polizisten vorgeführt – so einen wie Danquart. Bouvets Rock war speckig, weil er sich ständig die Hände daran rieb, seine schütteren Haare waren ungekämmt und strähnig, er sah aus, als wäre er gerade aus dem Bett gestiegen. Die Schuhe waren schmutzig von der ständigen Herumrennerei, und die zerbeulte Hose des dicklichen, kleinen Mannes sah aus, als hätte er tagelang in seinen Kleidern geschlafen.

Stieber musterte Bouvet. »Vorzüglich«, jubelte er nach einer Weile. »Genauso stelle ich mir einen französischen Partisanen vor. Ich schlage vor, wir nennen ihn ›Renard‹ – den Fuchs von Versailles.«

»Sie wissen, daß ›Renard‹ auch eine andere Bedeutung hat«, warf Lamartine in seinem schweren, kantigen Deutsch ein, das er, seit er in Paris wohnte, nicht mehr gesprochen hatte. Er wollte nicht, daß Bouvet etwas von seinen Bedenken mitbekam. »Es bedeutet auch Streikbrecher – und Spion.«

»Eben«, antwortete Stieber ebenfalls auf deutsch. »Sie sprechen meine Sprache übrigens sehr gut.«

»Ich komme aus Lothringen, in meiner Familie wurde früher mehr deutsch als französisch gesprochen.«

Stieber sah ihn nachdenklich an, dann erklärte er: »Kein Mensch wird jemanden verdächtigen, den alle ›Spion‹ nennen. Und, Lamartine, sehen Sie sich Ihren Kandidaten doch genauer an: Für einen alten Fuchs geht er gerade noch durch, aber als Spion niemals.«

Die nächsten Tage hielt sich Stieber im Präsidium auf. Er kam morgens vor allen anderen durch eine Pforte in der Rückfront, die sonst immer verschlossen war, und ging meistens erst nach Einbruch der Dunkelheit.

Lamartine saß bis spät abends mit ihm zusammen und plante Bouvets Vorgehen. Zu Hause war der Inspektor nur noch zum Schlafen – obwohl er seine Kammer regelmäßig verschlossen fand, im Sessel übernachten mußte und von der Familie kaum jemanden zu Gesicht bekam. Wenn er abends am Fenster saß und in die Dunkelheit starrte, dachte Lamartine oft daran, wie es sein würde, wenn der Fall Gaston Franc endlich abgeschlossen war. Man würde vielleicht eine kleine Meldung über seine Arbeit in der Zeitung veröffentlichen, und er würde die entsprechende Seite aufschlagen und das Blatt auf den Wohnzimmertisch legen. Die Schwiegereltern und seine Gattin würden auf leisen Sohlen hereinkommen und verlegen die Hände hinterm Rücken reiben, während sie sich bei ihm entschuldigten. Und danach würde Jeanne die Tür zur Kammer weit öffnen und ihn in dem weißen Nachthemd, das immer so gut roch, erwarten. Lamartine wußte schon, was er sich dann von seiner Frau, deren Bauch immer runder und verlockender wurde, wünschte.

Der Inspektor staunte über Stiebers Vorarbeit. Als Präfekt von Versailles hatte der Polizist ein Register nach Berliner Muster anlegen lassen. Die Liste der Einwohner, die den Besatzern als suspekt galten und von denen Übergriffe während der Krönung des preußischen Königs zum deutschen Kaiser zu erwarten gewesen waren, wurde schon länger geführt als die Einwohnerkartei im Pariser Hôtel de Ville. Stieber hatte einige Akten zur Auswahl mitgebracht. Die beiden Polizisten studierten sie eingehend, bis sie endlich die für Bouvet passende Legende gefunden hatten.

Der Mann hieß Jean-François Grasse. Er hatte bis zum Einmarsch der Deutschen in einem Weiler bei Versailles gewohnt und in seinem Laden kleineren Haushaltsbedarf für die Landbevölkerung verkauft. Bei der Einnahme der Stadt waren seine Frau und sein kleiner Sohn durch ein verirrtes Geschoß getötet worden, woraufhin sich Grasse einer in den Wäldern um Versailles vagabundierenden Gruppe von Partisanen angeschlossen hatte. Die Gruppe hatte mehrmals kleine Versorgungszüge der Deutschen überfallen, wurde dann in einen Hinterhalt gelockt und aufgerieben. Nur Grasse entkam. Seither suchte ihn die deutsche Feldgendarmerie per Haftbefehl. Weil bei der Festnahme seiner Kameraden ein deutscher Soldat zu Tode gekommen war, hatte der, der Grasse fand, das Recht, ja die Pflicht, ihn auf der Stelle zu töten.

Eine Woche vor dem Mord im Bois de Boulogne war Grasse einer deutschen Streife in die Hände gefallen, die ihn nur deshalb nicht auf der Stelle erschossen hatte, weil er sich bei der Festnahme so dumm anstellte, daß die Soldaten Zweifel daran hegten, ob dieses Häufchen Elend wirklich der per Haftbefehl gesuchte, gefährliche Partisan Jean-François Grasse war.

Lamartine überlegte, was er getan hätte, wenn er an Stelle von Grasse gewesen wäre und Jeanne und das Kind durch ein Geschoß der Besatzer umgekommen wären. »Ich stimme dem Vorhaben nur unter einer Bedingung zu«, erklärte er Stieber. »Der wirkliche Grasse muß begnadigt werden!«

»Wie stellen Sie sich das vor!« fuhr Stieber ihn an. »Ich bin ebenso wie Sie ein Beamter meines Staates. Glauben Sie wirklich, es ist einem preußischen Beamten möglich, etwas gegen die Dienstvorschriften zu veranlassen? Nein, Monsieur, das können Sie von mir nicht verlangen!«

Der Inspektor war enttäuscht. Er hatte sich die Begnadigung von Jean-François Grasse als einen besonderen Verdienst ausgemalt, den man ihm später zugute halten würde: Niemand würde einen Franzosen, der den Vater eines von den Deutschen getöteten Kindes vor der Hinrichtung bewahrt hatte, der Kollaboration beschuldigen.

Lamartine sah sich einerseits einer wirksamen Entlastung beraubt. Andererseits zeigte sich nun, daß Stieber nicht dazu in der Lage wäre, etwas Unrechtes zu tun. Lamartine war fast schon dazu bereit, auf die Begnadigung von Grasse zu verzichten. Dann aber sagte Stieber, der lange geschwiegen hatte: »Ich verstehe ja Ihre Motive, Monsieur Lamartine. Sie wollen mit etwas aufwarten können, das den ehrenwerten Charakter Ihrer Handlungsweise zeigt. Aber Sie müssen auch mich verstehen: Ich bin nicht nur meinen Vorgesetzten, sondern auch meinem Gewissen verantwortlich, und dieser Grasse war schließlich an der Ermordung eines deutschen Soldaten beteiligt...«

»Sagen wir: Er war vor Ort, als der Soldat zu Tode kam. Aber alle seine Kameraden sind dabei von Ihren Landsleuten getötet worden. Ist das nicht genug Sühne für den deutschen Soldaten?«

Stieber seufzte und zog seine Stirn in Falten. »Darüber haben wir beide nicht zu entscheiden, lieber Lamartine. Das ist Sache eines ordentlichen Gerichts!«

»So lassen Sie Grasse vor ein ordentliches Gericht stellen und ihn nicht standrechtlich erschießen, was für einen Zivilisten, der er ja nun ist, sowieso eine juristisch fragwürdige Bestrafung wäre.«

Stieber atmete tief durch, dann nickte er schwer: »Nun gut. Ich lasse ihn nach Berlin bringen und dort vor ein ziviles Gericht stellen.«

»Keinesfalls«, widersprach Lamartine heftig. »Das würde meine Landsleute nur noch mehr aufbringen. Übergeben Sie Grasse der französischen Gerichtsbarkeit!«

»Aber die wird ihn doch auf der Stelle freisprechen!« rief Stieber empört.

»Sagten Sie nicht eben, nicht wir, sondern der Staat hätte darüber zu entscheiden, was mit ihm zu passieren habe? Und Recht ist Recht, Herr Stieber. Mein Staat ist nicht weniger gerecht als Ihrer.«

Lamartine hatte nicht ernstlich damit gerechnet – aber Stieber gab wirklich nach und versprach es. Bouvet konnte Jean-François Grasse werden – genannt Renard, der Fuchs.

Stieber übernahm es selbst, den etwas maulfaulen Bouvet mit der Legende des Grasse vertraut zu machen. Lamartine wunderte sich, daß die Geduld des Deutschen bei seinem sonst so unbeweglichen Untergebenen fruchtete. Bouvet schien sogar einen ungeahnten Ehrgeiz zu entwickeln, und schon nach einer knappen Woche hatte Lamartine den Eindruck, daß sich der bis dahin ungelenke Mann anders bewegte; Bouvet drückte sich auch geschickter aus, er zeigte insgesamt ein zupackenderes, ja ein dem Partisanen entsprechenderes, unbeugsames Wesen.

Bouvet wurde losgeschickt. Er sollte sich in den Kneipen und Kaschemmen umtun, in denen sich die ehemaligen Partisanen und die Soldaten der zerschlagenen Grande Armée trafen. Lamartines Bedenken, ein Partisan, der den wirklichen Grasse gekannt hatte, könnte Bouvet über den Weg laufen und ihn als Spion entlarven, zerstreute Stieber: Er wies seinen französischen Kollegen darauf hin, daß die kleinen Partisanengruppen beim Kampf um Versailles aufgrund der starken deutschen Präsenz keinen Kontakt untereinander gehalten und mehr oder weniger eigenständig operiert hatten. Bei den Verhören festgenommener Partisanen hatte Stieber sogar herausgefunden, daß sie sich untereinander nicht kannten, wenn sie verschiedenen Gruppen angehörten. Die von Innenminister Gambetta durchgeführte Volksbewaffnung der Provinzler, die vielgerühmte *levée en masse*, habe zwar zu einigen kleinen Siegen geführt, sei aber militärisch gesehen eine viel zu unorganisierte und unkoordinierte Aktion gewesen, die die straff geführten preußischen Truppen, als sie sich erst einmal auf die neue Situation eingestellt hatten, im Nu zerschlagen hätten, erklärte Stieber stolz.

Gambettas Franctireur-Verbände seien ein psychologischer und politischer Erfolg gewesen, gestand der Deutsche dennoch zu. Die gefangenen Franctireurs aber hätten auf ihn als obersten Verhörführer einen erbärmlichen Eindruck gemacht, es habe sich um permanent unter Alkohol stehende Dilettanten gehandelt, die nicht ahnten, worauf sie sich eingelassen hatten. Es herrsche seit dem Ende der Kämpfe eine große Verwirrung unter den Veteranen, erklärte Stieber, jeder versuche, seine eigene Haut zu retten, die Kameraden seien den Franctireurs gleichgültig, ja, die meisten wollten am liebsten von der ganzen Angelegenheit nichts mehr wissen.

Lamartine war beruhigt, Bouvet drohte offenbar keine Gefahr. Die gemeinsame Aktion konnte beginnen.

Am Abend des übernächsten Tages trafen sich Lamartine und Stieber mit Bouvet. Sie hatten als Treffpunkt die Place du Tertre gewählt. In der unterirdischen öffentlichen Toilette hielten sich bloß einige junge Männer auf, die Kontakt mit zahlungskräftigen Herren suchten. Die beiden Polizisten in Zivil, die sich mit einem etwas heruntergekommenen Subjekt beschäftigten, fielen niemandem auf.

Bouvet berichtete halblaut, daß er in einer der Kneipen, die er neuerdings frequentierte, von einem Stammgast angesprochen worden war. Der Herr hatte sich nach seinen momentanen wirtschaftlichen Verhältnissen erkundigt, nachdem Bouvet ihm von den abenteuerlichen Wochen und Monaten in den Wäldern um Versailles berichtet hatte. Bouvet hatte dem Gast erzählt, er könne sich nirgends lange aufhalten, da er auf der Flucht vor den Deutschen sei, schließlich habe er einen Soldaten auf dem Gewissen. Das hatte dem Fremden imponiert, und er hatte ihn für den nächsten Tag in ein Restaurant in der Rue Mouffetard bestellt, wo er erst einmal unterkommen und eine Arbeit finden könnte.

Wenn er sich dort einfinde und sich eine Weile bei der Arbeit bewähre, erzählte Bouvet weiter, bestünde die Möglichkeit, in wenigen Wochen schon wieder den Kampf gegen die deutschen Besatzer aufzunehmen, falls ihm überhaupt noch daran gelegen sei. Bouvet berichtete stolz, er habe dem Gast gegenüber seinen Kampfeswillen und seinen Haß gegen die Eindringlinge, die schließlich seine junge Frau und sein Kind auf dem Gewissen hatten, bekräftigt.

Stieber und Lamartine waren sehr zufrieden, sie baten Bouvet, erst in zwei oder drei Tagen sehr vorsichtig mit ihnen Kontakt aufzunehmen, da zu befürchten war, daß Lecoq Neuzugänge zu seiner Geheimorganisation beobachtete. Bouvet willigte ein und verwies auf seine jahrelange Erfahrung als Polizist: Ohne daß er es wollte, würde ihm kein auch noch so geschickt observierender Mitarbeiter Lecoqs folgen können.

Dann trennten sich die drei Männer. Jeder von ihnen ging in eine andere Richtung davon.

Nach Ablauf der verabredeten Frist von zwei Tagen saßen Stieber und Lamartine von morgens bis abends in dem engen Büro im Justizpalast und warteten auf eine Nachricht von Bouvet. Obwohl sie zu Anfang nicht viel sprachen, kamen sich die beiden Männer im Laufe der Zeit näher. Stieber erwähnte einmal, daß er sich nach seiner Heimat sehne. Seit Monaten habe er Berlin nicht mehr gesehen, der ganze Feldzug sei ihm von Anfang an ein Greuel gewesen – nicht nur weil er Frankreich eigentlich liebe und nie als feindliches Land angesehen habe, auch weil er mit Leib und Seele Kriminalist sei und die Großstadt Berlin als sein ureigenstes

Arbeitsgebiet ansehe. Zum Dienst als oberster Feldpolizist habe ihn der preußische Ministerpräsident Bismarck gedrängt, für dessen Sicherheit er in Berlin verantwortlich war. Daß er unter der Abwesenheit von seiner Heimatstadt litt, wagte Stieber seinem Dienstherrn gegenüber nicht zu erwähnen, da dieser der Inbegriff eines preußischen Pflichtmenschen sei und sich selbst alle die Unannehmlichkeiten zumute, die dieser Krieg für die einfachen Rekruten mit sich brachte.

Die Offenheit des Deutschen rührte Lamartine, und er begann, von seiner kleinen Familie zu erzählen: von dem Kind, von dem er so sehr hoffte, daß es ein Junge werden würde, und von Jeanne, die er eigentlich immer noch liebte. Sogar seinen Kummer mit den schwierigen Schwiegereltern vertraute er Stieber an.

Dieser sagte lange kein Wort, er hörte nur sehr genau zu, zog ab und zu die linke Augenbraue hoch, nickte auch bisweilen oder schüttelte den Kopf, wenn die Rede auf die Mutter Jeannes kam. Lamartine fühlte sich danach viel besser – es war fast so, als habe er sich mit Jeanne wieder versöhnt.

Der Preuße war anders als die Menschen, mit denen Lamartine sonst zu tun hatte. Selten kam ein unbedachtes Wort über seine Lippen, er nahm alles sehr ernst, fluchte nie, bildete sich seine Meinung nicht voreilig, schien auch keine vorschnellen Urteile über politische Fragen zu fällen und war auf eine Lamartine beeindruckende Weise tolerant den menschlichen Schwächen gegenüber. Einen Mann wie Stieber – gestand sich Lamartine ein – hätte er gerne zum Freund gehabt, ja, zum ersten Mal sah er es als einen Mangel an, überhaupt keinen Freund zu haben.

Mit Stieber war es auch etwas anderes als mit Jeanne, die sich über Politik nur widerstrebend unterhielt. Stieber dachte wie Lamartine, er war ein politischer Mensch, der allerdings der Meinung war, daß ein Polizist gut daran tue, immer auf dem laufenden zu sein, sich aber strikt aus der Politik herauszuhalten. Das war auch das Glaubensbekenntnis von Lamartine, und wie jeder gläubige Mensch genoß er es, jemanden zu treffen, der an das glaubte, wovon auch er überzeugt war.

Am dritten Tag fragte Stieber Lamartine nach Details seiner beruflichen Arbeit. Lamartine schilderte ihm seinen Tagesablauf und berichtete knapp von den zwei, drei großen Mordfällen, die er erfolgreich abgeschlossen hatte. Noch während er – gelassen und ohne die Dinge aufzubauschen – darüber sprach, kam ihm plötzlich der Gedanke, daß dem Leiter der deutschen Feldgendarmerie die kleinen Pariser Kriminalfälle, mit denen er sich herumschlug, läppisch vorkommen mußten.

Stieber schien das zu bemerken, denn er unterbrach Lamartine unvermittelt: »Sie werden es nicht glauben, aber ich habe bis vor gar nicht allzu langer Zeit nichts anderes getan als Sie. Und es waren nicht einmal immer Mordfälle, in denen ich ermittelte. Sie müssen wissen, lieber Kollege, Berlin ist im Vergleich zu Ihrer Hauptstadt doch ein ziemlich ruhiges Pflaster, und selbst als hochrangiger Polizeibeamter hat man es tagtäglich mit recht provinziellen Delikten zu tun.«

»Und dennoch haben Sie eine beachtliche Karriere gemacht...« warf Lamartine ein.

»Ich hatte das unverschämte Glück, schon mit 26 Jahren in kurzer Zeit zwei spektakuläre Fälle zu lösen. Damit bin ich meinen Vorgesetzten, ja sogar der Öffentlichkeit aufgefallen. Die Kollegen waren nicht schlechter als ich. Einige unter ihnen verfügten sogar über beträchtlich mehr Erfahrung. Ich hatte nach einigen Verwirrungen Jura studiert und war übers Gericht als Referendar zur Kriminalpolizei gekommen. Es gelang mir ziemlich schnell, alle Täter eines Kapitalverbrechens zu überführen, das im Hause eines Bankiers stattgefunden hatte. Eigentlich ein Routinefall – aber einer, der durch sein nobles Opfer die Gemüter erhitzte. Ich glaube, jeder einigermaßen geübte Ermittler hätte den Fall ebenso schnell aufklären können. Aber ich war der vom Schicksal Ausersehene.«

Lamartine hatte sehr aufmerksam zugehört. Er verglich Stiebers Werdegang mit seiner Karriere als Kriminalbeamter – und kam zu dem Schluß, daß er weniger Glück als sein deutscher Kollege gehabt hatte. Was er erreicht hatte, hatte er sich durch harte Arbeit, durch Fleiß und durch den Verzicht auf ein Privatleben erkämpfen müssen. Das Schicksal hatte ihn zu nichts ausersehen – jedenfalls bisher nicht. »Einen Vorsprung gegenüber den Kollegen müssen Sie schon gehabt haben«, widersprach Lamartine trotzig. »Sonst wären Ihnen keine spektakulären Fälle übertragen worden. Bekanntermaßen sichern sich die schönen Brocken doch unsere Vorgesetzten.«

Stieber sah ihn nachdenklich an, dann fuhr er fort: »Wahrscheinlich hatte ich die Anfangserfolge allein meiner Unbefangenheit zu verdanken. Ich war ein guter Handwerker – aber einer, der noch nicht weiß, welche Tücken in seiner Arbeit lauern. Glauben Sie mir, mein Polizeialltag in Berlin wurde sehr schnell diffiziler. Da gab es zum Beispiel den Fall Tomaschek. Ein Berliner Schneidermeister hatte sich mit Hilfe eines Arztes für tot erklären und scheinbar beerdigen lassen, um eine Versicherungssumme von 100 000 Talern einzustreichen. Mir kam durch einen kleinen ungarischen Ganoven zu Ohren, daß sich der Schneider in Böhmen aufhielt. Ich ließ das Grab Tomascheks öffnen und fand im Sarg nur ein Bügeleisen und schwere Steine. Sofort reiste ich inkognito nach Böhmen und stöberte den schwerreichen Versicherungsbetrüger dort auf.«

Was als ein Geplauder unter Polizei-Kollegen begonnen hatte, war in Angeberei umgeschlagen. Stieber schien nicht oft Gelegenheit zu haben, über seine Arbeit zu sprechen; er genoß es offensichtlich sehr, einem sachkundigen Zuhörer ausführlich von seinen Erfolgen zu berichten. Aber es war nicht allein die Renommiersucht eines Menschen, der sich für unterschätzt hielt. Stieber schien Lamartine etwas vor Augen führen zu wollen: Auch wenn er das Gegenteil behauptete und beschaulich begonnen hatte, so steigerte sich seine Fallsammlung. Sie schien vor allem den Zweck zu haben, dem Pariser Kollegen seine fachliche Überlegenheit vorzuführen. Lamartine spürte, daß er eingeschüchtert werden sollte: Stieber wollte einen folgsamen Zuarbeiter, keinen gleichwertigen Partner. »Ich war noch kein Jahr bei der Berliner Polizei und schon eine Legende. Sie wissen, wie das ist: Natürlich wollte man sich meiner zu anderen als rein kriminalistischen Zwecken bedienen.«

»Sagten Sie nicht eben noch, Sie gehörten zu den Kriminalisten, die nichts von der Vereinnahmung der Polizei durch die Politik halten?« protestierte Lamartine.

Stiebers Gesichtsausdruck verhärtete sich. »Der Staat hat das höchste Recht auf die Individuen. Deren oberste Pflicht ist es, Bürger dieses Staates zu sein.«

»Was soll das heißen?«

»Es gibt Politik und Politik. Es gibt Leute, die kennen nur ihre Interessen. Sie tun alles, um diese Interessen zu verwirklichen. Damit schaden sie der Allgemeinheit. Aber das Wohl der Allgemeinheit ist das Maß aller Dinge.«

»Solche Gedanken sind mir nicht fremd, Herr Stieber«, stimmte Lamartine zu. »Wissen Sie, ich bin ein eifriger Leser. Früher – also vor meiner Heirat – habe ich sogar unsere Philosophen gelesen. Die großen Enzyklopädisten zum Beispiel. Es war wie eine Fastenkur: Nach einer gewissen Zeit kam Klarheit in mein Hirn. Was vorher nur nebulös vorhanden war, trat deutlich hervor. Seit dieser Zeit fühle ich mich stärker, ich verstehe vieles besser – obwohl die Wirren in Frankreich momentan auch mein Begriffsvermögen übersteigen. Aber dieser Satz gefällt mir: Das Wohl der Allgemeinheit ist das Maß aller Dinge. Das Wohl meines Volkes muß ganz oben stehen. Nicht das Wohl des Kaisers, nicht das Wohl der neuen Regierung, auch nicht das Wohl der Kommune, nein, das Wohl des ganzen Volkes. Das ist die Allgemeinheit.«

»Nein!«

»Nein?«

»Sie haben mich falsch verstanden, Monsieur Lamartine. Aber dieses Mißverständnis ist nicht Ihnen persönlich anzulasten, es handelt sich um das übliche Mißverständnis zwischen Deutschen und Franzosen. Wo wir über die Pflicht zur Unterwerfung reden, hört ihr immer bloß Revolution und Sozialismus.«

»Davon war keine Rede. Ich sprach von der Wohlfahrt des Volkes – des ganzen Volkes, damit war nicht die Hegemonie der größten Klasse gemeint, sondern das Wohlergehen aller Franzosen.«

»Und das eben ist unser Mißverständnis. Wir Preußen haben eine viel religiösere Vorstellung von der Allgemeinheit als ihr Franzosen. Ihr habt da irgendein demokratisches Paradies im Kopf, in dem alle – vom

Bäuerlein bis zum Grafen – zusammen an einer großen Tafel sitzen, die sie sich auch noch selbst gedeckt haben. Wir sind Asketen, lieber Lamartine. Wir verachten die Wohlfahrt nicht, aber sie ist nicht unser höchstes Gut. Das höchste Gut ist der Staat – und der Staat ist mehr als die Summe seiner Untertanen. Der Staat – das ist eine Idee. Die letzte Instanz, der alle zu dienen haben, vom Tagelöhner bis zum Kanzler. Und wenn es im Interesse des Staates ist, so ist es richtig, gegen das Volk mit Kanonen vorzugehen. Das Volk kann sich irren – im Grunde irrt es sich ständig. Der Staat irrt sich nie. Ja, es ist sogar so: Gerade weil sich das Volk so oft irrt, gibt es den Staat. Der Staat ist das Regulativ. Der Staat bringt Ordnung in das Chaos der Geschichte…«

»Und wer… wer ist dieser Staat – etwa die Polizei?«

»Um Gottes willen. Die Polizei hat nichts zu sein als ein gehorsamer Arm des Staates.«

»Wir sollen uns also von den Politikern führen lassen?«

»Vom Staat. Nicht jeder Politiker handelt im Interesse des Staates. Die Propagandisten der Kommunistischen Internationale in London sind auch Politiker – zumindest einige unter ihnen. Aber kein vernünftiger Mensch würde behaupten, daß sie das Wohl des Staates im Auge haben…«

»Sie reden so, als würden Sie die Herren persönlich kennen, Monsieur Stieber.«

»Tu ich auch!«

»Jetzt machen Sie sich aber über mich lustig. Ich bin zwar bloß ein einfacher Kriminalpolizist, aber…«

»So hören Sie doch meine Geschichte!«

Lamartine wollte etwas einwerfen, aber sein Gast fuhr mit lauter Stimme fort: »Es war 1845. Am 24.

Februar empfing ich ein Schreiben des Geheimen Oberregierungsrates Mathies. Mathies saß im Ministerium des Innern. Er bat mich, ihn am folgenden Tag aufzusuchen. In einer dienstlichen Angelegenheit, hieß es. Im Innenministerium kam man ohne Umschweife zur Sache. Damals schon habe ich eines gelernt: Der selbstbewußte Staat hat es nicht nötig, seine Wege und Ziele zu vertuschen.«

»Dann habe ich es mit einem weniger selbstbewußten Staat zu tun!« warf Lamartine bitter ein.

Stieber überhörte es. »Ich erhielt von Mathies die vertrauliche Mitteilung, daß die Provinzialbehörden in Schlesien einer Verschwörung von Bewohnern des Hirschberger Tales auf die Spur gekommen waren. Der Minister des Innern, Graf von Arnim, hatte deshalb angeregt, mich nach Schlesien zu entsenden. Ich sollte vor Ort geheime Recherchen nach den Verschwörern und ihren Plänen führen.«

»Aber das gehört doch sicher nicht zu den Pflichten eines Berliner Kriminalisten!«

»Richtig! Ich war Geheimagent geworden. Mit der gleichen Begeisterung des Handwerkers für das Machbare, mit der ich in Berlin gegen kleine und große Ganoven vorgegangen war, entwickelte ich meine erste Operation gegen Oppositionelle.«

»Wenn sie gegen Gesetze verstoßen, sind es Kriminelle wie andere auch!« stimmte Lamartine zu – dachte aber im gleichen Augenblick an Danquart und den Fall Léontine Suétens.

»Ich hatte zu keiner Sekunde Zweifel an der Rechtmäßigkeit dieser Aktion. Obwohl – mit normaler Polizeiarbeit hatte das nichts mehr zu tun. Anläßlich der Reise ins Hirschberger Tal schlüpfte ich zum ersten Mal in eine andere Identität. Übrigens eine, die ich seit dieser Zeit schon öfters bemüht habe. Ich habe kurzerhand einen neuen Menschen geboren: einen gewissen Herrn Schmidt, einen Durchschnittsmenschen, der nicht übertrieben staatstragend, aber auch nicht rebellisch gesinnt ist. Ein typischer Mensch unserer Epoche. Unauffällig, verschlossen, sympathisch, kunstsinnig und weitgehend apolitisch. Dementsprechend auch die Berufe, in denen er auftritt: Kunstmaler, Redakteur, Arzt...«

Der Ton des Deutschen wurde immer selbstgefälliger; er berichtete nicht mehr, er dozierte, und von seinem Zuhörer schien er nur noch stumme Bewunderung zu erwarten. Lamartine rutschte ungeduldig auf seinem Stuhl herum. Stieber schien vom Unbehagen seines Gegenübers keinerlei Notiz nehmen zu wollen, ja er machte den Eindruck, als habe er schon lange auf eine Gelegenheit wie diese gewartet. »...noch an demselben Tag ließ ich mir vom Polizeipräsidenten einen Paß auf den Namen des Malers Wilhelm Schmidt ausstellen. Vor Ort setzte ich mich gleich mit dem Denunzianten, einem Arbeiter namens Hermann, in Verbindung. Ich bat ihn, mir in meiner Unterkunft für ein Portrait Modell zu sitzen. Durch diesen Hermann erfuhr ich von einer »Arbeiterverschwörung«. Die Reichen sollten enteignet, ihre Güter unters Volk verteilt werden. Eine Proklamation rief zum Kampf gegen die unnatürliche Ungleichheit auf und endete mit einem Kampflied...« Stieber räusperte sich leicht, dann sang er halblaut: »Ihr reichen Diebe, Satansbrut! Ihr gierigen Kujone, Ihr raubtet Euch des Volkes Gut – Der Tod sei Euch zum Lohne.«

Lamartine war verwirrt. Stieber erwartete etwas von ihm, das spürte er deutlich. Schließlich beschloß

Lamartine zu klatschen. Stieber quittierte ihm den zaghaften Beifall mit einem ernsten Kopfnicken.

»Ich ermittelte den Fabrikbesitzer Schöffel als Verfasser und den Tischlermeister Wurm als Hauptmann. Da sich außer Schöffels Umgang mit Arbeitern nichts Belastendes ergab, teilte ich per Kurier nach Berlin mit, ich müsse noch weiter gegen den Fabrikanten ermitteln. Das Material reichte meines Erachtens für eine Anklage nicht aus. Doch die Order aus Berlin widersprach meiner Einschätzung vor Ort: Oberregierungsrat Mathies befahl mir, alle Genannten unverzüglich festzunehmen...«

»Zum Wohle des Staates?« fragte Lamartine spitz.

»Ich bin Preuße, Monsieur. Ich tat, was man mir aufgetragen hatte. Von den verhafteten Personen wurden sechs, darunter der Tischler Wurm, wegen Hochverrats unter Anklage gestellt. Wurm bekam die Todesstrafe und die übrigen mehrjährige Zuchthausstrafen. Später begnadigte man Wurm zu lebenslänglichem Zuchthaus, und die im Jahre 1848 erlassene Amnestie brachte dann sämtlichen Verurteilten die Freiheit wieder...«

»Aber Sie sagen doch selbst, die Ermittlungen hätten nicht einmal Gründe für eine Anklageerhebung ergeben!«

»Wenn der Staat sich verteidigen muß, so tut er das mit anderen Mitteln als eine Privatperson. Er muß nicht nur die Strafe wollen, sondern auch die Prävention.«

»Ich weiß: das Wohl der Allgemeinheit!«

»Sie werden noch mehr Grund zur Häme bekommen. Der Ausflug ins Hirschberger Tal hatte nämlich ein parlamentarisches Nachspiel. Im Schlesischen Landtag brachte der Abgeordnete Milde die Verhaftungen zur Sprache. Ich bekam zum ersten Mal zu spüren, was jeder Geheimagent irgendwann erfahren muß: Der Staat läßt seine treuesten Diener im Regen stehen, wenn er selbst unter Druck gerät. Die ganze Schuld wurde auf mich gewälzt. Die Regierung scheute die Öffentlichkeit. Der wahre Sachverhalt wurde systematisch vertuscht… Wenn der Staat jedoch Witterung von jemandem aufgenommen hat, dessen Talent ihm besonders nützlich erscheint, läßt er nicht mehr locker. Im Winter 1850 beauftragte mich König Friedrich Wilhelm IV. persönlich, eine weitere Verschwörung aufzudecken. Ein in London lebender Redakteur aus dem Rheinland hatte einen ›Internationalen Kommunistenbund‹ gegründet. Der Name des Redakteurs war Karl Marx. Der König beauftragte mich, die Umstürzler vor Ort zu stellen.«

Lamartines Stimme überschlug sich: »Soll das heißen, Sie hatten mit Karl Marx zu tun… mit dem Marx, der der Kommune Grußadressen aus London schickt?«

Stieber nickte. Er lehnte sich zurück und fuhr nach einer Pause, in der er Lamartines Erstaunen auskostete, fort: »Mit dem Paß eines Zeitungsredakteurs Schmidt in der Tasche reiste ich als Privatmann nach London. Angeblich um die große Industrie-Ausstellung zu besuchen. Marx war aus Deutschland ausgewiesen worden. Er entstammte einer jüdischen Familie aus Trier, hatte in Berlin und Bonn Philosophie studiert und sich an der Bonner Universität um einen Lehrauftrag bemüht. Den hat man ihm wegen seiner jüdischen Herkunft verweigert. Ist Ihnen schon mal aufgefallen, daß es in der Geschichte jedes Umstürzlers diesen Punkt gibt? Eine Ungerechtigkeit, manchmal auch bloß eine Dummheit der Obrigkeit, die aus dem braven Bürger einen Staatsfeind macht…«

Lamartine dachte über Stiebers Worte nach. Der aber schien nicht auf eine Antwort warten zu wollen: »Ich ließ mich kurzerhand bei Karl Marx als Redakteur Schmidt anmelden. Als Grund meines Besuches gab ich an, einen jungen deutschen Kollegen, der ebenfalls Mitglied des kommunistischen Bundes sei, ausfindig machen zu wollen, um ihm Grüße der besorgten Eltern zu überbringen. Erstaunlicherweise empfing mich dieser Marx. Ich traf auf einen untersetzten Mann mittleren Alters. Marx trug einen schäbigen Rock mit steifer Hemdbrust. Er sah aus wie ein Universitätsprofessor. Das einzig Auffallende an ihm war sein durchdringlicher Blick – und diese Haarschleife, so eine wie sie Künstler, Maler vor allem, zu tragen pflegen. Marx bedauerte, aber der von mir gesuchte Friedrich Herzog sei ihm nicht bekannt, er verwies mich allerdings an einen Herrn Dietz. Der führte die zentrale Registratur des Bundes.«

Lamartine war verärgert: Warum hatte Stieber sich gerade ihn ausgesucht? War er zu gutmütig, zu nachgiebig? »Warum erzählen Sie mir das alles?« fragte er unvermittelt.

Stieber sah ihn erstaunt an: »Aber wir sind doch Kollegen! Ich dachte, es interessiert Sie?«

»Ja, das tut es auch!« entgegnete Lamartine, aber er fragte sich, wie sich Stiebers deutsche Kollegen verhielten, ob sie sein Renommieren satt hatten, ob seine Vorgesetzten in Berlin ihn noch ernst nahmen...

Stieber fuhr fort: »Die Adresse von Dietz gab mir Marx auf der Stelle und ohne Bedenken. Ich wollte mich schon verabschieden, da fragte mich Marx, wie ich zur Sache des Bundes stehe. Ich versuchte auszuweichen, aber er überschüttete mich mit einer Art Deklaration: Überall in der Welt erbauten die Arbeiter prunkvolle Paläste, müßten jedoch selbst in den armseligsten Hütten darben. Sie erzeugten alle Lebensgüter und müßten die ganze Staatsmaschinerie finanzieren, ohne daß die Herrschenden auch nur die geringste Fürsorge für sie trugen. Das zu ändern, sei unsere Pflicht. Ich fragte Marx, wie er sich eine solche Änderung vorstellte. Er antwortete sofort: Durch die Überführung aller Fabriken aus der Gewalt ihrer Besitzer in die der Arbeiter. Ich sagte, das würde einen Bürgerkrieg heraufbeschwören – ein Bürgerkrieg mit einem zumindest ungewissen Ausgang. Marx erklärte mir daraufhin wortwörtlich folgendes: ›Die Zeit *workt* für uns. Die jüngsten Nachrichten aus Deutschland, die ich erhielt, besagen, in allen Teilen des Landes sind Kommunisten am Werke. In Barmen ist der Polizeipräfekt selbst ein Kommunist, und in Elberfeld besuchte kürzlich die ganze Bürgerschaft unsere kommunistische Versammlung.‹ Lamartine, Sie müssen sich vor Augen halten: Das sagte Marx mir, dem höchsten Berliner Polizeibeamten. Dann überreichte er mir ein Exemplar des kommunistischen Programmes seines Bundes – in dem Glauben, einen neuen Genossen gewonnen zu haben. Aber es kommt noch besser... Marx fragte mich nämlich: ›Sind Sie Redakteur? In welcher Zeitung?‹ Ich antwortete, ich sei Redakteur beim Medizinischen Anzeiger in Berlin. Eigentlich sei ich ein verhinderter Arzt, ich hätte Medizin studiert, bis man mich wegen meiner revolutionären Gesinnung von der Universität verwiesen hätte. Marx fragte mich darauf, ob ich eine wirksame Arznei gegen den Hämorrhoidal-Schmerz kenne...«

»Das meinen Sie nicht ernst, Stieber. Sie wollen mich hochnehmen!« entfuhr es Lamartine.

»Keineswegs. Er erklärte, er leide fast unausstehlich

an dieser Erkrankung, ja, sie mache ihm seit Jahren bei seinen Schreibtischarbeiten das Sitzen derart zur Qual, daß er nur noch im Stehen arbeiten könnte. Linderung verschaffe ihm bloß eine Patentmedizin, die ihm dieser Dietz, ein ehemaliger Apotheker, zusammenbraute. Ich bat ihn noch um ein Exemplar seines letzten Werkes – mit persönlicher Widmung. Marx war offensichtlich erfreut darüber, mal wieder mit jemandem aus der Heimat zu reden. Er kam meinem Wunsch gerne nach. Ich eilte daraufhin zu meiner Herberge zurück, einem kleinen Gasthof, in dem man keine Legitimation verlangte. Dort schrieb ich zur Probe erst auf ein anderes Papier, dann auf das leere Blatt im Buch über den Namenszug von Marx: »Bitte mir sogleich Arznei und Registratur bringen!« Das Blatt riß ich heraus und ging damit am gleichen Abend zu Dietz. Ich stellte mich als deutscher Arzt vor…«

»Natürlich als ein Dr. Schmidt…«

Stieber grinste. »…den Marx angeblich wegen plötzlicher starker Schmerzen konsultiert hatte. Ich hätte ihn behandelt, und er hätte mich ersucht, ihm seine Arznei bei Dietz zu holen. Auch bitte Marx um die vollständige Registratur, mit deren Hilfe er während seiner Krankheit eine Arbeit vorbereiten wollte.«

Auch Lamartine schmunzelte. »Jetzt wird's eine Räuberpistole, Monsieur Stieber. Aber es vertreibt immerhin die Zeit!«

Stieber hob den Zeigefinger. »Sie irren sich, Lamartine. Was ich Ihnen hier vertraulich berichte, ist die volle Wahrheit. Wie viele unserer Kollegen glauben Sie wahrscheinlich, wir hätten es bei diesem Kommunistenbund mit ganz ausgekochten Umstürzlern zu tun. Die Leute um Marx mögen etwas von politischen Theorien verstehen, von moderner Geheimdienstarbeit haben sie keine Ahnung. Deshalb war es auch so leicht für mich. Diese Registratur – es handelte sich nicht etwa um einen Packen mit Programmerklärungen oder mit Umsturzprotokollen. Dietz verwaltete eine Aktei, in der alle Mitglieder des Bundes, Anlaufstellen, konspirative Treffs usw. aufgeführt wurden. Es ging um die Namen von Hunderten von Menschen, die damit rechnen mußten, in ihren Heimatländern wegen Hochverrats vor Gericht gestellt zu werden.«

»Und dennoch soll Ihnen dieser Dietz die Registratur so einfach übergeben haben? Unfaßbar!«

»Dietz ist nicht gerade ein heller Kopf.«

»Und Marx?«

»Mag sein: ein Genie. Aber eines, das über die wahre Natur der Macht noch zu wenig weiß.«

»Sie bekamen also wirklich alle Namen der Mitglieder?«

»Der gute Dietz machte sich umgehend an die Herstellung der Arznei. Die Registratur – vier dickleibige Folianten – wollte er aber nicht ohne weiteres aus der Hand geben. Er verpackte sie zusammen mit der fertigen Arznei in einen Seesack und machte Anstalten, Arznei und Registratur selbst zu Marx zu bringen. Ich half ihm dabei, den Sack zu verschnüren, und begleitete ihn zu dem Hause von Marx. Im Flur des Hauses bat ich Dietz, einen Moment zu warten. Ich behauptete, erst einmal nach oben zu Marx gehen zu müssen, um nachzusehen, ob der Kranke überhaupt in der Lage war, Besuch zu empfangen.«

»Wenn er sich darauf einließ, war er wirklich ein Tölpel!«

»Er tat es!«

Jetzt lachten beide Polizisten lauthals. Es dauerte, bis Stieber fortfahren konnte: »Ich stieg die Treppe zur

Wohnung der Familie Marx hinauf, blieb aber oben stehen, ohne zu klingeln, und kehrte nach kurzer Zeit wieder zu dem im Erdgeschoß wartenden Dietz zurück. Dem ehemaligen Apotheker teilte ich mit, sein Patient sei geschwächt und liege im Bett. Marx wolle niemanden sehen, bitte ihn aber, mir das Mitgebrachte auszuhändigen. Das tat er auch – für ihn war ich ja der behandelnde Arzt. Dann schärfte ich ihm ein, Marx mindestens drei Tage ausruhen zu lassen...«

»Damit Sie Zeit genug für Ihre Polizeiaktion hatten. Marx kam gar nicht mehr dazu, seine Genossen zu warnen.«

Stieber fiel wieder in einen sachlichen Ton: »Die Auswertung der Registratur ergab, daß der Bund bereits seit 1847 bestand und maßgeblich zu den revolutionären Ereignissen des Jahres 1848 beigetragen hatte. In Köln, Berlin, Hamburg, Frankfurt am Main, Leipzig, aber auch in Brüssel, Paris, Marseille, Genf, Algier, New York und Philadelphia gab es geheime Stützpunkte. In Deutschland wurden alle Mitglieder des Bundes festgenommen, darunter Dr. jur. Becker, später Oberbürgermeister zu Köln, Schriftsteller Freiligrath, Zigarrenmacher Röser... Die Verhandlung gegen die zwölf Beschuldigten fand 1852 am Assisenhof zu Köln statt, sie dauerte volle fünf Wochen. Marx und sein Mitverschwörer Engels versuchten noch von London aus, ihre Kameraden zu entlasten. Aber ich fing Briefe ab, in denen sie falsche Zeugen und Beweisstücke zugunsten der Angeklagten ankündigten. Vor allem ging es ihnen um die Beseitigung des ehemaligen Emissärs Haupt, der dem Gericht die wichtigsten Verbindungen der Kölner Verschwörer zu der Londoner Zentrale verraten hatte. Dieser Kronzeuge wurde unablässig mit Morddrohungen unter Druck gesetzt. Es gelang den Londonern, ihn so zu verängstigen, daß er kurz vor dem Beginn der Kölner Hauptverhandlung nach Amerika flüchtete.«

»Sie hatten von Ihnen gelernt!«

»Ich bitte Sie, Lamartine: Ich bin Polizist und drohe niemandem mit Mord. Übrigens fielen die Kölner Urteile trotzdem drakonisch aus. Röser wurde wegen versuchten Hochverrats zu sechs Jahren, Dr. Becker wurde zu fünf Jahren verurteilt. Die übrigen Angeklagten wurden teils zu drei Jahren Haft verurteilt, teils freigesprochen.«

»Sie wurden natürlich wieder befördert«, sagte Lamartine bitter.

»Ja. Aber wie es so ist: Man zeigte mir auch meine Grenzen auf. Mein Erfahrungsbericht über die Aktionen gegen die Kommunisten wurde von der königlichen Hofdruckerei in zwei Bänden gedruckt. In dieser Schrift machte ich mir auch meine Gedanken über die Ursachen der Verschwörungen. Am Ende des Berichtes stand eine kleine Notiz: Die Ursache für alle Verschwörungen ist nichts anderes als die grassierende Armut. Bestes Mittel gegen Verschwörungen sei deshalb die Bekämpfung der Armut. Dies sei allein durch bessere Bildung und Entlohnung der Arbeitenden zu erreichen. Höheren Ortes wurden meine Ansichten als liberal kritisiert – was damals eines der schlimmsten politischen Attribute war. Ich zog mir die Feindschaft des preußischen Justizministers Simons zu. Für Simons sind politische oder soziale Begründungen eines Umsturzversuches nichts anderes als Beschönigungen. Trotz meiner Erfolge galt ich plötzlich als eine Art Sympathisant der Verschwörer. Dabei hatte ich doch nur verhindern wollen, daß es in Zukunft zu weiteren Umsturzversuchen kommt.«

»Das klingt ja so, als ...«

»Richtig, Monsieur Lamartine. Man steckte mich ins Gefängnis.«

Damit hatte Lamartine nicht gerechnet. Er schwieg.

Stieber erhob sich. Es war spät geworden. Bouvet würde an diesem Tag nicht mehr kommen.

Am Abend des fünften Tages – das Polizeigebäude war schon menschenleer – öffnete sich in einem Moment völliger Stille die Tür, und Bouvet trat ein. Wie verabredet, hatte Lamartines Untergebener das Gebäude durch den Keller eines benachbarten Hauses betreten – ein Zugang, der vor langer Zeit als Notausgang für den Fall eines Brandes angelegt und dann wieder vergessen worden war. Bouvet mußte sich setzen und erst einmal zur Ruhe kommen, so sehr hatte ihn das eilige Treppensteigen mitgenommen. Dann berichtete er etwa eine Stunde lang.

Alle Annahmen Lamartines entsprachen den wirklichen Verhältnissen im »Le canard«. Lecoq war der eigentliche Herr im Haus, alle Angestellten waren ehemalige Partisanen, die auf den Fahndungslisten der Deutschen standen. Das Restaurant diente Lecoq allerdings nicht nur zum Schutz seiner polizeilich gesuchten Mitarbeiter. Die Verarbeitung der verbleibenden Zootiere – eine Maßnahme, die vom Innenministerium geduldet wurde – bereicherte das vornehme Paris um eine gastronomische Attraktion. Zudem brachte der Restaurantbetrieb Lecoqs Organisation beträchtliche Gelder in die Kriegskasse, die er direkt für seine Aktionen verwenden konnte, ohne Ausschüsse der Nationalversammlung oder gar die Beamten des als schwerfällig geltenden Innenministeriums fragen zu müssen.

Zum Schluß seiner Ausführungen zog Bouvet eine Liste mit Namen aus der Tasche und legte sie mit bedeutungsvoller Geste auf den Schreibtisch. »Das sind alle die, die im ›Le canard‹ anzutreffen sind, teilweise wohnen sie auch dort.«

Stieber nahm die Liste, warf einen Blick darauf und steckte sie in seine Jackentasche. Lamartine ärgerte diese Eigenmächtigkeit, aber ihn beschäftigte etwas anderes mehr: »War schon die Rede vom Mord an Franc?«

Bouvet seufzte. Man rede viel von dem Toten, aber immer so, als bedauere man dessen Tod, erklärte er seinem Chef. Dafür, daß Lecoqs Leute selbst Franc getötet hatten, hatte Bouvet keinen Anhaltspunkt finden können.

»Auch das kommt noch!« erklärte Stieber und stand auf. Er müsse abends noch zu Bismarck, erklärte er. Man verabschiedete sich und verabredete ein weiteres Treffen nach drei Tagen.

Lamartine blieb allein in seinem Büro zurück. Er war in keiner guten Stimmung. Erstens hatte er sich erhofft, daß er nach dem Einsatz seines Mitarbeiters im »Le canard« schneller zum Ziel kommen und den Mordfall Franc endlich abschließen würde. Zweitens fand er Stiebers Verhalten anmaßend. Auch hatten ihn die Erzählungen des Deutschen deprimiert – wenn selbst der erfahrene Stieber durch seine Arbeit schon einmal im Gefängnis gelandet war, blühte dem in politischen Operationen unerfahrenen Lamartine leicht das gleiche Schicksal.

Was fiel Stieber ein, einfach die Liste an sich zu nehmen? Es war Lamartines Einsatz zu verdanken, daß sie einen Mann in dem Restaurant Lecoqs hatten, und dennoch überging der Deutsche ihn einfach. Wenn Lamartine schon seine Karriere und vielleicht sogar seine Freiheit riskierte, so wollte er auch den Lauf der Dinge mitbestimmen.

Auf dem Heimweg betrat Lamartine noch eine Kneipe in der Nähe seiner Wohnung, um einen Schnaps zu trinken und etwas zu essen. Da es nur Weißbrot mit fetten Fleischlappen unklarer Herkunft gab, begnügte sich der Inspektor mit Anisschnaps. Insgesamt trank er vier kleine Gläser. Dann nahm eine junge Dame in hohen Schnürschuhen und mit einem blutroten Schönheitsfleck an der rechten Wange neben ihm Platz. Sie fragte Lamartine unumwunden, ob er mit ihr in ihre Mansarde kommen wollte. Der Inspektor willigte, ohne zu zögern, ein.

Erst als die Dame sich auszog und sich über einer Emaille-Schüssel unter den Achselhöhlen und zwischen den dünnen Beinen wusch, bemerkte Lamartine, daß sie überhaupt keine Dame war, sondern ein allerhöchstens sechzehn oder siebzehn Jahre junges Mädchen. Zuerst wollte er wieder gehen, dann flehte sie ihn aber an zu bleiben, und Tränen traten in ihre Augen. Schließlich versprach sie ihm die Erfüllung seiner geheimsten Wünsche. Unter den unglaublichen Dingen, die sie nervös plappernd aufzählte, war auch das, was Lamartine sich schon lange von seiner Jeanne wünschte, und er blieb.

Es wurde eine jämmerliche Angelegenheit. Lamartine bezahlte stumm und ging in die kalte Nacht davon.

Das nächste Mal war Bouvet vor Stieber da. Er berichtete, für den nächsten Tag sei um die Mittagszeit eine Zusammenkunft aller Angehörigen der Organisation

Lecoqs im »Le canard« geplant. Lecoq habe angekündigt, wichtige Neuigkeiten zu bringen.

Auch diesmal hatte Bouvet für seinen Chef keine neuen Erkenntnisse im Fall Franc. Ja, der Agent erklärte sogar, er habe mehr und mehr den Eindruck, daß der Mörder des Partisanen nicht unter Lecoqs Leuten zu suchen sei, denn diese sonst eher ruppigen Männer sprachen von dem Toten immer noch in einem Ton ehrlicher Trauer. Selbst Lecoq habe mehrmals bedauert, einen guten Franzosen und tüchtigen Kämpfer wie Gaston Franc verloren zu haben.

Lamartine beunruhigte diese Einschätzung sehr. Er schrie Bouvet an, er habe sicher etwas falsch gemacht und sich verraten. Jetzt spielten ihm die Partisanen eine Komödie vor, um die Polizei von sich abzulenken.

Bouvet blieb diesen Vorwürfen seines Chefs gegenüber gelassen. Er erklärte Lamartine, er habe sich an das gehalten, was mit ihm und dem Deutschen abgesprochen worden war. Auch verfüge er im Umgang mit Kriminellen über genug Erfahrung, um beurteilen zu können, ob man ihm etwas vormache oder nicht. Er habe sein Bestes getan und sei sich seiner Sache sicher: Die, mit denen er es im »Le canard« zu tun hatte, kämen als Mörder von Franc nicht in Frage.

Lamartine tat sein Verhalten leid. An seinem Mitarbeiter lag es diesmal nicht, wenn er in dem Mordfall nicht weiterkam. Der Inspektor wollte alles noch einmal durchdenken, bevor er sich geschlagen gab. Nur – wenn er sich geschlagen gab, dann würde er mehr als nur den üblichen Spott der Kollegen ertragen müssen. Dann würde er sich eine andere Arbeit suchen müssen, denn Lecoq und de Baule würden es nicht hinnehmen, daß jemand, der sich gegen sie gestellt hatte, weiterhin als Inspektor der Pariser Kriminalpolizei seinen Dienst versah.

Er war mit seinen Überlegungen noch nicht zu einem Ende gekommen, als es klopfte und Stieber eintrat. Lamartine räusperte sich bedeutungsvoll, aber Stieber nickte ihm bloß zu und wandte sich gleich an Bouvet.

Der begann, ohne daß der Deutsche ihn dazu aufgefordert hätte, sofort mit seinem Bericht. Stieber hörte – wie schon drei Tage vorher – sehr konzentriert zu. Als Bouvet geendet hatte, wandte sich Stieber an Lamartine: »Wir können zufrieden sein. Besser hätte es gar nicht laufen können.«

Lamartine erwiderte ernst: »Ich verstehe Ihre Zuversicht nicht, Monsieur Stieber. Wir wollten den Mörder von Franc finden. Sie wollten verhindern, daß kein Franzose mehr mit Ihnen zusammenarbeitet, weil alle Angst haben müssen, von Widerständlern ermordet zu werden. Und jetzt geben Sie sich damit zufrieden, daß wir einen Geheimbund ausgemacht haben, der Zootiere schlachtet und sie an die Wohlhabenden der Stadt verfüttert...«

Stieber winkte ungeduldig ab. Er sprach jetzt lauter als sonst, wirkte auch nicht mehr so besonnen und selbstsicher. »Sie, Lamartine, denken an nichts anderes als an Ihren Mordfall. Das ist ehrenwert, aber auch – entschuldigen Sie die deutliche Ausdrucksweise – sehr engstirnig. Sie sind eben doch ein fleißiger, kleinkarierter Polizeibeamter. Ich aber muß in größeren Zusammenhängen denken. Sie haben ja keine Vorstellung davon, mit welchen Widerständen ich mich bei meiner Arbeit herumschlagen muß. Sie ärgern sich über die Arroganz eines Karrieristen wie de Baule oder über die Kaltschnäuzigkeit eines Edelganoven wie Lecoq. Lieber Lamartine, das sind – glauben Sie mir – Widerstände, über die ich nur lachen kann. Sehen Sie, vor wenigen

Tagen noch bezeichnete man mich höchsten Ortes als ›Hypochonder‹. Der neue Kaiser hält mich nicht nur für einen Wichtigtuer aus der Entourage seines Kanzlers Bismarck – er sagt das auch noch vor den versammelten Generalstabsoffizieren und seiner politischen Begleitung aus Berlin. Die Herrschaften, für deren Leib und Leben ich verantwortlich bin, machen sich öffentlich über mich lustig. Ist Ihnen klar, was das heißt?«

Lamartine schwieg. Also doch, dachte er: Ich hab's geahnt, er hat seinen Mund so voll genommen, weil ihn die eigenen Leute nicht ernst nehmen.

Stiebers Wangen glühten. »Wenn wir von unserem Feldzug nach Berlin zurückkehren, werden sich alle feiern lassen – schließlich haben sie nicht nur den Erbfeind bezwungen, sondern auch die zerstrittenen deutschen Staaten vereint. Wer aber steht nach diesem Sieg als Kasper und Miesmacher da? Wen werden sie in Berlin verspotten und wieder in der Versenkung verschwinden lassen? Mich! Und ich weiß, wovon ich rede. Ich bin schon einmal in meinem Beruf bis ganz nach oben gerückt und dann in den Kerker geworfen worden. Ein zweites Mal soll mir das nicht passieren!«

Stieber war laut geworden. Er machte eine Pause, um Atem zu schöpfen. Lamartine spürte, daß sich etwas getan hatte bei den Deutschen – etwas, was seinen Partner völlig durcheinander gebracht hatte. »Was ist passiert?« fragte der Inspektor tonlos.

»Es ist schon soweit mit mir gekommen, daß mein Schutzherr... daß Bismarck vor den anderen Herrschaften behauptet, ich sähe Gespenster, sobald ich auf die Gefahren hinweise, die in Paris lauern. Der Kaiser ist trotz meiner Warnung vor wenigen Tagen allein durch den Bois de Boulogne geritten – und wurde auch prompt vom Pöbel angegriffen. Er blieb nur unverletzt, weil er seinem Pferd die Sporen gab. Dennoch bleibt man im Hauptquartier gelassen. Selbst die von meinen Mitarbeitern ausgemachten Initiatoren einer Verschwörung gegen die deutsche Führung wurden verschont. Es handelt sich um die Nationalisten Palmié und Durand. Jeder Mensch in der Stadt weiß, wie gefährlich diese Leute sind. Die spaßen nicht, wenn sie von Attentaten reden. Aber man ignoriert mich in der Umgebung des Kaisers. Man ignoriert mich sogar, obwohl schon Dinge passiert sind, über die ich hier gar nicht sprechen will... schreckliche Dinge, die ganz böse hätten enden können. Aber die Herrschaften, die durch meine Wachsamkeit von einer Katastrophe verschont blieben, lachen über mich und meine Einschätzungen. So ist die Lage, Lamartine – und Sie reden unentwegt von einem vergifteten Subjekt im Bois de Boulogne. Wachen Sie endlich auf! Wenn Sie weiter träumen, werden Sie auch irgendwann von einem de Baule oder Lecoq nachts aus dem Bett geholt und in ein Verlies gesteckt!«

Stieber verließ grußlos das Büro des Inspektor Lamartine.

An diesem Abend machte Lamartine einen großen Bogen um jede Gaststätte.

Zu Hause fand er niemanden vor. Auf der Anrichte im Wohnzimmer stand eine rechteckige Karte, auf der in Jeannes großer geschwungener Lehrerinnenschrift geschrieben stand: »Wir besuchen Tante Amelie. Solltest du wieder vernünftig werden, so gib uns ein Zeichen. Wenn nicht, wird dein Kind ohne Vater zur Welt kommen. Besser so, als vor allen als Verräter dazustehen. Jeanne. PS.: Sende uns bitte von deinem nächsten Gehalt einen Scheck, der uns die Schmach erspart, die armen Verwandten auf dem Land um Unterstützung bitten zu müssen.«

Lamartine schlief die ganze Nacht nicht. Viel ging ihm im Kopf herum, er versuchte immer wieder, Ordnung zu schaffen – aber es gelang ihm nicht. Der Inspektor erhob sich am Morgen müder als er sich am Abend zuvor niedergelegt hatte.

Lamartine ging nicht ins Büro.

Er trank in einem weit entfernten Bistro drei große warme Milchkaffee, um wach zu werden. Dann las er eine Zeitung, die an der Garderobe des Bistros hing, und erschrak über die dicken, Grauen verkündenden Lettern auf den ersten drei Seiten des sowieso nur in einem eingeschränkten Umfang erschienenen Pariser Blattes.

Die Ruhe auf den Straßen täuschte. Offensichtlich blieben die Menschen nicht – wie Lamartine angenommen hatte – aus Angst vor den Regierungstruppen oder vor Strafaktionen der Deutschen in ihren verschlossenen Wohnungen, sondern sammelten sich in weit entfernten Stadtteilen und bereiteten sich auf Kämpfe vor. Die Meldungen der Zeitungen klangen hart und blutig: Die Regierung Thiers denke nicht daran, den Anarchisten die Herrschaft in Frankreichs Hauptstadt zu überlassen. Notfalls werde sie die Geschütze auf die Aufrührer richten und auch auf die Gefahr hin, Unschuldige zu töten, mit schweren Waffen in die Barrikaden hineinschießen. Die Kommune wiederum errichtete immer neue Barrikaden, besetzte strategisch wichtige Gebäude, verrammelte sie und karrte von den kämpfenden Truppen an der Peripherie zurückgelassene Waffen hinein.

Lamartine wußte nun, daß es bald losgehen würde.

Es würde wieder Krieg geben – diesmal aber nicht außerhalb der Stadt, an den Befestigungen, wo kaum Menschen lebten, sondern mitten in Paris, in den Wohngebieten. Jetzt war Lamartine erleichtert darüber, daß seine schwangere Frau sich nicht mehr in der Stadt aufhielt – auch wenn er damit rechnen mußte, daß sie nie mehr zu ihm zurückkehrte.

Pünktlich um zwölf Uhr mittags stand Lamartine vor dem Restaurant »Le canard«. Im Osten war der Himmel pechschwarz, und es waren Geschützdonner und einzelne Gewehrschüsse zu hören.

Lamartine betrat das »Le canard«. Der zahnlose Alte forderte ihn auf, das Lokal wieder zu verlassen, man bediene gerade keine Gäste. Lamartine bemerkte an der Nervosität des Alten, daß etwas in der Luft lag. Er schob ihn beiseite und durchquerte den verlassenen Gastraum. Auf den Tischen standen noch die Teller vom Abend zuvor. In einem Topf ohne Deckel entdeckte Lamartine ein schwarzes Haarbüschel mit einer grauweißen Schwarte. Er sah schnell weg.

Zwei kräftige Männer, die Lamartine noch nie gesehen hatte, traten ihm in den Weg. Beide hielten die knorrigen Stöcke aus Eichenholz in den Händen, die früher Pariser Polizisten in Zivil mit sich trugen, wenn sie auf Streife gingen. Mit den Holzstöcken konnte man – selbst wenn man kein sehr kräftiger Mann war – einem Gegner mit einem einzigen Schlag den Schädel zertrümmern. Die Pariser Ganoven fürchteten sie mehr als Handfeuerwaffen, die viel zu ungenau und zu unhandlich für Auseinandersetzungen in dunklen Hauseingängen waren.

Einer der beiden hob seinen Stock. Lamartine duckte sich instinktiv. »Verschwinde!« sagte der andere. Der

Inspektor griff in die Innentasche seiner Jacke und zog an der dünnen Uhrkette die Marke der Polizei hervor. Den mit dem Stock schien das nicht zu beeindrucken.

Niemals hätte sich Lamartine auf einen Kampf eingelassen – erst recht nicht mit zwei ihm körperlich überlegenen Gegnern. »Ich muß Lecoq sprechen!« erklärte er laut.

Die beiden sahen sich an. Der Stock sank langsam zu Boden.

Einer verschwand im Hinterzimmer und trat kurz darauf in Begleitung von Lecoq wieder in den Gastraum. Lamartine bemerkte beim Öffnen der Tür, daß sich in dem Zimmer sehr viele Menschen befanden, die leise miteinander redeten.

Lecoq war verärgert. »Was wollen Sie noch?« fuhr er den Kollegen von der Kriminalpolizei an.

»Ich muß mit Ihnen reden«, antwortete Lamartine.

»Haben Sie jetzt die Hosen voll?« höhnte der Chef der Politischen Polizei.

Lamartine sah die beiden Männer Lecoqs an, sie grinsten. Er wartete darauf, daß Lecoq sie wegschicken würde. Aber der schien nicht daran zu denken. Für einen Moment glaubte Lamartine, Bouvets Stimme aus dem Gemurmel im Hinterzimmer herauszuhören.

»Ich habe einen Fehler gemacht«, erklärte der Inspektor mit brüchiger Stimme.

»Sie haben nicht nur einen Fehler gemacht, Lamartine. Sie haben alle Fehler gemacht, die man machen konnte...«

Lamartine wünschte sich, daß die beiden Hünen endlich aufhörten zu grinsen. »Es ging mir darum, den Mord an Gaston Franc aufzuklären, sonst wollte ich nichts«, fuhr er tapfer fort.

»Und warum haben Sie es nicht getan, Lamartine? Wir dachten, Sie sind ein guter Polizist...«

»Ich habe Sie in Verdacht gehabt, Monsieur Lecoq.«

Lecoq schien das nicht zu überraschen. Er musterte Lamartine abschätzig. »Was haben Sie getan, Lamartine? Sagen Sie es – um Gottes willen!«

Lamartine zögerte. »Sehen Sie, Sie haben mir nie die Wahrheit gesagt... Sie haben immer nur versucht, mich unter Druck zu setzen, Sie haben mich behandelt wie einen dummen Laufburschen!«

»Hören Sie auf zu jammern, Lamartine! Da drinnen warten fünfzig Herren auf mich, einige davon dürften Sie kennen. Unter anderem den stellvertretenden Kriegsminister de Baule...«

»Ich konnte gar nicht anders. Alles deutete darauf hin, daß Sie sich an Gaston Franc gerächt haben.«

»Gerächt? Wofür denn?«

»Dafür, daß er mit den Deutschen zusammengearbeitet hat!«

»Sind Sie wahnsinnig, Franc hätte niemals mit den Deutschen zusammengearbeitet, er war ein Nationalist. Er hat während des Krieges sein Leben für unser Land riskiert. Glauben Sie, ein solcher Mensch läuft nach diesem vermaledeiten Waffenstillstand einfach über?«

»Vielleicht wollte er nur das Beste für Frankreich. Schließlich sind die Preußen die Sieger – man kann nicht so tun, als gäbe es sie nicht.«

»Das hat Gaston Franc beileibe nicht getan.«

»Er ist in Ihre Dienste getreten. Ich glaube, daß er sich hier freigenommen hat, um bei dem Diner des Grafen Henckel von Donnersmarck mit den für ihn wichtigen Leuten in Ruhe reden zu können!«

Lecoq war bleich geworden. Er winkte dem Alten zu, der eilig näherkam. Lecoq flüsterte ihm etwas ins Ohr, der Alte verschwand und kam nur wenige Augenblicke später mit einem in einen zerschlissenen, braunen Uniformmantel gehüllten Mann wieder. Es war der stellvertretende Kriegsminister de Baule.

De Baule warf Lamartine einen verächtlichen Blick zu und wandte sich dann aufgebracht an Lecoq: »Wieso dauert das so lange?! Sie wissen, wie gefährlich es für mich ist, mich hier bei Ihnen länger als nötig aufzuhalten!«

Lecoq trat auf de Baule zu und sagte ihm etwas, was Lamartine nicht verstand. De Baule sah Lamartine erstaunt an, dann nickte er düster und verschwand wieder im Hinterzimmer. Lecoq gab den beiden Hünen einen Wink, woraufhin sie de Baule ins Hinterzimmer folgten. Der Chef der Politischen Polizei trat auf Lamartine zu. »Wir hätten nicht gedacht, daß Sie so dumm sind!«

»Ich... ich verstehe nicht«, stammelte Lamartine.

»Sie verstehen überhaupt nie etwas!« zischte Lecoq. »Mein Gott: Franc war natürlich in unserem Auftrag auf dem Diner der Deutschen.«

Lamartine stockte der Atem: »In Ihrem Auftrag? Sollte er verhandeln?«

»Verhandeln?« höhnte Lecoq. »Wir verhandeln nicht mit Besatzern! Franc war unsere ganze Hoffnung, Lamartine...« Offensichtlich erwartete Lecoq, daß Lamartine ihn verstand, ohne daß er deutlicher wurde. Aber der Inspektor schüttelte nur ungläubig den Kopf.

Lecoq seufzte angesichts der Schwerfälligkeit des Kollegen. »Er wollte Frankreich retten!«

»Frankreich retten?« wiederholte Lamartine verständnislos. »Wie sollte er Frankreich retten, ohne zu verhandeln?«

Lecoq sträubte sich, ihm die Antwort zu geben, die ihm auf der Zunge zu liegen schien.

»Ohne zu verhandeln«, wiederholte Lamartine. Dann fiel es ihm ein, er stieß laut hervor: »Ein Attentat! Franc sollte den Kaiser umbringen.«

Lecoq nickte. »Nicht nur den Kaiser!«

Lamartine flüsterte: »Also hatte Stieber doch recht!«

Lecoq packte Lamartine an der Schulter: »Womit hatte Stieber recht?«

»Er wußte es, er wußte, daß ein Anschlag geplant war.«

»Natürlich wußte er es! Er und kein anderer hat Franc überrascht. Es war geplant, daß Franc das Essen der Deutschen vergiftet. Stieber muß ihn bei einem Rundgang unter den Köchen entdeckt haben. Er kannte Franc. Erst als Franc schon tot war, fanden wir durch die Befragung der Kameraden heraus, daß die beiden sich schon einmal begegnet waren. Vor Versailles nämlich, nicht weit entfernt von der Villa mit der Signalanlage, die Franc mit seiner Gruppe betrieb. Damals hatten die Partisanen einen deutschen Zivilisten aufgegriffen, der gerade von der Fasanenjagd kam. Der Deutsche gab an, kein Soldat, sondern ein Förster zu sein, den die Preußen auf ihren Kriegszug mitgenommen hätten. Deshalb baten ihn die ausgehungerten Partisanen um seine Jagdbeute. Dann machten sie sich davon. Nur wenige Augenblicke später brannte die Villa mit der Signalanlage nieder. Der preußische Förster hatte sie angezündet, er war kein Förster, sondern der höchste deutsche Geheimpolizist. Sein Name war Wilhelm Stieber.«

Lamartine war in eine Falle getappt. Nicht Franc war der Verräter. Er war der Verräter. Jeanne hatte recht, er war ein Kollaborateur, man würde ihn anspucken, vielleicht würde man ihn sogar ins Gefängnis werfen oder hinrichten. Stieber hatte es ihm prophezeit...

»Es gibt einen gewissen Bouvet unter Ihren Männern...« wandte er sich an Lecoq. Lecoq sah ihn entgeistert an und nickte nervös.

»Ein Polizist aus meinem Büro.«

Lecoq grinste. »Was sind Sie doch für ein Würstchen, Lamartine!«

Lamartine fuhr ihn an: »Stieber weiß alles. Bouvet erstattet ihm Bericht.«

Lecoq stand der Mund offen, er schnappte nach Luft, dann fuhr er Lamartine an: »Sie arbeiten mit Stieber zusammen?«

Lamartine antwortete nicht. Lecoq fuhr herum und trommelte gegen die Tür zum Hinterzimmer. Die beiden Hünen erschienen. »Schnell!« schrie Lecoq. »Wir sind verraten!«

Drinnen sprangen sie auf. De Baule erschien mit hochrotem Kopf. Er trug jetzt einen abgewetzten schwarzen Zylinder, der aussah, als habe er ihn aus einem Theaterfundus ausgeliehen. »Gibt es wenigstens einen Hinterausgang?« schrie er hysterisch. De Baule wedelte mit den Armen und rannte in das Hinterzimmer zurück.

In diesem Augenblick wurde die Vorderfront aufgestoßen und Uniformierte strömten herein. Sie trugen die langen Zündnadelgewehre der Deutschen, ihre schweren Stiefel knallten auf die Dielen wie Paukenschläge. Im Nu standen etwa zwanzig Mann im Lokal – wie eingeübt nahm jeder Soldat seinen Platz an der Wand ein, das schwere Gewehr im Anschlag.

Dann betrat Stieber den Raum, wie immer in einem unscheinbaren Straßenrock. Er blieb in der Mitte des Restaurants stehen und sah sich um wie ein Spaziergänger, der sich verlaufen hat. Als er Lamartine entdeckte, ging er auf ihn zu, um ihn per Handschlag zu begrüßen. Lamartine war so verblüfft über diese Geste, daß er Stieber seine Hand reichte.

Der Deutsche wandte sich an Lecoq; er wurde feierlich: »Meine Hochachtung, Herr Kollege. Ihre Idee mit diesem Danquart und den fingierten Mordanklagen hatte wirklich Format. Ich verhafte Sie hiermit als Hintermann des geplanten Attentates auf Seine Exzellenz, den deutschen Kaiser, und auf unseren Kanzler, Graf Bismarck. Das gleiche gilt für alle Mitglieder Ihrer Organisation. Ich nehme an, daß Ihnen klar ist: Wir haben Sie an einem konspirativen Ort in flagranti ertappt. Ich könnte Sie vor ein Kriegsgericht stellen oder standrechtlich erschießen lassen.«

Zwei deutsche Soldaten trieben de Baule aus dem Hinterzimmer in den Gastraum.

»Ich werde mich bei Ihrem Dienstherrn beschweren. Ich kenne den Grafen Bismarck noch aus London. Sie überschreiten Ihre Kompetenzen!« schimpfte der stellvertretende Kriegsminister.

Stieber machte einen unmerklichen Diener. »Sollte ich das wirklich tun, Monsieur de Baule, so bitte ich Sie jetzt schon um Entschuldigung! Trotzdem möchte ich Sie lieber festnehmen und ins Pariser Militärgefängnis einweisen!«

Er gab den Soldaten ein Zeichen. Sie begannen, die Männer aus Lecoqs Truppe einzeln abzuführen. Alle – sowohl die Festgenommenen als auch Stiebers Leute – machten einen Bogen um Lamartine. Er stand wie ein Unsichtbarer in dem Getümmel.

Stieber allein schien Lamartine wahrzunehmen. »Sie hätten nicht herkommen sollen!« sagte er leise.

»Sie haben Franc umgebracht!« fuhr Lamartine ihn an.

Stieber zog beide Augenbrauen hoch. »Er hat sich selbst gerichtet. Gaston Franc wollte die Teilnehmer des Diners vergiften. Ich entdeckte ihn zufällig auf einem Rundgang – Sie müssen wissen, das großspurige Reden der Verwaltungsbeamten über Hängen, Erschießen und Niederbrennen kann ich weniger gut ertragen als das Schwadronieren der Militärs. Franc arbeitete in der Küche, und in mir schrillte eine Alarmglocke: Ich kannte den Menschen aus einem unerfreulichen, gefährlichen Zusammenhang. Bevor mir überhaupt einfiel, daß ich seiner Partisanengruppe in den Wäldern vor Versailles in die Hände gefallen war, ließ ich ihn festnehmen. Im Verhör stritt er jede kriegerische Absicht ab. Als ich aber in seiner Kleidung den Freipaß fand, wußte ich sofort, daß ich einen *partisan de guerre* vor mir hatte. Eine Leibesvisitation brachte dann ein Fläschchen mit übelriechender Flüssigkeit zutage. Angeblich hatte ein Arzt ihm das gegen Schnupfen verordnet – ein Hilfskoch, der unentwegt niesen muß, werde in jeder Restaurantküche sofort wieder nach Hause geschickt. Ich schickte meinen Adjutanten mit der Phiole zum nächsten Apotheker. Als er zurückkehrte, schrie er schon in der Tür: »Gift! Gift! Genug für ein ganzes Diner!« Den Festgenommenen hatten wir gefesselt. Als er die Schreie hörte, sprengte er die Fesseln. Er sprang auf den Adjutanten zu, entriß ihm das Gift und schluckte es, ohne daß einer von uns ihn hätte daran hindern können. Sofort fiel er zu Boden und rührte sich nicht mehr. Als ich ihn untersuchte, entdeckte ich, daß seine Augäpfel blutrot nach oben gedreht waren. Der Attentäter war tot. So war's. Glauben Sie mir, Lamartine! Und nun haben wir auch seine Hintermänner, alle auf einen Schlag!«

Lamartine wurde schwindelig, er fürchtete, ebenso

wie Gaston Franc hinzuschlagen und die Augen zu verdrehen. Eigentlich wünschte er es sich auch: Ohne Schmerz und ohne weiterhin das aushalten zu müssen, was um ihn herum vorging, aus dem Leben zu scheiden. Dennoch hörte er sich Stieber fragen: »Und wie ist die Leiche in den Bois de Boulogne gelangt?«

Stieber breitete die Arme aus. »Sie wissen doch selbst, wie brisant die Lage in der Stadt derzeit ist. Ein toter, französischer Koch auf einem Diner der Deutschen – das hätte ein Wiederaufflammen des Krieges bedeuten können. Meinetwegen sollen Ihre Landsleute sich auf den Barrikaden gegenseitig die Schädel einschlagen – aber um Gottes willen keine neuen Kriegshandlungen gegen Deutschland. Ich zog dem toten Gaston Franc also Zivilkleidung an – ein Toter in der Kochuniform hätte angesichts des Hungers in der Stadt die Phantasie Ihrer Landsleute zu noch gefährlicheren Kapriolen angestachelt als eine politische Leiche auf dem Diner des Grafen Henckel von Donnersmarck. Wir setzten den Toten aufrecht in meinen Wagen und kutschierten ihn – obwohl der Rappe vor der Witterung scheute – aus der Stadt hinaus in den Bois de Boulogne. Dort haben Sie ihn gefunden.«

Lamartine suchte nach einem Halt, und als er ins Leere griff, verlor er endgültig die Balance und sank nach hinten. Stieber konnte ihm gerade noch einen Stuhl unterschieben. »Ich glaube Ihnen nicht, Stieber. Sie haben ihn umgebracht!«

Stieber wurde ungehalten: »Seien Sie nicht kindisch! Als lebender Zeuge wäre er unendlich viel mehr wert gewesen.«

Lamartine bat um ein Glas Wasser. Stieber wies einen zivilen Assistenten an, dem Kriminalpolizisten etwas zu trinken zu bringen, was dieser auch mit einer völlig unangebrachten Höflichkeit tat. Lamartine trank das Glas in einem Zug leer, erst als er es absetzte, bemerkte er, daß es Wein war, der ihm im Magen brannte und ihm sofort in den Kopf stieg. Er versuchte, von dem Stuhl hochzukommen, verharrte aber kurz in einer gekrümmten Position und ließ sich dann zurückfallen. »Sie haben mich belogen und betrogen. Ich sollte Ihnen die Widerständler ans Messer liefern. Franc war nur der Köder, mit dem sie mich foppten. Sie haben mich zum Verräter gemacht!«

Stieber schwieg erst, dann entgegnete er gelassen: »Heute kommt Ihnen das so vor. Morgen denken Sie anders darüber, Lamartine.« Er ging zum Regal hinter dem Tresen, sah sich um, nahm eine Flasche heraus, entkorkte sie und bot sie Lamartine an. »Betrinken Sie sich, danach sehen Sie klarer!«

Lamartine setzte sich die Flasche an die Lippen und trank in kräftigen Schlucken, obwohl sein Magen weiter brannte wie eine offene Wunde. Als er die Flasche absetzte und sich den Mund mit dem Ärmel abwischte, verließen die letzten Soldaten das Restaurant. Diesmal schaffte es der Inspektor, sich zu erheben. Er hielt die Flasche mit seitlich nach unten ausgestrecktem Arm und schwankte dabei wie ein Trinker. »So nehmen Sie mich wenigstens fest, Sie Schwein!« schrie er hinter Stieber her. Aber der war schon draußen.

Lamartine wunderte sich, daß er am nächsten Morgen trotz seines schweren Kopfes den Weg ins Büro schaffte. Dabei wußte er nicht einmal, was er dort wollte. Bis kurz vor Mittag saß er unbeweglich an seinem Schreibtisch und wartete. Dann öffnete sich die Tür, und der Kriminaldirektor trat ein.

Der Alte grüßte nicht, er trat nur vor Lamartine hin, stieß seine beiden Fäuste auf die Kante des Tisches und sagte: »Sie sind hiermit vom Dienst suspendiert. Die Weisung dazu erfolgt von allerhöchster Stelle. Sowohl der Kriegsminister als auch der Innenminister sind daran beteiligt. Ich nehme an, daß auch ich heute noch demissionieren muß!« Der Ton des Direktors war überraschend gelassen, von seiner Angst vor politischen Verwicklungen war nichts mehr zu spüren. Lamartine schien es fast, als sei der Alte erleichtert, daß alles so gekommen war.

»Ich bitte um die Erlaubnis, den Fall Franc ordnungsgemäß zu Ende führen zu dürfen«, sagte Lamartine. »Danach werde ich meine Entlassung beantragen.«

Jetzt erst schrie der Kriminaldirektor und sein Hals drohte dabei den Hemdkragen zu sprengen: »Alle Untersuchungen in dieser Sache sind Ihnen von den Herren Ministern ausdrücklich untersagt. Im übrigen wird geprüft, ob man Anklage gegen Sie wegen Landesverrats erheben soll. Obwohl niemand daran glaubt, daß das möglich sein wird, solange die Deutschen im Land sind. Wie man hört, haben Sie unter den Besatzern einflußreiche Gönner...«

»Das ist eine Verleumdung!« protestierte Lamartine schwach.

Der Kriminaldirektor verbat sich den Protest mit einer Handbewegung. »Ich möchte, daß Sie sofort das Gebäude verlassen. Man legt höheren Ortes Wert darauf, daß ich Ihnen eines klarmache: Unter normalen Umständen wären Sie noch an Ihrem Schreibtisch verhaftet worden. Daß dies nicht geschieht, hat etwas mit der politischen Situation zu tun. Sobald sich die Zustände in unserem Land wieder normalisiert haben, wird man auch mit Ihnen normal verfahren. Sie sollten die Frist bis dahin als eine Gnade ansehen. Wenn Sie noch einen Funken Ehre im Leib haben, so ziehen Sie die nötigen Konsequenzen und ersparen Ihrem Land einen öffentlichen Prozeß. Wir haben uns verstanden? Nur aus diesem Grund lasse ich Ihnen Ihre Dienstwaffe.«

Lamartine erhob sich und nahm eine beinahe militärische Haltung an.

Der Kriminaldirektor ging ohne Gruß hinaus. Die Tür ließ er weit offen – für Lamartine.

Vom Präsidium aus ging Lamartine, ohne auf Verfolger zu achten, zum Hôtel de Ville, wo er beim französischen Concierge verlangte, zum Büro des Wilhelm Stieber vorgelassen zu werden. Der Concierge sah ihn groß an und fragte, ob er denn nicht wisse, daß heute der deutsche Kaiser samt Gefolge Paris verlassen habe – wie es im Waffenstillstand angekündigt worden war. Es hielten sich nur noch einige deutsche Kampftruppenverbände in Paris auf.

Als Lamartine in Richtung Marais wanderte, verstand er, warum der Kaiser und sein Kanzler einen Teil ihrer Truppen zurückgelassen hatten: Das gehörte zum Arrangement mit der Regierung. Von der Seine her war schwerer Geschützdonner zu hören, das konnten nicht die Kanonen der zerschlagenen französischen Armee sein, dazu waren die Schläge zu mächtig, das war deutsches Militär. Und es schoß im Auftrag der Regierung Thiers auf die Barrikaden der Pariser Kommune.

Am Nachmittag eilte Inspektor Lamartine zu der kleinen Bank in seiner Straße und hob alles Geld ab, das er besaß. Er brauchte dazu fast zwei Stunden, denn die Bürger standen Schlange – alle wollten ihre Konten auflösen, und die Bank hatte Schwierigkeiten, genügend Bargeld beizuschaffen. Dann ging er fünf Straßen weiter, bis er ein offenes Postamt gefunden hatte, schrieb eine Karte an seine Frau, steckte sie zusammen mit der Hälfte des Geldes in einen Umschlag, den er an die Adresse der Tante Amelie adressierte, und gab die Sendung als Eilbrief auf.

Als er später über die Brücke Pont Louis-Philippe die Seine in Richtung der Île St. Louis überquerte, blieb er auf der Mitte der Brücke stehen, griff in seine Manteltasche, zog seine Dienstwaffe hervor und warf sie ins Wasser. Vielleicht hätte er sie noch gut brauchen können, aber der Inspektor wollte verhindern, daß er in einer schwachen Minute doch noch dem Rat des Kriminaldirektors folgte.

Am Abend saß er in einer Überlandkutsche. Sie brauchte wegen der häufigen Kontrollen durch die Posten der Kommune und durch die am Stadtrand patrouillierenden bürgerlichen Truppen sechs Stunden, bis sie ein Dorf außerhalb der Stadt erreichte. Dort wurden die Pferde gewechselt und etwas Proviant aufgenommen. Aus Angst vor dem näherrückenden Geschützdonner ging es dann noch in der Nacht über kleine Landstraßen in Richtung Epernay weiter, wo die Linie endete. Am Mittag des folgenden Tages fand der Inspektor einen Spediteur, der ihn auf seinem Fuhrwerk bis Châlons mitnahm. Zwei Tage später traf er völlig übermüdet zu Fuß in seinem Heimatort ein.

Lamartine war seit Jahren nicht mehr in Schauren gewesen und hatte auch wenig von sich hören lassen. Seine Tante Claire, die die Post des Ortes betrieb, begrüßte ihn dennoch herzlich und erlaubte ihm, in ihrem Häuschen zu wohnen. Der Neffe erzählte wenig von Paris, und die Tante gab sich mit der knappen Auskunft zufrieden, daß Jeanne sich wegen ihres Gesundheitszustandes die beschwerliche Reise nicht hatte zumuten können und deshalb bei eigenen Verwandten in der Nähe von Beauvais untergeschlüpft war. Lamartine war nicht der einzige Franzose, der sich vor den Kriegs- und Nachkriegswirren aufs Land geflüchtet hatte. Alle Schaurener, die in den nächsten Wochen dem schweigsamen und kränkelnd wirkenden Inspektor begegneten, nahmen an, daß er, sobald sich die Lage in der Hauptstadt wieder beruhigt hatte, ausgeruht an seinen Arbeitsplatz zurückkehren würde. Freiwillig würde der Pariser sicher keinen Tag länger als nötig in seiner nun zu Deutschland gehörenden Heimat bleiben.

Umso erstaunter war man in dem lothringischen Dorf, als er in der zweiten Maiwoche erklärte, er wolle mit einem Bauern aus dem Dorf für einen Tag nach Metz reisen, um dort bei den neuen deutschen Behörden wichtige persönliche Angelegenheiten zu regeln. Auf dem Markt von Metz verabschiedete sich Lamartine von dem Schaurener und erklärte, seine Geschäfte erforderten wohl doch mehr Zeit als angenommen, man sollte deshalb nicht auf ihn warten.

Lamartine ging geradewegs zum Bahnhof und bestieg die Eisenbahn nach Saarbrücken. Dort fand er noch am selben Tag eine Kutsche, die über Kaiserslautern, Worms und Mainz bis Frankfurt fuhr. Drei Tage später nahm er in Frankfurt den Zug nach Bamberg. Von dort aus fuhr er zügig über Plauen weiter nach Leipzig, von wo aus er nach einem kurzen Aufenthalt über Halle und Köthen nach Berlin gelangte.

ZWEITER TEIL

BERLIN

DIE Stimmung im Land der Sieger war alles andere als feindselig. Lamartine wurde von den Zollbeamten und von seinen deutschen Mitreisenden gönnerhaft behandelt – wie das Opfer einer Naturkatastrophe. Er empfand diese Haltung als besonders kränkend. Ein schlechtes Gewissen hatten die Barbaren – wie Lamartine die Deutschen heimlich nannte – offensichtlich nicht, aber sie schienen dem Besiegten gegenüber die Nachsicht des Stärkeren zeigen zu wollen.

Sein Deutsch – das etwas gurgelnde Deutsch der Franzosen aus Elsaß-Lothringen – war bei weitem nicht so gut wie das Französisch von Stieber, aber für Lamartines Zwecke genügte es.

In der überfüllten, fast zweihundert Meter langen Bahnsteighalle des Anhalter Bahnhofs, dem Kopfbahnhof der Berlin-Anhaltischen Eisenbahn, erkundigte er sich nach einer günstigen Unterkunft. Der mürrische Einarmige, der in einem Holzkasten kauerte, nannte die Adresse einer der für Kriegsheimkehrer auf dem Weg in den Osten eingerichteten Schlafstellen. Sie kostete nur den Bruchteil der Miete einer Pension.

Lamartine beunruhigte die Aussicht, als Franzose bei einer Berliner Familie in der Küche zu sitzen, deren Vater, Großvater oder Sohn im Krieg geblieben war. Dennoch machte er sich mit dem Zettel des Invaliden auf den Weg in den Südwesten, nach Schöneberg. Er wußte nicht, wie lange sein Aufenthalt in Berlin dauern würde, und seine finanziellen Mittel waren begrenzt.

Lamartine hatte sich anhand des großen Stadtplanes in der Bahnhofshalle orientiert. Er fand Berlin topographisch weniger kompliziert als Paris: Die noch junge Stadt bestand aus sich rechtwinklig schneidenden, kerzengeraden Straßen, die fast gleich große Karrees bildeten. Berlin erschien Lamartine wie ein riesiges Exerzierfeld. Kein Wunder, daß es den Deutschen gelungen war, Frankreich auf dem Feld zu schlagen, wenn sie ihre neue Hauptstadt schon wie eine Militärkaserne angelegt hatten.

Die lange Reise steckte ihm noch in den Knochen. Als er aber aus dem Bahnhof trat, atmete er freier. Er fühlte sich wie in der frischen Luft der Tuilerien. Obwohl es für einen Maitag sehr kalt war, beschloß Lamartine, die Pferdebahn in Richtung Süden, auf deren Plattform sich die Menschen drängelten, fahren zu lassen und zu Fuß zu gehen.

Berlin war zwar noch nicht so unübersichtlich, so verworren, so mächtig wie Paris, aber die Hauptstadt der Deutschen hatte schon die Ausdünstung einer Metropole. Berlin roch nach Eisen, nach Hartgummi, nach Karbid – und nach eiligen Menschen. Lamartine fühlte sich wohl in Berlin. Der lange Weg nach Schöneberg tat ihm gut nach der einwöchigen Reise in muffigen Waggons.

Die Familie, deren Adresse der Invalide vom Bahnhof ihm aufgeschrieben hatte, hieß Wilke. Sie bestand aus einer knapp sechzigjährigen Witwe mit einem Damenbart, einer schwarzhaarigen, etwas verhärmten, ungefähr dreißigjährigen Tochter und einem fünfzehnjährigen Jungen mit feuchten Augen und einem ständig offenen Mund. Lamartine rechnete sich aus, daß seine Vermieterin schon weit über vierzig Jahre alt gewesen sein mußte, als sie den Sohn zur Welt gebracht hatte.

Sicher war das die Ursache für seine merkwürdige Erscheinung.

Die Witwe betrieb eine kleine Kohlenhandlung im Vorderhaus. Sie führte Lamartine zu einem Verschlag, der sich im Seitenflügel unter dem Fenster zum Zimmer des Jungen befand. Man betrat die niedrige Schlafstelle, in der Lamartine nur gebückt stehen konnte, durch das Zimmer der jungen Wilke. Offenbar fanden die Wilkes nichts dabei, daß der fremde Mieter am Bett der Tochter vorbei mußte, um zu seiner Unterkunft zu gelangen.

Die Miete war so niedrig, daß Lamartine den Verschlag auf der Stelle mietete.

Nachdem er für eine Woche im voraus bezahlt hatte, bat ihn die Witwe mit dem Hinweis darauf, daß der Mietpreis auch freie Kost beinhaltete, in der Küche Platz zu nehmen. Daß er für das bißchen Geld auch ein Anrecht auf Verpflegung haben könnte, war Lamartine gar nicht in den Sinn gekommen. Er wusch seine Hände und sein Gesicht unter der Wasserpumpe im Flur und betrat dann die winzige Küche, in die so wenig Tageslicht fiel, daß ständig eine Petroleumlampe auf dem Kachelsockel über der Kochmaschine brannte. Seine drei Mitbewohner saßen bereits am Tisch und blickten ihn erwartungsvoll an.

Lamartine nahm Platz. Die Witwe hob den Deckel vom Kochtopf. Es roch nach Schwefel.

Die Tochter nickte Lamartine aufmunternd zu. Offensichtlich wollte man dem Gast den Vortritt lassen. Der Pariser griff nach dem Löffel in dem noch dampfenden Topf. Er dachte an die letzten Abende bei seiner Familie, an die bösen Worte, die Reste, die man ihm zurückgestellt hatte, an die gierigen Blicke des Schwiegervaters.

Lamartine verspürte seit langem wieder richtigen Appetit. Er nahm sich eine gute Portion und gab die Kelle freundlich lächelnd an die Alte weiter. Die nahm sich auch – aber beträchtlich weniger als der Gast. Die Tochter war an der Reihe. Sie nahm sich noch weniger als ihre Mutter und tat ihrem Bruder auch nur eine halbe Kelle auf. Lamartine bereute es, sich so kräftig bedient zu haben.

»Also«, sagte die Witwe.

Lamartines Magen knurrte. Er nickte dankbar und begann zu essen. Das Essen der Witwe Wilke schmeckte erst einmal nach – nichts. Dann glaubte Lamartine in einem Nebel von Schwefel, Brandgeschmack und Salz Gemüse oder Obst und zerkochte Kartoffeln wahrzunehmen.

Die Witwe schaufelte den schwarzbraunen Brei in sich hinein, die Tochter manipulierte eine Gabelspitze des Essens auf ihrer Zunge, kniff die Augen zusammen, legte dann aber das Besteck weg, der Junge bewegte zwar seine Lippen, rührte aber das Essen nicht an.

»Schmeckt's?« fragte die Witwe. Lamartine nickte und verteilte den Rest auf seinem Teller. Obwohl er fürchtete, das Essen könnte ihm den seit Tagen angestrengten Magen umdrehen, aß er mechanisch weiter.

»Allet selbst einjeweckt«, erklärte die Witwe. »Die Pflaumen kommen aus'm Tiergarten. Vor drei Jahren jeerntet…«

Lamartine kaute und nickte. Er aß und aß und beneidete die Tochter und den Sohn, die ihn anstarrten wie ein exotisches Tier.

Später, als er in seiner Kammer unter der kratzigen Pferdedecke lag, sehnte er sich nach Jeanne, und daß er zu Hause so selten was zu essen bekam, machte ihm fast gar nichts mehr aus.

Morgens rumorte es schon vor Sonnenaufgang in der Wohnung. Die Alte schmiß ihre Tochter, die sie mal Mia, mal Maria nannte, aus dem Bett. Die beiden zogen mit ihrem Handkarren zum Handelshof eines Schlesiers, bei dem sie – wie man dem Gast am Vorabend erklärt hatte – die Kohlen für die Brennstoffhandlung einkauften.

Als Mutter und Tochter zurückkehrten und sich unter der Pumpe im Flur wuschen, war Lamartine schon in seinen Kleidern. Die Alte wirkte mürrisch an diesem Morgen, deshalb wartete Lamartine gar nicht erst, bis sie den Malzkaffee in der Küche aufgebrüht hatte. Er verabschiedete sich von den beiden Frauen, die ausgekühlt in der Küche standen, und erklärte, er werde vor Abend nicht wiederkommen. Sie nickten bloß müde.

Draußen dämmerte es, und es roch nach Briketts. Lamartine ging durch den feuchten Morgen zum Anhalter Bahnhof zurück. In der verrauchten, aber immerhin gut geheizten Bahnhofswirtschaft ließ er sich eine große Tasse Kakao bringen.

Lamartine beobachtete die fahlen Reisenden, die Trinker, die von der Nacht übriggeblieben waren und sich nun ein warmes Getränk leisteten, und die vor Kälte zitternden Strichjungen, die wie auf einem Ausflug zusammen an einem runden Tisch saßen, laut lachten, aber aufmerksam die Schwingtür am Eingang beobachteten – entweder um vor Razzien gewarnt zu sein oder um keinen Freier zu verpassen. Lamartine kannte die Gäste der Bahnhofswirtschaft – es waren dieselben, die um diese Zeit am Gare de l'Est oder am Gare du Nord herumlungerten.

Er stand auf und holte sich einen Zeitungshalter von der Garderobe. Es dauerte eine Weile, bis Lamartine zwischen all den langatmigen Artikeln über die triumphale Rückkehr der siegreichen deutschen Truppen eine Meldung aus seiner Heimat fand. Auf Seite acht der »Vossischen Zeitung« fand er in der rechten unteren Ecke einige Zeilen, die die deutschen Leser über die jüngsten Ereignisse in Paris unterrichteten. Lamartine las sie mehrmals – es dauerte, bis er den Sinn der Meldung verstand.

Der Ministerpräsident, den die deutsche Zeitung Tiers anstatt Thiers schrieb, hatte sich mit seiner Regierung nach Versailles zurückgezogen, auch der Rest der französischen Armee, der in Berlin »kläglich« genannt wurde, war vor den Barrikadenkämpfern aus der Stadt gewichen. Davon, daß die Bevölkerung von Paris sich auf die Seite der Aufständischen geschlagen hatte, weil Thiers den Fehler begangen hatte, die Nationalgarde zu entwaffnen und sich damit offen gegen das Volk zu stellen, war in der Berliner Zeitung keine Rede. Vielmehr hieß es, bei den Anhängern der sogenannten Pariser Kommune handelte es sich um kriminelle Elemente und heimlich aus London angereiste Agenten der Kommunistischen Internationalen Arbeiter-Assoziation des Aufwieglers Karl Marx. Dieser Geheimbund aus Umstürzlern, Bombenlegern und verblendeten englischen Arbeitern hätte sich gemäß der Satzung vom 28.9.1864 zum Ziel gesetzt, rechtmäßige Regierungen in ganz Europa zu stürzen und durch sogenannte Räte, also durch ihre eigenen Leute zu ersetzen. In Frankreich habe man fruchtbaren Boden für umstürzlerische Parolen gefunden, da es dort vielerorts unverbesserliche Menschen gab, die den ehrlich errungenen Sieg Deutschlands nicht ertrugen und deshalb nach einer schnellstmöglichen Revanche lechzten. Diesen Elementen sei der zwischen dem deutschen Kaiser und der französischen Regierung am 28. Januar geschlossene Waffenstillstand ein Dorn im Auge, stelle er doch den ersten Schritt zu einem Friedensvertrag dar. Man habe die Massen gegen die Deutschen und gegen die vernünftigen Kräfte in Frankreich aufgehetzt und mache keinen Hehl aus seiner Absicht, so schnell wie möglich wieder gegen die Sieger ins Feld zu ziehen. In einigen Bezirken der französischen Hauptstadt hätten die Aufrührer die Bevölkerung erneut bewaffnet. So sei es nur natürlich, daß die in Frankreich zur Sicherung der öffentlichen Ruhe und Ordnung verbliebenen deutschen Truppen sich nun an die Seite der bürgerlichen Regierung stellten, um das Erreichte zu bewahren. Deutsche und französische Verbände hätten die Hauptstadt bereits umstellt. Ihr Eingreifen stehe kurz bevor.

Lamartine ließ die Zeitung sinken. Wenn die deutschen Besatzer plötzlich zu Freunden, ja sogar zu Waffenbrüdern im Kampf gegen die Aufständischen geworden waren, so erschien seine Haltung Stieber gegenüber doch in einem ganz anderen Licht: nämlich als patriotische Tat. Eigenartigerweise konnte sich Lamartine an dieser Erkenntnis nicht erfreuen. Der fette Kakao verursachte ihm plötzlich solche Blähungen, daß er den Kellner rief, bezahlte und hinaus in die Kälte flüchtete.

Lamartine ging zur nächsten Polizeiwache und erklärte, ein Kollege aus Paris zu sein, in einem Mordfall zu ermitteln und mit Wilhelm Stieber, einem wichtigen Zeugen, sprechen zu wollen. Der Beamte legte ein Schriftstück über Lamartines Anfrage an, dann verschwand er mit dem Papier in einem Hinterzimmer. Lamartine nahm auf einer Holzbank Platz und dachte daran, daß es in Berliner Amtsstuben nicht anders zuging als in Pariser Amtsstuben.

Es dauerte fast eine Stunde, bis der Polizist wieder aus dem Zimmer seines Vorgesetzten kam. Der Beamte stempelte das Schriftstück und legte es, nachdem er es gelocht hatte, in einen Ordner ab. Den Ordner verschloß er in einen Schrank. Lamartine hatte das Gefühl, einen Fehler begangen zu haben.

»Daß wir Ihnen Auskunft erteilen«, begann der Beamte nach einer langen Pause, »ist pures Entgegenkommen einem Kollegen gegenüber. Wir sehen uns weder nach der Sachlage, noch aus Verpflichtungen Ihrem Land gegenüber dazu veranlaßt...« Da der Beamte, der es vermied, Lamartine in die Augen zu blicken, eine Pause einlegte, glaubte Lamartine, er erwarte seine Zustimmung, und nickte heftig. Der Berliner Polizist verbat sich mit einer Handbewegung jede Äußerung des Bittstellers. »Folgendes geben wir Ihnen zur Kenntnis, Herr Lamartine. Herr Wilhelm Stieber ist uns kein Unbekannter, allerdings steht Herr Stieber nicht mehr im Dienst der preußischen Polizei. Den jetzigen Aufenthaltsort des Herrn Stieber zu ermitteln, sehen wir keinerlei Veranlassung. Sollte uns jedoch binnen vierzehn Tagen eine förmliche Bitte des Pariser Polizeipräsidenten um Amtshilfe vorliegen, so werden wir das Anliegen prüfen...«

»Würden Sie mir wenigstens die Adresse des Herrn Stieber mitteilen?«

Der Beamte sah verärgert aus, er schien es aber für ratsam zu halten, seinem Ärger keinen freien Lauf zu lassen. »Leider verfügen wir nicht über diese Angabe!«

»Aber es gibt doch ein zentrales Einwohnermeldeamt... Es heißt doch immer, die Preußen haben die Verwaltung revolutioniert.«

Der Beamte wuchs hinter dem schweren Tresen.

»Erstens«, trompetete er so laut, daß Lamartine annehmen mußte, er wolle auch seinen im Hinterzimmer sitzenden Vorgesetzten teilhaben lassen. »Erstens: Wenn jemand das Verwaltungswesen übertrieben hat, dann waren das Ihre Landsleute und Ihr erster Kaiser. Zweitens: Auch wenn wir hier über ein Einwohnerregister verfügen, so heißt das noch lange nicht, daß sich jeder dessen bedienen kann!«

»Sie wollen mir die Adresse also nicht geben?!«

»Herr Stieber gehörte lange Jahre zur Leitung der Polizei und steht deshalb bis zu seinem Lebensende unter dem besonderen Schutz der Staatsorgane!« Dann schnaufte er und beugte sich über ein anderes Schriftstück.

Lamartine überlegte, wie er dem Beamten beikommen könnte. Plötzlich schaute der Polizist auf und brüllte Lamartine an: »Guten Tag!« Der Franzose verstand. Er verließ die Wache.

Er lief viele Stunden durch die Stadt und dachte nach.

Als Lamartine am Nachmittag zur Wohnung der Witwe Wilke zurückkehrte, kochte die Alte in der Küche Pflaumen ein. Sie zerstampfte die Früchte zu einem Mus und schüttete es in Gläser, die sie mit Gummiringen verschloß und zum Abkochen in einen Bottich stellte. Lamartine war erleichtert darüber, daß die Pflaumen für ferne Tage eingeweckt wurden.

»Wollen Se wat essen?« fragte sie. »Ick kann den Rest von jestern uffwärmen!«

Lamartine lehnte etwas zu heftig ab, die Witwe widmete sich mürrisch wieder ihrer Arbeit.

Der Mieter hätte sich gerne zurückgezogen, aber er konnte ja nicht jetzt schon seinen Verschlag aufsuchen.

Also setzte er sich stumm an den Tisch, er war totmüde.

»Ham Se denn wat erreicht?« fragte die Witwe.

Lamartine seufzte. »Nein!«

»Tja«, seufzte die Alte. »Wir ham zwar den Krieg jewonnen, aber dennoch geht's den einfachen Leuten nich besser. In Berlin sind derzeit keene juten Jeschäfte zu machen, wa?«

»Das wird sich ändern, wenn mein Land die Reparationen überwiesen hat. Deutschland wird mit Geld überschwemmt werden«, sagte Lamartine bitter.

»Verhungert is bei euch doch noch keener!« krächzte die Witwe. »Und dieser Krieg hat uns viel Jeld jekostet. Schon am Tag, nachdem w'r unsere Söhne am Bahnhof verabschiedet ham, sind die Brotpreise in Berlin in die Höhe jeschossen.« Sie tippte sich mit ihrem vom Mus verschmierten Zeigefinger auf die Brust. »Ick hab diesen Krieg mit meinem sauer verdienten Jeld bezahlt, wa! Meene Kinder mußten dafür hungern!«

Lamartine erhob sich langsam. »Ich habe Sie nicht darum gebeten...«

»Aber dem König jejenüber habt ihr euch so unvaschämt benommen, daß er jar nicht anders konnte, als in den Krieg ziehen.«

Lamartine spürte, wie sein Herz vor Empörung pochte, er wußte genau, jeden Augenblick würde er schreien. »Eingekreist hat Preußen uns. Die Thronfolge in Spanien war doch nur der letzte Schritt. Hohenzollern sitzen in allen Fürstenhäusern um Frankreich herum, ihr hättet uns ins Meer gedrängt, wenn wir uns nicht gewehrt hätten. Euer Kaiser ist ein Menschenfresser, und dieser Bismarck treibt ihm die Opfer zu.« Er wußte selbst nicht, warum er sich so ereiferte – zu Hause hatte er das nie getan.

Die Witwe wischte sich die Hände mit der Schürze ab und sah dabei ihren Gast triumphierend an. »Ick vasteh nich viel von die Politik, mein Herr«, sagte sie grinsend. »Und allet dette, wat Se sagen, is mir ooch schnuppe. Aber eenes weeß ick janz sicher: Ihr Land hat mein Land den Krieg erklärt – und nicht umjekehrt, wa!«

Lamartine schluckte. Er hätte jetzt vieles sagen können, aber es fehlte ihm die Überzeugung, daß es fruchtete. Diese Deutschen hatten eine Art, mit schwierigen Problemen umzugehen, die ihn hilflos machte: Sie spitzten alles auf eine einzige Frage zu, auf eine Banalität, die jede vernünftige Erörterung unmöglich machte. Sie gingen mit ihrem Unverständnis um wie mit einer Tugend. Die Witwe Wilke war da nicht anders als Stieber.

Sie legte einen Gummiring auf den Rand eines Glases mit Mus, drückte den Deckel darauf und stellte das Glas in den Bottich zu den anderen.

»Gerade eben ist Ihnen eine Fliege ins Glas geflogen!« sagte Lamartine.

»Na und?« fragte sie. »Glooben Se, det schmeckt noch jemand, der's nich weeß?«

Schon wieder, dachte Lamartine. Dagegen war er machtlos. Er stand auf, ging in den Flur und wusch sich die Hände und das Gesicht. Plötzlich stand die Witwe neben ihm. Sie hielt ihm das Küchenhandtuch hin. Er benutzte es nur für die Hände.

»Ham Se eijentlich Familie, Herr Lamartine?« fragte sie.

»Ja. Ich bin verheiratet. Meine Frau hat sich vor den schrecklichen Ereignissen in Paris aufs Land geflüchtet.« Von dem Kind, das Jeanne erwartete, sagte er nichts.

»Wenigstens is Ihre Frau in Sicherheit«, sagte die Alte freundlicher.

»Ja«, sagte Lamartine. In diesem Augenblick hätte er heulen können vor Heimweh.

Als er schon Stunden wach in seinem Verschlag lag, ohne einschlafen zu können, hörte er, wie die Tochter der Witwe das Nebenzimmer betrat, sich leise auszog und dann ins Bett schlüpfte. Er verhielt sich so ruhig, daß er ihren Atem hören konnte. Das alte Bett knarrte. Von dem Jungen, der schon vor Lamartine schlafen gegangen war, war nichts zu hören. Plötzlich stand auch der Atem der jungen Frau still. Lamartine wußte, daß sie auf ein Geräusch von ihm horchte. Er räusperte sich. Es war ihm daran gelegen, daß sie wußte: Er war noch wach. Das Bett knarrte laut: Wahrscheinlich hatte sie sich zur Wand gedreht – weg von ihm, dem Gast aus der Fremde.

Lamartine überlegte, wie lange es her war, daß er mit einer Frau geschlafen hatte. Es war nicht Jeanne gewesen, sondern die Prostituierte, die ihn aus dem Bistro mit in ihr Mansardenzimmer genommen hatte. Er drehte sich ebenfalls mißmutig zur Wand, schloß die Augen und versuchte, an Jeanne zu denken. Sicher wußte sie längst, daß er als Verräter galt. Wer weiß, wie sehr Jeanne sich gehenließ? Ob die Schwiegereltern ihr mit Rechthabereien zusetzten?

Lamartines Mutter hatte ihm einmal erzählt, daß sie, während sie mit ihm schwanger war, nächtelang hatte weinen müssen, weil ihre Mutter plötzlich an einer Hirnhautentzündung verstorben war. Lamartine wußte nicht, ob es durch die Erzählung der Mutter ausgelöst worden war oder ob der Schmerz der Schwangeren in ihm nachwirkte: Auf jeden Fall erinnerte er sich gut daran, daß er während seiner Kindheit ständig Angst hatte, seine Mutter zu verlieren. Die ersten Jahre in der Schule waren eine Tortur für ihn gewesen, denn er dachte den ganzen Morgen nur daran, daß er nach Hause kommen und die Mutter tot auffinden könnte.

Unversehens begann Lamartine zu flüstern, er redete auf jemanden ein, auf sein ungeborenes Kind – und darüber wurde er wieder zuversichtlicher: »Mach dir keine Gedanken, mein Kind! Bald bin ich wieder da. Dann wird alles gut. Sie werden nicht mehr schimpfen, keiner wird mich mehr schlechtmachen. Alles wird ans Tageslicht kommen, keine Lügen mehr, keine Vorwürfe …«

Im Nebenzimmer tat sich etwas, jemand durchschritt den Raum. Es wurde zaghaft an die Tapetentür geklopft. Lamartine stellte sich schnarchend – sollte sie doch glauben, er habe im Schlaf geredet. Es klopfte wieder. »Herr Lamartine?« zischte die Frau.

Lamartine tat, als wäre er aus tiefem Schlaf gerissen worden. »Was gibt's?« murrte er. Er richtete sich auf und fuhr mit der Hand durchs Haar. Die Tür öffnete sich, Licht fiel herein. Lamartine blinzelte. Das Gesicht der Tochter erschien. Lamartine war etwas enttäuscht: Tagsüber war sie hübscher als nachts. Sie zupfte vorsichtig an seinem großen Zeh. Lamartine zog unwillkürlich das Bein an.

»Sie haben Besuch!« sagte die Frau und zog sich wieder zurück. Dann erschien ihr Kopf noch einmal in der Tür; sie legte den Zeigefinger auf die Lippen und sagte: »Psst! Mein Bruder schläft.«

Lamartine quälte sich aus seinem Verschlag. Das Licht der Petroleumlampe, die die junge Wilke in der Hand trug, biß ihm in die Augen. Lamartine schloß sie für einen Moment. Als er sie wieder öffnete, stand Wilhelm Stieber vor ihm.

»Wie haben Sie mich gefunden?« fragte Lamartine verdutzt. Etwas anderes fiel ihm nicht ein, er kam sich dumm vor.

Stieber winkte ab. »Aber Monsieur Lamartine, wir sind doch beide Polizisten, wir wissen beide, wie schnell man jemanden findet. Sie haben es mir vor gar nicht langer Zeit vorgeführt, Herr Kollege. Viel eher müßte es Sie interessieren, woher ich wußte, daß Sie in der Stadt sind...«

Lamartine entgegnete gereizt: »Natürlich hat man es Ihnen von dem Revier aus gemeldet. Ich habe bemerkt, daß im Hinterzimmer etwas vorging, während ich mit dem Wachmeister sprach.«

Stieber wandte sich an die Frau, die den beiden mit der Petroleumlampe leuchtete und verstohlen gähnte. »Geben Sie mir die Lampe und lassen Sie uns allein!«

Mia gehorchte. Als sie die Tür hinter sich geschlossen hatte, schob Stieber das Bettzeug der jungen Frau beiseite, nahm auf der Bettkante Platz und bat Lamartine mit einem Wink, sich neben ihn zu setzen. Lamartine sträubte sich dagegen, das Bett schien noch warm zu sein. Stieber hatte sich in seinem Gehrock auf das Laken gesetzt. »Wollen Sie stehenbleiben?« fragte er auf französisch.

»Vielleicht mag sie es nicht, wenn wir uns auf ihr Bett setzen«, antwortete Lamartine in seiner Muttersprache.

Stieber grinste. »Ihr wäre es lieber, wir würden uns gleich mit ihr hineinlegen. Die Dame ist polizeibekannt – wenn Sie mich verstehen.«

Da nahm auch Lamartine Platz. Das Bett war wirklich noch warm. Er spürte plötzlich ein so heftiges Verlangen nach der Nähe Mias, daß er seine Hand unter das Federbett schob.

»Ich habe mich natürlich in Paris erkundigt, was aus Ihnen geworden ist. Man sollte immer Bescheid darüber wissen, was Leute unternehmen, die einem Böses wollen«, erklärte Stieber.

»Ich will Ihnen nichts Böses, ich will nur, daß Sie mich vor meinen Landsleuten rehabilitieren – jetzt wo sich das Blatt gewendet hat.«

»Ich bin ausgemustert, kein Mensch legt mehr Wert auf mein Wort.«

»Sie sind Polizist, und einem Polizisten glaubt man in Paris.«

»Ich bin nicht mal mehr Polizist. Man benötigt in Berlin meine Dienste nicht mehr. Wer sich als Kriminalbeamter in die Nähe der Politik wagt, wird nur gehalten, solange es Krisen gibt. Momentan herrscht in meinem Land eitel Freude über den Sieg, über die Reparationen – und natürlich über die Einheit. Keine dunkle Wolke am Horizont – also werden Menschen wie ich nach Hause geschickt. Das ist bitter, aber unsereiner muß damit leben. Letzten Endes ist uns beiden das gleiche Schicksal widerfahren. Nehmen Sie sich ein Beispiel an mir: Ich bin ein älterer, erfahrener Kollege, ich erlebe eine Zurücksetzung nicht zum ersten Mal…«

Lamartine unterbrach ihn harsch: »Es handelt sich nicht um eine dienstliche Herabstufung, Herr Stieber. Meine Existenz ist zerstört. Ich muß damit rechnen, daß man mir den Prozeß macht. Meine schwangere Frau hat mich verlassen – und Sie faseln etwas von einer Zurücksetzung.«

Stieber legte seine Hand auf Lamartines Oberschenkel. Lamartine war das unangenehm, aber er rührte sich nicht. »Das ist eben so«, sagte Stieber. »Machen wir uns doch nichts vor, Lamartine. Der Staat, das ist ein großes, starkes Tier, in dessen Fell wir warm und sicher aufgehoben sind. Und wenn wir dieses Ungeheuer zu sehr kratzen, dann werden wir zerdrückt wie Flöhe. Das ist nun mal das Schicksal des Individuums. Es trifft nur wenige. Die, die es trifft, sollten es aber ertragen. Außerhalb des Felles wären wir augenblicklich verloren. Die Kälte, der Hunger, die vielen anderen Lebewesen, die uns nach dem Leben trachten. Nur im Fell des Tieres überleben wir. Der Preis dafür ist, daß ab und zu einer von uns zerdrückt wird. Sie, Lamartine, haben Glück gehabt, Sie sind nicht zerdrückt worden. Seien Sie dankbar! Verkriechen Sie sich in die nächste Hautfalte des Tieres und danken Sie Gott, daß Sie so glimpflich davongekommen sind! Die Wahrscheinlichkeit ist groß, daß Sie für den Rest Ihres Lebens von dem Ungeheuer nicht einmal mehr bemerkt werden ...«

Lamartine, den Stiebers Geschwätz verärgerte, versuchte ruhig zu bleiben: »Ein ekelhaftes Bild, Stieber. Aber es trifft auf mich nicht zu: Ich war immer ein pflichtbewußter, sogar unauffälliger Mensch. Ich habe niemanden gekratzt – um in Ihrem Bild zu bleiben.«

»Und ob Sie das getan haben!« fuhr Stieber ihn an. »Sie wollten auf allen Hochzeiten tanzen. Sie dachten, Sie, der kleine Kriminalbeamte der Mordkommission, können auf dem Rücken dieses Ungeheuers reiten und ihm die Richtung vorgeben.«

»Sie reden Unsinn!«

»Wollten Sie nicht unbedingt den Fall des Toten aus dem Bois de Boulogne aufklären? Alle haben Sie davor gewarnt, die unsichtbare Linie zu überschreiten – aber Sie wollten mit dem Kopf durch die Wand. Sie haben sogar geglaubt, Sie könnten mich für Ihre Zwecke einspannen.«

Lamartine stotterte vor Wut: »Sie haben... Sie waren es doch... Sie haben mich doch dazu überredet, mit Ihnen zusammenzuarbeiten! Sie haben mich doch... angeworben für eine Mitarbeit...«

»Sie vergessen, in welcher Funktion ich in Paris war. Ich war Chef der Feldpolizei und damit für die Auskundschaftung des Feindes und für die Gegenspionage zuständig. Da war es meine Pflicht, einen Franzosen, der mich benutzen will, umzudrehen und von ihm zu profitieren...«

»Gegenspionage? Umdrehen? Wovon reden Sie?«

»Sie sind eben ein einfacher Polizeibeamter, Monsieur Lamartine. Ich bewundere Menschen wie Sie. Für Sie gibt es klare Kategorien: Opfer, Täter, Zeugen. Aber die Welt ist nicht so simpel. Man muß manchmal aus den besten Absichten heraus zum Täter werden und sich die Hände schmutzig machen, um Schlimmeres zu verhindern...«

»Haben Sie deshalb Franc umgebracht?«

»Ich habe ihn nicht umgebracht!« schrie Stieber ihn an. »Er hat sich selbst mit dem Gift vergiftet, das er ins Essen der Diner-Gäste manipulieren wollte. Ich habe einen Massenmord gerade noch verhindern können. Und wenn Sie es mit klarem Verstand betrachten: Sein Tod wäre gerechtfertigt, wenn ich damit das Leben Hunderter unschuldiger Menschen hätte retten können...«

»Sie hätten ihm den Prozeß machen können, ihn aber nicht vergiften müssen, zumal der Anschlag schon vereitelt war!«

Stieber sprang auf. »Ich sehe, mit Ihnen ist nicht zu reden. Ich bin gekommen, um Ihnen Folgendes mitzuteilen: Ich bin nicht mehr bei der Berliner Polizei. Ich muß mein Geld jetzt auf eine andere Art verdienen, man wollte auf meine Dienste verzichten. Das heißt aber noch lange nicht, daß ich mir von einem Polizisten – zumal einem aus Paris – alle Unverschämtheiten gefallen lassen muß. Sollten Sie weiterhin derartige Behauptungen über mich verbreiten, so werde ich eine Anzeige gegen Sie erstatten. Ich werde dafür sorgen, daß Sie des Landes verwiesen werden. Hier weht jetzt ein anderer Wind, Lamartine. Deutschland ist kein Flickenteppich mehr mit tausend Märchenstaaten und noch mehr kleinen Herrschern, die sich gegenseitig auf die Füße treten. Wenn Sie ausgewiesen werden, so werden Sie über die Grenze abgeschoben und brauchen unser Land nicht mehr zu betreten. Die Zeiten sind vorbei, wo man sich als Übeltäter über die Stadtgrenze geflüchtet hat und dann vor der Staatsgewalt sicher war!«

Stieber markierte eine zackige Verbeugung und verließ das Zimmer. Die Tür ließ er offen, so daß Lamartine hörte, wie er draußen die alte Wilke zusammenstauchte. Sie habe jemanden in ihre Wohnung aufgenommen, der nach Berlin gekommen war, um Unfrieden zu stiften. Sie sollte sich reiflich überlegen, ob sie den Fremden weiterhin beherbergen wollte. Unter Umständen würden die Behörden sie als Komplizin ansehen…

Lamartine trat im Schlafanzug auf den Flur und schrie Stieber auf deutsch an: »Ich denke, Sie gehören der Polizei nicht mehr an! Wieso können Sie dann diesen Leuten drohen?«

Stieber beachtete ihn nicht. »Ihre Tochter hatte schon einmal eine Anzeige wegen Prostitution am Hals. Wollen Sie, daß sich das wiederholt?« fuhr er die Witwe an.

Ohne eine Antwort abzuwarten, verließ er die Wohnung.

Eine Weile sagte niemand etwas. Dann rannte die Tochter in ihr Zimmer und schlug die Tür hinter sich zu.

»Sie bringen mir keen Glück nich, Herr Lamartine«, wandte sich die Alte an Lamartine. »Ick denk nich dran, Sie off der Stelle vor de Tür zu setzen. Aber morjen früh packen Se Ihre Sachen!«

Am schlimmsten war es für Lamartine, das Zimmer der Tochter durchqueren zu müssen. Sie hatte sich die Decke über den Kopf gezogen und schluchzte. Das Bettzeug bebte leicht. Lamartine zögerte einen Moment, dann setzte er sich auf die Bettkante. Erst berührte er die Überdecke nur mit den Fingerspitzen, dann wagte er es, die Hand auf Mias Schulter zu legen. Das Beben hörte augenblicklich auf. Lamartines Berührung schien die junge Wilke etwas zu beruhigen. Er verstärkte den Druck seiner Hand. Die Schulter fühlte sich weich und schwach an. Da riß sich Mia die Decke vom Kopf; ihre Haare waren zerzaust, ihre Augen, die böse blitzten, verheult. »Was fällt Ihnen ein?« zischte sie.

Lamartine riß seine Hand zurück. »Ich wollte nur… ich dachte…« stammelte er.

»Ick weeß, wat Se wollen«, entgegnete sie, die Tränen schossen ihr schon wieder in die Augen, und sie zog die Nase hoch. »Dieser Mensch hat Se ja jradezu einjeladen…«

Mia tat Lamartine leid, aber er wagte es nicht, die Frau noch einmal zu berühren. Er stand auf und flüsterte: »Es handelt sich um ein Mißverständnis! Ich schwöre Ihnen, daß ich Ihnen nicht zu nahe treten wollte. Ich bemerkte, daß es Ihnen schlecht ging, und wollte sie trösten… sonst nichts, bitte glauben Sie mir das!«

Die Frau hörte auf zu weinen und richtete sich im Bett auf, das Haar, das, wie Lamartine erst jetzt bemerkte, an einigen Stellen schon grau war, fiel in Strähnen über ihre Schultern, das Nachthemd war unter den Achseln aufgerissen. Lamartine sah ihren Brustansatz.

»Is jut. Ick gloobe Ihnen ja«, erklärte die Frau. Sie wischte sich mit dem Ärmel übers Gesicht, sah danach aber noch verheulter aus als vorher. »Det ist bloß so: Ick werd det nich mehr los…«

»Was?« fragte Lamartine.

»Tun Se nich so! Sie haben doch jehört, wat der Kriminaler jesagt hat. Sie haben mich mal aufjejriffen. Im Scheunenviertel. Ick hab's nur een eenzijes Mal jemacht. Aus Not. Und der erste Freier war gleich een Polizeispitzel. Vor zwei oder drei Jahren. Ick wußte nich mehr ein noch aus. Dat Kohlenjeschäft funktioniert doch nur im Winter, und auch dann nur, wenn's klirrend kalt is. In der warmen Jahreszeit haben wir Mühe, die Miete zu zahlen. Jetzt wird's Frühjahr, und wir valier'n och noch unseren Logisgast. Dat bringt uns wieder in Schwierigkeiten, Herr Lamartine. Det Leben ist hart in Berlin…«

»Mir tut das alles leid!« beteuerte Lamartine. »Aber ich kann nichts dafür. Dieser Stieber ist ein Hund – und ich bin gekommen, um ihn zur Verantwortung zu ziehen für ein Verbrechen, das er in meiner Heimat begangen hat.«

»Und unsereener muß darunter leiden…« seufzte die Frau und ließ sich ins Kissen zurückfallen. Der Riß in ihrem Nachthemd klappte zu. Sie schloß die Augen. »Aber nie mehr… hören Sie: nie mehr, tue ick dette, wat ick vor zwee Jahren jetan hab. Wenn eener etwas bereut hat, dann bin icke det. Und dennoch hängt's mir an wie eine ansteckende Krankheit. Ick trau mir schon off keene Behörde mehr. Und erst meen armer Bruder. In der Schule hänseln se ihn deswegen... Een kleener Fehltritt der Schwester – und schon isser der Hurensohn, wa!«

»Wieso Sohn?« fragte Lamartine. »Er ist doch Ihr Bruder.«

Sie winkte ab. »Dat vastehn Se nich. Sie sind eben 'n Ausländer...«

Doch Lamartine verstand sehr wohl: Der Junge war nicht ihr Bruder – dazu war die Witwe wirklich zu alt, der Junge war Mias unehelicher Sohn, und die Familie tat Fremden gegenüber so, als seien die junge Frau und der Junge Geschwister. Gerne hätte Lamartine Mia das Gefühl gegeben, daß er ihre Not verstand, daß er sogar verstand, daß sie, um ihrer Mutter und dem Jungen zu helfen, auf den Strich gegangen war. Aber Lamartine wußte nicht, wie er sich verständlich machen sollte.

»Wenn ich Ihnen irgendwie helfen könnte«, sagte er schließlich. »Ich besitze zwar nur das Geld, das ich für meinen Aufenthalt hier dringend benötige, aber vielleicht könnte ich Ihnen auf eine andere Art helfen. Ich bin geschickt und könnte Ihnen und der Mutter zur Hand gehen... Zum Beispiel, wenn Sie morgens die Kohlen in den Laden schleppen.«

Sie blinzelte, musterte ihn, und sagte dann: »Vagessen Se dette, Herr Lamartine! Wenn der Kriminaler mitkriegt, dat wir weiter mit Ihnen zu tun ham, bestellt er mir aufs Präsidium und läßt mir vom Polizeiarzt visitieren – wejen der französischen Krankheit, wenn Se vastehen?«

»Der französischen Krankheit?« fragte Lamartine. »Was ist das denn?«

Sie drehte sich zur Wand und brummte: »Jute Nacht, der Herr!«

Lamartine hätte gerne erfahren, was für eine Krankheit aus seiner Heimat es sein könnte, die unter den Berliner Prostituierten grassierte, aber die Haltung der jungen Wilke gebot ihm, sie allein zu lassen. »Gute Nacht!« sagte er und wandte sich der Tapetentür zu.

Er hatte die Tür schon geöffnet, als das Bett knarrte. »Mein Herr!« sagte die junge Wilke laut. Lamartine drehte sich um. Sie saß aufrecht im Bett und knotete ihre Haare zu einem Dutt. »Wieviel Jeld ham Se noch?«

Lamartine war überrascht. »Nur soviel, daß ich noch etwa acht bis zehn Tage in Berlin bleiben kann...«

Sie lächelte plötzlich, es war kein versöhnliches Lächeln, das bemerkte Lamartine sofort. Das Lächeln Mias war herausfordernd und frech. »Aber der Kriminaler hat doch jesagt, Sie soll'n aus Berlin vaschwinden, Herr Lamartine...«

Lamartine nickte.

»Dann brauchen Se och nich det janze Jeld«, erklärte Mia. »Sie sind doch schon lange unterwegs, wa? Wie lange haben Se keene Frau mehr jehabt?«

Lamartine wollte etwas antworten, aber sie ließ ihm keine Zeit dazu: »Ick mach's Ihnen normal und französisch.«

»Französisch?« fragte Lamartine erschrocken. Das mußte etwas mit dieser rätselhaften Krankheit zu tun haben, die wahrscheinlich die deutschen Soldaten nach Berlin eingeschleppt hatten. »Lieber deutsch«, sagte er schnell und trat ans Bett.

Sie half ihm aus den Hosen.

»Und Ihre Mutter?« fragte Lamartine noch.

»Die hat doch jesaacht, ick soll mit Ihnen über Ihre Reisekasse sprechen!« antwortete die Frau. »Und wenn meen kleener Bruder durchs Zimmer muß, stecken Se den Kopf unter de Decke!«

Lamartine schlüpfte zu ihr ins warme Bett.

In aller Frühe beglich Lamartine seine Rechnung. Mia hatte ihn gebeten, sich an ihre Mutter zu wenden. Lamartine war das unangenehm, aber es blieb ihm nichts anderes übrig, als in die Küche zu schleichen, wo die Wilke Malzkaffee aufbrühte, und ihr das Geld auf den Tisch zu legen, bevor der Sohn des Hauses dazukam und Fragen stellte. Die Alte wischte ihre Hände an der Schürze ab und zählte nach, ohne dabei Lamartine anzusehen.

»Keen Französisch?« fragte sie tonlos.

Lamartine hätte in den Boden versinken können vor Scham. »Nein!«

Die Witwe steckte das Geld unter die Schürze. Sie schenkte ihm Malzkaffee in eine Schüssel und bröckelte Brot dazu. Lamartine streute braunen Zucker darüber. Die Alte kehrte ihm den Rücken zu und widmete sich wieder stumm ihrer Küchenarbeit.

»Waren Se denn mit Mia zufrieden?« murmelte sie nach einer Weile.

Lamartine sprang auf, packte seine Tasche, warf sein Reisecape um und rannte hinaus. Die Wilke folgte ihm zur Haustür. Als er schon im Treppenhaus war, rief sie ihm hinterher: »Wenn Mia Se anständig bedient hat, so besteht keen Grund nich, nich nochmal auf een Viertelstündchen wiederzukommen.«

Eine Ratte schoß hinter dem Mülleimer hervor und an Lamartines Füßen vorbei in den Keller.

Draußen war es kalt wie im Winter. Es roch wieder nach Brikettglut.

Lamartine verfluchte Berlin.

Bismarck schrieb: »Ich will auch gar keine Kolonien. Die sind bloß zu Versorgungsposten gut. In England sind sie jetzt nichts anderes, in Spanien auch nicht. Und für uns in Deutschland wären Kolonien genauso wie der seidene Zobelpelz in polnischen Adelsfamilien, die keine Hemden haben.«

Lamartine ließ die Zeitung sinken und nahm einen Schluck Kakao. Sofort begann sein Magen zu grummeln. Aber er mußte etwas Warmes trinken, und Kaffee bekam er nicht herunter.

Wenn Bismarck jetzt erklärte, Deutschland wolle keine Kolonien, weil sie ein Luxus seien, den sich das Reich, das gerade erst auf die Beine kam, nicht leisten könnte, dann war das so vernünftig wie sich Lamartine seine französischen Politiker schon lange wünschte. Was hatten die Kolonien Frankreich gebracht? Nichts als Ärger. Die Lebensmittel, die aus Algerien geliefert wurden, könnten die französischen Bauern selbst leicht herstellen, wenn nur die Franzosen dazu bereit wären, realistische Preise für einheimische Erzeugnisse zu bezahlen – und das waren sie, wie Lamartine bei den Ereignissen während der Belagerung von Paris erlebt hatte.

Die Vorteile Algeriens, des Senegals und einiger ägyptischer Provinzen wogen die Unannehmlichkeiten nicht auf: Gouverneur General Faidherbe, ein Feuerkopf, dem die Regierung sich auf Gedeih und Verderb ausgeliefert hatte, führte sich in Afrika wie ein Gott auf. Sogar eine Stadt hatte er gründen wollen und aus Paris dafür die nötige Unterstützung erhalten. Und dann dieser unselige Lorcha-Krieg. Weil die Briten sich wegen der Verwendung ihrer Flagge auf einer winzigen Dschunke namens Lorcha aufregten, mußte Frankreich an ihrer Seite gegen China in den Krieg ziehen: Zwei Jahre lang kämpften europäische Soldaten gegen eine hoffnungslos unterlegene chinesische Streitmacht, um ein Fort namens Taku zu erobern, das die Engländer für die Belagerung Hongkongs benötigten. Für Lamartines Heimatland sprang nichts dabei heraus. Im Gegenteil: Vor wenigen Monaten war Frankreichs Konsul beim Aufruhr von Tientsien von der Menge stundenlang gequält und dann ermordet worden. Verhielten sich die als machtgierig geltenden Preußen da nicht viel klüger, indem sie ganz und gar auf Kolonien verzichteten?

Lamartine wollte Deutschland endlich verstehen. Vorerst aber wußte er nicht einmal, wo er die nächsten Tage schlafen sollte – ganz zu schweigen davon, daß er nach Stiebers Drohungen damit rechnen mußte, ergriffen und ausgewiesen zu werden.

Jemand klopfte mit dem Knöchel auf die Tischplatte. Lamartine sah auf. Der Gast war Anfang zwanzig und sehr zierlich, er trug ein blaues Halstuch über der engen Weste und für den kalten Berliner Mai viel zu dünne Hosen, die aus den Nähten zu platzen drohten. »Darf ich Platz nehmen?« fragte er. Er hatte einen Akzent, den Lamartine nicht einordnen konnte. Lamartine nickte und blickte wieder in die Zeitung. Der Ober trat an den Tisch und wischte mit seinem Tuch zweimal über die Tischplatte.

»Was möchtest du?« fragte er harsch.

»Einen Kaffee.«

»Hast du Geld?«

»Der Herr bezahlt.«

Erst das gespannte Schweigen der beiden alarmierte Lamartine. Er sah verdutzt auf. Beide blickten ihn an: der Junge herausfordernd, der Kellner eher verärgert.

»Was is jetzt?« drängte der Kellner.

Der Junge beugte sich etwas vor, legte seine Hand auf Lamartines Unterarm und flüsterte: »Es ist wegen... Stieber.«

»Der Herr ist eingeladen!« sagte Lamartine sofort.

Der Kellner starrte auf die Hand des Jungen. »Aber ihr benehmt euch wie anständige Gäste, sonst fliegt ihr raus!« maulte er, bevor er den Tisch verließ.

Lamartine war jetzt klar, daß der Junge zu den Strichern gehörte, die die Bahnhofskneipe bevölkerten. Er zog seinen Arm unter der Hand des Jungen weg. »Was wollen Sie?«

Der Junge schwieg. Lamartine wartete, bis der Kellner den Kaffee serviert hatte, dann wandte er sich wieder an seinen Gast: »Wer schickt Sie?«

Der Junge trank vorsichtig einen Schluck des dampfenden Kaffees. Er schien völlig ausgekühlt zu sein, er legte beide Hände um die Tasse. Wahrscheinlich hatte er die Nacht auf der Straße verbracht. Er wischte sich den Mund ab, zog eine schon fast zerbröselte Zigarette aus der Weste und ließ sich am Nebentisch Feuer geben.

»Nun reden Sie schon!« fuhr Lamartine ihn an. »Woher wissen Sie, daß ich wegen Stieber hier bin?«

»Es wird überall rumerzählt.«

»Seit wann?«

»Seit Sie auf dem Revier waren.« Der Junge inhalierte tief. »Das Revier liegt mitten in unserem Gebiet. Wir wissen genau, wer dort ein- und ausgeht. Und da Bünter – so heißt der Polizist, mit dem Sie gesprochen haben – ab und an die Dienste meiner Freunde in Anspruch nimmt, war es nicht schwierig zu erfahren, was Sie von ihm wollten.«

»Wer ist… wir?«

»Sehen Sie sich um! Sie befinden sich mitten in einer Weltstadt. Wir… das sind die Benachteiligten. In Paris gibt es uns doch auch, oder?«

»Sie meinen – die Kriminellen? Die Unterwelt?«

»Von einer Unterwelt kann man bei uns nicht reden. Wir sind einfach ein paar Jungs, die die Augen offen halten. Jungs, die darauf angewiesen sind, etwas dazu zu verdienen – wenn Sie mich verstehen?«

»Was wollen Sie bei mir verdienen?«

Der junge Mann breitete die Arme aus. »Ach was – mir genügt manchmal schon ein warmer Kaffee.«

Lamartine wußte sehr gut, daß ihm ein warmer Kaffee nicht genügte. »Sie haben also über Ihre Freunde erfahren, daß ich Stieber suche…«

Der Fremde nickte und widmete sich dem Rest seines Kaffees.

»Und wenn ich Ihnen nun sage, daß ich Stieber längst gefunden habe…« erklärte Lamartine und beobachtete die Reaktion seines Gegenübers. Der Junge zuckte zweimal mit der rechten Schulter und trank dann seinen Kaffee aus.

»Kann ich noch einen haben?« Er schien sich seiner Sache sehr sicher zu sein und winkte dem Kellner. Der kam widerstrebend näher, hörte sich die Bestellung an und wartete, bis Lamartine ihm bestätigend zunickte.

»Sie wissen, daß ich Polizist bin…«

Der junge Mann grinste. »In Berlin hat ein Kriminaler aus Paris überhaupt nichts zu melden…«

»Dann nehme ich an, daß Sie etwas haben, was ich gegen Stieber in Paris verwenden kann?«

Der andere erschrak. Er beteuerte, auf keinen Fall wollte er Wilhelm Stieber schaden.

Lamartine wurde ärgerlich. Er hatte den Verdacht, der Junge könnte irgendwo etwas aufgeschnappt haben und wollte nun nur ein paar Tassen Kaffee bei ihm schnorren. Vielleicht würde er nachher, wenn er wieder bei seinen Kumpanen auf der Straße stand, damit renommieren, wie er den Franzosen an der Nase herumgeführt hatte.

»Was wollen Sie denn von mir?« fuhr Lamartine ihn an.

Der Junge grinste herausfordernd. In Lamartine stieg Wut auf. Am liebsten hätte er ihm die Faust ins Gesicht geschlagen. Lamartine kannte dieses Gefühl nicht – sogar bei Verhören von Schwerverbrechern hatte er niemals Haß verspürt.

Der Strichjunge wurde schlagartig ernst, er setzte sich aufrecht wie ein Musterschüler. »Ich bin sowas wie ein Geschäftsmann. Ich bringe ein paar Dinge zusammen, die sonst nicht zusammenkämen. Wer das tut, schadet doch keinem. Im Gegenteil: Alle haben Nutzen von seiner Tätigkeit.«

Lamartine hatte genug Erfahrung mit Verhören, um zu wissen, daß ein solcher Wortschwall nie das bedeutete, was er zu sagen vorgab. Sein Gegenüber wollte nicht nur Geld verdienen, er hatte eine Rechnung mit Stieber zu begleichen. Und es schien so, als wollte er Lamartine dazu benutzen, diese Rechnung zu präsentieren.

»Wie heißen Sie?« fragte Lamartine.

»Alle nennen mich Udo.«

»Udo? Aber das ist nicht Ihr richtiger Name?«

Udo antwortete nicht auf die Frage. »Ich komme aus Genua.«

So kam Lamartine nicht weiter. »Sagen Sie endlich, was Sie zu bieten haben!«

»Bjerregaard!«

»Wer?«

»Ein... Geschäftsfreund.«

»Ein Stammkunde?«

Udos Augen wurden klein. »Er ist schon alt, und an diesen Dingen hat er kein Interesse mehr. Er ist bloß gerne in Gesellschaft junger Menschen.«

»Was hat er mit Stieber zu tun?«

»Er kennt ihn gut. Seit über zwanzig Jahren kennt er ihn.«

»Wieviel wollen Sie?«

»Sagen wir: Soviel, daß ich mir eine Pistole kaufen kann...«

»Was wollen Sie mit einer Pistole?«

»...und nochmal soviel für Bjerregaard. Es geht ihm nämlich nicht besonders gut.«

Lamartine schwieg, um den Preis nicht noch höher zu treiben. Udo rückte etwas näher: »Sie könnten in wenigen Minuten bei ihm sein. Er kommt nicht gerne hier herein...«

»Wer garantiert mir, daß ihr mich nicht betrügt?«

»Ich habe Ihnen meinen Namen genannt, man kennt mich hier!«

Lamartine seufzte, dann griff er in seine Tasche und holte den Beutel mit dem Geld hervor. Viel war nicht geblieben. Er schüttete die Münzen auf den Tisch. Es würde nicht reichen, um eine Pistole zu kaufen und Bjerregaard zufriedenzustellen. Und daß er in seiner Hose eine eiserne Reserve eingenäht hatte, mußte Udo ja nicht wissen. Der Junge zählte nach, er wurde mürrisch. »Das reicht nicht!«

»Mehr habe ich nicht!«

Lamartine wartete gespannt: Jetzt würde sich zeigen, ob er mit seinen Vermutungen richtig lag…

Udo schob die Münzen zusammen, ließ sie über die Tischkante in seine Hand fallen und steckte sie weg. Es war so, wie Lamartine vermutet hatte: Das Geld war zweitrangig bei Udos Geschäft.

Bjerregaard war ein gebückter Mann mit lichtem, aber immer noch strohgelbem Haar. Seine Augen mußten einmal leuchtend blau gewesen sein, jetzt wirkten sie wässrig und grau. Er erwartete Udo hinter einem Erker des Bahnhofsgebäudes. Bjerregaard reichte Lamartine die Hand, ohne ihm in die Augen zu sehen.

Es war Udo, der als erster das Wort ergriff: »Nun stellt euch nicht an wie zwei alte Tucken, die sich nach zwanzig Jahren wieder über den Weg laufen!«

»Udo, bitte!« zischte Bjerregaard, er schämte sich vor Lamartine.

Lamartine wußte, daß es an ihm lag, den Mann zum Reden zu ermuntern. »Udo sagte, Sie kennen Wilhelm Stieber?«

Bjerregaard sah auf. »Wir sind im gleichen Alter.«

»Aber Stieber ist erst Anfang fünfzig!« entgegnete Lamartine überrascht. Bjerregaard schien noch kleiner zu werden, er wußte nicht mehr, wohin mit den Händen.

Ein junger Mann in Udos Alter trat hinzu, sein Gesicht war pockennarbig. Ohne die anderen zu grüßen, redete er auf Udo ein: »Der Graf is wieder da. Er will drei Jungs mitnehmen. Laß die beiden Alten! Komm mit mir, da verdienste det Dreifache und wat zu trinken und zu essen jibt's och!«

»Verschwinde!« fuhr Udo ihn an. Der Pockennarbige musterte Lamartine von Kopf bis Fuß, dann sagte er leise: »Ick wollte Ihnen nich zu nahe treten, mein Herr!«

Er verschwand, und Lamartine wandte sich wieder Bjerregaard zu: »Wo können wir in Ruhe reden?«

Bjerregaard und Udo sahen sich an. Udo zuckte die Achseln. Dann schlug Bjerregaard vor, in seine Wohnung zu gehen. Lamartine überlegte. Mit Udo würde er fertig werden, der Junge wog mindestens zwanzig Kilo weniger als er, und Bjerregaard stellte keine Gefahr für ihn dar. Lamartine willigte ein.

Bjerregaard wohnte im Untergeschoß der Friedrich-Wilhelm-Universität. Als Pedell hatte er eine kleine Dienstwohnung. Er zündete eine Spirituslampe an und führte seine Gäste von der Loge in sein Zimmer. Der Hausherr nahm auf dem Bett Platz und legte stumm die Hände in den Schoß.

Lamartine sah sich um. Neben dem Schrank hing eine Federzeichnung. Sie zeigte eine Strandlandschaft, die Lamartine skandinavisch erschien. Bjerregaard, der Lamartines Blick bemerkte, sagte: »Das ist der Kamrol-Fjord in Südschweden. Ich bin in der Nähe geboren. Meine Eltern sind nach Stockholm gezogen, als ich fünf Jahre alt war.« Dann schaute er verängstigt zu Udo hinüber, und als der ihm ermunternd zunickte, fuhr er fort: »Meine Eltern waren arm. Als Fischer konnte mein Vater nicht leben, weil er kein eigenes Boot besaß und immer darauf angewiesen war, daß ihn Bootsbesitzer anheuerten. Sobald die Heringe dünner wurden, ließen sie meinen Vater an Land zurück. Als meine Mutter mit dem vierten Kind schwanger war, gingen wir nach Stockholm. Dort hatte der Cousin meiner Mutter eine Stelle in einer kleinen Tabaksfabrik ergattert. Er war innerhalb eines Jahres zum Vorarbeiter geworden. Von seinem Wort hing es ab, ob ein Arbeiter eingestellt wurde oder nicht. Meine Mutter redete ihm zu, und er versprach, sich dafür einzusetzen, daß mein Vater eingestellt wurde. Am Anfang lief alles gut, dann aber wurde der Cousin krank, und er verlor seine Arbeit. Dem Vater ging es unter dem Nachfolger schlecht. Er arbeitete sich krumm, aber er bekam von Monat zu Monat weniger Lohn für seine Arbeit. Schließlich fanden sie einen Vorwand, ihn zu entlassen. Es reichte nicht mehr für mich und meine Geschwister. So schloß ich mich einem durchreisenden Dachdeckergesellen an, der mir versprach, im Ausland Arbeit für mich zu finden. Damals war ich fünfzehn Jahre alt.«

Lamartine seufzte. Er fragte sich, warum man ihm diese Einleitung zumutete. Udo, der Lamartines Ungeduld zu spüren schien, schob ihm eilig einen Stuhl hin. Der Franzose nahm Platz. Bjerregaard erhob sich schwerfällig und ging zur Tür. Er schien in der Pedell-Loge ein Geräusch gehört zu haben. Der Schwede öffnete die Zimmertür einen winzigen Spalt und lugte hinaus. Als er niemanden entdeckte, atmete er auf und nahm wieder Platz.

»Leider kann ich Ihnen nichts anbieten«, erklärte Bjerregaard.

»Wie haben Sie Stieber kennengelernt?« fragte Lamartine.

Der Schwede starrte eine Weile stumm vor sich hin. Dann fuhr er stockend fort. »Das muß Ende der dreißiger Jahre gewesen sein.« Er räusperte sich, es klang wie bei einem Lungenkranken. »Der Dachdecker mißbrauchte mein Vertrauen. Er wollte mir keine Stelle besorgen, sondern ließ mich die unangenehmen Arbeiten verrichten – ohne mir allerdings dafür etwas zu bezahlen. Er sorgte bloß dafür, daß ich zu essen hatte und in seiner Nähe unterkam…« Bjerregaard schaute Lamartine erwartungsvoll an. Lamartine nickte ihm zu – er sollte endlich zum Thema kommen. »Er schlug mich jeden Abend, und er trank viel. Berlin war die erste große Stadt, in die wir kamen. Hier gelang es mir, in einen Hauseingang zu schlüpfen. Er war mal wieder besoffen und bemerkte erst zwei Straßen weiter, daß ich nicht mehr bei ihm war. Ich hörte sein Brüllen noch lange, aber er fing mich nicht wieder ein. Eine Zeitlang streunte ich herum. Dann griff mich mein Vater auf…«

»Ihr Vater?« fragte Lamartine erstaunt.

»Ich nannte ihn meinen Vater, weil er sich um mich kümmerte und mich nicht ausnutzte. Er war Pedell an der Berliner Universität und wohnte in dieser Wohnung hier. Er nahm mich auf, weil er weder Frau noch Kinder hatte und sich allein fühlte. Konrad kleidete mich ein und gab mir Nachhilfeunterricht in Deutsch. Als ich siebzehn war, setzte er durch, daß ich ganz offiziell als sein Gehilfe eingestellt wurde. Und als er starb – das war vor zehn Jahren – wurde ich sein Nachfolger. Alles, was ich geworden bin, habe ich Konrad zu verdanken. Er war vielleicht der beste Mensch, der mir jemals begegnet ist.«

Lamartine wurde immer ungeduldiger. »Was ist mit Stieber? Warum erzählen Sie mir das alles?«

Udo mischte sich gereizt ein: »Sie wollen doch die ganze Geschichte erfahren, oder? Wenn Sie nicht die ganze Geschichte kennen, haben Sie Ihr Geld umsonst ausgegeben…«

Lamartine sprang auf und fuhr den Strichjungen an: »Sofort geben Sie mir das Geld zurück! Ich hole die Polizei: Sie sind doch beide Betrüger!«

Udo schaute ihn ungläubig an. Dann griff er in seine

Jacke und zog den Lohn hervor, den Lamartine ihm gegeben hatte. Lamartine riß ihm das Geld aus den Händen und stürzte zur Tür.

Bjerregaard sprang vom Bett auf und fuhr hastig fort: »Wilhelm Stieber hat an der Friedrich-Wilhelm-Universität Theologie studiert. Wir begegneten uns im Innenhof. Ich war damals noch Gehilfe von Konrad und schleppte Kohlen vom Hof in den Keller. Mein Gesicht war ganz schwarz. Stieber kam gerade aus einer Vorlesung. Als er mich sah, blieb er stehen und schaute mich ungeniert an. Mir war das unangenehm, denn die Herren Studenten... naja, irgendwie waren die doch etwas anderes... etwas Besseres als unsereiner. Konrad hatte mir eingeschärft, sie nicht anzusprechen und sie nicht ... anzuglotzen.«

Lamartine kehrte um und nahm wieder Platz. Bjerregaard begann nun, durch das schmale Zimmer zu wandern, was seinen Redefluß etwas beschleunigte. »Stieber fragte mich, ob mir niemand zur Hand ginge. Ich verneinte und wollte weiter. Er aber rief seine Kommilitonen, die noch in der Hörsaaltür standen. Sie kamen neugierig näher. Stieber zeigte auf mich und erklärte, ich müsse mich allein abrackern, damit sie es warm in den Seminarräumen hatten. Er fragte, ob mir keiner helfen wollte. Doch die jungen Herren winkten ab und gingen davon. Stieber kramte aus seiner Westentasche eine Münze hervor und gab sie mir. Bevor er seinen Kommilitonen folgte, lud er mich für den Abend in eine Studentenpinte ein. Dann ging er, und ich schleppte die Kohlen in den Keller der Universität.«

»Sind Sie sicher, daß er Theologie studiert hat?« fragte Lamartine.

Bjerregaard antwortete schnell: »Wilhelm hat sich Mühe gegeben, seinen Vater wenigstens in dem Glauben zu lassen, er studiere Theologie. Er schrieb bei den Kommilitonen Predigten ab und legte sie zu Hause so aus, daß sie dem Vater in die Hände fallen mußten. Einmal hat er sogar für einen erkrankten Studienfreund eine Predigt in der Hofkirche gehalten. Nicht nur Wilhelms Eltern waren anwesend, sondern auch der König von Preußen. Das Thema der Predigt lautete: ›Welche Strafen erwarten den Christen für die Sünde der Lüge?‹ Die Kirchenbesucher waren gerührt. Wilhelm hat mir jedes Detail des Gottesdienstes und der Predigt berichtet – auch daß der König eingenickt war...«

Lamartine fiel in den Ton eines Verhörs: »Welcher Art war das Verhältnis zwischen Ihnen und Wilhelm Stieber?«

Der Schwede antwortete ruhig und emotionslos: »Wilhelm Stieber interessierte sich für die Umstände meines Lebens. Er war immer an Menschen interessiert, er wollte wissen, wie sie dazu kamen, das zu tun, was sie taten. Und was meine besonderen Neigungen zum männlichen Geschlecht angeht, so waren sie für Stieber nur in einer Hinsicht von Belang: Nämlich inwiefern meine Veranlagung mein soziales Verhalten bestimmte... So hat Stieber es jedenfalls selbst ausgedrückt. Ich für meinen Teil habe ihn nie so ganz verstanden... Wilhelm Stieber ist ein Mensch, den niemand wirklich kennt. Die, die glauben, ihn zu kennen, täuschen sich!«

»Was hat Stieber Ihnen von sich erzählt?«

»Daß er 1818 in Merseburg geboren wurde. Sein Vater Hypolith Stieber war erst subalterner Regierungsbeamter in Merseburg, dann Kircheninspektor in Berlin. Seine Mutter stammte – glaube ich – aus einer englischen Grundbesitzerfamilie und trug den Namen

Daisy. Der Vater hatte die Mutter in der Nähe von Merseburg kennengelernt. Die Kutsche der Engländerin wurde von Räubern überfallen. Hypolith kam dazu und vertrieb die Räuber. Merseburg stand Kopf, als die beiden sich vermählten ...«

»Was für eine romantische Geschichte!« spottete Lamartine. »Wie aus dem Liederbuch, ein Jammer, daß Sie dazu keine Musik haben.«

»Ich weiß nicht, was Sie wollen: Stieber hat sie mir in diesen Worten erzählt!«

»Er erzählt den Leuten viel. Ob alles stimmt, steht auf einem anderen Blatt.«

Bjerregaard entgegnete ernst: »Vielleicht ist es wirklich besser, Sie gehen wieder!«

Damit hatte Lamartine nicht gerechnet. Er gab Udo schnell die Münzen zurück. Bjerregaard verstand die Geste: Er nahm wieder auf dem Bett Platz und setzte seinen Bericht fort. »Zu der Zeit, als Stieber mir begegnete, herrschte eine eigentümliche Stimmung. Selbst die intelligenten und künstlerisch veranlagten Kommilitonen ...« Wenn Bjerregaard die Studenten Kommilitonen nannte, klang er wie ein Hochstapler. »... selbst die hellen Köpfe unter den Studenten verhielten sich plötzlich wie Provinzler. Sie wagten sich abends nicht mehr auf die Straße, sie mieden die Gasthäuser, sie hielten sich am liebsten zu Hause auf. Kleine Konzerte mit drei, höchstens vier Musikern waren sehr beliebt. Es wurde wenig geredet und viel musiziert. Man umgab sich mit Möbeln, die beruhigend und ausgleichend aufs Gemüt wirkten – Sesseln, Sofas, Tischchen mit geschwungenen Formen waren beliebt, einige Kommilitonen gaben ihr ganzes Geld für diesen Schnickschnack aus.«

Lamartine räusperte sich ungeduldig. Bjerregaard hob

die Stimme. »Wilhelm Stieber hatte dafür ebenso wenig übrig wie ich, das können Sie mir glauben!« Bjerregaard schaute seinen Gast an, er wirkte jetzt entschlossener. »Meine Freunde und ich litten unter diesem Schlaf, der eigentlich schlimmer als ein Exil war – denn in einem Exil ist man zwar aus der Heimat verbannt, aber das Hirn ist nicht gelähmt, die Sinne sind nicht verkleistert...«

»Kommen Sie zur Sache, Herr Bjerregaard!« drängte Lamartine.

Bjerregaard sprach schneller. »Stieber war kein Aufrührer. Eigentlich machte er immer den Eindruck eines Menschen, der keinen Zweifel an der Rechtmäßigkeit der Ordnung hegte – der preußischen Ordnung. Aber im Gegensatz zu denen, die das Preußentum verteidigen wollten, indem sie den Untertanen das Denken verbaten, wünschte sich Wilhelm Stieber einen Staat mit regen Menschen. Er sagte oft, in dem Mief, den die Zensoren verbreiteten, müßte er ersticken. Er wollte lernen, wollte andere Menschen kennenlernen, vor allem wollte er verstehen, warum jemand dieses und jenes tat. Er interessierte sich für die Gründe der Menschen – und damals gab es eben nur einen Grund, etwas zu tun oder zu lassen: die Angst vor der Strafe. Das war einem Wilhelm Stieber zu wenig.«

»Schön«, sagte Lamartine. »Jetzt haben Sie Ihr Möglichstes getan, um Stieber in meinen Augen zu einem Ehrenmann zu machen. Aber dafür habe ich Sie nicht bezahlt, Bjerregaard. Ich will wissen, was er getan hat, wie er zu dem geworden ist, was er heute ist... Ich kenne Stieber persönlich, ich weiß, welche Funktion er innehatte. Das ist keine Funktion, die man mit Schöngeistern besetzt. Also los!«

Bjerregaard machte ein gequältes Gesicht, er sah Udo

an, der der Erzählung ohne jede Regung gefolgt war, dann fuhr er fort: »Ich sagte schon, daß Konrad mich als Pedell-Gehilfe eingeführt hatte...«

»Ja! Das sagten Sie bereits!«

»Ich tat diese Arbeit gerne. Brachte sie mich doch ständig mit den Studenten in Berührung. Ich nahm alles, was sie sagten, begierig auf. Ich wollte lernen, wollte eindringen in die Welt des Geistes. Stieber verstand das sofort, im Grunde waren wir uns sehr ähnlich – wenn das auch etwas vermessen klingt. Stieber nahm mich überallhin mit, wo sich Studenten trafen und miteinander diskutierten oder feierten. Natürlich erreichte er es nicht, daß ich als ein Gleicher unter Gleichen angesehen wurde. Deshalb mußte ich bei den Zusammenkünften gewisse Dienste übernehmen...«

»Was waren das für Dienste?« wollte Lamartine wissen.

»Das Zapfen und Auftragen des Bieres, das Reinigen der Stiefel, auch mal den einen oder anderen im Hinterzimmer zu rasieren, die Kneipe und den Paukboden sauberhalten, für den ordentlichen Zustand der Paukbrillen und des Paukwichses sorgen...«

»Was?« fragte Lamartine.

»Eine deutsche Sitte«, erklärte Udo schnell. »Die Studenten fechten miteinander, das nennt man Pauken.«

Lamartine fürchtete schon, weitere Abschweifungen verursacht zu haben, aber Bjerregaard fing sich schnell wieder: »Ab und zu kam es zu Streitereien. Wenn ein Kommilitone über den Durst getrunken hatte und sich mit mir anlegte... weil er wußte, daß ich mich nicht wehren konnte. Aber Stieber hat solche Rabauken immer sehr schnell zur Raison gebracht...«

»Wie?«

»Er appelierte an ihr Ehrgefühl. Das waren doch

durch die Bank Söhne aus angesehenen Familien.« Bjerregaard seufzte. »Dann geschah das Entsetzliche. Es gab da einen Studenten namens Karl Hermann Schulz. Er war stark und klug, bei den Saufereien immer vorneweg – laut und nicht unter den Tisch zu kriegen. Schulz studierte Kameralien. Wie Stieber. Ich glaube, er ist jetzt Weinhändler in Frankfurt an der Oder. Obwohl er hervorragende Noten hatte, war es ihm nicht vergönnt, in den Dienst des Staates zu treten. Er wurde relegiert – im Zuge der tragischen Ereignisse.«

Bjerregaard machte eine Pause, um Lamartine Gelegenheit für eine Rückfrage zu geben. Aber Lamartine dachte nicht daran, den Schweden gerade jetzt, wo er den richtigen Faden aufgenommen hatte, zu unterbrechen.

»Ich mochte Schulz – er war ein mutiger und sehr impulsiver Junge, dazu auch noch von einer seltenen natürlichen Klugheit. Und er hatte vor nichts Angst. Ja, ich gebe zu, daß ich in Schulz verliebt war. Er war gewachsen wie ein griechischer Gott, und niemals habe ich ihn in schlechter Laune gesehen. Ich tat alles, um seine Gunst zu gewinnen. Die anderen bemerkten das und schmunzelten darüber. Sie sagten: Bjerregaard, du wirst kein Glück bei ihm haben, er hat bloß die Dämchen im Kopf. Stieber war darüber sehr erzürnt. Er mochte Schulz nicht, er mochte keine Menschen, die in den Tag hinein lebten wie Karl Hermann Schulz. Stieber warnte mich vor ihm, er sagte: Schulz wird dich ins Unglück stürzen, wenn du dich weiter an ihn hängst!«

»Er wird eifersüchtig gewesen sein!« sagte Lamartine laut.

Bjerregaard riß die Augenbrauen hoch. »Nein, das war er ganz bestimmt nicht. Er war besorgt. Und er war zu Recht besorgt. Schulz nahm mich immer öfter zu Zusammenkünften mit Freunden mit, mit denen Wilhelm Stieber keinen Umgang pflegte. Es handelte sich um Studenten der Medizin. Ziemlich verwegene Burschen, die derbe Späße in der Anatomie trieben und schon einen Batzen Geld verdienten, indem sie für Ärzte in den Berliner Krankenhäusern Dienste verrichteten, zu denen diese sich zu schade waren. Vor allem aber waren diese Kommilitonen hinter den Frauen her. Zwar verspürte ich nicht das geringste Interesse mitzuhalten, aber es interessierte mich sehr, was sie an den Weibern fanden und wie sie sich ihnen gegenüber verhielten – auch wenn sie, sobald Frauenzimmer in der Nähe waren, besonders rüde mit mir umsprangen und schlimme Witze über mich rissen, um damit Eindruck zu schinden. Schulz allerdings tat das nie. Er hielt sogar zu mir, wenn alle anderen über mich lachten. Ich glaube, er hat damit bei den klügeren Mädchen mehr Eindruck gemacht als die Rohlinge.

Eines Abends nahm Schulz mich beiseite und beichtete mir eine Affäre. Der Umgang mit den jungen Frauen sei ihm zu albern, sagte er. Er suche nach einem wirklichen Abenteuer. Es sei ihm gelungen, mit einer Dreißigjährigen anzubändeln, die sogar schon ein Kind habe und sich nicht prüde und umständlich verhalte. Er bat mich um einen Freundschaftsdienst: Die Dreißigjährige war zwar ledig, sie arbeitete aber als Köchin im Haushalt eines Professors der Ökonomie. Schulz behauptete, die Herrschaften hätten für den Abend Theaterkarten – und diese Ida wollte ihn empfangen. Aber während er sich oben mit Ida vergnügte, müßte jemand auf der Straße Wache halten, damit die Herrschaften ihn nicht erwischten. Die arme Ida würde dann nämlich auf der Stelle entlassen.

Ich erklärte mich dazu bereit, obwohl mich der Gedanke, einen Professor der Berliner Universität zu hintergehen, etwas bedrückte. Wir gingen also zusammen zum Haus des Professors. Der Mann, den wir beide kannten, unterrichtete nicht nur Wirtschaftswissenschaft, sondern machte auch selbst erfolgreiche Geschäfte. Sein Haus lag in der besten Gegend der Stadt. Ich wurde mißtrauisch, als zwei von Schulzens Kumpanen zu uns stießen und Anstalten machten, mit Schulz zusammen das Haus durch eine Seitenpforte zu betreten. Ich fragte meinen Freund, warum er nicht allein zu der Köchin ging, und er antwortete, Ida sei keine verkommene Person, sie achte auf Formen und habe deshalb darauf bestanden, daß noch jemand bei dem Rendezvous anwesend sein müsse. Auf meinen Einwand, dann käme er bestimmt nicht zu seinem Ziel, lachte Schulz und erklärte mir, die beiden seien instruiert, sich beizeiten zurückzuziehen. Im übrigen habe er sie mit Bedacht ausgewählt, denn gerade mit diesen beiden habe er eine Wette laufen, daß er bis zum Ende der Woche eine reife Frau und Mutter besessen haben würde. Auf diese Art könnten sie sich mit eigenen Augen von der Einlösung der Wette überzeugen.

Ich beobachtete etwa eine halbe Stunde lang die Straße. Dann wurden in dem Haus, in das die drei gegangen waren, plötzlich Lichter angezündet, und Menschen schrien durcheinander. Die Pforte flog auf, die drei stürmten heraus – aber nicht in meine, sondern in die entgegengesetzte Richtung. Von der Köchin war nichts zu sehen. Ich folgte den Fliehenden. Als ich an der Pforte, die wieder zugeschlagen war, vorbei wollte, wurde sie abermals aufgerissen, zwei Männer stürmten heraus, ergriffen mich und warfen mich zu Boden. Ich wagte kaum zu atmen, geschweige denn, mich zu wehren. Nun liefen auch Nachbarn und Passanten zusammen. Jemand spuckte mir ins Gesicht. Ich wurde hochgerissen und gebunden. Dann führte man mich durch eine geifernde Menge weg. Ich habe mich noch nie in meinem Leben so geschämt.

Sie brachten mich aufs nächste Polizeirevier. Dort schrie mich jemand unentwegt an, ich sollte gestehen. Ich aber sagte immer nur, daß ich nicht wisse, was man mir vorzuwerfen hatte. Man steckte mich in eine Zelle, und am nächsten Tag wurde ich aufs Gericht gebracht. Erst dort erfuhr ich, daß man mich des schweren Diebstahls und des Einbruchs bezichtigte. Ich leugnete und weigerte mich auch, die Namen meiner Kameraden zu nennen.

Nach vier Tagen bekam ich Besuch von Wilhelm Stieber. Was mir sofort auffiel, war, daß er die ganze Sache völlig ohne Emotionen behandelte. Er war freundlich wie immer, tadelte mich nicht einmal. Nachdem er mir die Neuigkeiten aus der Universität berichtet hatte, erklärte er, er habe sich die Anklage, die gegen mich erhoben worden war, genau angesehen und sei von meiner Unschuld überzeugt.

Ich glaube, ich fiel auf die Knie oder tat etwas Ähnliches. Ich hatte mich in dem Kellerloch des Gerichtes doch schon von aller Welt verlassen gefühlt. Stieber sagte, er werde sich meiner Sache annehmen. Als erstes wollte er sich mit dem schwedischen Gesandten in Berlin in Verbindung setzen, damit der dabei half, ein polizeiliches Zeugnis über mein Vorleben beizubringen. Stieber gab mir noch Anweisungen, wie ich mich bei weiteren Befragungen zu verhalten hatte, und ließ mich dann allein.

Mir kamen Zweifel: Mußte ich nicht annehmen, daß Stieber sich ebenso wie Schulz und seine Freunde bloß in eine Rolle einübte, die er ganz schnell wieder fallen lassen würde, wenn sie ihm zu viel wurde? Meine Zuversicht verflog – die nächsten Tage im Gefängnis wurden die schwersten meines Lebens. Dann – ich hatte schon begonnen, Wilhelm Stieber wegen seiner Großspurigkeit zu verfluchen – trat er plötzlich wieder in meine Zelle. Auch diesmal gab er sich völlig ungerührt. Er nahm Platz, öffnete eine Tasche und präsentierte mir ein schwedisches Schreiben samt vom Gesandten in Berlin beglaubigter deutscher Übersetzung. Darin wurde versichert, ich stamme aus einer zwar armen, aber unbescholtenen Familie, die noch niemals mit dem Gesetz in Konflikt gekommen war. Ich hätte Stieber um den Hals fallen können. Er aber bat mich, den Prozeß abzuwarten. Er wollte meine Interessen vertreten. Ich nahm dankbar an, zumal ich mir einen Strafverteidiger nicht hätte leisten können.

Nur wenig später kam es zur Verhandlung. Stieber hielt ein Plädoyer, in dem er meine Herkunft aus einfachen, aber rechtschaffenen Verhältnissen ausgiebig hervorhob. Überhaupt gab er ein Bild meiner Familie ab, das mich sehr überraschte. Über den Einbruch im Hause des Professors – und um nichts anderes handelte es sich bei der Unternehmung des Kommilitonen Schulz – sagte Stieber wenig. Nur soviel ließ er das Gericht wissen: Ich sei fremd in der Stadt und sowieso von etwas einfältiger Natur. Deshalb hätte ich mich von Studenten der Universität blenden lassen. Diese jungen Männer seien für mich Vorbilder gewesen. Sie hätten mich dazu gebracht, Schmiere zu stehen. Außerdem sei ich ein romantisch veranlagter Charakter. Kurz und gut – das Gericht ließ sich überzeugen, ich wurde freigesprochen.

Mein Ziehvater übergab mir sein ganzes erspartes

Geld, um meinen Anwalt damit zu bezahlen. Wilhelm Stieber aber lehnte die Bezahlung ab und eröffnete mir, daß der schwedische Gesandte, um dessen Hilfe er in der Sache gebeten hatte, ihm neben einem Dankschreiben für die erfolgreiche Verteidigung auch ein Honorar überwiesen hatte. Dieses Honorar hatte er zurückgewiesen und den Gesandten gebeten, es mir zukommen zu lassen – quasi als Entschädigung für die erlittene Ehrkränkung. Der Gesandte seinerseits schrieb einen Artikel für die »Vossische Zeitung«, in dem er Stieber öffentlich dankte und die juristischen Fähigkeiten des jungen Studenten der Theologie hervorhob. Ja, es kam sogar soweit, daß die Regierung meiner Heimat von Stieber erfuhr und ihm kurzerhand durch den Gesandten zehn Stück Friedrichd'ors als Anerkennung überreichen ließ.«

Bjerregaard war am Ende seines Berichtes. Er atmete auf. Dann sah er Lamartine an und sagte leise: »Ich hoffe, dieser Bericht war Ihr Geld wert.« Lamartine deutete eine leichte Verbeugung an, grüßte auch den vor Müdigkeit bleichen Udo und verließ eilig die Wohnung des Schweden.

Draußen klappte er den Kragen seiner Pellerine hoch und ging mit weit ausholenden Schritten los, ohne zu wissen wohin. Lamartine war verwirrt. Er fragte sich, ob Bjerregaard die Ereignisse korrekt wiedergab, ob er sich in seiner Schwärmerei für Stieber nicht ein Bild des Prozesses zurechtgezimmert hatte, das nicht der Wirklichkeit entsprach? Auf jeden Fall hatte Lamartine einen anderen Stieber kennengelernt. Vielleicht war er auf den jungen Stieber gestoßen, den Idealisten, der sich im Laufe der Jahre in einen Zyniker verwandelt hatte.

Es begann zu regnen. Ihm wurde kalt, seine Knochen begannen zu schmerzen.

Von einem Postamt aus schickte Lamartine ein Telegramm an die Adresse der Verwandten auf dem Land. Er teilte seiner Frau mit, wo er sich aufhielt, daß er sie liebte, daß er den Tag herbeisehnte, an dem er wieder bei ihr sein und zusammen mit ihr das Kind erwarten konnte. Danach ging es ihm etwas besser. Er trank in einer nach Kohlenstaub stinkenden Gastwirtschaft einen Kaffee. Lamartine zählte sein Geld. Lange würde er damit nicht mehr auskommen.

Im Laufe des Nachmittags erkundigte sich der Franzose in mehreren Hotels, die ihm nicht allzu teuer erschienen, nach freien Zimmern und nach den Preisen. Aber entweder waren die Hotels besetzt – offensichtlich führte der Sieg und der Aufstieg Berlins zur deutschen Hauptstadt viele Geschäftsleute und Spekulanten an die Spree – oder aber die Preise waren zu hoch für ihn.

Als es dunkel wurde und er immer noch nichts gefunden hatte, fragte Lamartine einen Schutzmann nach einer günstigen Unterkunft. Der Mann musterte ihn erst eingehend, dann nannte er ihm die Adresse einer »Penne« in der Potsdamer Straße in Schöneberg. Der Polizist erklärte, diese Unterkünfte seien zwar für die obdachlosen Familien gedacht, die nach der letzten großen Mieterhöhung auf die Straße gesetzt worden waren, aber wenn noch Platz wäre, nehme man auch Einzelpersonen auf. Falls sich nichts finde, sollte Lamartine zum Stralauer Tor gehen. In einer »Spreezille«, einem umgestürzten Kahn, hätten sich Obdachlose Schlafstellen eingerichtet. Sollte auch der Kahn voll sein, so könnte Lamartine sich einfach unter eine Drehscheibe der Rangierbahnhöfe legen. Das machten dieser Tage viele der 50 000 Obdachlosen, erklärte der Schutzmann. Er warnte Lamartine jedoch davor, in einer der Bretterbuden oder Erdhöhlen am Stadtrand unterzukriechen: Diese Quartiere seien illegal und würden regelmäßig durch die Polizei geräumt werden.

Lamartine war die Aussicht, mit mehreren Menschen zusammen in einem Zimmer übernachten zu müssen, unangenehm. Da ihm aber keine andere Lösung einfiel und es bereits auf elf Uhr zuging, machte er sich auf den Weg. Er mußte befürchten, das Asyl verschlossen zu finden, weil alle Betten bereits von Obdachlosen und reisenden Handwerkern belegt waren, die zu den neuen Baustellen in die Stadt strömten.

Je näher er der angegebenen Hausnummer kam, desto größer wurden die Häuser an der Potsdamer Straße, eine einzige Hausnummer nahm nun schon fast einen ganzen Block ein. Lamartine fielen Frauen auf, die reglos in den Eingängen der verlassenen Behörden und Geschäftshäuser standen: Es waren dünne Gestalten in langen Mänteln, viele von ihnen trugen das Haar offen und verdeckten damit ihre Gesichter.

Lamartine ging schneller.

»Psst!«

Er zwang sich dazu, dem Reflex zu widerstehen: Sein Kopf drehte sich nicht in die Richtung der Frau, die ihn auf sich aufmerksam machen wollte.

»Psst! Psst!«

Er schaute in den Hauseingang, konnte aber nur die Konturen einer Frau erkennen.

»Psst!«

Lamartine schritt aus, er hatte gerade noch Geld für das Nachtasyl, für das es höchste Zeit war, wenn er nicht die kalte Nacht am Stadtrand verbringen wollte.

»Herr Lamartine! So bleiben Se doch stehen!«

Lamartine stockte. Er sah sich vorsichtig um. »Woher kennen Sie meinen Namen?«

Die Stimme kicherte. »Sie erkennen mich nich, wa?«

Sie dachte nicht daran, sich aus dem Dunkeln herauszubewegen. Lamartine trat näher.

»Sie!« schrie er auf. »Was machen Sie hier?«

»Wat wohl!« antwortete Mia. »Glauben Se, vom Kohlenhandel läßt sich eene Familie ernähren?«

Lamartine stammelte: »Hören Sie... Sie sagten doch, es wäre nur ein einziges Mal gewesen... ich wußte nicht, daß ... sonst...«

»Wat sonst? Hätten Se sich dann nich mit mir abjejeben?«

Lamartine war in Verlegenheit. »Das meine ich nicht... Ich meine, ich hätte versucht, Ihnen zu helfen.«

»Wie wollen Se mir denn helfen? Sie haben doch selbst nischt!«

Eine tiefere Stimme überfiel Lamartine von hinten: »Wenn er sich nischt entscheiden kann, dann schick ihn zu mir!« Als Lamartine sich umdrehte, stand wenige Meter von ihm entfernt eine dicke Frau mit einem Pelzkragen und einer Uniformmütze. »Schon jut, is 'n Freund der Familie«, beschied die junge Wilke ihrer Kollegin, wandte sich aber sogleich an Lamartine. »Oder möchten Se Karoline kennenlernen?«

Lamartine wehrte ab: »Nein, vielen Dank, erstens habe ich kein Geld und zweitens...«

»Erstens reicht mir schon!« bellte Karoline und setzte ihren Weg fort.

»Hören Se!« sagte die Wilke. »Ick hab mit Mutter jeschimpft. Sie hätte Se niemals so schnell rausschmeißen dürfen – bloß weil dieser Großkotz sich offspielt. Ick meine – jut, ick hatte och meinen Anteil dran, schließlich hat der Stieber mir mächtig Angst jemacht. Aber heut morjen ha' ick mir alles noch mal durch den Kopf jehen lassen, wa. Se ham schließlich im voraus bezahlt, ham Se das denn völlig verjessen?«

Das hatte er wirklich vergessen.

»Ick hab zur Ollen jesacht: Wir sind doch keene Unmenschen! Wir schicken eenen Fremden doch nich in de Kälte hinaus, bloß weil so'n Kriminaler offtaucht und rumstinkt!«

»Aber ich kann doch nicht so einfach zu Ihrer Mutter zurück und sagen: Hier bin ich, ich will den Rest meiner Miete abwohnen. Zumal Sie sich Schwierigkeiten einhandeln könnten...«

»Ach wat! Die Polente kann uns nischt vorwerfen – außer dat ick hier anschaffe. Und das steht auf'm anderen Blatt. Wenn ick an diesen Stieber denke, kann ick nur laut lachen, wa. Von wejen: Zum Amtsarzt einbestellen. Gerade der!«

Lamartine trat zu ihr heran: »Wie meinen Sie das, Mia?«

Sie beugte sich etwas vor und küßte ihn leicht auf die Wange. »Paß uff, Lamartine! An der übernächsten Ecke ist 'ne Kneipe. ›Eichelkraut‹ heißt der Laden. Da gehste jetzt rin und gönnst dir 'n Halben und 'n Schnaps. Wenn dein Jeld nich reicht, zahle ick später die Zeche. Saach det dem Wirt, denn kenn ick jut! Ick komm gleich nach, wa.«

Lamartine war sprachlos. Aus Verlegenheit drückte er ihr die Hand. Mia kicherte.

Dann ging er schnell weiter.

Der Inspektor hatte in seiner Zeit als Anwärter für den kriminalpolizeilichen Dienst viel Laufarbeit in den verrufensten Bezirken leisten müssen. Aber eine Kneipe wie das »Eichelkraut« hatte er noch nie gesehen. In dem winzigen Raum, in dem eine Rauchwolke waberte, standen die gescheuerten Holztische so dicht, daß man über die Bänke steigen mußte, um zu einem freien Platz zu gelangen. Aus einem Loch in der Hinterwand reichte der Wirt große Biergläser in den Gastraum. An seiner Lederschürze klebte grauer Bierschaum.

Lamartine blieb erst neben der Tür stehen. Als aber immer mehr Gäste von draußen hereindrängten, wurde er bis zur Durchreiche geschoben. Sofort trat ein Bursche, der Lamartine gerade mal bis zur Schulter reichte, an ihn heran, spitzte die Lippen und blies ihm in die Nase.

»Was wollen Sie von mir?« fragte Lamartine.

»Verpiß dich!« zischte der Junge. Lamartine verstand den Sinn der Worte nicht genau, aber er konnte ihn sich denken. Zwei massige Männer, die in der ersten Bankreihe gebückt über ihren Bieren saßen, beobachteten Lamartine. Er verstand: Der Kleine war der Lockvogel der beiden. Wenn er sich an dem Burschen vergriff, würden sie sich auf ihn stürzen und später behaupten, dem Schwächeren zu Hilfe gekommen zu sein.

Lamartine verzog sich in eine Ecke. Der Wirt streckte seinen Kopf in die Gaststube und taxierte ihn ungeniert. Obwohl Lamartines Kleidung unter der Reise gelitten hatte, wirkte er im Vergleich zu den anderen »Eichelkraut«-Gästen elegant.

Der Junge folgte Lamartine und blies ihm wieder in die Nase. Als Lamartine seinen Kopf zur Seite drehte, spuckte der Junge ihm ins Ohr. Lamartine schlug ihm seine Handwurzel auf die Nasenspitze. Obwohl der Schlag halbherzig ausgeführt worden war, begann die Nase des Jungen zu bluten. Die beiden Hünen erhoben sich.

Der Wirt rief Lamartine zu: »Was trinkt der Herr?«

»Ein kleines Bier!« bestellte Lamartine.

»Ein kleines Bier!« wiederholte der Wirt.

»Frau Wilke, also Mia, hat mich eingeladen. Sie kommt gleich nach – und sie wird auch bezahlen.«

Der Wirt nahm ein schmales, aber hohes Glas Bier unter dem laufenden Zapfhahn weg und reichte es dem Gast. »Eine Potsdamer Stange, der Herr«, sagte er. Lamartine beeilte sich, den Schaum abzutrinken, bevor er überlief. »Was trinken die Herren da?« fragte er dann mit Blick auf die beiden Hünen, die nur ein großes Glas vor sich auf dem Tisch stehen hatten.

»Klauweiße«, antwortete der Wirt. »Alle trinken aus dem gleichen Glas. Das Bier ist dasselbe.«

»Dann geben Sie den Herren eine Klauweiße auf meine… auf unsere Rechnung!«

Die beiden Männer sahen sich kurz an und nahmen wieder Platz. Der Kleine schrie ihnen etwas zu, was Lamartine nicht verstand. Einer der beiden stand auf, versetzte dem Lockvogel eine Ohrfeige und grinste Lamartine an. In diesem Moment betrat Mia Wilke das »Eichelkraut«. Lamartine winkte ihr zu.

Mia zitterte vor Kälte. Als sie an ihn herantrat, begann auch Lamartine zu frieren. Mia zögerte einen Moment – nicht aus Verlegenheit, sondern um den Umstehenden Gelegenheit zu geben, sich ihr und dem Fremden zuzuwenden. Dann wippte sie auf die Zehenspitzen und küßte Lamartine auf den Mund. Für einen Moment hörte das Gemurmel im »Eichelkraut« auf. Dann wandten sich die Gäste wieder ihren Klauweißen zu, die wie Eimer vor ihnen standen.

Die Lippen Mias wirkten noch schmaler als sonst, sie waren blau verfroren und fühlten sich wie Metall an, ihre Backenknochen traten scharf hervor, die Bindehaut ihrer Augen war rötlich entzündet. Dennoch taute Lamartine auf. Vielleicht war es der erste Schluck Bier, vielleicht war es auch die Einsamkeit der letzten Tage – Lamartine rührte der Kuß der Dirne. Er lächelte schwach. Die junge Wilke sah ihn mit ihren geröteten Augen lange an. Dann wandte sie sich dem Wirt zu und gab ihm mit erhobenem Daumen ein Zeichen. »Warum sagst du mir nich, wat de von Stieber willst? Vielleicht kann ick dir ja helfen?« fragte sie Lamartine.

Er überlegte. Es widerstrebte ihm, von Jeanne, von dem Kind in ihrem Bauch, von der Trennung und von seiner Niederlage gegen den deutschen Geheimdienstler zu erzählen. Er dachte an Mias Freier, die sie auch mieteten, um den Ärger mit ihren Ehefrauen loszuwerden. »Stieber hat in Paris einen Mord begangen«, antwortete Lamartine schließlich.

»Biste ooch Polzist?«

»Ja.«

»Det hät ick nich jedacht!«

Der Wirt brachte Mia einen Schnaps und klopfte ihr seine Pranke auf den Hintern. Mia ließ es über sich ergehen. Sie trank den Schnaps in einem Zug aus und schüttelte sich. Dann strahlte sie Lamartine an, als wäre ihr augenblicklich wärmer geworden. »Ick kenn den Stieber. Ick könnte dir ooch einijes über ihn erzählen!« Es klang wie die Aufschneiderei eines Straßenmädchens, das einem Freier imponieren will.

»Frauen in deinem Beruf kommt viel zu Ohren«, sagte Lamartine. Es klang herablassend und – ahnungslos.

Mia stellte das Glas auf einem Tisch ab. Ein Mann mit einem spitzen Gesicht, der ebensowenig wie Lamartine ins »Eichelkraut« zu gehören schien, trat an die beiden heran und wandte sich – leicht errötend – an Mia. »Sind Sie schon verabredet?«

»Det siehste doch!« fuhr Mia ihn an. Dann etwas umgänglicher: »Haste überhaupt Jeld?«

Der Freier zeigte ein gequältes Gesicht, zog dann aber eine Brieftasche aus seiner Jacke und klappte sie auf. Ein einzelner Schein lag darin, er wirkte wie ein Kleinod, das sein Besitzer seit Jahren hütete. Mia tätschelte ihm die Wange und flüsterte: »Wart eenen Moment, Süßa, ick bin hier gleich soweit, dann nehm ick dir mit raus!« Als sie sich darauf wieder Lamartine zuwandte, zog der Mann sich gefügig zurück. »Ick hatte schon öfter mit Stieber zu tun – allerdings nich als Freier. Er interessiert sich für die Dirnen. Off die eine oder andere Art.«

Das Auftreten des Freiers hatte Lamartine irritiert. Es wäre ihm lieber gewesen, Mia hätte den Mann abgewiesen. Gleich würde sie unter seinen Augen mit ihm das Lokal verlassen, um sich ihm draußen in der Kälte, in einem Hauseingang zu verkaufen. Lamartine packte ein Unbehagen, eine Eifersucht, die er Jeanne gegenüber noch nie empfunden hatte.

»Ick gloobe, Stieber verachtet unsereenen. Es heißt, er kommt aus 'nem juten Haus, sein Vater soll sogar 'n hoher Kirchenbeamter oda sowat jewesen sein«, plapperte Mia. »Sie werden's nich glooben, aber einige meiner Kolleginnen verehren den Kerl. Is det nich erstaunlich: Er schaut auf se runter, er warnt die braven Bürger, sich mit die Dirnen einzulassen, weil se die Kriminalität in die Stadt bringen und all so'n Scheiß – und dennoch himmeln ihn de Dirnen an.«

Mia lachte plötzlich auf. Sie legte ihre Hand auf Lamartines Schulter. Wieder spürte er ihre Kälte durch die Kleider hindurch, dann kam sie ihm ganz nahe und küßte ihn zum zweiten Mal, diesmal länger. Ihr Kuß fühlte sich nicht mehr so kalt und trocken an, er war jetzt schon fast warm und feucht, und Lamartine glaubte für einen Augenblick, die Spitze ihrer Zunge zwischen seinen Lippen zu spüren. Dann wich sie zurück und sagte: »Keene Angst. Der Kerl da drüben – dat is eener von denen, die ick auflaufen lasse, ohne daß se's merken. Aber ick mag's, wenn Se eifersüchtig sind. Meinetwegen war noch nie eener eifersüchtig ...«

Lamartine fühlte sich ertappt, er wurde wütend. »Erst heute mittag hat mir einer für viel Geld brave Geschichten über Stieber angedreht.«

»Ha' ick ooch nur eenen Ton über Jeld valauten lassen? Nee! Auch unsereens hat seine großzüjijen Anwandlungen! Ick will Ihnen helfen, und Sie behandeln mir wie eene Betrügerin.«

»Das... das habe ich nicht sagen wollen, Mia!« stammelte Lamartine.

»Dann is ja jut!« Sie orderte noch einen Schnaps. »Als ick Stieber zum ersten Mal sah, war ick in 'nem kleenen, aber sauberen Haus Nähe Friedrichstraße. Ick hab janz jut vadient da, nachts ha' ick maloocht, tachsüber ha' ick mir um meinen Bruder und meine Mutter jekümmert, wenn Se vastehn...«

Lamartine fragte sich, warum sie immer noch behauptete, der Junge sei ihr Bruder. Er war doch kein Fremder mehr für sie, sie hatten sogar die Nacht miteinander verbracht... Warum belog sie ihn dennoch?

»Die Betreiberin des Hauses, eene Konfektladenbesitzerin, die de Etagen über ihrer Budicke an uns vamietete, hatte eene kleene Polin aus Krakau offjenommen. Die sprach janz jut deutsch. Die Olle besorgte für Ilona Kirchenpapiere, die det Kleene 'n paar Jährchen älter machten. Sie war vierzehn, in die Papiere wurde se mit achtzehn jeführt. Dadurch war Ilona vor de Polzeikontrollen sicher. Die Süße war der beste Gaul im Stall. Hohe Herren kamen extra ihretwejen. Die Olle – also die Besitzerin – hütete die Polin wie'n Schmuckstück. Ilona bediente nur jut zahlende Stammkunden. Sojar Angehörige des Königshauses hatte se als Freier. Det brachte die anderen off jejen die Kleene. Schließlich steckte eene Kollegin, die schon seit Wochen keenen juten Freier mehr jehabt hatte, der Polzei, wat det für Papiere waren – die von de Ilona. Ick weeß nich mal, welchen Rang Stieber damals hatte. Auf jeden Fall war 'r keen kleener Stinker, der ließ sich nich vorschicken, wenn Se vastehn. Er trug Zivilklamotten und hielt sich im Hintergrund. Die jroben Jendarmen – die stießen uns Mädels rum und warfen det Mobiliar um.«

Lamartine fiel Stiebers Razzia im »Le canard« wieder ein, damals war er ebenso aufgetreten.

»Wenn ick drüber nachdenke: Ick hab den Stieber noch nie in eener Uniform jesehen. Is ja och 'n Mensch, den man sich nur im Gehrock und mit Kragen vorstellen kann, wa?«

»Ich weiß, wie Stieber aussieht!«

Der Wirt brachte den Schnaps, das Glas war so voll, daß es überschwappte, als Mia es vorsichtig zum Mund führte. Sie schlürfte, dann war das Glas zur Hälfte leer; sie lächelte selig.

Das ist eine Frau, die nicht viel benötigt, um sich wohlzufühlen, dachte Lamartine. Ihr schmaler Mund war schön, wenn sie sich entspannte – wie jetzt, nach dem Genuß des Schnapses. Ihre Zungenspitze leckte den letzten Rest des Getränkes von den Lippen und verschwand schnell wieder. Während sie weitersprach, starrte Lamartine auf ihren Mund – und wünschte sich, daß sie ihn bald wieder küßte.

»An dem Abend hatten w'r kaum Kunden. Ick gloobe, det war'n kirchlicher Feiertag oda sowat. Unsere Herren mußten bei den Familien bleiben – zumindest bis Mitternacht. Die Chefin hatte schon einige Mädels nach Hause jeschickt – auch die, von der wir später erfuhren, daß sie der Polzei den Tip jejeben hatte.«

»Was ist mit ihr passiert?« fragte Lamartine.

»Nix besondres. Viele von uns haben jespitzelt – aber das war später. Zuerst gab's nur eene Razzia. Meine Kollegin wollte die Tür zuhauen, aber Stieber hinderte se dran. Dann stürmten etwa zehn Jendarmen rein. Wir hatten vaeinbart, daß eener unauffällig nach oben steigt und die Jäste warnt. Diesmal aber jing allet so schnell, daß keener dazu kam. Die Chefin fing an zu lamentieren, een langer Lulatsch brachte se mit 'ner Backpfeife zur Raison. Zwee Jendarmen stiegen nach oben. Wir hörten, wie se im ersten Stock die Türen offstießen und die Jäste rausholten. Die Freier kamen halb anjezogen runter. Die Angst stand ihnen ins Jesicht jeschrieben. Es hat 'ne Weile jedauert, bis se det jefunden hatten, wonach se suchten – man sah es Stieber an, seine Wangen glänzten, als ein Jendarm Ilona nach unten brachte. Die Kleene hatte sich off de Toilette eenjeschlossen. Die trug noch die Schleife im Haar, die die Chefin ihr immer verpaßte, wenn Freier kamen, die junges Jemüse haben wollten. Stieber valangte Ilonas Geburtsurkunde. Die Chefin hatte se parat liegen. Stieber bejutachtete Stempel und Unterschrift. Dann sachte er, der Wisch sei eene Fälschung und Ilona soll mitkommen… Ick gloobe, der hat det nur behauptet – det mit der Fälschung. Die Chefin wußte, daß es eene war, und glaubte, Stieber hätt' se überführt.«

Mia war klüger, als Lamartine angenommen hatte.

»Bei uns verkehrten einflußreiche Herren. Stieber bat die Männer ins Nebenzimmer, wo se sich in Ruhe ihre Klamotten anziehen konnten. Dann erklärte er der Chefin, er müsse det Haus schließen und sie vor Jericht bringen, weil se 'ne Minderjährije zur Unzucht valeitet hatte. Die Olle warf sich vor ihm auf de Knie und bettelte. Stieber war det peinlich. Dann sachte er, es könnte durchaus sein, dat se de Papiere bekommen hat, ohne zu wissen, dat die Kleene erst vierzehn Jahre alt is. Klärung könnte nur 'n Gericht bringen.«

»Spielte sich das alles im Beisein der... Ihrer Kolleginnen ab?« fragte Lamartine.

»Wir standen in eener Reihe da. Er lief an uns vorbei. Ick hatte den Eindruck, der merkt sich unsere Visagen.«

Lamartine dachte an François Vidocq, den Gründer der Pariser Sûreté, der mehr als fünfzig Jahre zuvor unter seinen Inspektoren die »Parade« eingeführt hatte. Sie mußten sich regelmäßig in der Mitte der Gefängnishöfe aufstellen und die Häftlinge um sich herummarschieren lassen. Bei dieser Gelegenheit prägten sich Vidocqs Polizisten die Gesichter der Kriminellen ein – damals war das legendäre Archiv der neugegründeten Kriminalpolizei noch im Aufbau. Offensichtlich hatte Stieber diese Methode Vidocqs übernommen.

»Wissen Se, wir sind's jewohnt, komisch anjekiekt zu werden. Aber bei Stieber – det war keen Ekel und keene Geilheit. Der war bloß neujierig. Wie 'n Forscher oda sowat. Und der wollte allet wissen – allet wat w'r machten, nich nur die Sauereien, ooch det Normale, wat w'r so trieben den janzen Tach über, aus welcher Kinderstube wir kamen und wat w'r so dachten... Eene Kleene sachte später, se hat sich jefühlt wie bei der Einschulung. Eene andere machte eenen

Knicks, und wissen Se wat jeschah: Die anderen machten's ihr nach! Selbst die schlimmsten Soldatenhuren!«

Lamartine wurde ärgerlich. »Was soll ich damit anfangen?« fuhr er Mia an.

Die Dirne drehte sich nach dem Wirt um und hob ihr Schnapsglas leicht an. Der Wirt griff nach der Flasche, die auf der Durchreiche bereitstand, zwängte sich durch den Pulk der Gäste und schüttete Mia in weitem Bogen aus dem Schnabelhals heraus Schnaps ins Glas.

»Das waren vier!« flüsterte er – mit einem Seitenblick auf Lamartine.

»Schreib's an!« beschied ihm Mia und wandte sich wieder Lamartine zu, nachdem sie den vierten Schnaps geleert hatte. »Stieber ließ die feinen Herren jehen. Damals dachte ick, er is schwach, aber ick hab' mir in ihm jetäuscht. Ick gloobe, er hat sich jeden Namen jut jemerkt und zu jejebener Zeit is ihm ooch der richtije Name wieder einjefallen.«

»Und Ilona?«

»Ick hab' se nie wiedajesehen. Dafür kam Stieber von nun an rejelmäßig...«

»Als Freier?«

»Nee. Um mit uns zu quatschen. Stundenlang.«

»Er hat das Bordell also nicht schließen lassen?«

»Natürlich nich. Er hat unsere Olle bloß einige Monate lang in Atem jehalten.«

»Was verlangte er als Gegenleistung?«

»Zuerst wurden wir anjewiesen, wenn Stieber kam, keene Freier mehr zu empfangen. Det war, wie wenn der König persönlich uns eenen Besuch abjestattet hätte: Alle Freier mußten raus, die Chefin bestand darauf, dat alles piekfein sauber jeputzt war, wir mußten uns alle anziehen wie zur Sonntagsmesse und im Salon Platz nehmen. Er kam immer allein und spät nachts.«

»Was tat er?«

»Er hat sich Notizen jemacht.«

»Wovon?«

»Von unseren Jesprächen. Er quatschte die halbe Nacht mit uns.«

»Was?«

»Wo wir herkamen, wie wir in dem Bordell jelandet sind, wat unsere Eltern jetan haben, ob wir religiös waren, ob wir wußten, was eene Sünde is, ob wir ein schlechtet Jewissen hatten, wenn wir bedienten, ob wir keene Skrupel hatten, wo de Freier doch allesamt Familienväter und Ehrenmänner waren ...«

»Und ihr habt ihm auf alles geantwortet?«

»Zu Anfang nich, weil wir befürchteten, daß es sich um Vahöre handelte und se uns die Notizen später auf dem Revier unter de Neese rieben. Dann hat er jesacht: Keen Jericht der Welt kriegt det zu sehen – und wir haben jeantwortet.«

»Warum stellte er alle diese Fragen?«

»Ich gloobe, der Kerl is besessen.«

»Besessen? Wovon?«

»Na ja, von alldem, vom Puff, vom Jeschäft halt ...«

»Ich dachte, er hielt es für eine Sünde.«

»Ja, schon, aber er hatte ooch Mitleid.«

»Mitleid?«

»Er sachte, wir sind nich nur Sünder, wir sind ooch Opfer.«

»Und – bist du auch dieser Meinung?«

»Ehrlich jesagt: Im Haus der Konfekthändlerin ging's mir besser als jetzt. Ick mußte nich in der Kälte stehen oda sowat, die Freier waren anjenehme Herren, keene Besoffenen, keene Schläjertypen ...«

Lamartine verstand.

»Warteste auf mich?« fragte Mia.

Er zuckte mit den Achseln.

»Ick nehm dir mit nach Hause...«

»Mein Geld reicht nicht mehr, ich war gerade auf dem Weg in eine *Penne.*«

»Dort holste dir nur Flöhe. Und det mit dem Jeld kränkt mir. Ick wollte dir helfen.«

»Verzeihung!« sagte Lamartine leise.

»Also kommste?«

»Und die Mutter?«

»Noch bring icke det Jeld nach Hause«, sagte Mia hart, aber ihre Stimme zitterte leicht.

»Hast du keine Angst vor Stieber?«

»Nee! Ha' ick nich!«

Mia stellte das leere Glas auf den Tisch und verließ das »Eichelkraut«, ohne sich umzusehen. Der dünne Mann, der neben dem Eingang gelauert hatte, schlich ihr nach. Lamartine bestellte einen Schnaps auf ihre Rechnung.

Aus Angst, daß Mia ihn, sobald er protestierte, hinaus in die Kälte schicken könnte, zog Lamartine auf der Schwelle die Schuhe aus. Im Flur blieb Mia plötzlich stehen und wandte sich um. Lamartine erschrak, denn er vermutete, sie hätte im Zimmer der Witwe etwas gehört. Mia legte ihren Zeigefinger auf die Lippen. Dann streichelte sie ihm mit einer hastigen Bewegung über die Wange und flüsterte: »Du bist doch bestimmt hungrig, wa?«

In Lamartines Magen wütete der Hunger seit Stunden – der Alkohol hatte ihn nur ein wenig gedämpft. Dennoch schüttelte Lamartine den Kopf. Er wollte schnell in dem Verschlag verschwinden und sich die

Decke übern Kopf ziehen. Aber Mia nahm ihn einfach bei der Hand, führte ihn in die Küche, drückte leise die Küchentür zu und forderte ihn auf, Platz zu nehmen. Als er zögerte, fuhr sie ihn an: »Natürlich biste hungrig!«

»Und deine Mutter – wenn sie uns hier erwischt?«

Mia nahm einen Teller aus dem Küchenschrank und eine Handvoll Brotkrumen aus einer Blechbüchse. »Die pennt wie 'n Stein!« erklärte sie, während sie das frischeste Stück Brot heraussuchte, eine Scheibe abschnitt und sie mit einem Stück Hartkäse belegte, der in ein Küchentuch eingeschlagen hinter der Mehlwaage versteckt war. Lamartine biß gierig in das Käsebrot, während Mia Brot und Käse wegräumte und dann – noch im Mantel gegen den Küchenschrank gelehnt – eine selbstgedrehte Zigarette rauchte.

»Schmeckt's dir?« fragte sie.

Lamartine nickte mit vollem Mund. Sie lächelte zufrieden.

»Morgen mach' ick dir wat Warmet, mit 'nem schönen Fetzen Schweinebauch!«

»Morgen?« fragte Lamartine.

»Magst du keenen Schweinebauch? Ick kenn keenen, der keenen Schweinebauch mag.«

»Schweinebauch?«

»Wat weeß ick, wie ihr Franzosen es nennt…«

»Und was ist mit deiner Mutter?«

Mia nahm einen tiefen Zug aus der zerbröselnden Zigarette, spuckte die Tabakreste auf den Küchenboden und schimpfte: »Die Olle, die kann mir mal! Solange icke det Jeld ranschaffe… Mit den paar Groschen von de Kohlenhandel würden wir doch verhungern! Geh ick oof'n Strich oder sie, wa!«

Lamartine aß schweigend das Käsebrot auf. Als er fertig war, beugte Mia sich herab und küßte ihn auf den Mund. »Warum tust du das für mich?« fragte er.

»Warum wohl? Weil de meen Kerl bist!«

»Ich bin verheiratet, Mia.«

»So! Und wo haste dann bitteschön deine Frau?«

»Sie ist auf dem Land. Mit ihren Eltern.«

»Und du bist bei mir!« Damit war das Gespräch für sie beendet. Sie räumte den Teller weg und nahm Lamartine bei der Hand.

In ihrem Zimmer suchte Mia im Dunkeln ein Streichholz und zündete einen Kerzenstumpf an. »So!« sagte sie, blies das Streichholz aus, lächelte Lamartine an und zog ihm die Jacke aus. Er vermied es, ihr in die Augen zu schauen, während sie den Gürtel seiner Hose öffnete und ihm das Hemd übern Kopf zog. Er mußte wieder an den dünnen Mann denken, mit dem sie das »Eichelkraut« verlassen hatte.

»Was meinst du mit ›auflaufen lassen‹?« fragte er unvermittelt.

Sie ließ von ihm ab und zog ihren Mantel aus. »Wann?«

»Im ›Eichelkraut‹. Du hast gesagt, du würdest den Mann auflaufen lassen. Ich kenne die Bedeutung des Wortes nicht.«

»Ich kann es dir nicht übersetzen!« beschied sie ihm, während sie die Schnürstiefel aufschnürte, sie auszog und unter das Bett schob.

»Ich will wissen, was du damit meinst!« beharrte Lamartine.

Mia richtete sich auf und schaute ihn erstaunt an. »Een bißjen Eifersucht schmeichelt mir ja. Aber nich, daß de gloobst, du mußt es übertreiben. Damit wir uns verstehen: Een eifersüchtiger Macker ist 'ne lächerliche Fijur.«

Lamartine klang das Wort in den Ohren wie ein Schuß. Macker. Er wußte sofort, was es bedeutete: *le maquereau*, der Zuhälter. »Ich bin nicht dein Macker!« fuhr er sie an.

Sie machte »Psst!« und zeigte zur Tür. Lamartine schwieg.

Sie knöpfte den Halsausschnitt ihres Kleides auf und rollte es vorsichtig über die Hüfte hoch, um es dann langsam über den Kopf zu ziehen. Ihre Unterwäsche war hellbraun, eine Hautfarbe. Sogar die Korsage, die wohl eher vor der Nachtkälte schützen als die Freier aufreizen sollte, hatte diese – wie Lamartine fand – eher ernüchternde Farbe. Während ihr Gesicht unter dem Kleid steckte und sie ihn nicht sehen konnte, musterte er sie. Ihre Beine, zumindest der Bereich, den er nun sehen konnte, nämlich vom Rand der Socken bis zum Bord der knielangen Unterhose, waren kräftig. Daß sie stattliche Brüste hatte, wußte Lamartine.

Er begehrte Mia. Als sie das Kleid ausgezogen hatte, schaute er weg. Er fragte sich, wie sie ihre Arbeit versah – trotz dieser komplizierten Maschinerie aus Korsagen, Bändern, Höschen und Strumpfhaltern.

»Halt schon mal das Bett warm, ich wasch' mich noch!« forderte sie ihn auf, war plötzlich wieder ganz nahe bei ihm und küßte ihn. Lamartine spürte ihre Brüste. »Einen schönen Mund hast du!« hauchte sie. Lamartine war verlegen, das hatte ihm noch keine Frau gesagt.

Bevor Mia in den Flur verschwand, drehte sie sich noch einmal um. »Was biste sonst – wenn nich mein Macker?«

»Polizist«, antwortete Lamartine. »Vergiß das nie,

dann werde ich dich auch nicht enttäuschen!« Er fand, daß das seine Verlegenheit wieder ausbügelte.

Sie winkte ab. »Wat meenste, wieviele Macker Polzisten sind!«

»Und Stieber? Weiß er das?«

»Klar weeß er det. Er weeß alles – wat uns betrifft!«

Lamartine war aufgebracht. »In Paris gibt es nicht einen einzigen Polizisten, der...«

»Vielleicht biste nur zu selten aus deinem Büro rausjekommen!« schnitt sie ihm das Wort ab.

Sie öffnete die Tür, dann lachte sie auf und streckte ihm ihr Hinterteil hin. »Kiek mal!« sagte sie. Zwischen ihren Beinen öffnete sich das fleischfarbene Höschen. »Det haste bestimmt noch nie jesehen!« Jetzt wußte Lamartine, wie sie es machte.

Sie war schon fast aus dem Zimmer, da kam ihm ein großartiger Gedanke. »Wie wäre es –« begann er. »Wie wäre es, wenn ich im Verschlag auf dich warten würde...« Er dachte nicht nur an die Enge, die sie zwang, dicht beieinander zu liegen, er dachte auch daran, daß er in dem Kabuff nicht befürchten mußte, von der Witwe entdeckt zu werden.

»Is jut!« stimmte Mia zu. Dann aber fiel ihr etwas ein. »Det jeht heute nich. Wir ham einen neuen Logisjast aufjenommen. Übrigens 'n Landsmann von dir. Vielleicht siehste ihn morjen früh.« Damit zog sie die Tür zu. Kurz darauf rauschte das Wasser im Flur.

Lamartine zog blitzschnell seine Unterhose, die Strümpfe und die Strumpfhalter aus und schlüpfte in Mias Bett. Seine Hoden zogen sich in den Innenbauch zurück – wie immer, wenn ihm sehr kalt war. Er dachte an den Logisgast, der nur durch die Tapetentür von ihm getrennt in dem Verschlag schlief.

Lamartines Zähne klapperten. Er wünschte sich

plötzlich weg aus dieser Stadt, nach Hause, zu Jeanne, die ihn nicht so erregte wie Mia, unter deren Bettdecke es aber warm war und die keine Logisgäste neben ihrem Schlafzimmer unterbrachte.

Als Mia zurückkam, roch sie nach einer starken Kernseife und nach getrockneten Blumen. Ihr Körper war jetzt wärmer als der von Lamartine. Sie schmiegte sich an ihn und rieb seinen Rücken solange, bis er nicht mehr zitterte. Dann tastete sie seinen Unterbauch ab und drückte seine Eier wieder heraus. Lamartine entspannte sich etwas. Während sie sehr vorsichtig seinen Hodensack massierte, fragte er sie leise: »Und du schämst dich nicht vor dem fremdem Mann im Verschlag?«

Mia küßte ihn und flüsterte: »Mit dir schäm ick mir vor niemand.«

Dann rutschte sie mit dem Kopf unter die Decke. Lamartine schloß die Augen. Mia ist eigentlich eine Schönheit, dachte er noch. Dann entlud sich etwas, was lange unterdrückt worden war. Mia klammerte sich an ihn. So schlief er ein.

Als Mia und Lamartine erwachten, war es draußen noch dunkel. Obwohl sie sich nicht rührten und fast unhörbar atmeten, wußten sie voneinander, daß sie hellwach waren. Sie horchten eine Weile in die Dunkelheit. Der Logisgast im Verschlag hustete und sprach im Schlaf Unverständliches.

Mia zog sich auf Lamartine und vergrub ihr Gesicht in seinem Hals. Sie saugte sich fest. Lamartine roch ihr Haar. Sie bewegte ihre Hüfte. Lamartine wurde von Mia aufgesogen. Er seufzte, die Wärme in ihrem Unterleib tat ihm gut, sie strömte zu ihm herüber. Er bewegte sich, Mia drückte ihn nieder. Er verstand: Sie hatte das Kommando. Als er zu stöhnen begann, setzte sie sich auf. Sobald sein Stöhnen zu laut wurde, legte sie ihren Finger auf seine Lippen – auch um ihn zu ermahnen, sich diesmal etwas zu gedulden.

So geschah es, daß die Deutsche und der Franzose zugleich kamen. Mit Jeanne war Lamartine das noch nie gelungen.

Sie waren beide wieder eingeschlafen, Mia auf Lamartine liegend, ihre Hüfte fest auf seiner Hüfte, damit er nicht aus ihr herausrutschte. Als sich in der ersten Dämmerung die Tür des Verschlages öffnete, schlugen sie die Augen auf. Mias Haare verdeckten Lamartines Gesicht. Es schien ihr wenig auszumachen, daß der Logisgast das Zimmer durchquerte, während Lamartine noch in ihr war. Sie drückte sich an ihn und stellte sich schlafend.

Der Logisgast ging zur Flurtür, öffnete sie und hielt dann inne. Er schien das Paar im Bett zu betrachten. Lamartine hielt den Atem an: Was fiel dem Kerl ein, ungeniert seine Gastgeberin bei der intimsten Verrichtung anzustarren?! Lamartine wollte sich schon aufrichten und etwas sagen, da wurde die Tür zugezogen, und der Fremde hustete sich im Flur den Schleim von der Lunge, um ihn dann in den Ausguß zu spucken.

Lamartine küßte Mias Schulter. Dann schob er sie vorsichtig von sich herunter. Als er die Bettdecke aufschlug und aufstehen wollte, klammerte sie sich an ihn. Lamartine flüsterte, er wollte sich anziehen, bevor der Fremde zurückkehrte. Sie küßte ihn aufs Ohr und sagte, es wäre klüger zu warten, bis die Alte aus dem Haus war. Während die Witwe Kohlen holte, könnten sie zusammen frühstücken, und später würde man die

Wilke vor vollendete Tatsachen stellen. Lamartine leuchtete das ein.

Kurz darauf hörten sie die Witwe im Flur. Sie sprach halblaut mit dem Logisgast. Wasser – sehr wenig – plätscherte, die Alte prustete und spülte ihren Mund aus. Dann schien sie an Mias Tür zu horchen.

Mia verschwand unter der Decke, und Lamartine schloß die Augen. Kurz darauf schlug die Witwe die Wohnungstür hinter sich zu, und die Zimmertür öffnete sich. Lamartine drückte Mia an sich. Der Fremde betrat das Zimmer. Der Mann verharrte neben dem Bett der beiden. Es dauerte eine Ewigkeit. Hatte die Alte ihm etwa angedeutet, daß er sich gegen einen Aufpreis zur Tochter legen konnte?

Mias Kopf erschien, sie wandte sich an den Mann. »Wat jibt's?«

Der Mann antwortete nicht. Mia rutschte etwas zur Seite. Jetzt erst sah Lamartine seinen Landsmann. Vor dem Bett stand Lecoq, der Chef der Pariser Geheimpolizei. Lecoq grinste.

»Was wird die gute Jeanne dazu sagen?« fragte er auf französisch. Und dann hart in falschem Deutsch: »Lamartine, ich bin gekommen, um dir nach Hause zu holen!«

Lecoq riß die Tür auf und trat wieder in den Flur hinaus.

Lamartine sprang aus dem Bett und zog sich an. Mia richtete sich auf und fragte: »Wirste mir jetzt valassen?«

Lamartine zog gerade die linke Socke an und balancierte auf dem rechten Bein. Er hielt für einen Moment inne und schaute die verschlafene Frau an.

»Ick komm mit!« sagte sie entschlossen.

Lamartine schlüpfte in die andere Socke und zog seine Hose an. Dann knöpfte er die Jacke zu, ging zum

Bett, küßte Mia auf die Wange und flüsterte: »In Berlin bin ich sicher! Hier hat er nichts zu sagen.«

Als Lamartine in die Küche trat, saß Lecoq unbeweglich am Küchentisch. Lamartine ging zum Schrank, öffnete die Glastür und nahm eine Tasse heraus. Es tat ihm gut, Lecoq gegenüber seine älteren Rechte in der Wilkeschen Wohnung zu demonstrieren. Er ging hinaus auf den Flur, um die Tasse unter der Wasserpumpe zu füllen, und setzte sich dann zu Lecoq an den Küchentisch.

»Wie haben Sie mich gefunden?« fragte er in seiner Muttersprache.

»Das Verhältnis zu den Deutschen ist in den letzten Wochen besser geworden. Man fand es in Berlin wohl opportun, mich zu unterstützen.«

»Ich dachte, Sie sitzen in einem deutschen Militärgefängnis.«

»Das habe ich auch, Lamartine, aber durch die Kooperation unserer Regierung mit den Deutschen haben sich die Verhältnisse geändert. Man hat mich wieder auf freien Fuß gesetzt. Man braucht mich wieder. In Paris haben Franzosen und Deutsche Schulter an Schulter gegen die Aufrührer gekämpft ...«

»Wie geht es meiner Frau?«

Lecoq hob die rechte Augenbraue. »Auf dem Land lebt es sich derzeit ein wenig besser als in Paris. Aber den Luxus, den Sie hier haben, hat in unserer Heimat niemand. Die Deutschen lassen uns ausbluten, wir müssen den Krieg auf den Franc genau bezahlen. Und was mit dem Geld geschieht, das wir uns und unseren Kindern vom Mund absparen, sieht man ja in Berlin ...«

Lamartine mußte lächeln. »Haben Sie bei der Witwe schon etwas gegessen?«

Lecoq schüttelte den Kopf.

»Dann warten Sie's ab, bevor Sie voreilig urteilen!« riet ihm Lamartine. »Was wollen Sie von mir?«

»Wie gesagt: Die Lage zu Hause hat sich verändert. Es ist sogar wieder etwas Ruhe eingekehrt – vor allem nachdem man diese Kommune niedergemacht hat. Allerdings sind die Menschen unzufrieden. Sie leiden unter den Entbehrungen. Die Reparationen ersticken einen Neuanfang, Lamartine. Die Franzosen nehmen es ihrer Regierung übel, sie in diese Lage gebracht zu haben: Sie nehmen es der Regierung übel, daß sie den Krieg verloren hat. Sie nehmen es ihr übel, daß sie unter der Kuratel der Deutschen steht. Am meisten aber nehmen sie der Regierung übel, daß sie mit Hilfe der Deutschen die Kommune zusammenkartätscht hat. Keiner hat die Kommunarden haben wollen – die Franzosen sind für sowas nicht geschaffen. Sie gehen gerne ihre eigenen Wege und sie lassen sich nicht in die Masse pressen. Aber ein Franzose vergißt es nicht, wenn Deutsche auf seine Landsleute schießen ...«

»Was hat das mit mir zu tun?«

»Sehr viel. Die Regierung Thiers ist der Meinung, daß es höchste Zeit ist, das Vertrauen der Leute zurückzugewinnen!« Lecoq legte eine bedeutungsvolle Pause ein, so als wollte er Lamartine Zeit geben, die Neuigkeiten auf sich wirken zu lassen. Aber der schüttelte nur verständnislos den Kopf. »Die Regierung – unsere Regierung – findet, daß es Zeit ist, mit der Vergangenheit abzuschließen. Wir brauchen unsere Kräfte für die neue Zeit, wir wollen nicht hinter Deutschland herhinken.«

Jetzt verstand Lamartine. »Man will ein Exempel statuieren!«

»Genau! Und zwar so schnell wie möglich.«

»Warum gerade ich?« fragte Lamartine leise.

»Wir sollten ehrlich zueinander sein: Sie sind der Kollaborateur par excellence!«

»Thiers sollte sich selbst vor Gericht stellen!«

»Nun werden Sie nicht kindisch, Lamartine! Ich biete Ihnen eine einmalige Gelegenheit, sich bei Ihrem Land für das, was Sie getan haben, zu entschuldigen! Es wird ein fairer, was sage ich: ein glanzvoller Prozeß werden.«

»... der mit meiner Verurteilung endet!«

»Natürlich, was dachten Sie? Aber wir sind keine Deutschen. Wir sind – zumindest bei politischen Verbrechen – nicht so schnell mit der Todesstrafe bei der Hand. Ich kann Ihnen versichern, daß Sie verbannt werden und sonst nichts! Wissen Sie, wieviele Barrikadenkämpfer gerade nach Übersee verschifft werden – und sie hätten alle den Tod verdient ...«

»Warum sollte ich darauf eingehen? In Berlin bin ich sicher! Sie haben hier keinerlei Machtbefugnisse, Lecoq.«

»Sie stehen kurz vor Ihrer Ausweisung.«

»Meinen Sie nicht, daß das meinen Landsleuten zu denken geben wird: Ein Kollaborateur, der von den Deutschen nach Hause geschickt wird?«

»Sagen wir es so: Sie ersparen mir die Schmach, bei deutschen Behörden um einen Landsmann bitten zu müssen. Sie kommen freiwillig nach Hause. Und ich werde dafür sorgen, daß sich unser Staat um Ihre Gattin, um Ihre Schwiegereltern und um Ihr Kind kümmert! Das ist doch ein Angebot, oder? Ich bin gekommen, um Sie zu überzeugen – nicht um Sie mit Gewalt heimzuholen.«

Lecoq ließ ihm Zeit für eine Entgegnung, aber Lamartine schwieg.

»Natürlich werden Ihre Angehörigen nicht im Luxus leben«, fuhr Lecoq fort. »Aber das haben sie ja vorher auch nicht. Sie werden auch nicht hungern müssen. Wir werden ihnen ein Häuschen irgendwo im Westen beschaffen – vielleicht in der Vendée, da sind die Menschen am wenigsten vorwitzig. Dort sollen sie unerkannt und still leben. Vielleicht wird Ihr Sohn – sicher bekommen Sie einen Sohn – in der Hauptstadt des Departements zur Schule gehen, und wenn genügend Gras über die Sache gewachsen ist, holen wir ihn nach Paris. Soll er doch ruhig die Höhere Polizeischule besuchen – falls er das kriminalistische Talent seines Vaters geerbt hat. Und irgendwann, wenn in Frankreich sich kein Mensch mehr an die Affäre um den Kollaborateur Lamartine erinnern kann, werden wir Sie mit einem Frachtschiff aus Guyana zurückkommen lassen. Dann sind Sie ein weiser, alter Mann, Ihre schrecklichen Schwiegereltern sind endlich gestorben, und Sie können sich mit Ihrer Jeanne jeden Abend vor das Häuschen in der Vendée setzen und die Briefe des Sohnes aus Paris lesen. Wie steht's, Lamartine?«

»Sie können mich mal, Lecoq!« sagte Lamartine leise und trank das Wasser in einem Zug aus.

»Ich dachte, wir sind zwei erwachsene Menschen, zwei Polizisten zumal – da muß man sich doch ohne Hauen und Stechen einigen können. Oder wollen Sie gar nicht zurück? Wollen Sie etwa bei der deutschen Nutte bleiben? Wollen Sie von dem Geld leben, das diese Mia mit ihren drei Löchern macht?«

»Halten Sie den Mund, Lecoq!« fuhr Lamartine ihn an.

Im Flur polterte es, die alte Wilke kam zurück. Als sie Lamartine in ihrer Küche erblickte, blieb sie in der

Tür stehen und schüttelte ungläubig den Kopf. »Wollen Se, daß die Polzei uns det Leben schwermacht?«

»Sie holen sich selbst die Polizei ins Haus!« entgegnete Lamartine erregt. »Ihr neuer Logisgast ist nach Berlin gekommen, um uns auszuspionieren!«

Die Alte schaute Lecoq an. »Stimmt das?«

Lecoq blieb ungerührt. »Ich bin gekommen, um ihn zu holen. Er hat in seiner Heimat ein Verbrechen begangen.«

Die Witwe bückte sich ächzend, zog den kurzen Schürhaken unter der Kochmaschine hervor, steckte ihn in das Spundloch der Ofenplatte, hob sie aus ihrer Fassung und warf Holzspäne hinein. Dann zündete sie sich mit einem Streichholz einen Fidibus an und hielt ihn solange in den Ofen, bis die Holzspäne zu knistern begannen. Sie legte die Ofenplatte zurück und stellte die Wasserkanne auf. Dann rieb sie sich die Hände an ihrer Schürze trocken.

»Nehmen Se ihn nur mit!« seufzte sie. »Ihr Landsmann hat uns nur Ärjer einjebracht!«

»Nein!« sagte Mia laut. Sie stand barfuß in der Küchentür. Über dem Nachthemd trug sie ein gehäkeltes Schultertuch.

Die Alte schrie ihre Tochter an: »Du hast den Kerl in dein Bett jeholt, obwohl ich ihm die Tür jewiesen hab. Wahrscheinlich haste nich mal abkassiert!«

»Genau. Und du wirst ooch nischt kassieren. Er ist mein Mann!«

»Dein Mann? Daß ick nich lache! Der wird heute noch hier rausfliejen, und wenn er noch eenmal in meiner Wohnung aufkreuzt, schlag ick ihm 'n Loch in de Schädeldecke.« Die Alte ergriff wieder den Schürhaken und hob ihn zitternd über den Kopf.

Lamartine wandte sich an Mia: »Ich möchte dir keinen Ärger machen. Heute noch suche ich mir eine andere Unterkunft!«

Mias Augen funkelten, sie packte die Alte an ihren zerzausten Haaren und zog sie auf den Flur. Dort schlug sie ungeschickt auf die Witwe ein.

Lecoq sprang auf, wollte etwas sagen, machte einen Schritt auf die Küchentür zu, setzte sich dann aber wieder hin. Draußen flüchtete die Alte schreiend in ihr Zimmer und sperrte die Tür hinter sich ab. Mia betätigte die Wasserpumpe und trank glucksend. Dann trat sie wieder in die Küche. Sie blies sich die Strähnen aus der Stirn und wandte sich bebend an Lecoq. »Sie verlassen auf der Stelle unsere Wohnung!«

»Aber Ihre Mutter...« protestierte Lecoq.

»Die Olle ist nich bei Sinnen – dat merken Se doch!« unterbrach ihn Mia. »Oda soll ick die Jendarmen rufen!«

Lecoq sprang auf und lief hinaus. Man hörte, wie er hinten rumorte – anscheinend packte er seine Kleider zusammen. Mia legte ihren Kopf an Lamartines Brust. »Keene Angst. Bei mir biste sicher!«

Lecoq klopfte an die Zimmertür der alten Wilke. Die Witwe schrie erst, sie wollte ihre Ruhe haben. Und dann, lauter und bedrohlicher: Sie werde heute noch zur Polizei gehen und sie bitten, den Stall auszumisten.

Lamartine gab an diesem Morgen ein weiteres Telegramm an Jeanne auf. »Sorge dich nicht und laß dir nichts einreden! Bald habe ich unsere Angelegenheiten geordnet und komme zu euch zurück. Achte gut auf unser Kind, es ist alles, was wir haben. Dein Mann.«

Als er dem Postbeamten in der Potsdamer Straße – nicht weit von der Stelle entfernt, an dem er am Abend zuvor Mia begegnet war – das Geld für sein Telegramm über den Schaltertresen schob, hatte Lamartine das Gefühl, Verrat zu begehen.

Lamartine stöberte Udo in der Bahnhofswirtschaft des Anhalter Bahnhofs auf. Er ließ für sich einen Kakao und für den ausgekühlten Udo einen Grog kommen. Der Strichjunge trank sein Getränk zitternd und legte dabei beide Hände um das heiße Glas.

»Ich muß noch einmal mit Bjerregaard sprechen«, erklärte Lamartine. »Aber ich sage gleich: Ich habe kein Geld mehr.«

Udo schlürfte den Grog. Er verbrannte sich die Zungenspitze und betastete sie zur Linderung mit seinen Fingerspitzen – die Nägel hatten tiefschwarze Ränder. »Das wird schwierig werden«, sagte er.

Lamartine spielte das Spiel Udos mit; er konnte sich denken, daß er und Bjerregaard Spitzel Stiebers waren. Aber Lamartine war ein geübter Verhörführer und würde schon aus dem Pedell herausbekommen, was er wissen wollte – selbst bestochene Zeugen waren gute Zeugen, wenn ein Kriminalist wußte, daß, von wem und zu welchem Ziel sie bestochen waren.

»Ohne Geld werden Sie Bjerregaard nicht zu Gesicht bekommen!« erklärte Udo.

Lamartine fand, daß Udo diesmal etwas übertrieb. »Ich bin sicher, es wird auch anders gehen!« sagte er harsch.

»Was haben Sie uns zu bieten?« fragte Udo.

»Stieber wird es euch danken.« Das war gewagt, aber es reizte Lamartine, den Stricher aus der Reserve zu locken.

»Warum sollte er? Er wird sich an uns rächen, wenn er herausbekommt, daß wir einem seiner Feinde helfen!«

»Sie wissen ebensogut wie ich, daß Sie mir bisher nichts anvertraut haben, womit ich Stieber schaden könnte.«

»Wenn das so ist«, sagte Udo gelassen und nahm noch einen großen Schluck von seinem Grog. »Warum reden Sie dann noch mit uns?«

»Weil ich Stieber vielleicht gar nicht schaden will… Ich möchte ihm ein Angebot machen.«

»Dann gehen Sie zu ihm und reden Sie mit ihm.«

»Ich weiß nicht, wo ich ihn finden kann.«

»Da können wir Ihnen auch nicht helfen!«

Udo trank aus, bedankte sich knapp für die Einladung, stand auf und ging davon. Lamartine schaute ihm mit offenem Mund nach.

Udo und Bjerregaard handelten also entgegen Lamartines Annahme aus eigenem Antrieb, aus Geldgier vielleicht, aber nicht auf Stiebers Veranlassung hin – und nun, da sie nichts mehr zu verkaufen hatten, war Lamartine uninteressant für sie geworden. Umso mehr konnte er auf Bjerregaards Aussagen geben, denn jetzt konnte er sich sicher sein, daß sie objektiv waren. Lamartine mußte Bjerregaard sprechen. Ohne Udo hatte er sogar bessere Chancen, den Schweden unter Druck zu setzen.

Der Franzose erkannte die breite Prachtstraße wieder, die Flucht der klotzigen Bauten und die Mittelpromenade. Es schien nicht mehr so kalt zu sein, und die Passanten wirkten in der zaghaften Maisonne gelöster. Lamartine fühlte sich fast wie einer von ihnen, als er auf die Friedrich-Wilhelm-Universität zuschritt.

Er fragte sich, ob er auch ohne Jeanne würde leben können. Eigenartigerweise erschien ihm dieser Gedanke gar nicht mehr so abwegig, ja, er verspürte sogar eine gewisse Erleichterung bei der Entdeckung, daß er sich durch die Anspannung der letzten Tage noch ein Stück weiter von seiner Frau gelöst hatte: In einen Zwiespalt der Gefühle würde ihn Jeanne nicht mehr stürzen. Für einen Moment fühlte sich Lamartine als freier Mensch, dann aber kam ihm das ungeborene Kind in den Sinn, und er spürte einen Schmerz in der Herzgegend.

Er überquerte die breite Straße. Er sah sich nach beiden Seiten um, um nicht von einem Pferdeomnibus erfaßt zu werden. Für einen Augenblick glaubte er, die hagere Gestalt Lecoqs unter den Passanten zu erkennen. Als er dann aber das Portal der Universität vor sich sah, vertrieb er die vage Ahnung einer Gefahr und trat ein.

Wie schon beim ersten Besuch wurde Lamartine nicht kontrolliert. Er führte die unerwartete Freizügigkeit darauf zurück, daß die sonst in Fragen der Ordnung so peniblen Deutschen nur eine Ausnahme von der Regel duldeten: Wenn es um die Dinge des Geistes ging – und die Berliner Universität war eben die größte und berühmteste Universität des Landes.

Im kalten Foyer des Gebäudes wurde Lamartine von einer plötzlichen Sehnsucht gepackt. Er sehnte sich danach, zu Hause – wo auch immer das sein mochte – in seinem Sessel zu sitzen, ein Buch zur Hand zu nehmen und Dinge zu lesen, die das verwirrende Leben von Grund auf ordneten. Trotz der vielen Menschen herrschte eine bemerkenswerte Stille in der Universität. Die Studenten verließen die Vorlesungssäle zwar in Gruppen, aber sie sprachen wenig miteinander – und wenn, dann nur im Flüsterton.

Lamartine stieg die Treppe zu der im Untergeschoß liegenden Wohnung des Pedells hinunter. Er begann zu frieren, knöpfte seinen Kragen zu und vergrub die Hände tief in die Jackentaschen. Zwei sich halblaut streitende Dozenten, die mit ihren Spitzbärten und in den Fräcken wie Zwillinge aussahen, kamen ihm entgegen. Lamartine ging schnell an ihnen vorbei, aber sie schienen ihn gar nicht zu beachten.

Die mit einem Vorhang verhangene Glastür der Pedellwohnung war unverschlossen. Lamartine klopfte gegen die Scheibe. Niemand antwortete.

Im Dienstraum des Pedells, einer Loge, in der allerlei Putzzeug und ein Schrank mit wenigen Aktenordnern untergebracht waren, bollerte ein Kanonenofen. Die Wohnung war so überheizt, daß es Lamartine übel wurde. Er blieb einen Moment in der Mitte der Loge stehen. Lamartine riß sich zusammen. Er trat zu der Tür, die zum hinteren Teil der Wohnung führte. Er klopfte an. Wieder geschah nichts. Lamartine drückte die Klinke herunter, die Tür war ebenfalls unverschlossen. Er trat ein.

Der Schwede lag mit eingeschlagenem Schädel auf dem Boden. Bjerregaards Augen waren weit aufgerissen, Lamartine sah darin den Schrecken des nahen Todes: Bjerregaard mußte seinem Mörder in die Augen geschaut, er mußte den tödlichen Schlag gesehen haben.

Lamartine war an Leichen gewöhnt. Ohne zu überlegen, tat er das, was er immer tat, wenn er mit der Untersuchung eines Gewaltverbrechens begann. Er schloß die Tür hinter sich ab, dann zog er seine Schuhe aus, um weder Spuren zu hinterlassen, noch welche zu verwischen. Auf Zehenspitzen legte er die wenigen Meter zu der Leiche zurück, ging in die Knie – und als ob er in Paris seiner alltäglichen Arbeit nachging, tat ihm sogleich der Rücken weh.

Lamartine schob ein Augenlid Bjerregaards hoch, um zu sehen, wie lange der Mann schon tot war. Der Mord mußte erst ein oder zwei Stunden vorher geschehen sein; Bjerregaards Augapfel war noch wässrig. Dann faßte der Inspektor mit den Fingerspitzen der rechten Hand den Schädel des Pedells von oben an und drehte ihn leicht. Noch war keine Leichenstarre eingetreten. Für einen Augenblick war Lamartine versucht aufzuspringen, rauszurennen und seine Mitarbeiter zu beauftragen, die Umgebung des Tatortes nach dem Mörder abzusuchen, wie er es im Falle eines gerade erst ums Leben gekommenen Mordopfers zu tun pflegte...

Trotz des Schmerzes, der sich in die Beine fortsetzte und an den Außenseiten der Oberschenkel nach unten kroch, verharrte Lamartine in seiner unbequemen Position und sah sich die Kopfwunde Bjerregaards näher an. Der Polizist hatte schon viele tödliche Verletzungen gesehen, die meisten davon waren Kopfwunden gewesen. Ein tödlicher Schlag wurde fast immer zum Kopf geführt – und da es sich bei seinen Pariser Fällen überwiegend um Totschlagsdelikte, also um im Affekt begangene Taten handelte, hatten die Täter auch selten Stichwaffen dabei, die sie zur Herzgegend oder in den Unterbauch hätten führen können.

Lamartine stellte anhand der zerfaserten Kopfschwarte fest, daß der Schädel des Pedells mit einem spitzen Gegenstand eingeschlagen worden war. Mehr war bei der oberflächlichen Inaugenscheinnahme des Leichnams nicht herauszufinden. Der Polizist erhob sich und streckte seine schmerzenden Glieder aus. Er öffnete beide Türen des Schrankes und durchsuchte ihn. Bjerregaard hatte wenig besessen: ein paar zerschlissene, alte Fetzen und einen nicht sehr sauberen Anzug, der nach Mottenkugeln roch.

Eine Tatwaffe fand sich auch unter dem Bett des Pedells nicht. Während der Anwesenheit des Polizisten war die Blutlache unter Bjerregaards Hinterkopf nicht mehr angewachsen. Das Blut gerann auf den Holzdielen. Lamartine wußte nun, daß der Mord etwa zu der Zeit geschehen war, als er sich auf dem Weg zum Anhalter Bahnhof befunden hatte.

Er setzte sich auf das Bett, das tief zusammensank.

Lamartine vermutete, daß Stieber Bjerregaard erschlagen hatte. Wahrscheinlich befürchtete der Täter, der Pedell könnte etwas ausplaudern, was Lamartine auf keinen Fall erfahren durfte. So gesehen war der Mord ein sicheres Zeichen dafür, daß sich Lamartine bei seinen Ermittlungen einem neuralgischen Bereich der Stieberschen Welt genähert hatte. Aber was konnte das sein?

Er sprang auf und stieg über Bjerregaard hinweg. Er mußte die Glastür der Pedellsloge verschließen, damit er sich in aller Ruhe die Akten ansehen konnte, die Bjerregaard in seinem Dienstraum aufbewahrte. Lamartine fand, daß es Bjerregaards Wesen entsprach, Papiere, die für ihn persönlich wertvoll waren, in dem kleinen Aktenschrank aufzubewahren, der auch die Unterlagen der Universitäts-Hausmeisterei barg.

Lamartine schlüpfte wieder in seine Schuhe und öffnete die Tür zur Loge. Dann drehte er sich doch noch einmal um und blickte ins Gesicht des Toten. Bjerregaard, den er wegen seiner Unterwürfigkeit nicht gemocht hatte, tat ihm leid. In den Augen des Opfers sah er, wie die Tat geschehen war: Ein Mensch, den der gutgläubige Pedell verehrte, den er vielleicht sogar liebte, hob unvermittelt die Hand gegen ihn, den körperlich weit Unterlegenen, und schlug ihm, während er ihm in die Augen blickte, einen scharfen Gegenstand in den Schädel. Lamartine ging schnell hinaus.

Lecoq stand mitten in der Loge und rührte sich nicht.

Lamartine schoß es durch den Kopf: Wenn er die Leiche entdeckt, bin ich verloren. Er schloß die Tür hinter sich und trat auf den Landsmann zu. Er überlegte noch, was er sagen sollte, da stürzte Lecoq schon an ihm vorbei.

Lecoq war mit wenigen Schritten bei Bjerregaard, ging ebenfalls in die Knie und untersuchte nicht weniger geübt als Lamartine den Zustand der Leiche. Allerdings ließ der Geheimdienstchef sich dabei noch weniger Zeit als der Kriminalist vom Quai des Orfèvres. Lecoq trat schnell wieder in die Loge zurück – er schien zu befürchten, Lamartine könnte entwischen.

»Wer ist der Tote?« fragte Lecoq.

Lamartine antwortete sofort – ebenso schuldbewußt und um seine Entlastung bemüht wie einer der Tatverdächtigen, die er tagtäglich auf dem Kommissariat sitzen hatte: »Er heißt Bjerregaard und ist der Pedell der Universität!«

»Warum haben Sie ihn erschlagen?«

»Ich habe ihn nicht erschlagen!« Es klang nicht einmal empört.

Lecoq musterte ihn ruhig. Dann sagte er: »Sie sind ein erfahrener Beamter des Morddezernats, Lamartine. Was würden Sie denken, wenn Sie mich an Ihrer Stelle hier vorgefunden hätten?«

»Daß Sie Bjerregaard erschlagen haben.«

»Also?«

»Also was?«

»Das wissen Sie doch! Entweder Sie besteigen mit mir den nächsten Zug in Richtung Heimat, oder ich liefere Sie auf der Stelle der deutschen Polizei aus. Wie ich die Lage in Berlin einschätze, haben Sie in dem Verfahren, das Sie in Paris wegen Kollaboration erwartet, bessere Karten als vor einem hiesigen Gericht, das Sie wegen Mordes an einem Deutschen anklagt.«

»Er war Schwede!«

»Das ist denen hier doch egal – wenn sie die Möglichkeit haben, der Bevölkerung einen Franzosen als Mörder vorzuführen.«

»Was hindert mich daran, Sie des Mordes zu verdächtigen, Lecoq? Sie sind auch Franzose, Sie befinden sich am Tatort und Sie wären den Deutschen als Mörder ebenso willkommen wie ich.«

»Die beiden Professoren.«

»Was sollten sie bezeugen?«

»Ich habe mich bei ihnen erkundigt… ich habe gefragt, ob sie Ihnen begegnet sind.«

»Und?«

»Sie sind. Sie haben Sie sogar in die Pförtnerloge schlüpfen sehen.«

»Ich habe Bjerregaard nicht erschlagen. Ich habe ihn gestern über Stieber befragt. Stieber hat ihn erschlagen oder erschlagen lassen…«

»Mir ist meine Version lieber, Lamartine!«

Der Inspektor mußte sich für einen Augenblick setzen. Er dachte angestrengt nach. Dann wandte er sich wieder an Lecoq. »Erlauben Sie mir, meine Sachen aus der Wohnung der alten Wilke zu holen?«

»Vergessen Sie den Kram! Für den Prozeß in Paris wird man Sie sowieso von Kopf bis Fuß neu einkleiden!«

»Ich möchte mich von Mia verabschieden!«

»Was wollen Sie noch von der kleinen Nutte? Lamartine, das ist selbst weit unter Ihrem Niveau – ohne Ihre schwangere Gattin beleidigen zu wollen.«

Lecoqs Worte taten weh – nicht so sehr wegen Jeanne oder seinetwegen, sondern wegen Mia. So durfte

Lecoq nicht über sie sprechen, fand Lamartine. Er stand auf und sagte: »Gehen wir!«

Sie verließen die Universität, ohne ein Wort miteinander zu wechseln, und gingen mit schnellen Schritten zum Anhalter Bahnhof zurück. Lamartine kam völlig außer Atem – so weit holte der in Anbetracht der nahen Abreise ungeduldige Lecoq aus.

Als sie das Bahnhofsgebäude betraten, entdeckte Lamartine Udo, der sich gerade mit einem älteren, dicklichen Herren unterhielt. Der Herr schien von dem Strichjungen etwas zu wollen, der aber schüttelte den Kopf.

Lecoq faßte Lamartines Ärmel und zog ihn zu einer der zahlreichen Schlangen an die Schalterfront. Die beiden Männer vermieden es, sich in die Augen zu sehen. Nachdem ein mit einem prallen Rucksack beladener Bauer umständlich seine Münzen zusammengekratzt und eine Fahrkarte ins Umland erstanden hatte, rückte ihre Schlange schneller vor.

Lamartine sah sich um. Udo stritt sich jetzt mit dem Freier, das Geschäft schien nicht zustande kommen zu wollen. Udo drehte sich mehrmals gelangweilt weg. Sein Blick fiel auf Lamartine. Der Franzose riß den freien Arm hoch und winkte Udo zu. Er wußte nicht warum – es war ein Strohhalm, an den er sich klammerte.

Udo verharrte, beide Hände in den Taschen der engen Hose, einen Moment in seiner Position. Dann sagte er etwas zu dem Freier, der unentwegt auf ihn einsprach, und kam mit weit ausholenden Schritten auf die beiden Franzosen zu. Etwas schien Lamartine an Udo anders als sonst.

Lecoq, der seinen Blick auf den Schalter gerichtet hielt, bemerkte Udo erst, als dieser Lamartine ansprach. »Sie wollen verreisen?«

»Ich muß!« antwortete Lamartine.

Udos Blick fiel auf die Hand Lecoqs, der Lamartines Ärmel festhielt.

»Sind Sie verhaftet?« fragte er.

»Verschwinde!« herrschte Lecoq ihn auf deutsch an.

Udo stutzte, dann fragte er freundlich: »Was habe ich Ihnen getan, mein Herr?«

Lecoq wollte etwas entgegnen, aber es schienen ihm die Worte zu fehlen, schließlich tat er so, als sehe er sich nach einem Schutzmann um. Udo machte die Andeutung einer Verbeugung und wollte sich schon zurückziehen, als Lamartine laut erklärte: »Keine Angst, er holt keinen Gendarmen!«

Udo blieb stehen, er schien wieder etwas zu wachsen. Er kniff seine Augen zusammen und fixierte Lecoq, über seiner Nasenwurzel erschien eine Furche. Udo dachte nach. »Sind Sie etwa auf der Flucht?« fragte er Lecoq. »Vielleicht könnte ich Ihnen behilflich sein.«

»Hau endlich ab!« zischte Lecoq und hob die freie Hand zum Schlag. Udo wich zurück. Er drehte sich um und ging mit vorgeschobenen Schultern davon.

Jetzt wußte Lamartine, was seltsam war am Verhalten Udos. Der Strichjunge trat selbstbewußter auf als sonst; fast wirkte er, als hätte er es diesmal nicht nötig, sich in der Halle aufzuhalten. Auch die Dreistigkeit, mit der er Lecoq angesprochen hatte, paßte in dieses Bild, ebenso die Tatsache, daß er den offenbar zahlungskräftigen Freier hatte abblitzen lassen.

Lecoq kam an die Reihe. Er verlangte zwei Fahrkarten nach Paris und bezahlte mit großen, neuen Scheinen, die er aus dem Innenfutter seiner Jacke zog. Es dauerte, bis der Bahnangestellte die Fahrkarten ausgestellt hatte. Lamartine sah sich nach Udo um, aber der war verschwunden.

Lecoq steckte beide Fahrkarten in die rechte Außentasche seiner Jacke und trat mit Lamartine zur Seite. »Unser Zug geht in einer halben Stunde. Wollen Sie vorher noch etwas essen?«

»Ich müßte zur Toilette«, erklärte Lamartine. Er log nicht, die Aufregung war ihm auf die Blase geschlagen. Lecoq verzog sein Gesicht, der Gedanke, mit Lamartine das Untergeschoß des Bahnhofes aufsuchen zu müssen, schien ihm nicht zu behagen.

»Oder wollen Sie, daß ich mich hier bepisse?« drängte der Inspektor.

Lecoq zog an Lamartines Arm. Die beiden gingen bis zu der Treppe, die ins Untergeschoß führte. Dort blieb Lecoq plötzlich stehen, er schien sich unschlüssig zu sein.

»Sie können ja hier warten!« schlug Lamartine vor. Da stieg Lecoq – Lamartine hinter sich herziehend – nach unten.

In den Toilettenräumen war es dunkel und kalt. Am Eingang stand ein kleiner Tisch mit einem weißen Unterteller. Lecoq griff in seine Hosentasche und warf eine Münze auf den Teller. Das Klirren setzte sich in den gekachelten Toilettenräumen fort. Außer den beiden Franzosen hielt sich niemand in den Toiletten auf. Lamartine betrat den Raum für die Herren. Erst wollte er zu einem der Pissoirs gehen. Dann aber ging er zur Front der hölzernen Kabinen hinüber. Lecoq hielt ihn zurück, er schüttelte den Kopf und wies mit einem Nicken auf die Pissoirs.

»Das kann ich nicht – nicht, wenn Sie zusehen! Es würde Stunden dauern«, sagte Lamartine.

Lecoq verlor die Geduld. Er versetzte Lamartines Schulter einen harten Stoß. Lamartine torkelte. Er öffnete eine Tür, trat ein und wollte hinter sich schließen. Lecoq stellte seinen Fuß in die Tür. »Nicht abschließen!«

»Glauben Sie, ich entwische durch die Kanalisation? Ihr Herren von der Geheimpolizei seid ungeübt im Umgang mit normalen Kriminellen wie ich einer bin…«

»Die Scherze werden Ihnen schon vergehen, Lamartine! Ich sage: Nicht abschließen, und dabei bleibt es.«

Lamartine lehnte die Tür an. Lecoqs Fuß blieb da, wo er war. Der Inspektor hob den hölzernen Deckel von der kastenähnlichen Toilette. Ein dunkler Schlund öffnete sich, aus dem sofort Mücken aufstiegen. Der Gestank war schwer zu ertragen. Lamartine hielt die Luft an. Draußen waren Schritte zu hören. Lecoqs Fuß verschwand. Lamartine drückte die Tür zu und riegelte ab. Dann öffnete er seine Hose, setzte sich nieder und erleichterte sich.

Draußen sagte jemand etwas, was in der Kabine nicht zu verstehen war. Kurz darauf war Lecoqs Stimme zu hören. Lamartine erhob sich, schloß seine Hose und legte den Deckel auf seinen Platz zurück. Er wartete eine Weile – draußen war es still geworden.

Der Inspektor öffnete die Tür und trat in den Vorraum. Udo stand Lecoq gegenüber. Lecoq war bleich geworden. Udo sah Lamartine erwartungsvoll an.

»Es ist im Innenfutter der Jacke versteckt. Zwei Billets nach Paris trägt er lose in der Außentasche«, sagte Lamartine.

Udo wandte sich an Lecoq: »Rücken Sie's selbst raus oder soll ich Sie filzen?«

Lecoq funkelte Lamartine wütend an. »Schwein! Vaterlandsverräter!« zischte er auf französisch.

Lamartine schaute weg. Lecoq machte eine Bewegung, er griff in die Außentasche. Lamartine erschien die Bewegung falsch, zu hastig – und zur falschen Tasche. Lecoqs Hand war in die linke Außentasche verschwunden – die Billets hatte er in der rechten verstaut.

»Vorsicht!« schrie Lamartine.

Udos rechte Hand fuhr hoch. Ein Schlag traf Lecoqs Stirn. Lamartine sah an Udos Knöchel etwas Metallenes aufblitzen. Er benutzte einen Schlagring.

Lecoq sackte etwas zusammen, seine Hand zuckte aus der linken Tasche, ein Stilett mit einem Perlmuttgriff fiel auf den Kachelboden. Das metallene Klirren schien man bis hinauf zu den Gleisen hören zu können. Udo schlug noch einmal auf den rückwärts gegen die Wand der Toilettenkabinen torkelnden Lecoq ein. Er wußte offensichtlich, was er tat: Der Schlag mit dem Metallring traf Lecoq an der gleichen Stelle, an der er schon verletzt war.

Lecoq rutschte langsam an der Kabinenwand entlang zu Boden. Er gab ein Geräusch von sich, das Lamartine kannte: Wenn beim Sezieren die Lunge eines Toten zusammenfiel, weil die Luft aus ihr entwich, klang es genauso.

Der Strichjunge wandte sich Lamartine zu. Die Faust mit dem Schlagring hielt er auf Brusthöhe. Sie zitterte.

»Ich habe dir verraten, wo sein Geld versteckt ist«, sagte Lamartine schnell. Er versuchte gelassen zu klingen, denn er wußte, daß Udo auch ihm den Metallring über den Schädel schlagen würde, wenn er sich gefährdet fühlte.

Udo ließ langsam seine Faust sinken. Er beugte sich über Lecoq und riß ihm das Innenfutter aus der Jacke heraus. Ein Bündel Banknoten verteilte sich auf Lecoqs Bauch. Udo sammelte das Geld gierig ein, dann griff er in beide Außentaschen, fand aber nur die Bahnbillets.

Er betrachtete sie ratlos, dann hielt er sie Lamartine hin. Dieser griff sofort danach.

Auf der Treppe waren Stimmen zu hören. Udo zischte: »Los, anpacken! Sonst sind wir beide geliefert!« Er bückte sich, nahm das Stilett an sich und ließ es in seine Tasche gleiten, dann packte er den leblosen Lecoq unter den Achseln und zog ihn mit einem Ruck hoch.

Lamartine rührte sich nicht. Er dachte nach. Soeben hatte er sich an der Aufteilung der Beute eines brutalen Raubüberfalles beteiligt. Und nun sollte er dabei helfen, das halbtote Opfer des Überfalles beiseite zu schaffen. Obwohl er seit Jahren tagtäglich mit den schlimmsten Verbrechen, die sich ein Mensch vorstellen kann, zu tun hatte, hatte Lamartine noch nie ein Verbrechen begangen. Wenn er in seinem Büro am Quai des Orfèvres den Totschlägern und Meuchelmördern gegenüber saß, dann bewahrte er im Gegensatz zu vielen seiner Kollegen immer die Haltung, ja, es gelang ihm sogar, den verkommensten Subjekten gegenüber – Vater- und Muttermördern, Kindsmördern, Sexualverbrechern – eine Spur Respekt zu zeigen. Das war ihm nur deshalb möglich, weil es eine klare Grenze zwischen ihm und den Tätern gab: Sie waren ihm völlig fremd, sie schienen von einer ganz anderen Art zu sein. Lamartine hatte es nicht nötig, in dem Mörder sich selbst zu hassen, was, wie er wußte, viele jener Kollegen taten, die sich die Hände schmutzig gemacht hatten – sei es durch Korruption, durch Vorteilnahme gegenüber Hehlern und Prostituierten oder durch ungesetzlich groben Umgang mit Verdächtigen, die noch nicht überführt waren.

Jetzt hatte Lamartine die Grenze zwischen seiner Welt und der der Verbrecher mit einem Fuß überschritten. Udo verlangte von ihm, auch den anderen Fuß hinüberzusetzen und damit ganz und gar das Lager zu wechseln. Lamartine wußte, daß man das nur einmal tat – daß es nach diesem Schritt kein Zurück mehr gab.

Die Stimmen auf der Treppe wurden unangenehm laut. »Nun mach schon die Tür auf!« fuhr Udo ihn an. Die Stimmen kamen näher. Lamartine öffnete die Tür der Toilettenkabine und faßte Lecoq an den Unterschenkeln. Sie schleiften den Bewußtlosen hinein. Im gleichen Augenblick betraten zwei Männer die Toilette. Udo zog Lamartine in die Kabine. Lecoq fiel auf den Toilettensitz, sein Hinterkopf schlug hart gegen die Wand. Udo drückte Lamartine auf Lecoq, damit er die Tür schließen konnte. Er schloß ab und legte den Zeigefinger der Rechten auf die Lippen.

Die Männer waren beim Eintreten in den Toilettenraum verstummt. Lamartine horchte gespannt, die Stille machte ihn noch nervöser.

Es dauerte, bis er wieder etwas hörte: ein schweres, anhaltendes Plätschern. Einer der beiden ächzte vor Behagen. Die beiden Männer kicherten, als sie ihre Hosen schlossen.

Lamartine wartete darauf, daß sie in den Vorraum gingen und sich die Hände wuschen. Einer war schon fast draußen, als der andere, der wohl vor dem Pissoir stehengeblieben war, ihn ansprach: »Sind da nicht eben zwei in einer Kabine verschwunden?«

Der Angesprochene zögerte, dann kam er zurück.

Udo und Lamartine sahen sich an. Udos Faust mit dem Schlagring hob sich, seine freie Hand verschwand in der Rocktasche und hielt, als er sie wieder herauszog, Lecoqs Stilett. Udo drückte Lamartine die Waffe in die Hand. Der Polizist hielt das Messer zwischen drei Fingern – so als wäre es schmutzig. Wenn er keine

Angst vor dem Geräusch des auf den Kachelboden aufschlagenden Messers gehabt hätte, hätte er es auf der Stelle fallen lassen.

Die Stimme des Mannes war jetzt dicht vor der Kabinentür zu hören. »Hier war es, hinter dieser Tür sind die beiden verschwunden!« Es wurde dreimal hintereinander hart gegen die Tür geklopft.

»Laß sie doch!« Das war die Stimme dessen, der hinzugetreten war.

Der andere polterte ein zweites Mal gegen die Tür. »Die Polizei müßte man holen!« schrie er.

Das Messer entglitt Lamartines Finger. Er wunderte sich, daß es beim Aufprall auf dem Boden kein Geräusch verursachte. Er sah auf seine Füße. Da lag kein Messer. Dann blieb sein Blick an Lecoq hängen: Lecoqs weit aufgerissene Augen starrten ihn an. Er erinnerte Lamartine an den versteinerten Blick des Gaston Franc, des Toten auf der Marmorbank im Bois de Boulogne. Nur: Lecoq war nicht tot, er bewegte sich, sein Arm hob sich so langsam, als stemme er ein schweres Gewicht. In der Faust hielt er das Stilett, die Klinge zeigte auf Udos Bauch.

Lamartine war gelähmt. Er wollte schreien, brachte aber nur ein Grunzen hervor. Udos Faust schoß hoch – und blieb in der Luft hängen. Lamartine wußte, daß Lecoqs Stilett in Udos Körper eingedrungen war. Udo schluckte zweimal, dann schlug seine Faust mit dem Schlagring auf Lecoqs Schädel. Wieder traf er die verletzte Stelle.

»Was treiben die Hinterlader da drinnen?!« schrie draußen einer. Der andere sagte: »Laß uns gehen und auf dem nächsten Revier Meldung machen!«

Udos Faust hob sich wieder – diesmal schaffte sie es

gerade auf Augenhöhe. Dann traf der nächste Schlag Lecoqs Kopf.

Draußen spuckte einer der beiden gegen die Tür. »Deutsche Männer, die sowas tun, sollten kastriert werden!« Er ging wütend davon. Der andere folgte ihm.

Udos Hand krallte sich in seinen Bauch, zwischen den Fingern quoll Blut hervor. Lamartine schloß die Tür auf und trat aus der Kabine. »Ich hole einen Arzt!« erklärte er.

Udo schaute ihn verständnislos an.

»Du bist schwer verletzt! Ohne Arzt wirst du sterben.«

»Was glaubst du, wie oft sie mich schon gestochen haben! Und? Bin ich etwa tot? Los, schließ die Tür!«

Lamartine wußte, daß es keinen Sinn hatte zu widersprechen. Er zog die Tür der Kabine zu. Udo schloß von innen ab. Dann erschien sein Kopf über der Kabine. Sein Gesicht war schmerzverzerrt und weiß. Er streckte seine Hand aus. Lamartine packte sie und zog. Als Udo sich auf der Kabinentür abstützte, schrie er vor Schmerz laut auf. Er verlor den Halt, und Lamartine mußte den Verletzten mit seinen Schultern abstützen, um zu verhindern, daß er auf den Boden aufschlug.

Udo lehnte sich für einen Moment gegen die Kabinentür und atmete tief durch. »Sofort weg hier! Ich glaube, der da drin ist hinüber.«

Udo stürzte an Lamartine vorbei hinaus.

Lamartine rührte sich nicht. Dann klopfte er gegen die verschlossene Tür. »Lecoq!«

In der Kabine war Totenstille.

Erst nach mehrmaligem Klopfen öffnete die Witwe Wilke.

Lamartine war gehemmt – er fürchtete, die Alte könnte die Blutflecken auf seiner Jacke bemerken. Er reckte seinen Hals, um in den Flur sehen zu können: Die Witwe schien allein zu sein, Mia war nicht zu Hause. Lamartine überlegte noch, ob er eine Nachricht hinterlassen sollte. Als die Alte ihn aber mit in die Hüften gestemmten Armen musterte, wußte er, daß sie ihrer Tochter nichts ausrichten würde.

»So kommen Se doch rin!« sagte die Witwe. »Kommen Se endlich rin, die Nachbarn denken wer weiß wat!« Lamartine drückte sich an der Witwe vorbei in die Wohnung. Im Flur wartete er, bis sie die Tür abgeschlossen hatte. Sie führte ihn in die Küche.

»Nehmen Se Platz, ick hab Kaffee offjebrüht. Jestern hat 'ne Cousine gebrannte Eicheln vorbeigebracht.«

Lamartine schnupperte, es roch wirklich nach Kaffee. Allerdings mischte sich unter den vertrauten Geruch etwas, was an feuchtes Holz erinnerte. Die Witwe holte eine Tasse aus dem Schrank und stellte sie vor Lamartine auf den Tisch.

Lamartine war überrascht, er schwor sich, vorsichtig zu sein. Sicher hatte die Witwe längst mit Stieber Kontakt aufgenommen und ihn über den Gang der Ereignisse informiert. Stieber wird sie instruiert haben, mich in Sicherheit zu wiegen, dachte er. Die Witwe öffnete die Brotdose und entnahm ihr einen zusammengefalteten Brief. »Die Post hat dette heute morjen jebracht! Ein Telegramm.«

Er griff so hastig danach, als könnte die Witwe das Kuvert wieder in die Brotdose zurücklegen.

»Lesen Se in Ruhe!« sagte die Alte und nahm mit Hilfe ihres Schürzenzipfels die Kanne von der Kochmaschine. Während sie Kaffee einschenkte, riß Lamartine den Umschlag auf. Das Telegramm kam aus Frankreich, es war sehr lang und mußte ein kleines Vermögen gekostet haben.

»Uns geht es nicht schlecht hier auf dem Lande, auch wenn meine Eltern es zunehmend als Belastung empfinden, vom Wohlwollen der Verwandtschaft abhängig zu sein. Du kennst den Stolz meiner armen Mutter.« Den kannte Lamartine, und er spürte, wie sich sein Magen verkrampfte: Die ersten Worte galten der Verfassung der Schwiegermutter – nicht der Frage nach seinem Wohlergehen in der Fremde, nicht seiner Aufklärung über den Zustand des Ungeborenen. Jeanne war so weit weg wie noch nie. »Angesichts der Sorglosigkeit, mit der Du uns alle ins Elend gestürzt hast, sehe ich es als am besten an, wenn ich mich von Dir freimache. Da Du nicht zurückkehren kannst, bitte ich Dich um eine schriftliche Einverständniserklärung in die Scheidung. Erspare uns weitere Querelen, denke einmal an das Wohl des Kindes und schicke mir eine formlose Erklärung! Mein Vater wird über einen Freund im Justizministerium alles weitere in die Wege leiten. Jeanne.« Er steckte das Telegramm in den Umschlag zurück und schob den Umschlag in die Innentasche seiner Jacke.

»Der Kaffee wird kalt«, sagte die Alte.

Lamartine trank einen Schluck, die Brühe schmeckte brenzlig und bitter. Die Witwe stellte ihm ein Glas mit Zucker hin, Lamartine nahm sich einen Löffel davon und rührte lange.

»Hoffentlich nischt Schlimmes«, säuselte die Witwe.

Er schaute sie nachdenklich an. »Lecoq ist tot«, sagte er schließlich leise. Er wollte die Alte schockieren, schließlich war der Geheimdienstchef ihr Verbündeter im Kampf gegen die Tochter und den Logisgast gewesen. Die Wilke aber zuckte nur mit den Achseln. »Ick mochte ihn nich besonders!« erklärte sie.

Irgend etwas hatte sich getan. Wieso bemühte sich die Alte plötzlich um ihn? Wo waren die Gendarmen, die sie gegen ihn zur Hilfe rufen wollte? Was unternahm Stieber? Was hatte die Alte so verändert?

»Mia muß gleich kommen. Sie ist nur 'n paar Kleinigkeiten einkaufen jegangen, ick gloobe, die Kleene will heute abend wat kochen – für Sie!«

»Ich habe kein Geld mehr – und ich zahle auch nicht!« erklärte Lamartine trotzig.

Die Alte mühte sich ein Lächeln ab. »Sie müssen doch nischt zahlen – Sie doch nich, meine Tochter mag Sie. Sie mag Sie sojar sehr!«

Lamartine sehnte sich nach Mia. Er sehnte sich so sehr nach ihr, daß er sogar die Alte ertrug. Er trank einen weiteren Schluck von ihrer Brühe.

»Jut, wa?«

Er nickte schwach. Dann fragte die Alte leise: »Werden Se wieda nach Frankreich zurückjeh'n oda werden Se hierbleiben?«

»Ich weiß es noch nicht.«

»Können wir 'ne Abmachung treffen?«

»Welche Abmachung?«

»Ick brauch Mia. Ohne sie krieg ick den Jungen nich durch. Wenn se mit Ihnen nach Frankreich jeht, bin ick valor'n. Ick bin 'ne alte Frau – und in diesen Zeiten nimmt man off Alte und Jebrechliche keene Rücksicht nich.«

»Ich finde Sie abstoßend, Frau Wilke!«

»Warum? Weil ick von meener Kleenen lebe?«

»Weil Sie sie auf den Strich schicken.«

»Dat is nich die schlechteste Arbeet. Ick hab's als junged Ding ooch jemacht – und ick hab Mia damit durchjebracht. Sie hat nie einen Vater jehabt, der olle Wilke hat mich als ledije Mutter jeheiratet – und er is am Suff jestorben, bevor er überhaupt was für mich und det Kind tun konnte.«

»Ich möchte nicht, daß Mia weiter anschafft.«

»Werden Se det Jeld vadienen, det w'r brauchen? Mia, der Kleene… und icke.«

Lamartine antwortete nicht.

»Sehen Se, Sie jehen wieda in Ihre Heimat zurück. Sie woll'n doch zu Ihrer Familie, wa. Und ick bitte Sie nur darum, mir Mia zu lassen. Vergnijen Se sich noch 'n paar Tage mit ihr! Tun Se auch wat, damit det Mädel sich wohlfühlt, sie is schon so jung jealtert. Aber dann ziehen Se eenen Schlußstrich!«

»Warum sollte ich das tun?«

»Sie würden wat dafür bekommen.«

»Was?«

»Dat, wat Se sich am stärksten wünschen!«

»Was wissen Sie davon?«

»Ick weeß allet. Ick weeß, daß Se in Balin sind, um Ihre Unschuld zu beweisen.«

»Das hat sich Stieber ja fein ausgedacht!«

Jetzt schwieg die Alte. Lamartine spürte deutlich: Das Blatt hatte sich gewendet, seine Karten waren besser als vorher. Stieber machte ihm über die Witwe ein Friedensangebot. Bisher hatte er nur gedroht, jetzt bat er um einen Ausgleich. Aber warum?

Lamartine wußte, daß er für Stiebers politisches Fortkommen im neuen Deutschland unerheblich war. Stieber hatte mächtige Freunde und Gönner, er war in Berlin nicht auf die Hilfe eines Franzosen angewiesen. Was also konnte Stieber von ihm wollen? Lamartine war ein Fremder, ein unliebsamer Ausländer, jemand, der sich im stolzen, neuen Berlin auf dünnem Eis bewegte.

»Herr Stieber möchte Se sehen!« sagte die Witwe.

»Bringen Sie mich zu ihm!«

Die Witwe zog einen Mantel über ihre Schürze. Sie verließen eilig zusammen die Wohnung.

Als Lamartine bemerkte, daß die Passanten sich nach ihnen umsahen, hielt er etwas Abstand zu der Alten.

Sie gingen in Richtung Osten, das wußte Lamartine.

Was hatten sie mit Jeanne gemacht? Hatte Lecoq ihr gedroht? Hatte er ihr etwas versprochen? Wahrscheinlich hatte die Geheimpolizei ihr sogar das teure Telegramm bezahlt. Jeanne war nie eine glühende Patriotin gewesen. Sie hatte das für gutgeheißen, was ihr Vater für gutgeheißen hatte, und Lamartine hatte es schon als einen Beweis ihrer Zuneigung angesehen, daß sie ab und an eine politische Floskel von ihm übernommen hatte – falls sie den Anschauungen ihres Vaters nicht widersprach. Wie kam eine solche Frau dazu, ihren Gatten als Vaterlandsverräter zu verstoßen? Er blieb vor Schreck stehen: Wenn sie nun Jeanne gedroht hatten, ihr aus irgendwelchen Gründen – als Polizist wußte er, daß sich immer etwas fand – das Kind nach der Geburt wegzunehmen und in ein Waisenhaus zu stecken?

Jeanne hatte richtig gehandelt! Sie mußte an das Wohl des Kindes denken, an sonst nichts. Er würde sofort eine Einverständniserklärung aufsetzen und losschicken. Jeanne mußte das Kind um jeden Preis behalten. Mit dem Gedanken, daß sein Kind in einem Heim aufwuchs, würde er nicht leben können. Und Jeanne sicher auch nicht.

»Haben Se noch Kleinjeld?« fragte die Alte. »Wir könnten mit dem Pferdeomnibus fahren, der Weg ist weit, und ick bin ihn heute ooch schon mal jeloofen. Meene Beene schmerzen.«

Lamartine durchsuchte seine Taschen und fand wirklich noch ein paar Münzen, die er übersehen hatte. Sie stieg mit ihm in den doppelstöckigen Omnibus, der am Straßenrand hielt. Knapp über den Wagenrädern, die auf Vollgummireifen liefen, stand auf einer Blende: »Allgemeine Berliner Omnibus Actiengesellschaft.« Auf einem Klappschild über dem Geländer der Plattform war das Fahrziel angegeben: Alexanderplatz. Die Beine des Schaffners steckten in einem Ledersack, er trug einen Zylinder und einen Zweireihermantel mit einem weiß umrandeten Kragen.

Die Witwe bezahlte dem Schaffner nur einen Teil des Geldes, das Lamartine ihr gegeben hatte, der Rest verschwand in ihrer Tasche. Der Wagen ruckte. Lamartine griff nach einer der Lederschlaufen, die an zwei Holzstangen hingen. Die alte Wilke wollte nach oben, auf die Plattform. Ein zweiter Schaffner stellte sich ihr in den Weg. »Oben dürfen weibliche Fahrgäste sich nich offhalten. Wejen der Rempelei beim Fahren!«

Die Witwe stieß einen Jungen an – einen Schüler offensichtlich, dessen Eltern sich die Fahrt mit dem Omnibus leisten konnten. Der Junge machte seinen Sitzplatz frei. Kaum hatte sie Platz genommen, begann sie dennoch leise vor sich hin zu schimpfen. Der Junge lief rot an, und die Fahrgäste schüttelten die Köpfe.

Lamartine achtete auf die Straßenschilder. Irgendwann bog der Bus in eine Magistrale ein, die nach Lamartines Meinung nur wenige Häuserblocks weiter südlich zur Prachtstraße »Unter den Linden« verlief. Der Omnibus fuhr immer noch in östlicher Richtung. Nach etwa einer Viertelstunde Fahrt stand die Alte plötzlich auf. Sie bückte sich, um durch die Fenster auf die Straße sehen zu können. Lamartine hörte sie schnaufen. »Anhalten!« kreischte die Witwe.

Der Schaffner wankte – sich von Schlaufe zu

Schlaufe hangelnd – zu der Witwe hin. Der Mann schien Geschrei gewöhnt zu sein, er blieb gelassen vor der Alten stehen und musterte sie. »Wat ham Se denn, Muttchen? Is Ihnen irjendwat nich bekommen oda wat?«

Die Wilke schaute ihn an. Ihre Unterlippe zitterte. »Anhalten, ha' ick jesacht, Herr Kontrollör. Wir müssen hier raus, meen Begleiter und icke.«

»Jetzt stellen Se sich mal vor, jeder Fahrjast blökt hier rum, wenn ihm danach is. Det wär' doch 'ne jemeine Blökerei in so einem vollbesetzten Waachen, nich?«

»Ick muß trotzdem aussteijen. Wir müssen zur Stadtvogtei.«

Das Gemurmel der anderen Fahrgäste verstummte schlagartig.

»Ach, so is det! Dachte ick mir doch jleich, dat Se so eene sind.« Der Schaffner rief mit tiefer Stimme nach vorne: »Justav, zieh de Bremse, hier is eene, die will in de Burg!«

Der Kutscher auf dem Bock drehte sich nach der Witwe um. Dann zog er die Zügel an und betätigte gleichzeitig eine lange Handbremse, die rechts neben ihm aus dem Chassis ragte. Die Pferde schnaubten, der Wagen ruckte – und kam leicht schlingernd zum Stehen.

»Jehören Sie zu der Ollen?« fragte der Schaffner Lamartine.

»Ich bin Franzose«, antwortete der schnell.

Der Schaffner sprach jetzt etwas lauter. »Ein Franzmann! Machen Se in der Stadtvogtei bloß 'n Besuch oder wollen Se länger bleiben?«

Es wurde gelacht. Die Witwe drängelte sich zur Mitteltür durch. Lamartine folgte ihr. Jemand stellte ihm ein Bein, er mußte sich an einer Schlaufe festhalten, um nicht hinzuschlagen. Als er auf der Straße stand, sah er das vor Vergnügen rötlich gefärbte Gesicht des Schaffners zwischen den anderen Fahrgästen. »Is ja jut, daß unser Erbfeind nun die Anreise selbst macht. So muß unser Kaiser ja nich erst die Jendarmerie nach ihm schicken.« Jetzt lachten alle. Die Rosse ächzten, ihre Hufe schienen einen Moment lang keinen Halt mehr auf dem Pflaster zu finden, dann fuhr der Wagen mit einem Quietschen der Blattfederung an.

»Det hat man nu davon, wenn man sich mit Ihresjleichen sehen läßt«, schimpfte die Witwe. »Eijentlich müßte ick dafür extra wat valangen.«

»Stieber wird Sie schon nicht schlecht bezahlt haben.«

»Der Herr zahlt momentan nichts!« entgegnete sie und überquerte die Straße knapp vor einem Brauereifuhrwerk, das von zwei Gäulen mit Augenklappen gezogen wurde. Der Fuhrmann, der eine Lederschürze trug, knallte mit der Peitsche, und die Witwe hob die Faust. Lamartine ließ dem Bierkutscher die Vorfahrt und folgte dann der Witwe in Richtung Norden.

Nach nicht einmal hundert Metern öffnete sich ein weiter Platz mit einem kleinen, grauen Wochenmarkt. Die Händler bauten die leergekauften Holzstände ab, verwelkter Gemüseabfall lag auf dem Boden. Lamartine blieb stehen. Er war benommen von dem Anblick. In der Mitte stand ein Gebäude, das ihn an die Pariser Oper erinnerte, rechts und links davon wurde der Platz durch zwei riesige Turmbauten, zwei Dome, begrenzt, die Lamartine auf den ersten Blick identisch erschienen. Der Polizist schloß die Augen und dachte sich diesen Platz in seine Heimatstadt. Er vergaß für einen Augenblick die Witwe, Jeannes Brief und Stieber. Es war wie ein Blick in ein anderes Leben.

»Wo bleiben Se denn!« kreischte die Alte.

Lamartine marschierte wie ein guter Soldat mechanisch weiter. Sie bogen in eine Seitenstraße ein. Ihm fiel auf, daß auf der rechten Seite der Straße keine einzelnen Häuser mehr standen, sondern sich ein burgähnliches Gebäude entlangzog, das im ersten Stock fensterlos war und keine Türen hatte. Am Ende der Gasse befand sich ein Stahltor, das von zwei Posten bewacht wurde.

Die Witwe blieb stehen. »Ick geh da nich mit rin. Aber ick helf Ihnen, zu Stieber zu jelangen... wat nicht eenfach is, wie Se sich denken können.«

Sie ging auf einen der beiden Posten zu. Der Mann schien sie nicht beachten zu wollen. Die Witwe zog ein gefaltetes Stück Papier aus der Manteltasche und hielt es ihm hin. Erst blinzelte er nur ungnädig auf die Alte herab, dann riß er ihr das Papier aus der Hand, entfaltete es und warf einen Blick darauf. Seine Augenbrauen hoben sich augenblicklich. Er hielt das Papier dem zweiten Posten hin. Auch der überflog das Dokument und schüttelte dabei ärgerlich den Kopf. Der erste Posten gab der Alten das Papier zurück. Sie steckte es weg und trat an Lamartine heran.

»Et jibt Probleme«, erklärte sie leise.

»Aber...« begann Lamartine. Sie packte ihn am Arm und nötigte ihn weiterzugehen. Erst als sie um die Ecke waren, fuhr er fort: »... wenn Stieber mich doch sehen will! Wir können uns doch nicht einfach wegschicken lassen. Stieber wird den beiden die Leviten lesen.«

Die Alte blieb stehen und schaute ihn groß an. »Ick dachte, Sie sind 'n heller Kopf, Herr Lamartine. Stieber wird keenem die Leviten lesen. Wat glooben Se, warum der mir als Botin braucht? Wat glooben Se, warum er Sie braucht? Einen daherjeloofenen Franzosen!«

Lamartine wollte gerade etwas Entschiedenes entgegnen, da bog einer der beiden Wachposten um die Ecke. Der Mann blieb an dem Punkt stehen, an dem er sowohl seinen Kollegen am Tor als auch die beiden Besucher sehen konnte, drehte sich zur Mauer und nestelte an seiner Hose. Die Witwe schaute weg. Wasser plätscherte. Auch Lamartine schaute in eine andere Richtung.

Die beiden wollten ihren Weg schon fortsetzen, als der Posten ein Zischen hören ließ. »An der nächsten Pforte wartet jemand«, flüsterte er. Dann rief er seinem Kameraden zu: »Der Kaffee treibt, auch wenn's bloß 'ne braune Brühe ist.«

»Was geht hier vor?« fragte Lamartine.

Die Witwe führte ihn zu der Pforte, legte den Finger auf die Lippen und horchte. Ein Schlüssel drehte sich im Schloß der Pforte. Sie öffnete sich knarrend, und ein baumlanger Uniformierter erschien. Er streckte seinen Kopf heraus und schaute erst nach beiden Seiten, dann fuhr er die Witwe an: »Isser dette?«

Anstatt zu antworten, schob die Witwe Lamartine zur Pforte und machte sich davon. Lamartine blieb stocksteif stehen. »Nun mach aber mal hinne!« schnaubte der Uniformierte. Er packte Lamartine am Oberarm und zog ihn in die Stadtvogtei.

Sie befanden sich in einer Art Gewölbe. Der Uniformierte schlug die Tür zu und schloß ab. Es war dunkel. Die Lederstiefel des Mannes knarrten, als er an Lamartine vorbei zu einer Tür ging, die unverschlossen war. Tageslicht fiel herein. Die Tür führte in den Innenhof des Gebäudes. Lamartine wollte dem Mann folgen, der aber schlug ihm die Tür vor der Nase zu. Wieder drehte sich ein Schlüssel im Schloß.

Das war's, dachte er. So hat Lecoq doch noch

erreicht, was er wollte. Stieber hat sich nicht einmal die Mühe machen müssen, einen Haftgrund zu fingieren, er hat einfach eine alte Vettel mit dem Auftrag losgeschickt, seinen Verfolger zu holen. Und er, Lamartine, war der Alten auch noch hinterhergetrottet. Ich habe es nicht anders verdient, sagte er leise, Stieber hat mich zum zweiten Mal hereingelegt.

Lamartine lehnte sich gegen die kalte Steinwand des Gewölbes. Er atmete schwer. Er spürte seinen Puls hinter der Stirn. Lamartine war am Ende. Er hatte keine Kraft mehr. Er war bereit, zurückzukehren und sich vor aller Welt einen Prozeß wegen Hochverrats machen zu lassen. Er wollte nur noch seine Ruhe haben – wenn es sein mußte in der Strafkolonie von Kourou. Stieber hatte ihn besiegt.

Wieder drehte sich der Schlüssel im Schloß. Licht fiel herein, und Lamartine sah, daß es sich bei dem Gewölbe um einen Schuppen für Gartengeräte handelte: am Bruchstein-Mauerwerk lehnten Rechen, Besen, Harken, in der Ecke standen eine Schubkarre und eine Walze für Kieswege. Es war wieder der Uniformierte, der ihn von der Straße hereingeholt hatte. »Wie jeht's Ihnen?« fragte der Mann.

»Es geht.«

»Tschuldijung, dat ick Se hab warten lassen. Aba es is nich einfach, Sie hier reinzubringen. Fast alle meene Kollegen sind jejen uns. Wir müssen uns vorsehen. Schwark und Simons haben die Leute instruiert: Keener darf rein, nischt darf nach draußen dringen. Icke und meine Freunde, wir sind nur zu dritt... Keene Seele darf wissen, daß es uns hier drinne jibt. Aba glooben Se mir: Allet wird jut. Noch jibt's in Preußen Jesetze... auch für die Justitia... noch kann keener so ohne weiteres im Jefängnis vaschwinden!«

Lamartine verstand kein Wort.

»Folgen Se mir nich off'n Fuß!« fuhr der Uniformierte fort. »Die anderen würden sich sofort denken, dat ick Se hier rinjebracht hab. Am besten is, Sie warten ein wenig. Dann marschieren Se alleene los. Schließen Se die Tür hinter sich, und dann achten Se drauf, dat Se Abstand zu mir halten, ohne mich aus den Oogen zu valiern! Die Stadtvogtei is 'n unübersichtliches Jebäude, man kann in den zahlreichen Jängen schnell die Orientierung valiern – und Se können ja schlecht nach 'm Weg frach'n, wa?«

Der Uniformierte schien auf Lamartines Zustimmung zu warten. Lamartine nickte unsicher. Der Uniformierte ging los. Man hörte, wie er draußen laut grüßte. Nachdem er langsam bis zehn gezählt hatte, trat auch Lamartine auf den Hof.

Das schwache Tageslicht tat ihm in den Augen weh. Er schloß die Tür hinter sich und sah gerade noch, wie der Uniformierte durch eine Doppeltür den Mittelbau der Stadtvogtei betrat. Lamartine stapfte los. Er bemühte sich, sich umzusehen, ohne aufzufallen.

Der Hof hatte einen eigenartigen Grundriß, er war spitzwinkelig, was dem durch hohe Mauern umgrenzten Raum etwas Bösartiges verlieh: So als hätte sich der Baumeister geschworen, die Menschen, die in seinem Gebäude zu tun hatten, in Schwermut zu stürzen. Die Fenster zum Hof hatten alle Gitter. Lamartine befand sich in einem Gefängnis.

Der Größe und der Bewachung nach zu urteilen, handelte es sich bei der Stadtvogtei um das Berliner Zentralgefängnis. Die Wachen an den Toren waren jedoch nur leicht bewaffnet – also war es ein ziviles, vielleicht sogar ein Untersuchungsgefängnis, aber kein Militärgefängnis, was Lamartine etwas beruhigte.

Aus den Augenwinkeln beobachtete er die Uniformierten. Sie trugen das Blau der Berliner Polizei, an ihren Jacken glänzten silberne Knöpfe, und an kurzen Gürtelschlaufen hingen die unpraktisch wirkenden Säbel. Lamartine fiel das deutsche Wort »Blaukoller« ein, das er einmal gehört hatte. Jetzt verstand er dessen Bedeutung.

In der Tür des Mittelgebäudes begegnete ihm ein Mann in Zivil, der ihn grüßte. Lamartine grüßte stumm zurück und betrat das Gebäude. Der Uniformierte wartete auf der Treppe. Sobald Lamartine durch die Tür war, ging der Mann schnell weiter. Lamartine beeilte sich, Schritt zu halten.

Er kannte die Geräusche eines Gefängnisses. Sehr oft hatte er im Pariser Zentralgefängnis Häftlinge vernehmen müssen. Das Schlüsselgeklapper, das Klirren des Stahls, das ferne Gelächter der Eingeschlossenen, der nach kurzen Phasen der Stille auftretende Schrei – Lamartine hätte ein Gefängnis mit verbundenen Augen erkannt. Auch der Geruch war ihm vertraut: Kohlsuppe und Seifenbrühe.

Der Uniformierte blieb an einer Schleuse stehen. Eine Eisentür trennte zwei Abteilungen voneinander. Er sprach mit dem Wachposten. Dann winkte er Lamartine heran.

»Det is Schmidt – eener von uns!« erklärte der Mann.

Schmidt nickte ernst und schloß auf. Er ließ den Hünen hinein und bedeutete Lamartine, einen Augenblick zu warten. Die beiden Männer schauten sich nicht in die Augen. Lamartine spürte Scheu bei dem Schließer; der Mann schämte sich, von einem Fremden dabei beobachtet zu werden, wie er etwas Unrechtes tat.

Die Schritte des Uniformierten hallten auf dem Stahl einer Treppe. Schmidt ließ auch Lamartine durch die Schleuse schlüpfen. Vor dem Franzosen öffnete sich ein langer Schlauch. Drei Reihen Zellen lagen übereinander, man erreichte die oberen Stockwerke über die Stahltreppe. Lamartines Führer befand sich bereits auf der mittleren Etage. Auch Lamartine stieg die Treppe hinauf. Das Geländer war eiskalt.

Als er oben ankam, hatte der Hüne schon das andere Ende der Balustrade erreicht und schloß eine Zellentür auf. Er schaute in Lamartines Richtung, um sich dessen Aufmerksamkeit zu vergewissern, und deutete dann mit einer Kopfbewegung auf die Zellentür. Lamartine ging auf ihn zu, das Stahlgestell schien ein wenig zu schwanken, sein Schritt wurde breiter.

Der Hüne ließ seinen Schlüsselbund in der Tasche verschwinden und stieg über die nächste Treppe wieder hinab. Als er sah, daß der Franzose vor der Zelle verharrte, wedelte er mit beiden Händen. Offensichtlich hielt er die Situation für gefährlich, Lamartine sollte schnell eintreten. Oben waren Schritte zu hören. Jemand durchquerte die dritte Etage. Der Hüne verschwand. Lamartine zog die mit Stahlbändern verstärkte Zellentür auf und trat schnell ein.

Die Zelle war kleiner, als Lamartine erwartet hatte. Es handelte sich um einen höchstens drei bis vier Meter langen und etwa zwei Meter breiten Raum, an dessen Front sich ein Oberlicht befand. An der Wand stand eine Pritsche, auf der ein Mann in Sträflingskleidung saß. Es handelte sich um Wilhelm Stieber.

Stieber war so grau wie seine Uniform, seine Wangen waren eingefallen, er erschien Lamartine noch schmächtiger, als er ihn in Erinnerung hatte. Stieber sah den Besucher mit müden Augen an. Er schielte wirklich. Jetzt, wo sein Blick nicht mehr so bestimmend war, offenbarte sich ein unsicheres Zittern in den Pupillen. Unwillkürlich schaute Lamartine auf Stiebers Hände. Sie waren ineinander verkrampft und schienen einen endlosen Zweikampf auszutragen.

Stieber erhob sich langsam wie ein Mensch unter Schmerzen. »Ich kann Ihnen nicht einmal einen Platz anbieten, Kollege«, sagte er mit leiser Stimme in perfektem Französisch.

Lamartine stammelte: »Sie… Sie sind inhaftiert?«

»Glauben Sie, ich habe das alles inszeniert, um Eindruck auf Sie zu machen?«

Jetzt verstand Lamartine, jetzt wußte er, warum er sich weiterhin in Berlin bewegen konnte, ohne festgenommen zu werden, jetzt wußte er, warum die Witwe keinen Erfolg mit ihrer Denunziation gehabt hatte. Stieber saß im Gefängnis, er hatte keine Macht mehr. Lamartine hätte schreien können vor Freude. Alles war ganz anders, nicht er war der Verlierer, Stieber hatte verloren.

»Ich kann verstehen, daß Sie jetzt triumphieren!« sagte Stieber, seine Mundwinkel zuckten. Dann fiel ihm etwas ein, er ging zum Abtritt – einem Holzkasten, der dem im Anhalter Bahnhof ähnelte – und setzte sich auf den Deckel. »Nehmen Sie doch bitte auf der Pritsche Platz, Monsieur Lamartine!« sagte er mit einer einladenden Handbewegung. »Im Stehen läßt sich das nicht bereden, was wir zu bereden haben.«

Lamartine ließ sich auf der Pritsche nieder. Sie war ungewöhnlich hart. Erst als er Stieber auf gleicher Höhe gegenübersaß, bemerkte er, daß der Deutsche verletzt war, seine rechte Schläfe war geschwollen und stark gerötet – auch die Nase hatte etwas abbekommen.

»Sind Sie geschlagen worden?« fragte Lamartine.

Stieber zuckte mit den Achseln. »Es waren nicht die Justizbeamten. Die gingen in Preußen noch nie sanft mit ihren Gefangenen um, aber sie machen sich keinen Spaß daraus, einen Menschen zu quälen – dafür sind sie zu leidenschaftslos.«

»Wer war es dann?«

»Ich rede ungern darüber. Körperliche Gewalt liegt weit unter unserem Niveau, oder?«

Lamartine dachte an den vergifteten Mann im Bois de Boulogne und schwieg.

»Aber haben Sie schon einmal darüber nachgedacht...« fuhr Stieber fort, »... was diejenigen mit Ihnen tun würden, die Sie ins Gefängnis gebracht haben, wenn Sie in ihre Gewalt gerieten? Glauben Sie mir, Ihre Vorstellungskraft reicht dafür nicht aus! Ich habe, Gott sei dank, noch ein, zwei Menschen, die mich davor schützen, erschlagen und in eine Gemeinschaftslatrine gesteckt zu werden. Aber daß der kleine Hühnerdieb, den ich überführt habe, nun sein Mütchen an mir kühlt, können die beiden auch nicht verhindern. Zumal das hier das größte Gefängnis Berlins ist, und sie allein gegen eine riesige Übermacht stehen.«

»Soll das heißen, die Berliner Kriminellen haben Sie in diese Lage gebracht?«

»Bewahre! Preußen ist ein Verfassungsstaat. Die Politiker haben die Zügel fest in der Hand. Hier kann kein stadtbekannter Verbrecher Polizeikarriere machen wie Ihr Vidocq in Paris...« Lamartine wollte etwas entgegnen, aber Stieber hob seine Stimme. »Was nicht heißt, daß es nicht Politiker gibt, die Verbrecher sind! Nein, ich wurde ganz ordnungsgemäß hier inhaftiert. Die Schikanen sind jedoch nicht offizieller Natur. Wobei ich mir sicher bin, daß man sie höheren Ortes gerne in Kauf nimmt.«

»Sie wurden also von den Mithäftlingen geschlagen?«

»Es handelt sich bei den hier Inhaftierten zu einem großen Teil um Verbrecher, die entweder ich persönlich oder meine Mitarbeiter überführt haben. Schläge sind noch das Wenigste. Ersparen Sie mir Einzelheiten! Man hat mich die meiste Zeit hier in der Zelle gelassen, aber gestern abend wurde ich hinausgeführt. Ins Bad.« Er zog den Ärmel seines Anstaltshemdes hoch. Die Haut des dünnen Unterarmes war rot entzündet und verschrumpelt.

»Verbrüht!« stieß Lamartine hervor.

Stieber zog den Ärmel schnell wieder über die Verletzung. »Mit heißem Wasser aus der Küche. Ein Pole, dem ich umfangreiche Betrügereien an Berliner Kleingewerbetreibenden nachgewiesen habe.«

»Was ist passiert?« fragte Lamartine.

Stieber atmete tief durch. »Ich habe Ihnen in Frankreich schon davon berichtet, daß der neue Kaiser meine Arbeit nicht sehr schätzt. Der Mann ist ein guter Politiker, aber er legt keinen Wert auf den Flankenschutz seiner Politik. Man hat ihn mit diesen Dingen immer verschont. Sogar als Bismarck den bayrischen König Ludwig dazu genötigt hat, für unseren König als deutschen Kaiser zu stimmen, glaubte der immer noch, Ludwig habe aus Überzeugung gehandelt. Ihnen ist diese Haltung doch sicher nicht fremd, Lamartine? Die Politiker schmücken sich mit Erfolgen, die wir erst möglich gemacht haben, aber sie wollen – um Gottes willen – nicht mit uns in der Öffentlichkeit gesehen werden.«

»Ich bin Polizist und kein Geheimdienstler, Herr Stieber!«

Stieber überging diesen Einwand. »Nach dem Frankreichfeldzug war der Jubel groß in Berlin. Wir sind nun deutsche Hauptstadt, wir stellen sogar den deutschen Kaiser. Daß Blut dafür hatte fließen müssen, will keiner mehr wahrhaben – auch nicht, daß vorher sehr, sehr viel Schmutz weggeräumt werden mußte. Sowohl in der Heimat als auch in Frankreich. Niemand weiß das besser als Sie, Lamartine.« Selbst jetzt, wo er so tief in der Patsche sitzt, bleibt er hochmütig, dachte Lamartine bitter. »Man gab mir den Laufpaß. Selbst mein Schlag gegen den französischen Widerstand, an dem Sie auch einen beträchtlichen Anteil hatten, Lamartine...«

»Sie verdrehen die Dinge!« entfuhr es Lamartine.

Anscheinend hatte Stieber Lamartine nur reizen wollen, denn er fuhr gelassen fort: »Selbst diesen Erfolg wollten die Herren nicht anerkennen. Kein Wunder, sie waren auf einen schnellen Abschluß des Feldzuges aus und hatten – aus Gründen, die die Heimat betrafen – keinerlei Interesse an langwierigen Scharmützeln mit Partisanen. Haben Sie davon gehört, daß deutsches Militär Ihrer Regierung sogar bei der Niederschlagung der Kommune behilflich war?«

Lamartine nickte.

»Sicher finden Sie das ebenso eigenartig wie ich. Der gemeine Soldat fragt sich doch: Um was ging es eigentlich? Doch nicht etwa um diese vermaledeite Thronfolge in Madrid?«

Heuchler, dachte Lamartine, ich kenne dich längst, ich weiß, daß dir die Ziele dieses Krieges von Anfang an klar waren.

»Ich weiß, daß Sie anders sind als ich, Lamartine. Sie glauben an die Gerechtigkeit und an die Gleichheit unter den Menschen. Sie verabscheuen Gewalt und alles, was nicht hundertprozentig mit den Gesetzen und der Verfassung übereinstimmt. Wissen Sie was, Lamartine, ich bewundere Sie wegen dieser Haltung. Ich finde, Sie sind der bessere Mensch von uns beiden. Sie glauben an das Gute und an die Vernunft. Das ist eine Auffassung, mit der man sich abends gut niederlegen kann. Leider aber nur eine Auffassung, ein Ideal, mit dem man vielleicht in seiner Familie gut leben kann – übrigens: wie geht's Ihrer Frau?«

Das war zuviel für Lamartine – er wischte Stiebers Frage mit einer unwirschen Bewegung weg.

»Verstehe! Der französische Staat ist sicher auch nicht großherziger als der deutsche. Wir sind beide Opfer der Politik. Aber finden Sie nicht auch, Lamartine, daß das ausnahmsweise mal etwas ist, was wir gemeinsam haben, ja, was uns sogar vereint?« Er schien darauf nicht ernsthaft eine Antwort zu erwarten, denn er fuhr sehr schnell in einem sachlicheren Ton fort: »Bismarck muß sich mit aller Kraft gegen den Kaiser wehren. Der verachtet ihn. Stellen Sie sich das vor! Unser Kaiser fühlt sich – zu Recht – als eine Person von epochaler Bedeutung, und er redet nur noch in ganz großen historischen Zusammenhängen. Einen Krauter, der im Hintergrund mit harter Hand die Geschäfte ordnet, will er nicht dabeihaben. Er denkt halt an den guten Eindruck. Was ich sagen will, Lamartine: Bismarck kann mir nicht helfen, er muß sich erst selbst helfen. Alle anderen vermeintlichen Freunde haben sich von mir abgewandt. Sie wissen ja, wie das ist, wenn man höheren Ortes seine Gönner verliert… Geblieben sind nur eine Handvoll einfacher Menschen, die mir aus persönlichen Gründen ergeben sind. Aber selbst denen kann ich nicht vertrauen. Nur einer kann mich noch retten: Sie, Lamartine!«

»Ich bin alles andere als Ihr Freund!« schrie Lamartine auf. »Und Sie wissen selbst, daß ich die weite Reise nur gemacht habe, um Sie für den Mord an Gaston Franc zur Verantwortung zu ziehen. Wenn Sie jetzt im Gefängnis sitzen, erfüllt mich das mit Genugtuung!« Angesichts des verbrühten Armes war das hart, aber Stiebers Großspurigkeit hatte Lamartine herausgefordert.

»Sie sind nicht ganz ehrlich, Lamartine – wie übrigens alle Idealisten. Aber ich verzeihe Ihnen gerne, denn Sie gehören zu einer Spezies, die nicht mehr lange auf unserer Erde wohnen wird. Leider!«

»Sie vergessen Ihre Situation, Stieber!«

»Keineswegs. Ich vergesse niemals meine Situation. Glauben Sie mir: Idealisten wie Sie wird es bald nur noch in Büchern geben. Das nächste... das zwanzigste Jahrhundert wird das erfolgreichste Jahrhundert unserer Geschichte werden. Die Pragmatiker werden die Macht übernehmen. Es wird nicht mehr an Symptomen herumgedoktert, es wird keine Politik mehr nach moralischen Lehrsätzen gemacht. Da, wo die größte Macht sich sammelt, wird auch die größte Humanität herrschen. Alleine rückhaltlose staatliche Macht bewahrt den einzelnen davor, erschlagen oder versklavt zu werden. Sie machen sich keine Vorstellung davon, was für große wirtschaftliche Aufgaben auf uns warten. Dafür brauchen wir gleichwertige Bürger. Alles wird nach den Gesichtspunkten der Nützlichkeit geordnet – einen humaneren Gesichtspunkt gibt es nicht, Lamartine. Es ist unnütz, Menschen zu töten, wenn man sie als Bürger braucht. Es ist aber auch unnütz, Menschen durch moralische Normen einzuschränken, wenn sie sich frei bewegen müssen, um ihren Pflichten nachzukommen. Es ist ebenso unnütz...«

»Verzeihen Sie«, unterbrach ihn Lamartine. »Aber Sie wirken lächerlich!«

Stieber blieb für einen Augenblick die Luft weg. Lamartine nutzte die Situation: »Lassen Sie das Räsonieren, sagen Sie mir lieber, warum Sie hier einsitzen!«

Stieber antwortete so hastig, daß seine Stimme sich überschlug: »Es handelt sich um eine Verschwörung... eine billige Hinterzimmerverschwörung. Die Herrschaften haben gewartet, bis ich in Ungnade gefallen bin. Dann haben sie zugeschlagen. Etwas Unglaubliches... etwas Unfaßbares ist passiert, Lamartine. Das versetzt sogar die hartgesottenen Berliner in Erstaunen.« Stieber war aufgesprungen, er durchschritt die winzige Zelle in zwei Schritten und schimpfte dabei halblaut. »Sie haben mich vorgestern aus meinem Haus in der Alexanderstraße raus verhaftet – wie einen Schwerverbrecher. Mitten in der Nacht... Draußen regnete es in Strömen. Es war wie in einer Abenteuerschwarte. Sie trugen schwarze Zivilumhänge. Der Anführer sagte: ›Es tut mir leid, Herr Direktor, aber wir haben Anweisung, Ihre Wohnung zu durchsuchen.‹ Sie rissen die Bücher und die Kleider aus den Schränken. Sogar ein Brief an meine Haushälterin, in dem ich die Frau bat, meine Wäsche auszubessern, wurde konfisziert – und mich begleitete ein Posten zum Klosett.«

Es wurde mehrmals gegen die Zellentür geschlagen. Männer lachten, dann entfernten sich Schritte. Stieber donnerte mit beiden Fäusten gegen die Tür und schrie heiser: »Wartet nur – wartet, bis ich wieder raus bin!« Draußen im Flur lachte man ihn aus.

»Was hat man bei Ihnen gesucht?« fragte Lamartine ruhig.

»Gestern hat mich Oberstaatsanwalt Schwarck hier

besucht. Er war ausgesucht freundlich – obwohl er in der Stadt als besonders rabiater Verhörführer gefürchtet ist. Schwarck gab sich Mühe mit mir, er wollte wissen, wo meine dienstlichen Akten versteckt sind.«

»Ihre dienstlichen Akten? Was will man damit?«

»Es handelt sich dabei weniger um die Aufzeichnungen zu den laufenden Fällen. Die Herren suchen den Fundus.«

»Fundus? Über welchen Fundus verfügt die Berliner Polizei?«

»Er wurde mir von meinem Polizeipräsidenten übergeben. Von Karl Ludwig Friedrich von Hinckeldey. Sie haben von ihm gehört?«

Lamartine schüttelte den Kopf.

»Es war vor gut zehn Jahren, also Ende der Fünfziger. Damals war man höheren Ortes äußerst beunruhigt über die horrenden Schulden, die preußische Offiziere in Berliner Spielclubs machten. Die Herren waren dadurch erpreßbar geworden. In einem spektakulären Fall lieferte ein junger Leutnant der königlichen Schloßwache, ein gewisser Wagner, sogar regelmäßige Dossiers über die preußische Militärpolitik an den Bremer Weser-Kurier. Wagner prahlte damit in einem Bordell, dessen Chefin mich informierte. Ich habe ausgezeichnete Kontakte in diesen Kreisen, müssen Sie wissen.«

»Ich habe davon gehört.«

»Als der König in der Bremer Zeitung lesen mußte, was er im vertraulichen Gespräch über seine Pläne zur Aburteilung von Pressevergehen geäußert hatte, war das Maß voll. Der König gab mir den Auftrag, die bis zu tausend Prozent hochgetriebenen Wucherzinsen, die die Offiziere bei Geldverleihern hatten, geräuschlos zu tilgen. Ich stellte den Wucherern frei, entweder auf die Zinsen zu verzichten oder wegen Wucher abgeurteilt zu werden. Gleichzeitig hoben wir einen Spielclub nach dem anderen aus. Bei einer dieser Aktionen im Tiergartenviertel stürmte der Polizeipräsident als erster in den Saal und beschimpfte den Betreiber als einen Verbrecher am Staat. Dieser Herr von Rochow-Plessow, ein stadtbekannter Schnösel, forderte Hinckeldey daraufhin zum Duell. Auf dem alten Berliner Friedhof traten die beiden gegeneinander an: von Rochow-Plessow, ein hervorragender Schütze, mit seiner langläufigen, großkalibrigen Reiterpistole, Hinckeldey mit der Dienstwaffe. Ich war als Unparteiischer dabei. Kurz vor dem Schußwechsel gab der Polizeipräsident mir ein Zeichen. Ich trat zu ihm hin, und er steckte mir heimlich einen kleinen Schlüssel zu. Falls er das Duell nicht überleben sollte, erklärte mir Hinckeldey, so hatte ich unverzüglich den Inhalt einer Kassette in seinem Schreibtisch zu vernichten. Von Rochow-Plessow forderte Hinckeldey auf, die Beleidigung zurückzunehmen. Der lehnte ab. Dem Beleidigten stand nach dem Reglement der erste Schuß zu; er schoß Hinckeldey ins Herz. Hinckeldey war sofort tot. Noch während der Sekundant zum König eilte, um Meldung zu erstatten, schloß ich mich im Dienstzimmer des Polizeipräsidenten ein und öffnete die Kassette. Sie enthielt private Notizen über hohe und höchste Repräsentanten unseres Staates und allerlei diffamierende Briefe. Ich nahm das Material an mich.«

»Obwohl Ihnen Ihr Polizeipräsident befohlen hatte, das Material zu vernichten!«

»Lamartine, ich bin Geheimdienstler. Ich vernichte doch kein Material, das dem Staat nützen kann.«

»Wo haben Sie es versteckt?«

»Dort, wo niemand es sucht. Deshalb habe ich Sie

hergebeten, Lamartine. Ich benötige dringend Hinckeldeys Dossiers. Meine Feinde lassen mich hier verrotten. Mit Hilfe des Materials aber komme ich frei und kann mich zur Wehr setzen.«

»Wie kommen Sie darauf, daß ich Ihnen dabei helfen würde?« entgegnete Lamartine aufgebracht. »Sie wissen doch, daß ich nach Berlin gekommen bin, um Sie ins Gefängnis zu bringen. Was sollte mich also daran hindern, einfach abzureisen?«

Stiebers Gesicht bekam den gleichen Ausdruck wie damals – als er Staatssekretär de Baule gedroht hatte, ihn füsilieren zu lassen. »Halten Sie mich bitte nicht für blöd – auch wenn ich derzeit in einer ziemlich hilflosen Lage bin! Lecoq ist in Berlin, und er wird nicht eher abreisen, bis er Sie in seiner Gewalt hat und Ihnen zu Hause den Prozeß machen kann. Ihre Landsleute werden Sie büßen lassen. Sie brauchen Sündenböcke für die Niederlage. Sie sind ein idealer Sündenbock. Ohne meine Hilfe sind Sie verloren, Lamartine!«

»Was haben Sie mir zu bieten, Stieber?«

»Ich erkläre mich bereit, mit Ihnen nach Paris zu reisen und vor Gericht auszusagen, daß Sie in der Affäre Franc keinerlei Schuld trifft und daß Sie unwissentlich zur Aushebung des Widerstandsnests im ›Le canard‹ beigetragen haben.«

»Warum wollen Sie sich mit mir einlassen? Sie wissen doch, daß wir Feinde sind!«

»Sie übertreiben, Lamartine. Ich weiß, daß Sie zu den Menschen gehören, die für die Gerechtigkeit alles tun würden. Nun ist mir ein Unrecht widerfahren. Was also liegt näher, als Sie um Hilfe zu bitten – zumal alle anderen sich von mir abgewandt haben? Und bei Ihnen, Lamartine, kann ich sicher sein, daß Sie mich nicht hereinlegen werden.«

»Sie halten mich für einen Spinner, stimmt's?«

Stieber zögerte, dann erklärte er freundlich lächelnd: »Wenn Sie mich so direkt fragen – ja! Man kann sich seine Verbündeten nicht aussuchen.«

Lamartine erhob sich. »Ich wüßte nicht, wie ich Ihnen helfen könnte, Stieber!«

»Lassen Sie das nur meine Sorge sein. Ich werde Ihnen jeden Schritt vorschreiben.«

Lamartine wäre dumm gewesen, Stiebers Angebot abzuschlagen – bot er ihm doch das an, was er brauchte: die Entlastung vom Vorwurf des Hochverrats.

»Was soll ich tun?«

»Suchen Sie Baronin von Thun auf!«

Stieber ging in die Hocke und griff unter die Pritsche. Er zog aus den Eisenfedern einen Fetzen hervor – ein zerrissenes, fadenscheiniges Taschentuch, das vor langer Zeit einmal einen Spitzenbesatz gehabt haben mochte. »Zeigen Sie ihr das hier! Sie wird wissen, was sie zu tun hat.«

»Wenn es nur darum geht – das könnte auch einer der Gendarmen erledigen, die noch auf Ihrer Seite stehen.«

Stieber trat dicht an Lamartine heran: »Ich kann mich auf niemanden mehr verlassen. Auch nicht auf die, die mir was schuldig sind. Sie sind einer, der auf mich angewiesen ist – der einzige, der noch auf mich angewiesen ist. Deshalb sind Sie auch der einzige, der mich nicht im Stich lassen wird. Holen Sie mir das Dossier, und wir sind beide gerettet!«

Lamartine nahm das Taschentuch und steckte es unter seinen Hosenbund.

»Keine Angst, man wird Sie nicht durchsuchen, wenn sie die Stadtvogtei verlassen«, erklärte Stieber und reichte Lamartine die Hand. Die beiden Männer sahen sich in die Augen, keiner der beiden konnte dem Blick des anderen lange standhalten.

Stieber öffnete die Zellentür.

Beim Hinausgehen wandte sich Lamartine noch einmal an Stieber: »Sie müssen mir schon sagen, mit wem wir es zu tun haben!«

Stiebers Lippen wurden noch dünner. »Ich will Ihnen nichts vormachen, Lamartine. Es handelt sich um den preußischen Justizminister Simons und seinen Oberstaatsanwalt Schwarck. Die neue Zeit bringt überall neue Gesichter nach oben. Die beiden aber haben ihre Plätze vorerst behalten können, obwohl sie als Eisenfresser verhaßt sind. Sie wollen sich nun als achtbare Juristen empfehlen – in der Hoffnung, daß die Erneuerung sie nicht wegschwemmt. Also haben sie sich einen Sündenbock ausgesucht. Mich. Ich habe unter ihnen gearbeitet – ich habe auch oft genug schriftliche Befehle ausführen müssen, die mit dem neuen, großzügigen Geist nicht vereinbar sind. Allerdings habe ich eine Vielzahl dieser Befehle sorgfältig aufbewahrt, sie sind sozusagen mein Beitrag zu dem Hinckeldeyschen Fundus. Sie sind selbst Polizist, Lamartine, und wissen, worum es geht: Inhaftierungen ohne Gerichtsbeschluß, Verhöre unter Gewaltanwendung, auch bewußter Boykott der Direktiven von ganz oben. Die waren nach den Umwälzungen im Jahr 1848 oft so liberal, daß die beiden nicht im Traum daran dachten, sich daran zu halten. Genaugenommen handelt es sich bei Simons und Schwarck um Verschwörer – Verschwörer in Schlüsselpositionen. Sie haben jede Anweisung sabotiert, die ihnen politisch nicht behagte oder ihren Spielraum einschränkte. Wenn diese Art von Insubordination ans Licht kommt, wird der neue Staat sich der beiden schnellstens entledigen – auch wenn er insgeheim mit ihren Beweggründen sympathisiert. Aber was der Kaiser momentan am allerwenigsten duldet, ist Ungehorsam. Um dem vorzubeugen, lasten die beiden alles mir an. Für einen Menschen mit meinem Loyalitätsgefühl eine größere Last als dieser Gefängnisaufenthalt – das können Sie mir glauben.«

Lamartine überhörte den larmoyanten Ton, Stieber war niemandem gegenüber loyal – er hielt zu denen, die Macht hatten. Deshalb bewunderte er auch Bismarck.

»Wie lautet die Anklage?« fragte Lamartine.

»Gesetzwidrige Freiheitsberaubung und Mißbrauch meiner Amtsgewalt als Chef der Berliner Kriminalpolizei.«

»Übrigens«, sagte Lamartine hart. »Bjerregaard ist ermordet worden – aber ich nehme an, das wissen Sie!«

Er beobachtete Stiebers Reaktion genau: Entweder war der Preuße ein hervorragender Schauspieler oder aber er hatte wirklich nichts vom Mord an dem Schweden gewußt. Stiebers Augen wurden feucht.

Lamartine trat aus der Zelle. Stieber schloß die Tür hinter ihm. Sogleich war der Uniformierte wieder zur Stelle und verschloß die Tür. »Es ist besser so für ihn«, erklärte er Lamartine.

Draußen war es bereits dunkel. Auf der schmalen Straße zwischen dem Platz mit den beiden identischen Domen und der Magistrale hielt ein schwarzer, geschlossener Zweispänner neben Lamartine. Er trat aufs Trottoir, um den Aussteigenden Platz zu machen. Die Tür wurde aufgestoßen. Lamartine ging schneller.

Der Kutscher pfiff. Lamartine drehte sich nach ihm um. Der Mann – eigenartigerweise in der blauen Uniform der Berliner Polizei – deutete mit dem Daumen über seine Schulter auf den Fond des Wagens. Lamartine ging zwei, drei vorsichtige Schritte auf die Kutsche zu. Ein fleischiger, runder Kopf erschien im Halbdunkel des Fonds, der Mann war glattrasiert und fast kahl – abgesehen von einem grauen Haarkranz. »Einsteigen!« befahl er.

Lamartine brach der Schweiß aus. Das war seine Verhaftung, sie mußten ihn beobachtet haben. Er überlegte, ob er fliehen sollte, da knallte der Kutscher mit der Peitsche, und Lamartine zwängte sich erschrocken in die niedrige Kutsche. Der kahle Mann schlug die Tür zu, im gleichen Augenblick ruckte die Kutsche und fuhr los.

Lamartine konnte kaum etwas erkennen. Zwei Männer saßen ihm gegenüber. Sie schwiegen. Lamartine roch den Atem des Mannes, der ihn aufgefordert hatte, einzusteigen. Er war ein Raucher dunkler Tabake.

Als sie in die Magistrale einbogen, fiel etwas Licht in den Innenraum der Kutsche. »Ich bin Oberstaatsanwalt Schwarck«, sagte Lamartines Gegenüber. Der zweite Mann war jetzt auch zu erkennen. Er trug einen Kopfverband. Es war Lecoq – er lebte.

»Sicher wissen Sie, warum ich Sie aufgegriffen habe«, fuhr Schwarck fort.

»Nein, ich weiß nicht, was Sie von mir wollen, und ich weiß nicht, was Sie dazu berechtigt, mich auf offener Straße zu verhaften.« Lamartine gab sich Mühe, wie ein Ausländer zu klingen, der beabsichtigte, sich schnellstens bei der diplomatischen Vertretung seines Landes zu beschweren.

Schwarck wischte Lamartines Protest mit einer Bewegung seiner schweren Faust weg. »Lassen Sie das affige Getue! Sie glauben doch nicht im Ernst, Ihr Besuch bei

Stieber ist uns entgangen? Wir haben überall unsere Leute – selbst unter den wenigen, die dem Ex-Kriminaldirektor noch die Stange halten.« Jetzt wußte Lamartine, warum der Schließer, der ihn in den Innentrakt gelassen hatte, ihm nicht in die Augen hatte blicken können. »Wir haben wenig Zeit. Nur damit das klar ist: Es liegt ein formelles Auslieferungsgesuch Ihres Heimatlandes gegen Sie vor. Also los!«

Lamartine sah Lecoq an. Der Chef der Politischen Polizei hatte den fahlen Gesichtsausdruck eines Schwerkranken. Er bewegte sich ächzend auf dem schmalen Platz, den ihm der massige Schwarck ließ. Dann sagte er mit vor Anstrengung krächzender Stimme auf französisch: »Sie haben sich eines weiteren Mordversuches schuldig gemacht, Lamartine. Wenn Sie sich weiter sperren, kommen Sie nie wieder aus dem Gefängnis raus!«

»Ich habe nichts mit dem Anschlag auf Sie zu tun!« wehrte sich Lamartine.

»Halten Sie Ihren Mund!« fuhr Lecoq ihn an. »Sie haben diesen Stricher in der Schalterhalle auf mich aufmerksam gemacht. Sie wußten, daß er uns folgen und mich überfallen wird.«

Schwarck, der dem Gespräch offensichtlich folgen konnte, legte seine Hand auf Lecoqs zitterndes Knie, und sagte auf deutsch: »Dieses Subjekt ist polizeibekannt. Wir werden es binnen weniger Stunden dingfest machen.« Er wandte sich an Lamartine. »Monsieur Lecoq hat eine Aussage gemacht, die Sie schwer belastet. Sie wurden von ihm über der Leiche eines gewissen Bjerregaard angetroffen. Wir haben die Pedellwohnung in der Universität aufgesucht und Monsieur Lecoqs Angaben bestätigt gefunden. Es steht schlecht um Sie, Lamartine!«

»Ich habe Bjerregaard nicht umgebracht!« protestierte Lamartine.

»Wenn es zur Anklage kommt, werden Sie es schwer haben, Ihre Unschuld zu beweisen, falls Monsieur Lecoq seine Aussage vor Gericht wiederholt!«

»Was wollen Sie von mir?«

»Helfen Sie mir, und ich lasse Sie mit Lecoq abreisen, anstatt Sie wegen Mordes vor ein preußisches Gericht zu stellen! Ein paar Jahre Gefängnis in Ihrer Heimatstadt ist das kleinere Übel – im Vergleich zu einer Hinrichtung in Preußen!«

Lamartine schnürte es die Kehle zu. Sie hatten ihn. Alles war umsonst gewesen. Der lange Weg erschien ihm nur noch als eine Verzögerung seines Unterganges, und der Untergang hatte in dem Augenblick begonnen, als er Stieber in de Baules Amtszimmer begegnet war – oder noch eher: als er sich an dem kalten Märzmorgen auf den Weg in den Bois de Boulogne gemacht hatte, um sich eine unidentifizierte Leiche anzuschauen.

Er sah alles ganz deutlich: Es gab einen Plan, und dieser komplizierte und mächtige Plan hatte nur ein Ziel, nämlich seinen Glauben an die Vernunft, an die Gerechtigkeit und an den Staat zu zerstören. Alles – vom Mord an Gaston Franc bis zu seinem Besuch in der Stadtvogtei – hatte nur stattgefunden, um diesen Glauben an den Menschen von Grund auf lächerlich zu machen. Die anderen, die Anhänger der Unordnung und des Verbrechens, hatten gesiegt.

»Mann, Sie sind doch Polizist!« zischte Schwarck und schaute dabei angewidert aus dem Fenster. »Nehmen Sie sich zusammen! Wie ein Häuflein Elend sitzen Sie da. Ich kann es gar nicht mitansehen!«

Lamartine hätte heulen können. Lecoq schoß vor. »So machen Sie endlich den Mund auf!«

Schwarck bellte gleichzeitig: »Hat er über das Hinckeldey-Dossier gesprochen?«

Es kostete Lamartine Mühe zu antworten. »Ja.«

Schwarck lehnte sich zurück und atmete tief durch die Nase ein. »Also los! Fahren wir hin und holen es uns!«

Lamartine wußte, daß er Stieber verraten mußte. »Es ist im Haus der Baronin von Thun!« sagte er leise.

»Die Puffmutter!« entfuhr es Schwarck. »Ich hätte es mir denken können.«

Er stieß das Fenster auf, streckte den Kopf hinaus, wobei sich sein Bauch gegen Lamartines Knie drückte, und nannte dem Kutscher eine Adresse. Lamartine spürte, wie die Pferde stärker anzogen.

Die drei Männer sprachen nicht mehr während der Fahrt. Ab und zu war Schwarcks Schnaufen zu hören. Es klang so, als mache er sich Vorwürfe, weil er nicht längst selbst darauf gekommen war, das Haus der Baronin zu durchsuchen.

Lamartine dachte an sein ungeborenes Kind. Wenn er es überhaupt jemals zu Gesicht bekam, würde es schon erwachsen sein. Eigenartigerweise brachte ihn diese Gewißheit nicht mehr auf, das Unabänderliche hatte etwas Linderndes. Lamartine fühlte sich von allen Anstrengungen freigesprochen: Was nicht zu ändern war, war eben nicht zu ändern. Diese stumpfe, kalte Ruhe war der Vorgeschmack auf die langen Jahre im Gefängnis.

Als die Kutsche hielt, zog Lamartine das alte Taschentuch hervor, das Stieber ihm anvertraut hatte. Die drei Männer blieben reglos sitzen. Lamartine spürte, wie die Kälte unter seine Kleider kroch, er fühlte sich ihr so schutzlos ausgeliefert, als wäre er splitternackt.

Draußen stieg der Kutscher ab und ging ein paar Schritte über das Trottoir. Er sprach halblaut mit jemandem. Dann kam er zurück und klopfte zaghaft. Schwarck drückte die Tür auf.

»Es gibt ein Problem«, sagte der Uniformierte. »Vor dem Haus steht Glasenapp. Er soll hier warten. Eine halbe Stunde ist bereits vergangen. Glasenapp sagt, es wird noch etwa eine Stunde dauern.«

Schwarcks schwere Unterlippe bewegte sich, als würde er auf seinen Untergebenen einreden, aber der Oberstaatsanwalt beriet sich bloß mit sich selbst.

»Auf was wir warten noch?« drängte Lecoq in gebrochenem Deutsch.

Schwarck wurde immer nervöser. »Halten Sie sich gefälligst raus, Monsieur!« zischte er. »Das ist eine interne Angelegenheit.« Er dachte angestrengt nach und erklärte dann – schon etwas gewogener: »Glasenapp ist der Kutscher des Justizministers Simons. Er wartet hier auf den Minister.«

»Ja, und?« fragte Lecoq.

»Der Minister befindet sich im Haus der Baronin. Und solange sich der Justizminister dort aufhält, können wir nicht hinein.«

»Gibt es denn in Berlin eine einzige Gebäude, in die Sie nicht jederzeit dürfen eindringen?«

Schwarck sah zu dem Portal des zweistöckigen Stadthauses, er preßte die Augen so fest zusammen, daß Wülste über den Lidern hervorquollen. »Sie als Franzose müßten das doch verstehen, Lecoq. Es gibt ein solches Haus – den Puff der Baronin, solange der Justizminister dort zu Gast ist.«

Jetzt verstand Lecoq, er nickte mehrmals leicht und lehnte sich dann steif gegen die Rückwand der Karosse. Nach einer Weile schoß sein Kopf vor. »Aber sagen Sie nicht, Sie und Simons sind eine Herz und eine Seele? Haben Sie nicht zusammen Stieber… wie sagt man: zur Strecke gebracht?«

»Natürlich«, ächzte Schwarck. »Politisch sind wir dicke Freunde. Seit Jahren schon helfen wir uns gegenseitig gegen unsere Feinde. Und sobald der Minister das Etablissement verlassen hat, werden wir das Haus stürmen. Aber eine Razzia, bei der der Justizminister in Unterhosen aufgebracht wird, werde selbst ich nicht überleben, Lecoq!«

Wieder wurde lange geschwiegen. Der Posten ging vor der Kutsche auf und ab.

»Eine Stunde – sagte das der Mann?« fragte Lecoq nach einer Weile pietätvoll.

»Mindestens!« antwortete Schwarck so leise, als hörte die gesamte Berliner Presse zu. »Herr Simons ist ein großer Verehrer der Baronin von Thun.«

»Aber diese Dame… sie ist ein Gehilfin von Stieber.«

»Sie ist jedem großen Mann in der Berliner Justiz eine Gehilfin gewesen – und das wird auch noch eine Weile so sein. Man lobt ihre Unparteilichkeit.«

»Damit kann es ja nicht so weit her sein, wenn sie diese Dossier in ihre Bordell versteckt. Aber, lieber Schwarck, das ist Ihre Sache. Wir – mein Landsmann und ich – haben alles… haben unsere Schuldigkeit getan. Eigentlich wir könnten uns eine Kutsche anhalten und zum Bahnhof fahren. Vielleicht bekommen wir heute noch eine Zug in die Richtung Westen.«

»So einfach ist das nicht, Lecoq. Ich brauche Ihren Schützling hier. Oder glauben Sie, die Dame wird so ohne weiteres herausgeben, was Stieber ihr anvertraut hat?«

»Ein paar Hiebe mit der Reitpeitsche auf den bloßen

Hintern täten bei der adligen Dame sicher ihre Wirkung,« fauchte Lecoq auf französisch.

Schwarck schien ihn zu verstehen, sein massiger Oberkörper geriet in Bewegung, er wackelte. Der Oberstaatsanwalt lachte in sich hinein. »Lecoq, dieses Vergnügen haben sich schon einige Herren der Berliner Gesellschaft gegönnt. Aber glauben Sie mir, selbst das müssen Sie bei der von Thun teuer bezahlen – und ein Geheimnis hat auf diese Art noch keiner aus ihr herausbekommen.«

Lecoq verkroch sich in seine Ecke und betastete den Kopfverband.

»Sie werden keinen Erfolg haben!« sagte Lamartine leise.

Schwarck fuhr ihn an: »Halten Sie Ihren Mund!«

Lecoq drehte leicht den Kopf: »Wieso nicht?«

Lamartine antwortete: »Stieber hat mir ein Zeichen mit auf den Weg gegeben. Ohne dieses Taschentuch hier…« Er hielt das Tüchlein hoch. »Ohne dieses Zeichen wird die Dame die Dossiers nicht herausrücken.«

»Ja, und?« blökte Schwarck verärgert. »Dann zeigen Sie es ihr, fertig!«

Stieber hat recht, dachte Lamartine: Die, die ihn ins Gefängnis gebracht hatten, waren Kretins.

»Glauben Sie denn, Herr Oberstaatsanwalt, die Dame wird auf dieses vereinbarte Zeichen ansprechen, wenn ich mit einer Eskorte von Polizisten anrücke?«

Schwarck starrte Lamartine an. Seine Nasenflügel bebten.

Lecoq rutschte weiter vor. »Lamartine ist raffiniert, in Paris er gilt als der beste Kriminalist in die Stadt«, sagte er schnell. »Lassen Sie sich von ihm nicht machen etwas vor!«

Schwarck ließ seinen Blick nicht von Lamartine.

»Gehen Sie hinein!« sagte er nach einer Weile ruhiger. »Geben Sie sich als Freier aus. Meinetwegen gehen Sie mit einem der Mädchen aufs Zimmer. Aber versuchen Sie, an die Baronin heranzukommen! Geben Sie ihr das Gefühl, daß Sie heimlich gekommen sind, um in Stiebers Auftrag das Dossier zu holen! Haben Sie mich verstanden?«

Lamartine nickte.

Lecoq fauchte: »Das geht nicht, er wird fliehen!« Schwarck machte eine knappe Bewegung, die bei einem Menschen wie ihm kraftvoll wirkte. Lecoq verstand und wich zurück. »Lamartine wird das tun, was ich von ihm verlange, nicht wahr?« sagte Schwarck mit einem Blick auf Lamartine. »Wenn nicht, ist er in wenigen Stunden wieder eingefangen und wird wegen Mordes vor Gericht gestellt, nicht wahr, Lamartine?«

»Dann brauche ich Geld!« entgegnete Lamartine.

»Was?«

»Wenn ich mich als Freier ausgeben soll...«

»Unverschämt!« flüsterte Lecoq.

Schwarck zog seine Brieftasche hervor und gab Lamartine zwei große Scheine. »Das würde sogar für die Baronin reichen... Nachher hole ich's mir wieder.« Er stieß die Tür der Karosse auf.

Lamartine steckte das Geld weg. Lecoq hielt seinen Arm fest. »Die Bahnbillets!« befahl er.

Lamartine händigte sie ihm aus.

Der Posten trat ihm in den Weg. Schwarck fuhr den Mann an: »Wegtreten!« Der Posten machte den Weg frei. Lamartine schritt langsam auf das Portal des Hauses der Baronin von Thun zu. Das Gebäude war dunkel, nur über der Tür brannte ein schwaches Gaslicht. Lamartine konnte nirgendwo ein Türschild finden. Er blieb stehen und sah an der Fassade hoch. Hinter den hohen Fenstern waren schwere Vorhänge zu erkennen – der einzige Luxus an dem streng wirkenden Haus.

Er zog an einem schon leicht verrosteten Knauf, im Innern ertönte eine Glocke. Lamartine sah sich um. Auf der Straße standen vier Kutschen, unter denen die des Oberstaatsanwaltes nicht auffiel. Lamartine betätigte die Glocke ein weiteres Mal. Das Portal knarrte, dann wurde geöffnet. Ein alter Mann mit einer Kerze erschien. »Was wünschen Sie?«

»Man hat mir dieses Haus empfohlen!«

»Sie sind Franzose? Haben Sie genug Geld dabei?«

»Wollen Sie mich beleidigen?«

Der Alte hielt die Tür auf, Lamartine schlüpfte hinein.

Es war herrlich warm in dem Haus der Baronin, es war so warm wie an einem Hochsommertag im Süden, und es war stockdunkel. Es roch nach getrockneten Blütenblättern und Parfüm. Der Alte ging, nachdem er das Portal geschlossen hatte, an Lamartine vorbei und öffnete eine zweite Tür. Sie traten aus dem Windfang in den Flur, der schwach mit Wandkerzen erleuchtet war. Der Alte schlurfte bis zum Ende des langen Flures und öffnete einen Flügel der breiten Fronttür.

Das große Zimmer war voller Menschen, die miteinander plauderten, ohne auf den Eintretenden zu achten. Die Gäste waren Herren der besseren Berliner Gesellschaft, das sah Lamartine an ihrer Kleidung. Die Männer tranken Sekt, die Damen, von denen etwa doppelt so viele anwesend waren, tranken rote und orangefarbene Liköre aus kleinen Kristallgläsern. Die Gespräche wurden leise geführt. Die Herren, die allesamt einen entspannten Eindruck machten, murmelten, die Damen hörten still und ernst zu, niemand lachte; es herrschte die Atmosphäre einer großbürgerlichen Abendgesellschaft.

Die Damen trugen Kleider, die Damen zu derartigen Anlässen zu tragen pflegten. Nirgendwo war ein Stück Unterwäsche oder Korsage zu sehen, wie Lamartine das von seinen dienstlichen Besuchen ähnlicher Etablissements in Paris kannte. Ab und zu stand ein Herr auf, knöpfte stehend den untersten Knopf seiner Weste zu und ließ einer der Damen – alle Altersgruppen waren vertreten – den Vortritt nach oben. Im Obergeschoß waren zwar Schritte und leise Stimmen zu hören, aber auch dort schien es eher wie in der Büroflucht eines Amtes als wie in den Séparées eines Hauptstadtbordells zuzugehen.

Ein Dienstmädchen mit einer Haube, einem langen Rock und einer Spitzenschürze trat auf Lamartine zu. Sie trug ein Tablett mit einem Glas Sekt. Lamartine bediente sich und begann, durch den Raum zu wandern.

Eine ordnende Hand schien die Damen nach mathematischen Prinzipien auf die Herren verteilt zu haben. Die Besucher, die gewichtiger aussahen, wurden von bis zu drei Damen umlagert, einige jüngere und weniger bedeutende Herren, die auf Stühlen an den Wänden Platz genommen hatten, wurden von jeweils nur einer Dame betreut. Keine der Damen war untätig.

Lamartine schaute nach oben. Die Baronin hielt sich wahrscheinlich mit dem Justizminister in einem der Séparées auf. Lamartine wollte gerade die mit einem roten Läufer ausgelegte Treppe betreten, als er von einer etwa fünfundvierzigjährigen, üppigen Blonden, deren Hinterkopf ein mächtiger Dutt schmückte, angesprochen wurde.

»Es ist üblich, sich hier unten erst einmal nach einer

passenden Begleitung umzusehen, bevor man sich nach oben zurückzieht«, erklärte sie lächelnd.

»Ich sehe nicht, daß eine der Damen gerade frei wäre«, entgegnete Lamartine.

»Aber, mein Herr, wir führen ein erstklassiges Haus. Wenn unsere Kapazitäten ausgeschöpft wären, hätte Gustav sie gar nicht eingelassen. Sagen Sie mir Ihre Wünsche, und ich werde alles Nötige veranlassen.«

Lamartine wurde verlegen. Obwohl er nicht wirklich als Freier kam, war es ihm unangenehm, derart unverblümt auf seine Absichten angesprochen zu werden. Neben all den anderen Unterschieden zwischen Berliner und Pariser Häusern war das der auffälligste: Niemals wäre der Besucher eines Pariser Etablissements schon beim Eintreten derart in Verlegenheit gebracht worden.

»Ich konnte mich noch nicht entscheiden«, erklärte er mit einem Frosch im Hals.

Die Blonde hakte sich bei ihm unter, Lamartine spürte durch die Kleidung hindurch ihre massige Brust. Sie nötigte ihn sanft zu einem Gang durch den Raum. Dabei flüsterte sie ihm Besonderheiten der Damen zu, die abkömmlich zu sein schienen. »Sehen Sie die Rothaarige dort, die uns freundlich zunickt? Sie kommt direkt aus Warschau und hat dort in den allerhöchsten Adelskreisen verkehrt, unsere Kunden loben ihre Raffinesse. Oder die rehäugige Kleine da an der Wand neben dem bleichen Herren. Ich sollte es Ihnen nicht sagen, aber sie ist noch keine sechzehn – falls Ihnen so etwas liegt. Der Herr, der auf sie einredet, ist übrigens ein Stammgast, ein sehr angesehener Journalist, der in fast allen Blättern der Hauptstadt Theaterkritiken schreibt. Ich finde, man sieht ihm seine anstrengende Tätigkeit in dunklen Räumlichkeiten an. Schauen Sie nur, wie blutarm er ist. Aber wie gesagt: ein eifriger Gast, dessen Name ich Ihnen natürlich nicht nennen werde.«

Lamartine blieb stehen und trank einen Schluck Sekt. »Ihre Chefin soll eine vorzügliche Gesellschafterin sein. Ich würde sie gerne kennenlernen.«

Die Empfangsdame sah ihn streng an. »Das wollen alle, mein Herr. Aber die Baronin pflegt sich ihre persönlichen Gäste selbst auszusuchen, Fremde haben da kaum eine Chance. Im übrigen hat sie soeben Besuch eines alten, treuen Freundes. Niemand darf sie stören. Ich fürchte, Sie müssen sich schon eine andere Gesellschafterin aussuchen. Wie wäre es mit einer reiferen Dame? Wir haben hier eine sehr beliebte Kollegin. Sie erfährt vor allem wegen ihres warmherzigen, mütterlichen Wesens viel Zuspruch von den jüngeren Herren, zu denen Sie ja auch noch gehören – wenn Sie mir erlauben, das zu sagen. Die Dame, von der ich rede, hält sich gerade im oberen Stockwerk auf, aber sie hätte Zeit für Sie. Sie ist eigentlich die Gattin eines angesehenen Bankiers der Stadt. Zu uns kommt sie, weil sie die Atmosphäre hier als sehr angenehm empfindet ...«

»Und ihr Gatte? Was sagt der Herr zu dem Freizeitvergnügen seiner Frau?«

Die weißblonde Frau zog Lamartine näher an sich heran und flüsterte: »Ihnen kann ich es ja sagen, Sie sind nicht von hier. Der Bankier – er wird hier nur Herr von K. genannt – pflegt seine Gattin hierher zu begleiten. Er hat sich im Zimmer nebenan eingerichtet und wirft ab und zu einen Blick auf seine Frau.«

»Danke!« entgegnete Lamartine schnell. »Es liegt mir nicht besonders, als Laienspieler aufzutreten, sei es auch nur vor einem kleinen Publikum.«

Eigenartigerweise erregte ihn plötzlich der Gedanke,

dabei zuzuschauen, wie ein Fremder sich seiner Frau Jeanne bediente. Lamartine schrieb das ihrem Telegramm zu. Obwohl er die Notwendigkeit der Scheidung einsah, dürstete ihn insgeheim – so gestand Lamartine sich jetzt ein – nach Rache. Vielleicht hatte der Bankier von K. ähnliche Gründe, hierher zu kommen und seiner Frau zuzuschauen?

Die Dame legte ihre Hand über den Mund und kicherte. »Sie gefallen mir, Monsieur.« Und gleich darauf ernster: »Gefalle ich Ihnen denn auch ein bißchen?«

»Ja, sehr!« log Lamartine.

Sie zog ihn weiter. »Das klingt nicht sehr begeistert. Aber vielleicht finden wir ja doch noch das Passende für Sie. Da fällt mir ein, wir haben da etwas sehr Einfaches, eine Frau aus ganz bescheidenen Verhältnissen. Eigentlich paßt sie nicht zum Stil unseres Hauses. Aber es gibt gute Kunden, die diese Art von Abwechslung mögen. Ich versichere Ihnen, daß die Dame sauber ist und daß Sie keine unliebsame Überraschung mit ihr erleben. Sie wird übrigens gerade frei...«

Ein kleiner Mann mit einem Vollbart stieg die Treppe herunter und schloß im Gehen die Knöpfe seiner Weste, was Lamartine als die erste wirkliche Obszönität in dem Haus der Baronin empfand. »Leider färbt das gewöhnliche Wesen allzu leicht auf ihre Kunden ab!« flüsterte Lamartines Begleiterin verärgert. Hinter dem Mann betrat eine hochaufgeschossene, schlanke Frau in einem etwas zu weiten Kleid die Treppe. Lamartine stockte der Atem. Die Frau war Mia.

Lamartine trat instinktiv etwas zurück, so daß Mia, die von der Treppe aus auf die Gäste im Foyer herabschaute, ihn nicht gleich entdeckte.

»Ein Wort von Ihnen und Sie können sie haben, Monsieur!« flüsterte die Blonde, die sein Zurückschrecken für eine Finesse zu halten schien. »Bei dieser Dame erlauben wir uns sogar, unseren Kunden einen Sonderpreis zu machen.«

Lamartines Herz schlug ihm jetzt bis zum Hals. Wut stieg in ihm auf. »Ja, die möchte ich!« sagte er heiser. »Aber mir ist es peinlich, mich mit ihr zusammen den Herrschaften zu zeigen. Wären Sie so freundlich, ihr zu befehlen, sich schon in eines der Zimmer zu begeben und dort auf mich zu warten?«

»Das ist eigentlich nicht üblich! Wir legen Wert auf Formen, auf Konversation und Höflichkeit unseren Damen gegenüber.«

Lamartine griff in die Tasche und zog Schwarcks Geldscheine hervor. Einen davon gab er der Empfangsdame. »Na, gut, aber nur weil es sich um dieses einfache Ding handelt«, gab sie zögernd nach.

»Und bitten Sie die Dame, sich schon splitternackt auszuziehen. Ich möchte es so!«

»Monsieur, wir sind hier nicht in einem der billigen Häuser!«

»Nun machen Sie schon!« zischte Lamartine herrisch wie auf einer Razzia. Er gab ihr auch den zweiten Schein. Sie ließ das Geld im Ausschnitt ihres Kleides verschwinden. Dann eilte sie mit eisigem Gesichtsausdruck zur Treppe, fing Mia ab und drängte sie hinauf.

Lamartine trank seinen Sekt in einem Zug aus. Er ging quer durchs Foyer zur Kredenz und schenkte sich aus einem Kristallgefäß ein Getränk ein, das er für Weinbrand hielt. Es war ein klebriger Likör – so klebrig wie alles in diesem Haus, dachte Lamartine. Dennoch trank er ein zweites Gläschen, bevor er die Treppe hinaufstieg.

Die Zimmertüren im ersten Stock hatten Nummern.

Lamartine ging eine Weile auf und ab. Der Läufer schluckte das Geräusch seiner Schritte. Die Fünf öffnete sich, und die Empfangsdame schlüpfte heraus. Ihr Gesicht war hochrot. Als sie Lamartine erblickte, zuckten ihre Mundwinkel. »Sie dazu zu bringen – das war beileibe nicht einfach, und glauben Sie bloß nicht, ich tue sowas ohne Abscheu …«

Er schnitt ihr das Wort ab. »In welchem Zimmer befindet sich die Baronin mit dem Justizminister Simons?«

»Was fällt Ihnen ein?«

»Ich bin Polizist! Ich komme im Auftrag des Herrn Stieber.«

Die Dame musterte Lamartine, sie dachte angestrengt nach. »Wenn ich die Chefin störe, gibt es ein Donnerwetter. Der Minister ist ein sehr anspruchsvoller Gast.«

»Er darf es nicht bemerken. Können Sie ihr nicht etwas zu trinken bringen?«

»Die Baronin versorgt sich normalerweise selbst!«

Lamartine hielt ihr Stiebers Tuch hin. »Geben Sie Ihrer Chefin das! Sie weiß Bescheid. Und vergessen Sie nicht: Simons darf davon nichts mitbekommen!«

Sie nahm das Tuch und eilte zum anderen Ende des Flurs, wo sie von einer schmalen Anrichte ein Tablett aufnahm, zwei Gläser und eine Flasche Champagner darauf abstellte und es dann zur letzten Tür balancierte, wo sie zaghaft anklopfte. Lamartine wartete, bis sie verschwunden war, dann betrat er – ohne anzuklopfen – das Zimmer mit der Nummer Fünf.

Das Zimmer war klein, ein quadratischer Raum mit einem Bett und einem Schrank. In der Ecke stand ein Sessel, auf dem Lamartine das Kleid entdeckte, das Mia auf der Treppe getragen hatte. Neben der Tür brannte eine Kerze in einem Glas. Lamartine blies sie aus. Jetzt wurde der Raum nur noch schwach durch ein Windlicht auf dem Nachttisch erleuchtet.

Er ging zum Bett hin und schlug die Decke zurück.

Mia war wirklich nackt. Sie winkelte die Beine an und drehte sich weg, ohne den Besucher anzuschauen. Obwohl es in dem Zimmer ebenso warm war wie im Foyer, schien sie zu frieren. Mia schlug die Hände vors Gesicht.

Lamartine öffnete den Gürtel seiner Hose und zog ihn mit einer kräftigen Bewegung aus den Schlaufen. Dann packte er ihren Arm, den sie unter dem Oberkörper abgebeugt hatte, und riß ihn herum. Sie war leicht wie ein Kind. Mia lag nun auf dem Bauch, den Kopf immer noch abgewandt. Er wollte ihr Schmerzen zufügen – so wie sie ihm Schmerzen zugefügt hatte, als sie auf der Treppe erschienen war, um die Kundschaft im Foyer zu taxieren. Lamartine dachte an den kleinen Mann mit dem Vollbart. Er sah ihn deutlich vor sich – wie er langsam seine Weste zuknöpfte, während er die Treppe herunterstieg.

Lamartine holte mit dem Gürtel aus. Der Schlag sollte ihren nackten Hintern treffen, die Haut sollte aufplatzen.

Er hielt inne. Er sah, daß ihre Schulter zuckte. Mia weinte.

Lamartine ließ den Arm mit dem Gürtel sinken.

Schon wieder zuckte die Schulter, jetzt hörte Lamartine auch das Schluchzen.

Der Gürtel fiel zu Boden. Lamartine fühlte sich erbärmlich. Er setzte sich aufs Bett. Es dauerte eine Weile, bis er sie berühren konnte. Er legte seine Hand auf die zuckende Schulter. »Warum weinst du?« fragte er.

Ihr Kopf schoß hoch. Die Augen hatten rote Ränder, die Nase glänzte von den Tränen. »Du?«

»Ja, ich bin hier!«

»Oh, Gott!« Mia setzte sich auf und zog die Knie an, sie deckte sich zu. Noch immer schien sie zu frieren. Sie starrte auf den Sessel mit ihren Kleidern. Lamartine stieß mit den Fußspitzen den Gürtel unters Bett. Er schämte sich. Irgendwann sagte er leise: »Ich habe noch niemals eine Nutte erlebt, die weint, wenn ihr Freier ins Zimmer kommt.«

»Wat willste hier?«

»Ich habe versucht, meine Haut zu retten.«

»Hast du jesagt, ick soll nackt warten?«

»Ja.«

»Du bist 'n Schwein.«

»Ich ertrage es nicht, wenn du auf den Strich gehst!«

»Woher soll det Jeld kommen?«

»Welches Geld?«

»Det für meene Mutter und meenen Bruder...«

»Hör endlich auf, mir zu erzählen, er sei dein Bruder!«

»Ick kann se doch nich ohne wat zurücklassen. Und für de Fahrkarten nach Paris.«

»Die Fahrkarten nach Paris?«

»Sollen wir zu Fuß nach Frankreich jehen?«

Lamartine seufzte. »Mia, es ist aus!«

»Wat?«

»Alles. Lecoq wartet draußen in einer Karosse – zusammen mit dem Oberstaatsanwalt. Sie warten darauf, hier hereinzustürmen und den Laden auszuheben. Stieber sitzt im Gefängnis. Und mir wollen die Herren einen Mord anhängen. Ich kann überhaupt froh sein, wenn sie mich an Frankreich ausliefern, anstatt mir hier den Prozeß zu machen.«

»Ausliefern? Wat soll'n dette?«

»In Paris wollen sie mich vor Gericht stellen. Wegen Hochverrats.«

Es wurde an die Tür geklopft. Mia zog die Decke bis zum Kinn. Die Empfangsdame trat ein. Ihr folgte eine kleinere, etwa dreißig Jahre alte, zierliche, rothaarige Frau in einem schwarzen Morgenmantel. Die Rothaarige hatte ein feingeschnittenes Gesicht, das nicht geschminkt war. Sie schob die sie um einen Kopf überragende Empfangsdame beiseite und trat zu dem Bett hin.

»Mach, daß du rauskommst!« fuhr sie Mia an.

Mia erhob sich, ohne die Decke loszulassen. Lamartine hielt ihren Arm fest. »Sie bleibt hier!«

»Was fällt Ihnen ein?« fuhr die Rothaarige Lamartine an. »Ich bin die Baronin von Thun!«

Lamartine erhob sich und deutete eine knappe Verbeugung an. »Mein Name ist Lamartine. Ich bin französischer Polizeibeamter. Mia ist meine Frau!«

»Oh!« rief die Baronin aus und schaute ihre Empfangsdame ratlos an. »Das hatten wir hier noch nicht, nicht wahr, Luise?« Dann wandte sie sich freundlicher an Mia. »Natürlich kannst du bleiben. Falls du dich anziehen willst, gehen wir hinaus.«

Mia, der schon wieder die Tränen über die Wangen liefen, schüttelte den Kopf. Sie schien verwirrt zu sein, stieg aber aus dem Bett, ging zum Sessel und begann, sich anzuziehen. Die anderen schauten diskret weg – auch Lamartine.

»Hat Ihnen Herr Stieber dieses Tuch ausgehändigt?« fragte die Baronin und wedelte Lamartine mit dem Taschentuch vor der Nase herum.

»Ja.«

»Sie wissen, was das bedeutet?«

»Er erwartet von Ihnen, daß Sie mir das Dossier übergeben.«

»Ich werde es holen. Es ist so gut versteckt, daß kein Mensch es finden würde. Darf ich erfahren, was mit dem Dossier passieren wird?«

»Stieber möchte damit seine Freilassung erzwingen.«

Das genügte der Baronin. Sie verließ mit wehendem Mantel das Boudoir. Lamartine sah, daß sie darunter nackt war – und er beneidete den Justizminister Simons.

Mia war fertig mit Anziehen. »Warum sagste, dat ick deine Frau bin?« fragte sie Lamartine.

»Weil du es bist.«

Mia trocknete mit dem Ärmel des Kleides ihre Wangen. Dann wandte sie sich an die Empfangsdame, die mit verschränkten Armen dastand und die beiden beobachtete: »Haben Se jehört, Luise? Ick bin seine Frau! Haben Se sowat schon ma erlebt?«

»Nein! Herzlichen Glückwunsch!« Auch sie verließ eilig das Zimmer.

»Ick bin glücklich, Lamartine«, sagte Mia. »Weeßte, dat ick noch nie in meinem Leben glücklich war?« Sie schniefte. Lamartine ging zu ihr und küßte sie. Sie drückte ihre heiße Wange an sein Gesicht.

Er machte sich los. »Ich werde dieses Dossier zu dem Oberstaatsanwalt hinausbringen. Er will Stieber den Prozeß machen. Dann wird Lecoq mit mir nach Frankreich zurückkehren. Es hat nicht gereicht, Mia. Ich bin der Verlierer.«

»Ick komm mit!« schrie Mia unter einem Tränenschwall auf.

»Nein!« sagte Lamartine. »Sie werden mich für Jahre ins Gefängnis stecken.«

»Dann bleib hier! Laß diesen Lecoq!«

»Hier werden sie mich hinrichten – für einen Mord, den ich nicht begangen habe. Schwarck und Lecoq sind mächtiger als ich. Sie können einen Menschen derart verstricken, daß es keinen Ausweg mehr für ihn gibt. Ich habe das in Frankreich erlebt ...«

»Et jibt doch eene Jerechtigkeit. Et jibt fill Beschiß, det weeß ick. Aber et jibt auch Jerechtigkeit. Jerade jetzt, wo det Land neu jeworden is ... janz Deutschland und so.«

»Es gibt keine Gerechtigkeit. Es gibt nur Intrigen und Fallen. Die Menschen sind schlecht. Geh schnell nach Hause und vergiß mich! Ich bringe dir kein Glück.«

»Doch. Gerade eben haste mir glücklich jemacht.«

»Wenn du morgen wieder auf der Straße stehst und frierst, wirst du dich nicht mehr daran erinnern.«

Mia ging müde zur Tür. »Ick dachte, du bist irjendwie ... wat Besondres!«

Lamartine lachte bitter. »Was Besonderes?«

»Ja. Als ick dir sah, wußte ick: Dieser Mann, der is keen Tier. Dat is 'n feiner Mensch. Ick kenn außer dir keene feinen Menschen. Ick kenn nur solche wie die da unten!«

»Hast du vergessen, was eben passiert ist ... warum ich in dieses Zimmer gekommen bin?«

»Du warst sauer, weil de mir hier offjestöbert hast!«

»Mia, ich mag nicht, wenn du so gnädig bist! Ich werde dieses Dossier hinaus zur Kutsche bringen. Es enthält Beweise, die Stieber entlasten. Sie werden das Dossier irgendwo verstecken und Stieber in das tiefste Loch dieser Stadt werfen.«

Mia schaute ihn lange an, dann schien sie zu verstehen. Sie ging wortlos hinaus.

Lamartine war allein. Er ließ sich auf das zerwühlte

Bett sinken. Das Bettzeug roch nach Parfüm und Schweiß. Lamartine brachte nur ein trockenes Schluchzen hervor. Er rollte sich zusammen, plötzlich war auch ihm kalt. Er drückte sein Gesicht in die Tagesdecke – trotz des Geruches. Sein Mund war weit offen, er stopfte sich den Stoff hinein, als wollte er sich ersticken. Als ihn eine Hand an der Schulter berührte, fuhr er hoch.

»Dieses Dossier – dahinter sind se doch alle her?« fragte Mia leise.

»Es enthält über Jahre gesammeltes Material, das viele Berliner Juristen und Politiker belastet.«

»Warum schnappen wir 's uns nich? Dann könnte dir keener mehr.«

»Wie stellst du dir das vor? Zwei Zimmer weiter hält sich der preußische Justizminister auf, draußen wartet der Oberstaatsanwalt darauf, daß Simons das Haus verläßt...«

»Heißt det, dat de Polzei nich rinkommt, solange der Justizminister hier Jast ist?«

»Ja.«

»Dann bleibt uns doch noch Zeit!«

Auf dem Flur waren Stimmen zu hören, zwei Frauen flüsterten miteinander. Kurz darauf trat die Baronin mit einer flachen Stahlkassette ein. »Mein Gast ruft nach mir. Ich werde ihn noch eine Weile beschäftigen, aber sehr lange hält der Gute es nicht aus. Nutzen Sie die Gelegenheit, mit dem Dossier aus dem Haus zu schlüpfen! Ich habe schon vor Tagen mit Simons über Stieber gesprochen. Der Justizminister ist mir gegenüber... arglos – wenn Sie verstehen. Die beiden wollen Stieber opfern, um nach außen als diejenigen dazustehen, die entschlossen gegen die Unsauberkeit in der Justiz vorgehen.«

»Was haben Simons und Schwarck gegen Stieber in der Hand?« fragte Lamartine.

»Ich glaube, herzlich wenig. Einen Gauner namens Luger, der auf Aufforderung hin davon faselt, daß Stieber ihn mit einer Reitpeitsche verhört hat. Das ist Schwarcks großer Trumpf, den er verschlossen hält wie eine Jungfrau. Er will vor Gericht damit überraschen.«

»Stieber ist kein Dummkopf!« sagte Lamartine.

»Gegen die rabulistischen Kniffe eines Schwarck wird er nicht viel ausrichten können. Demnächst soll in allen Zeitungen der Stadt eine Notiz erscheinen – ein ›Allgemeiner Aufruf‹. Jedermann, der etwas gegen den inhaftierten Kriminaldirektor vorzubringen hat, soll sich bei der Berliner Justiz melden. Was glauben Sie, was passieren wird?«

»Alle Ganoven, die Stieber jemals vor sich hatte, werden sich melden und ihre Beschwerden loswerden wollen. Aus diesem Gespinst kann sich kein Mensch mehr lösen!«

»Simons sagt, er hat Schwarck befohlen, mit dem Aufruf zu warten, bis sie Stiebers Dossier in den Händen haben – er will sicher sein, daß Stieber nicht zurückschlägt. Vor dem Dossier haben die beiden eine Heidenangst! Ich hätte ja selbst längst etwas unternommen – aber ich wußte nicht, an wen ich mich wenden sollte. Zudem hat Stieber mir ausdrücklich aufgetragen, das Dossier nicht eigenmächtig aus der Hand zu geben.«

Draußen wurde eine Tür aufgerissen, eine Männerstimme rief nach der Baronin. Sie übergab Lamartine die Kassette und eilte hinaus. Gleichzeitig streckte die Empfangsdame den Kopf herein. »Mia, was ist mit dir? Unten warten Gäste!«

Mia sah Lamartine an. »Und – soll ick 's vasuchen?

Die warten doch drauf, daß du aus'm Haus kommst. Mit 'ner Frau rechnen die nich. Die wissen doch nischt, daß ick hier anschaffe... Und wenn ich's jeschickt anstelle, erkennt mich nischt mal dein Landsmann.«

Lamartine konnte sich nicht entscheiden. Mia entriß ihm die Kassette. Sie küßte Lamartine auf den Mund, zog ihren Mantel über und versteckte die Kassette an ihrem Körper. Dann verließ sie schnell das Zimmer.

»Und was ist mit den Gästen?« fragte die Empfangsdame. Lamartine zuckte mit den Achseln und ging ebenfalls an ihr vorbei nach unten.

Im Foyer fand er – abgesehen davon, daß einige Damen und Herren die Plätze gewechselt hatten – die Gesellschaft unverändert vor. Lamartine ließ sich ein Glas Sekt geben und nahm in einem etwas abseits stehenden Sessel Platz, von dem aus er ungestört alles weitere beobachten konnte.

Lamartine wunderte sich darüber, daß die Gäste den Eindruck machten, eher wegen der Unterhaltung mit den Damen gekommen zu sein als wegen der Vergnügungen im Obergeschoß. Lamartine mußte sich eingestehen, daß er die Berliner in dieser Hinsicht kultivierter fand als seine Landsleute. Eigentlich, dachte er bitter, wäre ich ein guter Berliner geworden.

Das Auftauchen des Justizministers Simons auf der Treppe erinnerte ihn wieder daran, daß er nicht die Wahl hatte, ein Berliner zu werden oder ein Pariser zu bleiben. Längst waren ihm alle Entscheidungen aus der Hand genommen worden. Selbst seine Vernunft war stumpf geworden. Sie schwieg schamhaft wie ein Musterschüler, den der Lehrer beim Pfuschen erwischt hatte.

Simons war ein großer, untersetzter Mann mit stark

gerötetem Gesicht, er hatte volles, schlohweißes Haar. Der Justizminister gab sich keine Mühe, seine Anwesenheit im Haus der Baronin vor den anderen Gästen zu verbergen. So selbstverständlich, als sei er der Hausherr, stolzierte er von Paar zu Paar und begrüßte die Herren mit Handschlag, die Damen mit einem Handkuß. Als die Baronin – zu Lamartines Verwunderung neu toupiert und in einem schwarzen Abendkleid – dazukam, setzte Simons seine Promenade sogar mit ihr am Arm fort.

Lamartine befiel eine Müdigkeit, die ihn unempfindlich machte gegen seine Misere. Er wußte, daß die Zeit stillstand, solange Simons Hof hielt. Erst wenn der Justizminister das Haus verlassen hatte, würden Schwarck und Lecoq ihn holen. Er dachte an Mia. Da er sie im Foyer nicht entdeckte, nahm Lamartine an, daß sie mit Stiebers Kassette schon außer Haus war. Wenn es ihr gelang, an Schwarck und Lecoq vorbeizukommen, würde sie das Dossier verstecken und auf ihn warten. Er aber saß hier fest – und wie er Schwarck und Lecoq einschätzte, würden sie ihn dafür bestrafen, daß ihnen das Dossier entgangen war. Seine Situation hatte sich nicht verändert.

Lamartines Augenlider wurden schwer. Am liebsten wäre er in einen tiefen Schlaf gefallen, ein Schlaf, der alles das, was ihm in den letzten Tagen widerfahren war, aus dem Gehirn wusch. Er setzte sich abrupt auf – er wollte nicht, daß Lecoq ihn schlummernd im Foyer vorfand, wenn er mit Schwarck hereinstürmte. Er griff nach einer Zeitung, die zusammengefaltet auf dem kleinen Tischchen neben dem Sessel lag. Es war eine Berliner Zeitung – die, die er schon kannte. Sie war zerlesen.

Auf der ersten Seite war viel vom deutschen Kaiser

die Rede. Die Deutschen interessierten sich für alles, was ihn betraf. Es war, als hätte das Volk bis vor kurzem in einem Zustand entsetzlicher Anarchie gelebt und sei nun durch göttliche Fügung unter die Herrschaft eines weisen Regenten geraten. Lamartine blätterte schnell weiter.

Ein Kommentar auf der zweiten Seite erläuterte Bismarcks neue Politik gegenüber Frankreich. Es hieß, obwohl die Regierung Thiers brav die Reparationen an Deutschland zahlte, könne der unvoreingenommene Beobachter zahlreiche Anzeichen dafür ausmachen, daß Frankreich sich auf eine Revanche vorbereitete. Lamartine verstand nicht, was der Kommentator damit meinte: Sein Land war ausgeblutet und hatte – wie der beabsichtigte Prozeß gegen ihn zeigte – alle Hände voll mit sich selbst zu tun.

»Der deutsche Bund«, schrieb der Kommentator, »war defensiver Natur. Preußen wirkte in diesem eher lebensunfähigen Verein wie die Hefe, die den Teig in Gärung versetzt. Der Teig ist nun genügend aufgegangen, es wird Zeit, daß man sich um die Nachbarn kümmert, die diesem natürlichen und gesunden Vorgang mißbilligend zugeschaut haben.«

Lamartine gefiel dieser Stil. Pariser Zeitungen formulierten zurückhaltender und verstellten dabei oft genug den Sinn des Gesagten – aus Kunstwille, aber auch aus Angst. In Berlin war das anders, hier wurde Tacheles geredet, und niemand schien etwas dabei zu finden, sich als stärkstes Land in Europa seiner Kraft zu rühmen und den Feinden offen zu drohen. »Wir Preußen waren und sind nicht beliebt unter den Deutschen«, schrieb der Kommentator weiter. »So wie in Zeiten des Friedens, besonders aber nach einem Krieg der, der zur Umsicht aufruft, gerne als Störenfried abgetan wird.

Die Hauptfrage aber lautet: Was tut Preußen, was tut das neue Deutschland, um sich selbst vor der Mißgunst seiner Nachbarn zu schützen? Es gibt Stimmen, die meinen, es sei eine schlimme Hypothek des neuen Staates, daß er nicht in der Heimat, sondern in Feindesland, im Prunkschloß des Nachbarn eben, besiegelt worden ist – und dann auch noch auf Kosten des unfreiwilligen Gastgebers. Das aber ist die vertrackte Logik der Geschichte: Vieles was auf direktem Wege nicht oder nur sehr schwer zu haben ist, ergibt sich über einen von außen aufgezwungenen Umweg so natürlich wie von wissender, ja göttlicher Hand gelenkt. Das noch nicht geeinte Land mußte sich sozusagen noch im embryonalen Zustand seiner Haut gegen den mächtigen Angreifer erwehren, der ihm alle zukünftigen Rechte absprach, noch bevor er das Licht der Welt erblickt hatte. Dieser widrige Umstand hat die Geburt des Reiches erschwert – aber ohne ihn wäre sie höchstwahrscheinlich gar nicht vonstatten gegangen.«

Lamartine ließ die Zeitung sinken. Simons stand mit dem Rücken zu ihm in der Mitte des Foyers. Er hatte seine Rechte wie unbeabsichtigt auf den Rücken der Baronin gelegt. Sie wanderte hinunter zu ihrem Gesäß und begann – nur von Lamartine beobachtet – sich dort zu schaffen zu machen. Die Baronin versuchte, sich – sobald sie zu spüren schien, was vorging – zu entwinden, aber der kräftige Simons drückte sie fest an sich. Lamartine schaute schnell wieder in die Zeitung, der Anblick des ungleichen Kampfes deprimierte ihn noch mehr…

»Die Geschichte erwartete von Preußen und von Deutschland, daß sie sich hinaus ins Feld begaben, um das unfertige Haus zu schützen. Das ist eine Tatsache, und über eine Tatsache sollte man nicht lamentieren. Klüger und gesünder ist es, darüber nachzudenken, wie man denjenigen zuvorkommen kann, die sich durch die Geburt des neuen Staates verprellt fühlen und ihre Scharte auswetzen wollen.«

Lamartine konnte es nicht fassen: Nicht nur, daß Frankreich nun als Verursacher des deutschen Angriffes dastand, man machte sein Heimatland auch im voraus schon für den nächsten Krieg verantwortlich. Was Lamartine am wenigsten verstand, war, daß niemand in Deutschland ein schlechtes Gewissen hatte: Dem besiegten Frankreich gegenüber gab es weder Mitleid noch Nachsicht. Wenn der Gegner geschlagen war, dann trat man in Berlin auch gleich nach. Daß seine Heimat bereits zerstört war, schien die Deutschen nicht zu scheren. Lamartine spürte, wie in ihm die Wut wuchs. Diese Wut erfüllte Lamartine wieder mit Kraft.

Er las den letzten Absatz. »So gilt es denn, unvoreingenommen und geduldig alles Nötige zu veranlassen, was die zarte Blüte unseres mit viel Blut erkauften Staates beschützt. Bismarck, der neue Reichskanzler, geht in die richtige Richtung. Einen Waffengang wollen wir – derzeit – nicht, weil wir ihn uns selbst nicht zumuten können. Also muß mit den Mitteln der Diplomatie die Not überbrückt werden, bis wir wieder bereit sind, unser Leben mit dem Schwert in der Hand zu verteidigen.«

Um Gottes willen: Welche Not, welcher Feind bedroht das Leben Deutschlands?

»Unsere Wirtschaft, unsere Industrie wächst unaufhörlich, wir müssen ihr die Zeit geben, die sie braucht, um ebenso guten Stahl für Lokomotiven und Schienen zu schmieden wie die Engländer, um ein ebenso aggressives und zu allem entschlossenes Heer heranzuziehen wie die Franzosen...«

Deutschland hatte dieses Heer gerade vernichtend geschlagen, wie konnte dieser Mensch so etwas als Kommentar in der größten Berliner Tageszeitung veröffentlichen? »Sowohl Konservative als auch Nationalliberale sind sich in einem einig: Das, was wir jetzt am dringlichsten brauchen, ist ein Kordon der Sicherheit für unseren Staat. Graf Bismarck hat Verhandlungen aufgenommen, die zum Ziel haben, den revanchesüchtigen Nachbarn durch Einkreisung zu isolieren. Die kaiserlichen Hoheiten in Wien und Moskau zeigen bereits Interesse daran, sich auf europäischer Ebene an einer Absprache zu beteiligen, die die Hitzköpfe in Paris etwas abkühlen wird. Wie aus dem Büro des Grafen Bismarck zu erfahren ist, stehen Konsultationen zwischen Kaiser Wilhelm I., Kaiser Franz Joseph I. und Zar Alexander III. kurz bevor.«

Lamartine warf die Zeitung auf den Tisch. Er stand auf, rückte seine Jacke zurecht, ging in die Mitte des Zimmers und ohrfeigte den Justizminister.

Die Ohrfeige war so kräftig und gezielt geführt, daß der Knall auf der Stelle alle Gespräche beendete. Sieh an, dachte Lamartine noch, dieses Geräusch der verletzten Ehre tut in Berlin ebenso seine Wirkung wie in Paris.

Simons hielt seine Backe und starrte Lamartine mit halboffenem Fischmund an.

»Monsieur!« zischte die Baronin. »Das ist der Justizminister!«

»Und wenn es der deutsche Kaiser persönlich wäre: Niemand hat das Recht, Sie in aller Öffentlichkeit so zu behandeln. Wenn die anwesenden deutschen Herrschaften nicht Manns genug sind, dem Einhalt zu gebieten, muß ich als Fremder eben in die Bresche springen!«

Die gerügten Ehrenmänner redeten laut durcheinander.

»Das hat Folgen, Monsieur!« stammelte der Justizminister.

»Meine Herren!« beschwichtigte die Baronin. »Es handelt sich hier um ein bedauerliches Mißverständnis! Die Sache wird in wenigen Sekunden aufgeklärt sein. Bitte!«

Das flehende »Bitte« war gleichzeitig eine Aufforderung an die Damen, sich um die Ablenkung der aufgebrachten Gäste zu bemühen. Aus den Augenwinkeln beobachtete Lamartine, wie hier und da geküßt und gestreichelt wurde, eine Hand verschwand im Hosenschlitz eines besonders verärgerten Herren, und die Empfangsdame persönlich drängte ein ältliches Männchen mit einem vor Wut hochroten Kopf zur Treppe.

»Was wollen Sie überhaupt von meinem Gast?« fragte die Baronin.

Lamartine antwortete übertrieben laut: »Als Ehrenmann ist es mir unmöglich mitanzusehen, wie dieser Rüpel ihr wertes Hinterteil mit seinem Zeigefinger belästigt!«

Die Baronin wurde rot. Lamartine genoß diesen Anblick: Eine Pariser Bordellchefin wurde niemals rot, und die Baronin sah schön wie eine Madonna aus.

»Stopft dem Franzmann das Maul!« schrie einer. Sofort drängten einige Herren – allerdings überaus vorsichtig, immerhin war der Justizminister in die Sache verwickelt – nach vorne.

»Halt!« gebot der Bass des Justizministers. »Das ist ganz allein meine Angelegenheit. Ich werde doch mit einem Dreckskerl wie diesem Monsieur alleine fertig werden!« Die Herren wichen erleichtert zurück. Simons trat auf Lamartine zu, er überragte den Franzosen um einen halben Kopf. »Obwohl Sie es wahrscheinlich nicht wert sind – aber der Vorfall ist so schwerwiegend, daß ich Sie auf der Stelle um Satisfaktion bitte!«

Ein Raunen ging durchs Foyer. Die Baronin hängte sich bei Simons ein und führte ihn von Lamartine weg. Sie redete verzweifelt auf ihn ein. Der Justizminister aber schüttelte nur seinen Kopf. Lamartine sah, daß Simons im Nacken der Schweiß ausbrach, und er wunderte sich, wie ruhig er selbst dabei blieb.

Der Justizminister machte sich vom Arm seiner Gönnerin los und wandte sich wieder Lamartine zu. »Sind Sie mit einfachen Pistolen zufrieden?«

»In Ihrem Fall würde mir auch eine Reitpeitsche genügen!«

Die Gäste schrien empört durcheinander. Jetzt gab es für Lamartine kein Zurück mehr. Der letzte Versuch der Baronin klang deshalb auch fast halbherzig: »Und wenn Sie sich für Ihre Ungehörigkeit entschuldigen würden, Monsieur? Ich meine, Sie haben allerhand getrunken und vertragen wahrscheinlich auch nicht allzu viel…«

»Ich bin völlig nüchtern und weiß, was meine Pflicht ist. Im übrigen bin ich bereit, für Sie zu sterben, Madame«, erklärte Lamartine und rundete seine Worte mit einer leichten Verbeugung ab.

»Oh!« entfuhr es der Baronin. Um ihre Mundwinkel zuckte es. Sie war unsicher geworden, was Lamartine schmeichelte. Was gab es Schwierigeres für einen Mann, als das Herz einer Bordellchefin zu erweichen?

»Schluß jetzt mit den Honneurs!« polterte der Justizminister. »Wann stehen Sie mir zur Verfügung?«

»So wie Sie sich hier aufführen, duldet die Sache keinen Aufschub«, erklärte Lamartine fest.

»Meinen Hut! Meinen Mantel!« schrie der Justizminister.

Lamartine hatte den Eindruck, daß Simons über seine Bereitwilligkeit, für sein Verhalten auf der Stelle einzustehen, verärgert war. Das Dienstmädchen brachte augenblicklich die Garderobe des Justizministers. Beim Anziehen wandte er sich in einem sachlicheren Ton an seinen Kontrahenten: »Diese Dinge brauchen bei uns ihre Zeit. Sekundanten müssen bestellt werden, die Waffen müssen ausgesucht werden ... Sie verstehen?«

»Nein! Woher weiß ich, daß Sie sich nicht Ihrer Verantwortung entziehen wollen?«

»Sie sprechen mit dem preußischen Justizminister, Sie hergelaufener Flegel!«

Lamartine zuckte nur mit den Achseln. Der Justizminister keuchte. »Sind Pistolen im Haus?« fragte er atemlos die Baronin.

»Woher soll ich das wissen?« Die rothaarige Baronin wirkte etwas ungehalten, sie schien langsam die Geduld mit ihrem Stammgast zu verlieren.

Der Justizminister drehte sich nach allen Seiten, als suche er an den Wänden nach Waffen, die er herabreißen und laden konnte, um sie auf Lamartine zu richten. Dann aber bellte er über die Köpfe der Anwesenden hinweg. »Gibt es unter Ihnen Herren, die Erfahrung als Sekundanten haben?«

Drei Männer, die sich verblüffend ähnlich sahen, traten vor. Der Justizminister wies auf den Kleinsten. »Sie, von Pufendorff!« Dann wandte er sich an Lamartine: »Suchen Sie sich schon jemanden aus, damit wir es zu Ende bringen!«

Lamartine blickte auf den, der ihm am nächsten stand.

»Also los!« befahl der Justizminister, deutete mit einem Kopfnicken einen ungnädigen Gruß an und marschierte hinaus. Die beiden Sekundanten folgten ihm.

Lamartine nahm die Hand der Baronin, verbeugte sich leicht und küßte die weiße Haut zwischen Daumen und Zeigefinger. »Mein Gott!« flüsterte sie. »Was soll das? Er wird sie niederknallen. Weiß Stieber davon? Ist es ein Plan? Gehört es zur Befreiung dazu?«

Lamartine schüttelte leicht den Kopf. »Nein, Madame. Es hat nur ein Ziel: Ihre Ehre wiederherzustellen!«

»Sie sind wahnsinnig!« stammelte sie.

Lamartine folgte den Herren, die draußen schon lauthals lamentierten, weil er sich soviel Zeit ließ.

Als die vier auf die Straße traten, öffnete sich die Tür von Schwarcks Kutsche. Der dicke Oberstaatsanwalt stieg flink aus und näherte sich zusammen mit seinem uniformierten Kutscher der Gruppe. Schwarck nahm seinen Zylinder ab und blieb in etwa vier Meter Entfernung vor Simons stehen.

»Was wollen Sie?« fragte Simons. Das Auftauchen seines Oberstaatsanwaltes schien ihm nicht zu passen.

»Ich bin in der Sache unterwegs, über die wir noch heute mittag gesprochen haben«, erklärte Schwarck mit einem Blick auf die Sekundanten. »Ich habe gewartet, bis Sie das Haus der Baronin verlassen haben, Herr Minister. Wir werden jetzt eindringen und das Haus auf den Kopf stellen. Es gibt Anzeichen dafür, daß sich das Dossier bei der Baronin befindet.«

»Was für ein Schwachsinn!« polterte Simons. »Aber wenn Sie es nicht lassen können, so tun Sie es!« Damit wandte er sich seiner Kutsche zu.

»Herr Minister!« hielt Schwarck ihn auf. »Ich benötigte für meinen Einsatz die Unterstützung dieses Herrn. Er ist ein französischer Kollege und verfügt über Informationen von Stieber, die...«

Simons wandte sich an Lamartine. »Sie sind Polizist?«

Lamartine nickte. Schwarck bat Simons beiseite und flüsterte mit ihm. Simons runzelte die Stirn. Er schüttelte heftig den Kopf. Dann trat er, obwohl Schwarck noch nicht fertig war, auf Lamartine zu. »Wie ich höre, stehen Sie unter Mordverdacht. Sie sollen ausgewiesen werden. Es wird nötig sein, daß Sie mit dem Oberstaatsanwalt wieder hineingehen und einiges klären. Vor allem, wo sich das Dossier befindet! Ich werde auf Sie warten...«

Die beiden Sekundanten gingen langsam wieder zum Haus der Baronin zurück.

Lamartine schrie: »Sie sind ein Feigling, Simons! Ich habe es gewußt!«

Schwarck trat auf Lamartine zu und schlug ihm seine Pranke ins Gesicht.

Lamartine fürchtete, ohnmächtig zu werden, in seinem Kopf drehte sich alles – aber er blieb auf den Beinen. »Feigling!« sagte er wieder. Er spürte, daß seine Lippen anschwollen und sich sein Mund mit Blut füllte.

Oberstaatsanwalt Schwarck holte erneut aus. Der Justizminister drängte ihn von Lamartine weg und brüllte: »Dieser Herr hier wird in einer Viertelstunde tot sein!«

Er rief die Sekundanten zurück, sie sahen sich kurz an – und gehorchten. Schwarck wollte protestieren, aber der Justizminister unterbrach ihn: »Haben Sie Pistolen?« Schwarck starrte ihn verständnislos an. Der Uniformierte trat vor, salutierte ungeschickt und erklärte leise: »In der Kutsche.«

»Los! Holen!«

Der Uniformierte rannte los.

»Aber Herr Minister, Sie können diesen Menschen doch nicht auf offener Straße erschießen!« flüsterte Schwarck erregt.

»Quatsch! Ich werde mich mit ihm duellieren. Wir fahren in den Tiergarten. Zur Luiseninsel. Da finden doch die Duelle statt, oder?«

»Aber Ihre Kaiserliche Hoheit hat ausdrücklich untersagt, daß preußische Beamte…«

»Papperlapapp. Wenn nicht einmal der Justizminister seine Ehre ernst nimmt, wer dann…«

Der Uniformierte brachte ein Holster mit einer Schußwaffe. »Nur eine?« fragte Simons den Mann.

Lamartine mischte sich ein: »In Paris würde eine genügen. Der Beleidigte schießt zuerst. Wenn er trifft, ist die Sache sowieso zu Ende. Wenn nicht, übergibt er die Pistole neu geladen an seinen Kontrahenten.«

»So!« sagte Simons nachdenklich. »Also los dann!« befahl er, nahm dem Uniformierten das Holster ab und ging auf seine Kutsche zu. Den Oberstaatsanwalt ließ er grußlos stehen. Lamartine folgte ihm. Er versuchte, durch die offene Tür von Schwarcks Karosse einen Blick auf Lecoq zu werfen. Aber es war zu dunkel, um etwas erkennen zu können.

Die Kutsche des Justizministers bot Platz für die vier Männer. Als sie losfuhren, sah Lamartine, wie Schwarck mit dem Uniformierten das Haus der Baronin betrat. Lecoq schien in der Kutsche zu bleiben.

Simons hatte dem Kutscher Anweisung gegeben, auf dem schnellsten Weg in den Tiergarten zu fahren. Der Mann trieb die Gäule an, seine Passagiere wurden kräftig durchgeschüttelt. Nachdem sie einige Minuten geschwiegen hatten, fand Lamartine, daß es an der Zeit war, etwas zu unternehmen. »Eine verflixte Situation«, begann er zögernd. Niemand reagierte. »Irgendwie auch lächerlich«, fuhr er fort. »Wenn man bedenkt: Vier gestandene Männer und nur eine Pistole.«

Simons murmelte etwas, was Lamartine nicht verstand.

»Stellen Sie sich bloß vor, wir treffen einander nicht, Herr Justizminister. Die Pistole wird hin- und hergereicht, abwechselnd wird geschossen – aber die Sache findet kein Ende. Nicht gerade ein Balsam für unser Ehrgefühl, meinen Sie nicht auch?«

Simons reagierte unwillig. »Verlassen Sie sich darauf: Ich werde mein Ziel beim ersten Mal treffen!«

Lamartines Knie begannen zu zittern. »Wenn ich's recht überlege«, seine Stimme hatte einen fremden, knisternden Ton. »Eigentlich hat die Baronin recht. Das Ganze ist doch eher ein Mißverständnis.«

Der Justizminister und die beiden Sekundanten schwiegen. »Ich meine«, erklärte Lamartine etwas lauter, um das ängstliche Knistern aus seiner Stimme zu vertreiben. »Schließlich ist die Baronin ja auch eine Bordellchefin und keine Dame der Gesellschaft. Vielleicht habe ich etwas überreagiert und die Stellung der Baronin nicht bedacht.«

»Sie sind eine Laus!« stieß Simons hervor und sah aus dem Fenster.

Die Kutsche fuhr in den dunklen Tiergarten ein. Lamartines Herz schlug bis zum Hals. »Und wenn ich mich bei Ihnen entschuldigen würde?« fragte er zaghaft.

»Reißen Sie sich zusammen!« fuhr Simons ihn an.

Schon nach etwa hundert Metern nahm die Kutsche einen Seitenweg, sie wurde langsamer. Lamartine sah hinaus und bemerkte, daß sie eine schmale Brücke überquerten. Unter der Brücke schwammen im Mondlicht Seerosen. Es wurde heller, die Kutsche hielt.

Simons zwängte sich aus der Kutsche. Die Sekundanten folgten ihm. Der Justizminister hielt die Tür auf. Lamartine blieb bewegungslos im Fond sitzen. Er starrte hinaus auf den vom weißgrauen Stein eines Denkmals erhellten Platz.

Lamartine spürte die Nähe des Todes. Das Denkmal, der von den Spaziergängern plattgetretene Kies, die graublauen Sträucher, die verwelkten Blumenrabatten aus dem letzten Sommer – das alles erinnerte ihn an den Friedhof Père Lachaise.

Vor Angst, seine Beine könnten einknicken, hielt Lamartine sich an der Kutsche fest, als er ausstieg. Ein Sekundant – Lamartine wußte nicht einmal, ob es sein eigener oder der seines Gegners war – löste seine Hand von dem Metallgriff, der dem Kutscher zum Besteigen des Kutschbockes diente.

»Warum sehen in Berlin alle Kutschen wie Särge aus?« fragte Lamartine leise.

Niemand antwortete ihm. Simons öffnete das Futteral und entnahm die langläufige Pistole, die einen mächtigen Schlaghebel hatte. Der wie ein Türkendolch gebogene Abzug glänzte. Simons lud die Pistole.

Warum habe ich mich nie mit Waffen beschäftigt, fragte sich Lamartine. Ein Polizist sollte sich mit Waffen beschäftigen und nicht mit den Enzyklopädisten und den Theorien über die richtige Anwendung der Vernunft.

Simons zählte zwanzig Schritte ab und drehte sich um. Seine rechte Hand hob langsam die Waffe. Die Sekundanten entfernten sich gleichzeitig von Lamartine. »Möchten Sie nicht beten?« bellte Simons.

Beten! Jeanne, achte auf unser Kind, es ist alles, was

ich hinterlasse. Mia, sei klug, nutze den Vorteil des Dossiers, laß dir Geld von Stieber oder meinetwegen auch von Schwarck geben, eröffne eine Wäscherei oder eine Kohlenhandlung, aber um Gottes willen hör endlich auf damit, dich an Männer zu verkaufen! Und du mein Kind, werde ein kluger Mensch, lerne, die anderen richtig einzuschätzen, wiederhole nicht die Fehler deines Vaters, laß dich nicht von Idealen leiten, vertraue niemals auf die Vernunft, sie führt dich in die Niederlage!

»Sind Sie soweit?« rief Simons.

»Ich möchte nicht sterben!« sagte Lamartine leise.

»Ich verstehe Sie nicht, Mann!« brüllte Simons.

Lamartine gab sich Mühe, lauter zu sprechen, aber es war wie in einem Traum, in dem er um Hilfe schreien wollte, aber nicht konnte. »Bitte erschießen Sie mich nicht!« krächzte er schließlich.

»Ihre Zeit ist um!« erklärte Simons mit donnernder Stimme.

»Wen sollen wir benachrichtigen?« fragte einer der Sekundanten.

Lamartine überlegte nur kurz. »Niemanden!« antwortete er.

»Schließen Sie die Augen!« befahl Simons. »Ich ziele auf Ihr Gesicht. Dann sterben Sie schneller. Herzschüsse verzögern die Sache nur unnötig!«

Lamartine schloß die Augen. »*Notre père, qui êtes aux cieux*...« Warum tat er das? Er glaubte doch nicht an Gott.

»...*qui êtes aux cieux*.«

»Beten Sie ruhig weiter, es wird Ihnen helfen. Ich drücke jetzt ab!«

Lamartine glaubte, das Schnaufen seines Gegners beim Zielen zu hören. Er sah sein eigenes Gesicht, die geschlossenen Augen, die zitternden Lippen im Korn der Pistole, die Simons in der Hand hielt.

Er hätte nie gedacht, daß es auf so banale Weise passieren würde. Eigentlich, fiel Lamartine plötzlich auf – und es war wie ein Innehalten der Zeit, eigentlich habe ich mir niemals eine richtige Vorstellung davon gemacht, wie ich sterben werde. Ob das ein Versäumnis war?

Schieß doch endlich, preußischer Dickschädel! Merkst du denn nicht, daß ich soweit bin. Selbst du müßtest soviel Verstand haben zu wissen, daß man jemanden, der sich abgefunden hat, nicht warten läßt.

Es klingelte.

War das das Geräusch des Todes? Eine helle Glocke, ein Glöckchen eher, nicht einmal unangenehm. Aber es hieß ja auch, der Tod, wenn er erst einmal da ist, ist das angenehmste Erlebnis eines Menschenlebens.

Die Glocke klingelte ein zweites Mal, diesmal noch heller, noch näher, noch drängender. Nein, so dürftig konnte die Dramaturgie doch nicht sein? Ein helles Glöckchen, schlechtes Theater. Aber vielleicht war das der passende Schlußakkord.

Schon wieder diese Glocke, jetzt ganz nahe. Warum schießt er nicht endlich, dieser preußische Eber?

»Was gibt's?« brüllte Simons.

Lamartine schlug die Augen auf. Neben Simons balancierte ein Mann auf einer Laufmaschine mit Pedalen und einem monströsen Vorderrad. Ein Veloziped. Lamartine hatte solche Räder in Paris schon gesehen. Gecken befuhren damit die Trottoirs und erschreckten die Fußgänger. Der Mann, der sich etwas unsicher mit den Fußspitzen abstützte, war uniformiert. Atemlos erstattete er Bericht. »Oberstaatsanwalt Schwarck schickt mich. Stieber ist raus!«

»Verflixt!« rief Simons aus und ließ die Pistole sinken. »Sofort wieder einfangen und ins tiefste Verlies werfen!«

»Oberstaatsanwalt Schwarck meint, das sei nicht einfach.«

»Dieses Riesenrindvieh! Alles muß man selbst machen.« Er hob wieder die Pistole und zielte erneut auf Lamartine. »Schließ die Augen, Franzmann!«

»Eine Sekunde, Herr Minister!« protestierte der Radfahrer.

»Was noch?« brüllte Simons. »Siehst du nicht, daß ich mitten in einem Duell bin?«

»Darum geht's. Oberstaatsanwalt Schwarck meinte, in der momentanen Situation... in dieser schwierigen Situation sollte man Stieber keine Handhabe bieten!«

»Handhabe?«

»Er könnte den toten Franzosen in der Presse ausschlachten. Gegen Sie, Herr Justizminister! Schließlich ist der Kerl Polizist!«

»Stieber wird ins tiefste Loch geschmissen, wenn er nur einen Piepser tut.«

»Graf Bismarck... der Kanzler«, stotterte der uniformierte Bote. »... er hat eine Order an den Gefängnisdirektor unterschrieben. Stieber ist sofort freizulassen. Ohne Rückfrage bei der Justiz.«

Simons schwieg und bebte. Sein ganzer Körper drehte sich steif nach rechts. Er gab einen Schuß ab. Königin Luise verlor den spitzen Teil ihres nackten Ellenbogens.

»Sofort aufsitzen!« befahl Simons und sprang in die Kutsche. Die Sekundanten folgten ihm. Die Tür wurde zugeschlagen, der Kutscher trieb die Pferde mit der Peitsche an. Beim Überqueren der Brücke schlug eine Seite der Karosse gegen das schmiedeeiserne Geländer, und der Velozipedist, der nur wenige Meter hinter der Kutsche fuhr, fiel vor Schreck hin. Wieder ertönte das Glöckchen, und Lamartine bemerkte erst jetzt, daß es sich um die Klingel des Fahrradfahrers handelte.

Lamartine ging los.

Er kam etwa fünf Meter weit, dann strauchelte er und fiel in die Blumenrabatten.

Lamartine rollte auf den Rücken, über ihm war der klare Sternenhimmel.

»Ich lebe!« flüsterte er. »Ich lebe. Der Radfahrer hat mir das Leben gerettet.«

Er lernte langsam wieder zu atmen. Dann bewegte er die Hände: erst die rechte, dann die linke.

Er gönnte sich eine Pause. Erst danach bewegte er nacheinander seine Füße.

Wie lange es dauerte, bis er wieder auf die Beine kam, wußte Lamartine selbst nicht genau.

Seine Kleider waren feucht vom Nachttau.

Lamartine brauchte etwa eine halbe Stunde für den Fußweg zur Wohnung der Wilkes.

Er klingelte, niemand öffnete.

Lamartine klopfte. Es tat sich immer noch nichts. Er verließ das Haus wieder. Als er den Kohlenladen der Witwe passierte, sah er durch eine Ritze des geschlossenen Rolladens Licht. Er blieb stehen und klopfte gegen den Rolladen. Dann bückte er sich, griff unter die Metalleiste und hob den Laden an. Lamartine mußte zweimal ansetzen, dann überwand er den Widerstand der an einem Haken fixierten Kette. Er schob den Laden bis zur Hüfte hoch. Die Ladentür stand offen.

Lamartine schlüpfte hinein. Die Alte lag schnarchend in dem Bett, das tagsüber hinter einem Vorhang verborgen war.

Er betrat den dunklen Flur. Es war kalt in der Wohnung. Die Wasserpumpe tropfte. Etwas stimmte nicht. Lamartine klopfte an der Tür von Mias Zimmer. Ohne auf eine Antwort zu warten, trat er ein. Die Petroleumlampe warf ein warmes gelbliches Licht auf die Tapete mit den Wasserflecken.

Mia lag nackt auf ihrem Bett – so als hätte sie Lamartine erwartet. Ihre Augen waren weit aufgerissen, in der linken Brust war ein münzgroßes Loch, das stark geblutet hatte.

Lamartine setzte sich zu ihr, er nahm ihre Hand und streichelte sie. Sie fühlte sich warm an. So als würde Mia noch leben. Nach einer Weile deckte er das Federbett über Mia.

Das Zimmer war durchwühlt worden: Kleider, alte Taschen, Unterwäsche und herausgerissene Schubladen lagen auf dem Boden. Lamartine schaute in den Verschlag, in dem er übernachtet hatte. Auch dort hatte Mias Mörder nach etwas gesucht.

Er deckte Mia wieder auf. Lamartine hatte schon viele Frauenleichen gesehen, er wußte, woran man erkannte, was ihnen angetan worden war. Doch Mia wies keine Spuren einer Vergewaltigung auf: Ihre Scham war nicht gerötet, sie blutete nicht, es gab keinen Spermaausfluß.

Ihr Körper kühlte ab. Lamartine beugte sich über sie und küßte sie auf den Mund. Dann deckte er sie wieder zu. Er ging ins Zimmer der Witwe und sprach die Schlafende laut an. Sie reagierte nicht. Daraufhin schüttelte Lamartine die Alte, und sie kam langsam zu sich. Er erklärte ihr, Mia liege tot im Nebenzimmer.

Die Witwe Wilke erhob sich ächzend aus dem Bett

und lief barfuß über den mit Kohlenstaub bedeckten Boden hinaus. Kurz darauf hörte Lamartine die Frau weinen. Er wartete, bis sie in ihr Zimmer zurückkam. Sie riß ihre Augen weit auf, ihre Hände zitterten, die Unterlippe hing kraftlos herab. Sie setzte sich auf ihr Bett und sah durch Lamartine hindurch.

»Wo is der Junge?« fragte die Alte. Offensichtlich hatte sie alles verschlafen.

»Wo is der Junge?« fragte die Alte wieder, ohne Lamartine anzublicken.

Der Junge. Hatte er etwas mitbekommen? Hatte der Mörder ihn als Zeugen beseitigt? Oder hatte er ihn als Geisel mitgenommen? Lamartine wußte, wer Mia umgebracht hatte. Und dieser Mann würde sich auf seiner Flucht durch eine fremde Stadt niemals mit einem Halbwüchsigen belasten.

Die alte Frau weinte nun laut. »Der Junge!« stieß sie hervor. Ihr Oberkörper beugte sich wie bei einem Krampf.

Jemand klopfte. Lamartine brauchte eine Weile, bis er wußte, woher das Klopfen kam. Dann ging er zum Bett der Witwe, reichte ihr die Hand und half ihr aufzustehen. Sobald sie stand und er sich sicher war, daß sie nicht ohnmächtig werden würde, ließ er sie los und schob das Bett zur Seite.

Schon wieder wurde geklopft.

Lamartine öffnete die Falltür, die in den Kohlekeller der Witwe Wilke führte. Der Kopf des Jungen erschien. Er lachte breit, seine Augen leuchteten, als er die Witwe erblickte. Er kletterte nach oben und fiel ihr um den Hals. Die Alte drückte ihn an sich. Sie küßte den Jungen, hielt dann inne, schob ihn von sich weg und schaute ihn an.

»Haste meene Einweckgläser offjebrochen?« fuhr sie ihn an.

Der Junge schüttelte heftig den Kopf. Die Alte wischte ihm mit dem Zipfel ihres Nachthemdes über den Mund. Sie sah sich die Stelle an und hielt sie dem Jungen hin. »Da sieht man's!« schimpfte sie.

»Det Glas war off!« verteidigte sich der Junge.

Die Alte sagte ruhig: »Deine Schwester… es is ihr wat passiert!«

»Die Gläser sind alle off«, sagte der Junge trotzig. »Ick hab's heut abend entdeckt. De Falltür ha' ick zujeschlagen, damit de mir nischt jleich siehst. Aber dann haste det Bett drüberjeschoben und bist einjepennt, ick hab nach 'ner Weile jeklopft, aber du hast nix jehört. Da ha' ick mir eben in de Ecke jepackt und hab ooch jepoft. Alle sind se off. De Gläser.«

»Lüg nicht!« wies ihn die Wilke zurecht.

»Doch!« beharrte der Junge. »Alle. Die Jroßen. Die roten Ringe rausjezogen und de Deckel eenfach wieda droffjestülpt.«

Lamartine kletterte die Leiter hinunter in den Keller. Er tastete den Mauervorsprung unter der Decke ab und fand einen Kerzenstummel und Zündhölzer. Als die Kerze brannte, fiel sein Blick sofort auf die in Reih und Glied stehenden Einweckgläser mit dem Pflaumenmus der Witwe. Lamartine trat – mit der Hand die Flamme vor dem Zug schützend – an das Regal heran. Die roten Gummiringe, mit denen die Gläser beim Einkochen luftdicht abgeschlossen worden waren, lagen zerrissen hinter den Gläserreihen.

Lamartine hob einen Deckel ab. Er ließ sich leicht entfernen. Sein Zeigefinger stieß schon wenige Zentimeter unter dem Rand auf Widerstand. Mit zwei Fingern fischte Lamartine den Inhalt aus dem Mus. Es handelte sich um eine Rolle Zeitungspapier – oben und unten zusammengeknüllt. Er entrollte das vom

Pflaumenmus durchdrängte Papier. Der Inhalt war unversehrt. Die Zeitungen enthielten Blätter: Notizen und amtliche Protokolle. Eines davon war von Schwarck unterschrieben, ein anderes trug einen Vermerk von Justizminister Simons. Lamartine hatte das gefunden, was Lecoq vergebens gesucht hatte: das Dossier des Wilhelm Stieber.

Als Lamartine das Schließfach im Anhalter Bahnhof abschloß und den Schlüssel in seinem Strumpf verstaute, tippte ihm jemand auf die Schulter: Udo. Er war bleich, sein Unterarm schützte instinktiv die Bauchwunde, die ihm Lecoq beigebracht hatte.

»Wie geht's?« fragte Udo.

»Ich bin auf der Suche nach dem Franzosen!« erklärte Lamartine. »Er hat Bjerregaard getötet.«

Udo schien diese Mitteilung zu überraschen.

»Willst du mir helfen, ihn zu finden?« fragte Lamartine.

Udo schüttelte den Kopf. »Ich habe da einen reichen Freier aus Potsdam an der Angel...«

Lamartine wurde laut: »Du hilfst mir, oder ich werde dich von Stieber vorladen lassen!«

Udos Gesichtszüge wurden hart. »Der sitzt im Gefängnis, und Sie können mich mal! Was geht mich der alte Urning Bjerregaard an?«

»Stieber ist frei!« sagte Lamartine. Udos Augen wurden unruhig. Er schaute über Lamartines Schulter. Lamartine folgte unwillkürlich seinem Blick – als er nichts entdeckte und sich wieder umwandte, war Udo weg.

Immer noch hielten Kutschen vor dem Haus der Baronin.

Lamartine klopfte an der Tür, der alte Diener öffnete. Diesmal ließ er den Besucher wortlos ein. Als Lamartine in das Foyer trat, bot sich ihm das gleiche Bild wie bei seinem ersten Besuch. Die Gäste verhielten sich, als sei nichts geschehen. Wieder kam die Empfangsdame auf Lamartine zu. Sie nahm den Gast beim Arm und führte ihn zur Treppe. »Er wartet schon auf Sie, Monsieur!« erklärte sie. »Zimmer drei. Klopfen Sie viermal!«

Lamartine ging ins Obergeschoß hinauf und klopfte viermal gegen die genannte Tür. Die Baronin öffnete.

Stieber saß auf dem Bett und nippte an einem Glas Sekt. Seine Jacke hatte er ausgezogen und über den Herrendiener gehängt. Er trug jetzt einen dunklen Anzug mit Hemd und Kragen. Stieber wirkte wie ein etwas gehemmter Bordellbesucher aus dem Umland. »Trinken Sie einen mit, mein Freund!« forderte er Lamartine auf.

Lamartine setzte sich zu Stieber auf die Bettkante. Die Baronin nahm die Flasche aus dem auf dem Boden stehenden Sektkübel, schenkte Sekt in ein Glas und reichte es dem Gast. Sie lächelte, und Lamartine fiel wieder auf, wie schön diese Frau war. Dann nahm auch die Chefin neben Stieber Platz und legte ihren Arm um seine Schultern.

Lamartine und Stieber stießen an. Lamartine prostete auch der Baronin zu.

Als sie die Gläser absetzten, schnalzte Stieber mit der Zunge und sagte laut: »Wer hätte gedacht, daß wir uns so schnell wiedersehen?«

Lamartine schaute auf das Etikett der Sektflasche. Es war ein deutsches Erzeugnis: »Lutter & Wegner«. In seiner Heimat hätte dieser Sekt keine Freunde gefunden. Er war süß und hatte zuviel Säure.

»Ich habe Krebse in Buttermilch setzen lassen«, sagte die Baronin. »Sicher habt ihr beide Hunger.«

»Krebse in Buttermilch?« fragte Lamartine ungläubig.

Stieber lächelte. »Ihr Gedärm säubert sich, und sie verlieren den Modergeschmack. Von der Berlinerin könnt sogar ihr in Paris lernen.«

»Wieso haben Sie mich um meine Hilfe gebeten, wenn Sie Bismarck auf Ihrer Seite haben?« fragte Lamartine unvermittelt.

Stieber winkte ab. »Ich habe nicht mehr daran geglaubt. Ich dachte, er hat mich fallenlassen, der Junker. Aber ich habe ihm unrecht getan... und jetzt sitze ich hier. Am schönsten Ort dieser Stadt.« Bei diesen Worten küßte ihn die Baronin, was Stieber in Lamartines Gegenwart peinlich zu sein schien. »Wo ist das Dossier vom alten Hinckeldey?« fragte er schnell.

»Ich habe es in Sicherheit gebracht.«

»Bringen Sie es unverzüglich her!« forderte Stieber den Franzosen in einem schon merklich härteren Ton auf.

»Das wird nicht einfach sein!«

»Was ist das Problem?«

»Meine Rehabilitation. Sie haben sie mir versprochen.«

Stieber zeigte ein gequältes Gesicht. »Sie sollten es sich nochmal überlegen, Lamartine. Selbst wenn ich Sie entlaste und Ihren Landsleuten versichere, daß Sie keinen Widerstandskämpfer wissentlich verraten haben, wird man Sie nicht mehr in den Polizeidienst aufnehmen.«

»Meine Frau lebt in Frankreich, und sie erwartet ein Kind.«

»Ich dachte, Sie hätten in Berlin eine neue Gefährtin gefunden?« fragte Stieber lauernd.

»Ein Mann wie ich tut sich nicht mit einer Hure zusammen.«

Obwohl dieser Satz die Gastgeberin beleidigte, verzog die Baronin von Thun keine Miene. Stieber wandte sich ihr zu: »Sieh doch mal nach deinen Gästen! Nicht daß sie dir den guten »Lutter & Wegner« wegtrinken, ohne dafür zu bezahlen. Und die Krebse in der Buttermilch sollen sich beeilen!«

Die Baronin stand auf, nickte Lamartine zu und verließ das Zimmer. Stieber schenkte beiden Sekt nach. Dann nahm er sein Glas und begann, am Sekt nippend, in dem Boudoir auf und ab zu gehen. »Ich denke anders als Sie über Damen, die sich für Geld verkaufen, Lamartine.« Er ließ Lamartine Zeit, seine Äußerung zurückzunehmen. Als der aber keine Anstalten machte, fuhr Stieber unbekümmert fort. »Sie wundern sich sicher, warum ich so eng mit der Baronin bin... warum ich hier eine Art Hausfreund bin...«

Lamartine nickte.

»Anstatt die Damen zu verfolgen, habe ich ihre Motive untersucht, ihren Alltag, die Zwänge, unter denen sie dieses oder jenes tun. Zu meinem Erstaunen entdeckte ich, daß viele Dirnen durch den Umgang mit hochgestellten Besuchern eine gewisse Bildung erlangt haben. Sie können Verse von Vergil und Horaz aufsagen. Sie verfügten oft über ein ganzes Register juristischer und militärischer Begriffe. Von ihren Besuchern erfahren sie ungewollt private und öffentliche Geheimnisse. Ich fand unter ihnen geradezu prädestinierte Spioninnen.«

»Das hätte ich mir fast denken können«, sagte Lamartine.

»Die größte Gefährdung liegt einfach darin, daß beinahe alle durch Krankheit an der Ausübung ihres

Gewerbes verhinderten Dirnen kriminell werden... kriminell werden müssen...« Lamartine konnte es nicht glauben: Kaum war Stieber aus dem Gefängnis raus, renommierte er schon wieder. Er spazierte durch das Bordellzimmer wie durch einen Seminarraum. Und munter dozierte er: »Ich sammelte systematisch alles Wissen über diesen Bereich. Ich habe erkannt, daß man den Sittenproblemen einer Hauptstadt nicht mit Polizeigewalt beikommen kann. Unter einem Pseudonym habe ich meine Erkenntnisse sogar veröffentlicht, Lamartine. An König Wilhelm IV. habe ich eine Eingabe gerichtet und empfohlen, die herrschende Polizeiaufsicht über das Dirnenwesen aufzulösen und stattdessen eine ›Dirnen-Heilungscassa‹ einzurichten. Der Eingabe wurde entsprochen. Die Frauen zahlten einen Teil ihrer Verdienste in diese Kasse ein und wurden dafür im Krankheitsfall unterstützt. Die Einrichtung hatte quasi über Nacht Folgen. Die Dirnen wurden im Krankheitsfall einfach nicht mehr kriminell. Und durch die Meldepflicht bekam die Gesundheitsbehörde die venerischen Krankheiten in den Griff. Sogar der Mißbrauch Minderjähriger in geheimen Bordellen wurde eingedämmt, weil die Bordelle, um in den Genuß der Kasse zu kommen, nicht mehr im Dunkeln geführt werden konnten. Zum Dank bekamen ich und meine Beamten Informationen aus dem Dirnenmilieu...«

»Sie haben wirklich die Prostituierten zu Spitzeln gemacht?« entfuhr es Lamartine.

Stieber antwortete mit unverhohlenem Stolz: »Fast alle Berliner Dirnen arbeiten für mich, sie berichten fleißig. Ich habe dafür gesorgt, daß die Dirnen bei der Berliner Polizei den gleichen Schutz genießen wie jeder andere Bürger auch. Vielleicht verstehen Sie jetzt, lieber Lamartine, wieso ich hier bin...«

Lamartine trank seinen Sekt in einem Zug leer, dann wandte er sich an Stieber: »Lösen Sie das ein, was Sie versprochen haben – und Sie bekommen Ihr Dossier!«

»Und wenn nicht?« fragte Stieber.

»Dann werde ich das Dossier vernichten.«

Stieber erstarrte. Es dauerte eine Weile, bis er seine Runde durch das Zimmer fortsetzte. »Hören Sie, Kollege, ich hätte eine andere Verwendung für Sie. Ich werde nicht mehr in den Polizeidienst zurückkehren.« Das überraschte Lamartine allerdings. »Ich führe seit einiger Zeit eine besondere Einrichtung: das erste Central-Nachrichten-Büro in Berlin. Wollen Sie nicht als mein Stellvertreter einsteigen?«

»Ich bin kein Journalist, Herr Stieber, ich bin Kriminalist.«

»Und ein guter, Lamartine. Deshalb will ich Sie ja auch dabeihaben. Lassen Sie sich durch die offizielle Bezeichnung meiner Tätigkeit nicht beirren! Denken Sie doch einfach an das, was ich Ihnen eben von der Dirnen-Heilungscassa erzählt habe. Nach diesem Prinzip werden in wenigen Jahren alle Geheimdienste arbeiten. In Rußland zeichnet sich der nächste Krieg ab, der Zar will sich der Slawen erwehren. Wenn er das erfolgreich und ohne große Verluste tun will, muß er auf den Krieg vorbereitet sein. Er braucht die Unterstützung eines großflächig arbeitenden Geheimdienstes. Der Saboteur, der sich mit einer Sprengladung um den Bauch gebunden hinter die feindlichen Linien schleicht, um dort eine Gulaschkanone in die Luft zu sprengen – das ist was für unser Stadttheater. In der Wirklichkeit werden die zukünftigen Kriege in Hinterzimmern entschieden. An geheimen Karten, in die emsige Kriminalisten Unmengen von Nachrichten eintragen. Aus allen Ecken und Enden eines Landes kommen Spitzelberichte zusammen. Sie werden überprüft, mit anderen Berichten verglichen, damit sich keine Desinformation einschleichen kann, und in diese Karten-Maschinerie eingegeben. Diese – sagen wir: statistische – Arbeitsweise merzt den individuellen Faktor aus. Die Masse der Informanten trägt das Mosaik einer Gesamtlage zusammen. Fehler gibt's so gut wie nicht mehr. Nach dieser Gesamtlage können sich die Militärs verhalten. Es gibt keine sinnlosen Gemetzel mehr, sondern nur noch punktgenaue Messerstiche.«

»Sowas kostet doch Unsummen!« warf Lamartine ein.

»Die Kosten sind wirklich immens. Aber der Staat, der als erster Geld in einen derart arbeitenden Geheimdienst steckt, wird bald Europa beherrschen. Und wenn Bismarck mich eines gelehrt hat, dann das: Wenn es um die Macht geht, fehlt es nie an Geld. Mensch, Lamartine, wir werden alles vorhersagen können: jeden Aufstand, jede noch so kleine Truppenbewegung, jeden Rülpser in irgendeinem Duodez-Kabinett.«

»Zu welchem Zweck?«

»Um die Regierenden zu schützen.«

»Aber das hat doch nichts mehr mit Polizeiarbeit zu tun.«

»Es ist Agentenarbeit, die moderne Form der Kriminalistik. Wir beschäftigen uns halt nicht mehr mit gemeinen Mördern, sondern mit ganzen Völkern. Wir jagen keine Eierdiebe mehr, wir machen Politik… ach was: Geschichte machen wir!«

»Ich bin Kriminalist, Stieber. Ich mache Politik, wenn ich zur Wahl gehe. Das genügt mir. Im übrigen glaube ich, daß es Ihnen gleichgültig ist, wem Sie mit Ihren Erkenntnissen helfen. Sie wollen bloß auf der Seite derer stehen, die die Macht haben. Sie wollen gewinnen, Stieber.«

»Die, die die Macht haben, sind vielleicht auch die, die im Recht sind. Denn die Macht zu haben, bedeutet auch, daß man Ziele vertritt, die durchsetzbar sind, Kollege Lamartine.«

Lamartine erhob sich.

»Ist das eine Absage?« fragte Stieber.

»Ich weiß, daß Sie schon einmal einen Menschen kaltblütig ermordet haben. Ich will nicht mit Ihresgleichen in einem Büro sitzen.«

Stieber wurde bleich vor Wut. Er schrie Lamartine an: »Ja, ich habe diesem Gaston Franc Gift gegeben. Es war das Gift, das er meinen Landsleuten unters Essen hatte mischen wollen. Beim Diner wären über hundert Männer gestorben. Die besten meines Landes, Lamartine. Sie hätten nicht anders gehandelt...«

»Oh, doch!« fuhr Lamartine ihn an. »Ich hätte ebenso wie Sie verhindert, daß der Attentäter meine Landsleute vergiftet. Aber ich hätte ihn einem ordentlichen Gericht ausgeliefert.«

»Sie sind naiv, Lamartine. Der Prozeß wäre solange verschleppt worden, bis seine Freunde ihn befreit oder wir das Land verlassen hätten. Ich kannte diesen Franc, er war mir ja schon während der Kämpfe in den Wäldern von Versailles begegnet. Er war ein Partisan. Leute wie Franc geben nicht auf. Wenn ich ihn hätte laufen lassen oder in ein französisches Gefängnis gesteckt hätte – was auf dasselbe hinausgelaufen wäre –, dann hätte ich mich meinen Landsleuten gegenüber schuldig gemacht: Sein nächster Anschlag gegen die Besatzungsmacht wäre vielleicht geglückt. Franc war ein Fanatiker. Solche Leute sind mit geheimdienstlichen Mitteln kaum zu kontrollieren. Ich hätte eine Zeitbombe aktiviert, Lamartine. Etwas anderes, als ihn zu beseitigen, blieb mir gar nicht übrig.«

»Zu beseitigen – das ist die Sprache der Kriminellen, die wir bekämpfen, Herr Stieber.«

»Sie sehen die Dinge nur aus Ihrem kleinbürgerlichen Blickwinkel, Lamartine.«

»Halten Sie es für kleinbürgerlich, einen Verdächtigen durch ein ordentliches Gericht aburteilen zu lassen, Stieber? Selbst ein deutsches Feldgericht hätte mehr Gerechtigkeit in die Welt gebracht als Ihre Tat.«

»Dafür hatten wir keine Zeit. Es war noch Krieg!«

»Sie geben also zu, daß Sie Franc das Gift eingeflößt und ihn dann in den Bois de Boulogne verfrachtet haben?«

»Ich gebe zu, daß ich mir einen Spaß daraus gemacht habe, die Pariser Polizei zappeln zu lassen – mit einer Champagnerleiche im Bois de Boulogne. Das war nicht sehr kollegial, Lamartine, pardonnez-moi! Aber ich konnte Ihnen den Attentäter ja schlecht mit einem Zettel um den Hals vor die Tür legen.«

Lamartine wandte sich ab, Stieber widerte ihn an.

»Lieber Lamartine, mit Ihrer Hilfe habe ich die Spitze des gesamten französischen Widerstandes festgesetzt. Mit einem Schlag und einem Kordon von nicht einmal fünfzehn Feldpolizisten. Das soll mir – das soll uns mal einer nachmachen!«

»Sie haben die Kriminalpolizei für Ihre schmutzigen Pläne mißbraucht.«

»Schmutzig waren sie nur aus Ihrer Sicht, und das ist nicht einmal verwunderlich, Lamartine, schließlich sind Sie Franzose! Aber was den ›Mißbrauch der Kriminalpolizei‹ angeht: Haben Sie sich nicht auch schon oft gewünscht, daß Sie bei Ihrer Arbeit einmal nicht durch diese verstaubte, inkompetente, ja zutiefst hinderliche Bürokratie eingeengt werden? Wollten Sie noch nie alle Fesseln der kleinlichen Vorschriften abwerfen und einen Fall auf Ihre Art zu Ende bringen?«

»Ja, schon, aber...«

»Na, sehen Sie, Lamartine. Das alles kann ein Geheimagent. Das alles werden Sie können, wenn Sie sich mit mir zusammentun und in mein Telegraphenbüro eintreten...«

»Ich dachte, man hat Sie da oben vergessen. Und jetzt wollen Sie einen deutschen Geheimdienst aufbauen?«

»Bismarck hat mich nie vergessen. Das hat er durch seine Unterschrift unter die Freilassungsorder gezeigt. Gut – ich habe einige Tage an ihm gezweifelt. Ich bin eben auch nur ein Mensch. Jetzt bin ich wieder auf dem richtigen Weg. Ich weiß, daß er seine Hand über mich hält...«

»Das hat er sich lange überlegt. Nicht viel – und Sie wären im Gefängnis draufgegangen!«

Stieber lief rot an, Lamartine hatte ihn an seinem empfindlichsten Punkt getroffen. Der Deutsche fuhr – nur mühsam seinen Tonfall kontrollierend – fort: »Dem Kanzler waren durch die Rangeleien mit dem Kaiser die Hände gebunden. Daß ich ihm seinen deutschen Geheimdienst aufbauen soll, hat er mir schon vor dem Krieg gesagt. Das Telegraphenbüro war seine Idee. Ein moderner Geheimdienst muß flexibel arbeiten. Das geht nur außerhalb des staatlichen Apparates. Ein außerstaatlicher Informationsdienst entbindet Bismarck von der lästigen Pflicht, jedesmal Kaiser und Parlament fragen zu müssen, wenn er geheimdienstliche Informationen braucht. Für operative Einsätze gibt sowieso kein Parlament Geld. Aber für ein Nachrichtenbüro zahlt der Kaiser gerne – zumal die britische Agentur Reuter um die Genehmigung für die Eröffnung eines Büros in Berlin ersucht hat. Es war die

Pflicht der Deutschen, den Briten in der Hauptstadt zuvorzukommen. So schlug Bismarck zwei Fliegen mit einer Klappe: Er verhinderte ein britisches Monopol im Nachrichtenwesen und er finanzierte sich selbst ein geheimes und unabhängiges Instrument zur Durchführung seiner zukünftigen Politik.« Stieber atmete durch. »Es stimmt, er hat lange nichts unternommen, um mich aus diesem Schlamassel herauszuholen. Schwarck und Simons bewegen sich eben auf einer Ebene, die für den Kanzler nicht erreichbar ist – so tief unten liegt sie.«

Lamartine lachte bitter: »Jetzt sind Sie kindisch, Stieber. Wenn Bismarck gewollt hätte...«

Es wurde geklopft. Die Empfangsdame trat ein. »Der Franzose erwartet Sie jetzt!« teilte sie Stieber mit.

Lecoq – dachte Lamartine. Sein Herz schlug schneller.

Stieber fiel wieder in den herrischen Ton, den Lamartine aus Paris von ihm kannte. »Sie warten hier und rühren sich nicht von der Stelle, Lamartine! Lassen Sie sich alles noch einmal durch den Kopf gehen!« Er wandte sich der Empfangsdame zu. »Sie sorgen mir dafür, daß unser Gast sich nicht langweilt – und daß er nicht auf die Idee kommt, sang- und klanglos zu verschwinden.«

Die Empfangsdame deutete einen Knicks an, als Stieber eilig das Zimmer verließ. Sie ging zum Sektkübel und schenkte Lamartine Sekt nach, dann ließ sie sich zu seinen Füßen auf dem Boden nieder und begann, ihm die Schuhe auszuziehen.

Lamartine war so mit seinen Gedanken beschäftigt, daß er alles geschehen ließ. Sie zog ihm auch die Socken aus und massierte seine Füße. Ihre Hände waren warm, es genügte, daß sie die Fußsohlen nur leicht knetete: Lamartine entspannte sich. Er seufzte und legte seinen Kopf in den Nacken.

Nach einer Weile erfüllte ihn eine große Ruhe. Lamartine wußte wieder, was er wollte: Mia war ermordet worden, und er würde den Täter seiner Strafe zuführen. Er fühlte sich wieder als Polizist.

»Bitte, nicht so fest!« bat er die Dame. Sie zuckte mit den Achseln, ließ Lamartines rechten Fuß los, stand auf und ging zu dem kleinen Wandspiegel, um mit der flachen Hand ihre etwas windschief gewordene Hochfrisur zurechtzurücken.

Stieber kam zurück. »Haben Sie es sich nochmal überlegt?« fragte er Lamartine. Er klang jetzt nervös und unduldsam. Lamartine schüttelte den Kopf. Stiebers Backenknochen traten hervor. »Schade! Ich hätte einen anständigen Kriminalisten wie Sie gut brauchen können. Aber wenn Sie nicht wollen…« Er machte eine Pause, um Lamartine die Gelegenheit zu geben, sich doch noch anders zu besinnen. Lamartine aber dachte an die Leiche des Gaston Franc auf der Parkbank im Bois de Boulogne – und er schwieg. »Was hindert Sie wirklich? Ihr Patriotismus? Das ist ein unsicheres Gefühl – zumal Politik in unseren Breiten zukünftig in anderen Dimensionen gemacht werden wird.«

»Ein Europa unter den Preußen! Meinen Sie das?« fuhr Lamartine Stieber an.

»Also doch, Sie hängen an Frankreich, obwohl Ihr Land Sie verstoßen hat. Finden Sie das nicht etwas hündisch, lieber Lamartine?«

»Ach was!« wehrte Lamartine ab. »Das ist es nicht. Wenn Frankreich Männer wie Lecoq braucht, scheiße ich auf dieses Land!«

Stieber brüllte: »Was ist es dann?«

»Ich sagte es schon: Es ist die Leiche. Es ist der tote Gaston Franc.«

Stieber lachte ihn aus. »Ein Toter. Bei diesem Krieg sind Hunderttausende einen schrecklicheren Tod gestorben. Und Sie halten sich an diesen einen Toten.«

»Ja. Ich halte mich an diesen einen Toten. Für all die anderen Toten ist kein Polizist zuständig. Aber der Fall Franc – das ist ein Kriminalfall, ein ungelöster Kriminalfall.«

»Selbst wenn tagtäglich und überall Menschen umgebracht werden, ohne daß man ihre Mörder verurteilt? Gestatten Sie, Lamartine, aber ich halte Sie für verbohrt.«

»Der Kriminelle hält den Ermittler immer für verbohrt!«

»So machen Sie sich halt lächerlich, Lamartine! Sie haben Ihre Chance gehabt. Nun gehen die Dinge ihren Gang. Sie werden in Ihre Heimat reisen. Draußen wartet Lecoq. Er brennt darauf, Sie in Handfesseln zum Bahnhof zu bringen. Und ich werde ihn nicht daran hindern!«

Lamartine versuchte, seine Aufregung zu verbergen: »Ich glaube, Sie vergessen, daß ich im Besitz Ihres Dossiers bin. Ohne Dossier keinen Sieg über Ihre Widersacher, ohne Sieg keine neue Geheimdienstkarriere! Oder glauben Sie, Schwarck und Simons lassen Sie nun in Ruhe? Ganz abgesehen davon: Bismarck kann Sie aus dem Gefängnis holen, aber die Anschuldigungen gegen Sie stehen – in aller Öffentlichkeit.«

Stieber musterte ihn abschätzig. »Ich habe mich in Ihnen getäuscht, Lamartine. Sie sind wirklich ein Kleingeist!« Er riß die Tür auf und trat hinaus. Draußen sprachen mehrere Männer halblaut durcheinander. Dann führte Stieber Udo herein. Udo drehte verlegen seine Mütze vorm Bauch. Stieber behandelte ihn ohne die Vorsicht, die er sonst im Umgang mit Fremden walten ließ. »Sag ihm, was du mir gesagt hast!« forderte er Udo auf.

Udo zierte sich, in Lamartines Gegenwart war er gehemmter als auf dem Flur, wo er anscheinend das große Wort geführt hatte. Stieber versetzte ihm einen leichten Stoß, und Udo leierte wie ein Automat: »Da mir der Franzose schon mehrmals verdächtig aufgefallen ist, habe ich ihn nicht mehr aus den Augen gelassen. Vor allem, als er etwas in ein Schließfach sperrte. Das wollte der Ausländer mir auch noch dringend verheimlichen. Ich bin ihm bis hierher gefolgt und habe nun zu vermelden, daß der Schlüssel in seinem rechten Strumpf steckt.«

Stieber fragte nach der Nummer des Schließfaches, und Udo nannte sie ihm. Dann wandte sich Stieber im gleichen, rohen Ton an Lamartine. »Heraus damit oder soll ich Sie visitieren lassen?«

Lamartine bückte sich, schnürte den Schuh auf und zog den Schlüssel aus dem Strumpf. Stieber schaute sich die Nummer auf der Raute an. Dann ging er mit dem Schlüssel hinaus. Die Empfangsdame folgte ihm so eilig, als wäre es ihr unangenehm, mit Udo und Lamartine allein im Zimmer zu bleiben. Die Tür wurde von außen abgeschlossen. Lamartine war mit dem Mann allein, der ihn ans Messer geliefert hatte.

»Tut mir leid, aber er hätte mich bestraft, wenn ich es ihm nicht gemeldet hätte!« erklärte Udo leise. Lamartine vermied es, ihm in die Augen zu schauen. Er sehnte sich danach, daß Lecoq hereinstürmen und ihn abführen würde. »Ich wollte Ihnen nicht schaden, ich wollte nur meine Haut retten!«

»Laß mich in Ruhe!« zischte Lamartine.

Udo setzte sich in einen Sessel und schaute die Wand an. »Sie vergessen, daß ich Sie vor diesem anderen Franzosen gerettet habe, auf der Bahnhofstoilette. Jetzt kungelt der auch noch mit Stieber. Was glauben Sie, was der Kerl sich einfallen läßt, um sich für diesen Kopfverband an mir zu rächen?« maulte Udo.

»Dann hättest du nicht herkommen sollen.«

»Und Stieber? Mit dem ist nicht gut Kirschen essen, wenn er sich verraten fühlt.«

»Mach dir keine Sorgen, Udo, er nimmt dich sicher in seine Dirnenheilungs-Cassa auf, falls Lecoq dir ein Leid zufügen sollte.«

Udo schwieg.

»Lecoq wird dich in Ruhe lassen«, erklärte Lamartine nach einer Weile gelassener. »Er will nur mich, und wenn er das hat, was er will, wird er abziehen.«

»Der ist doch krank«, flüsterte Udo. »Auf dem Flur war er nur eine Sekunde mit mir allein. Ich kann Ihnen nicht sagen, was er in dieser Sekunde getan hat.« Lamartine hätte es gerne gewußt, aber er fragte nicht danach. »Visitiert hat er mich auch. Jetzt hat er sein Stilett wieder. Er wird mich diesmal damit totstechen, ich hab's in seinen Augen gesehen«, jammerte Udo.

»Stieber wird es nicht zulassen«, versuchte Lamartine ihn zu beruhigen, aber sehr überzeugend klang er nicht.

»Nicht einmal meine eigene Waffe hat er mir gelassen, die Franzosensau!« jammerte Udo.

Lamartine verstand Udo nicht gleich. »Was soll Lecoq mit einem Schlagring anfangen?«

»Es ist kein Schlagring. Es ist ein Eispickel, den ich einem Bierkutscher bei einem Unfall gestohlen habe. Seit Jahren führe ich den Stölzel mit mir, er bringt mir Glück, Sie glauben ja nicht, wie roh manche Kerle mit unsereinem umspringen, wenn sie ihr Geschäft verrichtet haben. Mehr als einmal hat der Eispickel mir das Leben gerettet…« Udo hielt in seinem Geplapper inne. Offensichtlich hatte er etwas gesagt, was er nicht hatte sagen wollen.

Lamartine hatte nur mit halbem Ohr zugehört, aber Udos Stocken machte ihn hellwach. Er rekapitulierte das, was er wahrgenommen hatte. Er dachte nach.

Nach einer Weile trat er an Udo heran. Der Junge sprang auf. Lamartine zog ihm blitzschnell die Jacke über den Kopf, so daß Udos Arme fixiert waren. Er tastete Udo ab.

Lecoq war etwas entgangen, als er Udo durchsucht hatte: In einer auf der Rückenseite der Jacke eingenähten Tasche fand Lamartine die Lederbörse. Sie enthielt nur große Scheine. Es handelte sich um die Summe, die Lamartine für Bjerregaards Informationen gezahlt hatte.

Lamartine stieß den verdutzten Udo in den Sessel zurück. »Du hast Bjerregaard umgebracht!« fuhr er ihn an.

Udo schüttelte fassungslos den Kopf. In seinen Augen las Lamartine die Angst, die er von seinen Verhören her kannte: Die Angst des Täters, entlarvt zu werden.

»Das ist das Geld, das ihr mir abgenommen habt!« hielt Lamartine ihm vor.

»Aber das heißt doch nichts.«

»Doch. Es ist der gesamte Betrag. Das heißt: Er ist nicht geteilt worden. Du hast Bjerregaards Anteil an dich gebracht.«

»Sie sind verrückt geworden.«

»Ich habe dich auf dem Bahnhof beobachtet. Vor und nach dem Mord. Davor bist du hinter jedem Freier hergerannt, danach hast du sie hochmütig abblitzen lassen. Du bist nur zum Bahnhof gekommen, um es ihnen heimzuzahlen, um das Gefühl auskosten zu können, nicht abgewiesen zu werden, sondern selbst abzuweisen. Du hattest Geld in der Tasche. Sehr viel Geld für deine Verhältnisse.«

»Ich werde mich bei Herrn Stieber über Sie beschweren.«

»Tu das, Udo! Stieber wird sich freuen, von mir zu erfahren, wer Bjerregaard auf dem Gewissen hat. Ist dir überhaupt klar, daß Bjerregaard und Stieber Freunde waren?«

Udo nickte.

»Weiter!« drängte Lamartine, es packte ihn eine Euphorie wie zu Hause, am Quai des Orfèvres – wenn er morgens, bei Sonnenaufgang, kurz vor einem Geständnis stand. »Als wir uns kennenlernten, hast du alles getan, um mich mit Bjerregaard zusammenzubringen. Nichts war dir wichtiger: Du wußtest, daß ich jeden Preis zahlen würde. Als ich aber zum zweiten Mal zu dir kam, damit du mich mit Bjerregaard zusammenbringst, hast du mich abfahren lassen wie den dicken Freier in der Bahnhofshalle.«

»Sie bilden sich da was ein, Herr Lamartine…«

»Stieber wird anderer Meinung sein, Udo. Das Ganze hat nämlich eine Logik. Und es gibt Indizien. Du hast mich in der Bahnhofsgaststätte einfach sitzenlassen, weil du wußtest, daß es keinen Sinn mehr hat, mit mir ins Geschäft zu kommen. Es hatte keinen Sinn mehr, weil der wichtigste Mann des Geschäftes tot war: Bjerregaard. Du hattest ihn nur kurz vorher ermordet.«

»Nein!«

»Ein anderes Indiz ist die Mordwaffe. Am Tatort ist keine gefunden worden. Man wird aufgrund der Kopfverletzung festgestellt haben, daß es sich um eine spitze, metallene Waffe gehandelt hat. Ein äußerst gefährliches Instrument, das nur von kaltblütigen Menschen benutzt wird. Um jemandem eine solche Waffe in den Schädel zu stoßen, muß man äußerst kaltblütig sein, nicht wahr, Udo?«

»Aber Bjerregaard war doch mein Freund!« beteuerte Udo.

»Umso schlimmer. Ich habe bisher angenommen, daß der Täter sich gleich nach der Tat seiner Waffe entledigt hat, da sie ihn aufgrund ihrer Eigentümlichkeit hätte entlarven können. Deshalb habe ich diese Linie nicht weiter verfolgt. Ich war mir sicher, daß die Waffe längst irgendwo in der Spree liegt. Jetzt aber kommst du daher und plapperst munter etwas von einem Glücksbringer, der dir abgenommen worden ist.«

»Das hat keiner gehört – außer uns beiden«, entgegnete Udo eifrig.

Was für ein hilfloser Mensch, dachte Lamartine, schon gibt er unter vier Augen zu, daß er etwas zu verschweigen hat, es wird keine fünf Minuten mehr dauern, bis er gesteht.

»Stieber wird die Waffe bei Lecoq finden und sie mit der Kopfwunde des Getöteten vergleichen lassen. Lecoq wird bezeugen, daß er die Waffe von dir hat – ebenso wie ich. Schließlich habe ich die Waffe schon in deiner Hand gesehen. Damals hast du mit der stumpfen Fläche zugeschlagen – bei Lecoq. Damit bist du überführt. Stieber wird dafür sorgen, daß du hingerichtet wirst. Bjerregaards Tod hat ihn sehr mitgenommen, Udo!«

Udo brach in Tränen aus. »Bjerregaard wollte mir meinen Anteil streitig machen. Er sagte, ich hätte nichts zu dem Geschäft beigetragen. Er wollte mir das

Geld abnehmen, es kam zu einem Handgemenge, ich mußte mich meiner Haut wehren. Es war pure Notwehr, Herr Lamartine! Daß ich mit der Spitze des Eispickels zugeschlagen habe... das habe ich nicht einmal gemerkt, ich bin doch kein Mörder, wirklich nicht...«

Lamartine hatte sein Ziel erreicht. Er setzte sich nieder. Die letzten Minuten hatten ihn viel Kraft gekostet.

»Tun Sie's nicht!« bettelte Udo. »Liefern Sie mich nicht dem Stieber aus! Diesem Teufel!«

»Aber Herr Stieber ist doch kein Teufel!«

»Und ob er das ist!«

»Warum hast du *mich* dann an ihn ausgeliefert, Udo?«

Udo schüttelte nur noch den Kopf – so als könnte er sich noch weigern, all das, was ihm widerfuhr, zur Kenntnis zu nehmen. Lamartine kannte diese Haltung sehr gut, er wußte, daß sie die Kapitulation bedeutete. Udo war jetzt soweit, man konnte alles von ihm haben – wenn man nur versprach, ihn in Ruhe zu lassen.

»Es gibt da eine Möglichkeit«, sagte Lamartine langsam. Udo wurde augenblicklich still.

»Ich habe in Berlin keine polizeiliche Befugnis. Also ist es auch nicht meine Pflicht, dich zur Strecke zu bringen. Zumal ich selbst in der Bredouille stecke.«

»Ich glaube, es heißt Pedrouille«, verbesserte Udo ihn.

»Ich spreche besser französisch als du, Udo. Es wird dir nicht entgangen sein, daß Lecoq in Berlin ist, um mich nach Frankreich zurückzuschaffen... um mir dort den Prozeß zu machen?«

»Ja!« antwortete Udo.

»Ich habe größeres Interesse daran, meine Haut zu retten, als dich dem Stieber auszuliefern.« Udo nickte eifrig. Stimmen näherten sich der Tür. Lamartine mußte sich beeilen. »Sobald ich verschwunden bin, sagst du Stieber, daß du in Lecoq den Mann wiedererkannt hast, der Bjerregaard umgebracht hat! Erwähne zwei Professoren, mit denen du ihn kurz vor dem Mord hast sprechen sehen – als du den quicklebendigen Bjerregaard gerade verlassen hast. Du wirst heute noch freikommen! Erwähne um Gottes willen nicht, daß ich hinter den Beschuldigungen stecke. Stieber würde sofort Lunte riechen. Es muß alles sehr zufällig aussehen. Stieber wird die Professoren befragen und die richtige Antwort erhalten. Hast du verstanden?«

Udo wollte etwas sagen, doch da schob Stieber schon Lecoq herein.

Stieber machte einen zufriedenen Eindruck. »Mein Kurier ist unterwegs. Ich bin sicher, er bringt mir das Dossier, Lamartine. Ich übergebe Sie Ihrem Landsmann!«

Lecoq trat vor und legte Lamartine Handschellen an. Er verabschiedete sich von Stieber mit einem knappen Nicken. Dann zog er Lamartine zur Tür.

»Sie sind ein Schwein, Stieber!« schimpfte Lamartine.

Stieber beachtete ihn nicht mehr, er wandte sich an Udo. »Ich weiß, daß du mir sehr geholfen hast. Trotzdem: Mach, daß du wegkommst!«

Udo wollte noch vor Lecoq das Zimmer verlassen. Der aber packte ihn am Kragen und drückte ihn gegen die Tür. »Mit dir ich habe noch eine Hühnchen zu rupfen!« zischte er. Das Stilett sprang in seiner Hand auf.

»Sind Sie wahnsinnig?« schrie Stieber ihn auf französisch an. »Dieser Mann steht unter meinem Schutz. Machen Sie, daß Sie außer Landes kommen, oder ich behandele Sie und Ihren Lamartine wie Feinde!«

Lecoq ließ Udo los und stieß Lamartine hinaus. Auf dem Flur begegnete ihnen die Baronin von Thun. Lamartine blieb stehen. Sie blickte auf die Handschellen. »Schade!« sagte sie.

Lamartine machte eine leichte Verbeugung. »Sie sind die schönste Frau, die ich jemals gesehen habe!« sagte er ernst.

»Schade!« sagte die Baronin noch einmal. Lecoq zog Lamartine weiter.

Als der Zug anfuhr, wußte Lamartine, daß alles schiefgegangen war. Udo hatte es ihm nicht gedankt, daß er ihn hatte entkommen lassen. Lamartine lehnte sich in seinem Sitz zurück und schaute hinaus auf die glatten, sandgrauen Brandmauern der Berliner Hinterhäuser, die langsam an ihnen vorüberzogen. Bald würde er in Paris sein – und dann würde er nur noch darauf warten, daß man ihn so schnell wie möglich deportierte. Von dem Prozeß würde er nicht viel mitbekommen; er nahm sich vor, alles unumwunden zuzugeben – was man ihm auch vorwerfen würde.

Vielleicht würde er sein Kind noch zu sehen bekommen, bevor er in die Kolonie geschickt wurde.

Lamartine nahm jetzt schon seine Strafe an. Er war ein Verbrecher geworden.

Als sie etwas später durch den Grunewald fuhren, erklärte Lecoq, daß sie nur bis Reims reisen würden. Man wollte Lamartine dort verhaften, damit in Paris kein Wirbel entstand und der Prozeß ohne Presserummel vorbereitet werden konnte. Lamartine war seinem Land dankbar für diese dezente Lösung. In Paris war er mittlerweile zu bekannt, es wäre sicher zu entwürdigenden Szenen auf der Straße gekommen – mit Kriminellen, die sich an ihm rächen wollten.

»Wann kann ich meine Frau sehen?«

»Wir haben Ihre Frau nicht über Ihr Kommen informiert. Soweit ich weiß, hat sie die Scheidung beantragt. Man muß ihr alles nicht unnötig schwer machen, wenn sie auf dem Weg ist, wieder eine gute Französin zu werden.«

Auch das nahm Lamartine hin. Beide sahen lange aus dem Fenster. Irgendwann fragte Lamartine: »Warum haben Sie Mia getötet?«

Lecoq antwortete, ohne seinen Blick von den knospenden Bäumen zu lassen, die langsam an ihnen vorüberzogen: »Sie hat sich geweigert, mir das Dossier auszuhändigen, deshalb habe ich sie bestrafen müssen.«

Lamartine dachte über diese Worte nach. Nach einer Weile sagte er ohne jede Bewegung in der Stimme: »Sie haben sie aus Haß getötet. Mias Tod nützte Ihnen nichts, es war bloß Haß.«

Lecoq entgegnete ruhig: »Jetzt, wo Sie es sagen: Ja, das stimmt. Ich weiß, daß es Huren geben muß. Wenn sie aber unverschämt werden, kann ich sie nicht ausstehen. Und diese Mia war unverschämt. Sie hat sich aufgeplustert wie eine Freiheitsheldin. Nur weil ich Stiebers verdammtes Dossier haben wollte und sie es nicht herausrückte.«

»Sie war ein Held. Der einzige unter uns«, entgegnete Lamartine ebenso ruhig. »Wir sind nur Getier. Keiner von uns hat ihre Größe. Wir tun nur das, was vor unserer Nase liegt. Wahrscheinlich sind die Menschen fast alle so.«

»Wußten Sie das nicht?«

Lamartine schüttelte den Kopf. Lecoq schien verblüfft zu sein.

Später teilten sie sich ein Stück Schwarzbrot, das Lecoq auf dem Bahnhof gekauft hatte, und aßen stumm. Die Handschellen hinderten kaum, Lamartine hatte sich daran gewöhnt.

Hinter Potsdam verlangsamte der Zug seine Fahrt. Auf einem langen Bahndamm kam er zum Stehen. Lecoq stand auf, öffnete das Fenster und streckte seinen Kopf hinaus. »Sie werden es nicht glauben!« sagte er vergnügt. Er zog Lamartine an den Handschellen zum Fenster.

Die Spitze des Zuges hielt in einer langgezogenen Kurve, so daß die beiden die nervös fauchende Dampflokomotive sehen konnten. Vor der Lokomotive stand eine Kuh auf den Gleisen und muhte laut und anhaltend. Ein Heizer schlug mit einem Stock auf sie ein, aber das Tier rührte sich nicht.

»Und das in Deutschland, wo alles wie am Schnürchen zu laufen hat!« lachte Lecoq.

Im Zug wurden Türen geschlagen. Fahrgäste redeten aufgeregt durcheinander. Jemand ging von Abteil zu Abteil. Die Tür zum Abteil der Franzosen wurde aufgerissen. Ein großer, schwerer Mann von etwa sechzig Jahren trat herein. Er trug Zivilkleidung.

»Wer von Ihnen ist Monsieur Lecoq?« fragte er.

Lamartine zeigte auf Lecoq.

Der Mann packte entschlossen den Koffer Lecoqs – es lag nur einer im Gepäcknetz, Lamartine hatte seine Reisetasche neben sich stehen – und schob ihn aus dem offenen Abteilfenster. Draußen nahm ein zweiter Mann das Gepäck auf.

»Was Sie tun da?« fuhr Lecoq den Eindringling an.

»Eine Routineangelegenheit. Wir müssen Sie nach Potsdam bringen. Herr Stieber wünscht Sie dort zu sprechen.«

»Ich werde in Reims erwartet!« schrie Lecoq.

»Steigen Sie aus!« forderte ihn der Mann auf. Er trat auf den Gang und machte die Abteiltür frei.

»Und er?« fragte Lecoq. »Er heißt Lamartine, er ist mein Gefangener, meine Regierung wird…«

Der Mann zuckte mit den Achseln. »Es war nur von Ihnen die Rede.«

»Das hat ein Nachspiel! Sie sind mir persönlich für diesen Gefangenen verantwortlich!« schimpfte Lecoq nun auf französisch. Den Deutschen schien das wenig zu beeindrucken. Er trat wieder ins Abteil, griff Lecoq mit beiden Händen gleichzeitig in die Rocktaschen und fand sofort die Schlüssel zu den Handschellen. Er warf den kleinen Schlüsselbund auf die Sitzbank neben Lamartine. Dann zog er Lecoq aus dem Abteil und warf die Tür zu.

Lamartine hörte die eiligen Schritte der beiden. Er schloß die Handschellen auf, erhob sich und lehnte sich aus dem Fenster.

Die Kuh bewegte sich träge. Sie setzte vorsichtig einen Fuß vor den anderen und wankte vom Gleis. Die Lokomotive pfiff, dann zitterten ihre Pleuelstangen, und der Zug setzte sich wieder in Bewegung.

Als Lamartines Waggon in der Kurve war, schaute er zurück.

Die beiden Männer in Zivil führten den sich heftig wehrenden Lecoq über die Gleise.

Sie stießen ihn in ein dichtes Waldstück.

In dem Augenblick, in dem Lamartine das Abteilfenster schloß, fiel im Wald ein Schuß.

ANHANG

»Daß die Dinge geschehen, ist nichts,
daß sie gewußt werden, ist alles.«
Egon Friedell

EIN HERR NAMENS SCHMIDT

Das Leben des Wilhelm Johann Carl Eduard Stieber

»Stieber« ist ein Roman. Dennoch handelt der Text von realen Personen und Vorgängen. Wilhelm Stieber hat wirklich gelebt. Er war der erste deutsche Geheimdienstchef, er hat 1870/71 Bismarck auf dem Feldzug nach Frankreich begleitet, er war maßgeblich am Sieg der preußischen Truppen und an der Durchsetzung der deutschen Einheit beteiligt. Über sein Leben und seine Arbeit als Geheimagent liegen nur wenige Zeugnisse vor – auch im 19. Jahrhundert waren Spionage und Gegenspionage ein Metier, das man nicht in aller Öffentlichkeit betrieb.

In dem, was über Stiebers Wirken überliefert ist, gibt es deshalb Lücken. Viele Umstände seines Lebens sind nicht geklärt, weil er es für klüger hielt, sie ungeklärt zu lassen und statt der Wahrheit Legenden in die Welt zu setzen. Wer sich mit Stieber und seiner Zeit beschäftigt, stößt unweigerlich auf diese Lücken – die Frage nach dem Mörder des Mannes, dessen Leiche am 10. März 1871 auf einer Parkbank im Bois de Boulogne gefunden wurde, ist nur eine von vielen. Die Geschichtsbücher lassen wenig verlauten über die Vorgänge hinter den Kulissen der deutschen Sternstunden; viele fragwürdigen Begleitumstände der ersten deutschen Einigung von 1871 sind erst in jüngerer Zeit ans Licht gekommen – oder überhaupt nicht. Vor allem dann nicht, wenn Stiebers Dienst seine Hand im Spiel hatte.

Man kann die Fragen nach den Hintergründen des Geschehens offenlassen und sich mit dem begnügen, was die Protagonisten der Nachwelt überliefern. Ein Historiker, der auf Zeugnisse angewiesen ist, muß sich solange mit einer unklaren Version abfinden, bis ein erhellender Beleg auftaucht. Für einen Erzähler aber ist dieser Zustand des Halbwissens unhaltbar: Er folgt dem Impuls des Erzählens, des Herstellens von Sinn mit Mitteln der Phantasie. Das Geschäft eines Erzählers ist die Vergegenwärtigung von Vorgängen; diese Vergegenwärtigung ist – soll sie den Leser überzeugen – ebenso wie die Geschichtsschreibung auf Fakten angewiesen. Nur behandelt sie diese Fakten anders als die Historie. Sie fügt sie zu einem möglichst stimmigen, vor allem aber lebendigen Gesamtbild zusammen, dessen Leerstellen sie mit Hochrechnungen, Wahrscheinlichkeiten, Ahnungen, Halbwahrheiten und glatten Lügen auffüllt. Der penible Historiker mag die Nase rümpfen über diesen Umgang mit der Vergangenheit, allerdings wird er (beim Gespräch unter vier Augen) nicht abstreiten können, daß der Erzähler nur das mitteilt, was er sich insgeheim auch schon oft als mögliche, vielleicht sogar zwingende Wahrheit ausgemalt hat, ohne den Mut zu besitzen, es auch niederzuschreiben, weil ihm die historischen Belege dafür fehlen.

Die Geschehnisse im Frühjahr 1871 in Paris und Berlin, von denen »Stieber« handelt, sind weitgehend historisch verbürgt. Dennoch gibt es in dem Roman einige (sehr wenige) Personen, für deren historische Existenz der Autor seine Hand nicht ins Feuer legen möchte. Auch mag es sein, daß gewisse Nebenfiguren des Romans zu der Zeit, in der »Stieber« spielt, in einer der beiden Städte gelebt haben, ohne sich allerdings jemals über den Weg gelaufen zu sein. Andere wiederum hatten ständig miteinander zu tun, gingen sich gegenseitig auf die Nerven, haben sich insgeheim gehaßt oder sogar geliebt – obwohl sie im Roman nichts voneinander wissen. So wiegt eben das eine das andere auf.

Manche Ereignisse klingen wenig glaubwürdig, haben sich aber (im Gegensatz zu anderen, deren Realität auf der Hand zu liegen scheint) haargenau so abgespielt, wie sie im Roman geschildert werden – mitunter bloß zu einem früheren oder späteren Zeitpunkt. Was aber – so muß man als Autor seine potentiellen Kritiker, die Historiker, fragen – sind ein paar Monate, ja ein paar Jahre vor dem Hintergrund der 125 Jahre turbulenter deutscher und französischer Geschichte, die seit den geschilderten Vorgängen vergangen sind?

Um allerdings durch den erzählerischen Eigensinn nicht allzu viel Verwirrung zu stiften, halten es Verlag und Autor für notwendig, die historischen Fakten aufzuführen, die im Umkreis von Stiebers Leben gesichert sind (soweit man in Zusammenhang mit einer Geheimdienstler-Vita davon reden kann) – ohne etwas zu verschweigen oder hinzuzufügen.

1. Biedermeier

Am **23. März des Jahres 1819** geschah in Mannheim ein folgenschwerer Mord. Der Burschenschaftler Karl Ludwig Sand erdolchte den Schriftsteller August von Kotzebue, der in der breiten Öffentlichkeit als Freund Rußlands und Propagandist der alten, konservativen Mächte galt.

Fünf Monate war das Land von dem Attentat wie gelähmt. Dann setzten die Machthaber ein Zeichen: Auf der Ministerkonferenz zu Karlsbad beschlossen Preußen und Österreich harte Maßnahmen gegen die liberale Bewegung an den deutschen Universitäten. Aufgrund der Karlsbader Beschlüsse, die der Deutsche Bund am **20. September 1819** in Frankfurt am Main verabschiedet, werden die Burschenschaften verboten, der Staat kontrolliert die Universitäten, die Zensur wird eingeführt. Wer die deutsche Einheit öffentlich verlangt, wird ins Gefängnis geworfen. Viele können jahrelanger Kerkerhaft unter den unmenschlichsten Umständen gerade noch entgehen, indem sie ins Ausland flüchten.

Das Bürgertum reagiert auf seine Weise auf die harten Zeiten, es zieht sich zurück und entwickelt einen zeitgemäßen Lebensstil: Häuslichkeit und Gemütlichkeit sind angesagt, die kleine Welt ist der neue Lebensraum, über den Tellerrand oder gar ins unruhige Ausland, wo (in Manchester, Sevilla und Sizilien) schon wieder rebelliert wird, will kaum einer sehen.

Dies ist die Welt, in der Wilhelm Stieber aufwächst.

Wilhelm Johann Carl Eduard Stieber wurde am **3. Mai 1818** in Merseburg als Sohn eines Regionalbeamten und einer englischen Grundbesitzerstochter namens Daisy, angeblich einer direkten Nachfahrin von Oliver Cromwell, geboren. **1820** zog die Familie nach Berlin, wo der Vater ins preußische Kirchenministerium avancierte. Der junge Stieber wurde ins Gymnasium »Graues Kloster« geschickt und nach dem Abitur vom Vater zum Theologiestudium gedrängt.

Als Wilhelm Stieber am Abend nach seiner ersten Predigt in der Berliner Hofkirche seinem gerührten Vater gegenüberstand, beichtete er: Der ungehorsame Sohn studierte längst keine Theologie mehr, die Bibelauszüge, die in seinem Zimmer herumlagen, waren Abschriften von Kommilitonen. Heimlich hatte er sich in der juristischen Fakultät eingeschrieben und arbeitete, um sich sein Studium zu verdienen, als Aushilfsschreiber bei der Berliner Polizei.

Der fromme Vater schmiß den Sohn aus dem Haus und strich jegliche Unterstützung für dessen Studium.

Stieber hatte sich längst in einer Branche etabliert, die weitab lag von der Welt des biederen Kircheninspektors. Bis **1841** studierte Wilhelm Stieber Jura und Kameralien (Staatswissenschaft) in Berlin, er legte sein Referendariatsexamen mit Auszeichnung ab, arbeitete mangels väterlicher Unterstützung als Justizgehilfe und bewarb sich **1844** als Kommissar in der neuen Abteilung IV der Berliner Polizei, die für Kriminalfälle zuständig war. Polizeipräsident von Puttkamer persönlich stellte Stieber, der durch seine Schreibertätigkeit bereits die Arbeitsweisen der Polizei kannte, ein.

Obwohl er im Deutschland des 19. Jahrhunderts ein wichtiger Mann war, ist von Wilhelm Stieber nur ein Bild überliefert. Er wirkte im Verborgenen und hütete sich – wie seine Nachfolger im 20. Jahrhundert – vor ungesunder Publizität. Das Portrait, das ihn ohne Verkleidung und Maske zeigt, wurde in den mittleren Jahren verfertigt. Es zeigt einen sehr korrekt gekleideten, etwas scheu und verkniffen wirkenden Mann mit einer Halbglatze und einer hochgekämmten Künstlerlocke. Stieber trägt eine kleine Brille mit ovalen Gläsern und einen mächtigen Schnauzbart, der vor allem die Aufgabe zu haben scheint, sein Gesicht zu kaschieren. Am Halstuch hängt ein einfacher Orden, der russische Stanislaus-Orden mit Stern (ihm 1867 vom Zar Alexander II., seinem Nebenarbeitgeber, verliehen), am Revers des Bratenrockes ein zweiter, ebenso einfacher: das Ritterkreuz. Stieber macht auf diesem Bild den Eindruck eines spröden, preußischen Beamten, der sich seine Auszeichnungen mit Fleiß und Pflichtgefühl in einer staubigen Amtsstube ersessen hat.

2. Kriminalistische Erfolge

Stieber hatte Glück. In kürzester Zeit löste der 26jährige zwei spektakuläre Fälle: Er überführte alle Täter eines Kapitalverbrechens, das im Hause eines Bankiers verübt wurde, und bereitete die Verhaftung einer Räuberbande vor, die seit Monaten die Wälder um Berlin unsicher machte und auch durch eine Kompanie Soldaten nicht ausgehoben werden konnte.

Was dem heutigen Leser bei Stiebers frühen Kriminalfällen auffällt, ist die Unbefangenheit und Sorglosigkeit, mit denen er die

Aufklärungsarbeit angeht. Stieber, der in seinen lange unveröffentlicht gebliebenen Memoiren (»Spion des Kanzlers«) jegliches Pathos vermeidet und seine eigenen Verdienste zwar nie verschweigt, sie aber nur in der sachlichen Manier eines bedächtigen Handwerkers beschreibt, widmet sich einem Fall – und schon fallen ihm wie in einem reißerisch geschriebenen Krimi *en passant* alle Beweismittel in die Hände: »Während eines Spazierganges in dem erwähnten Waldgebiet fand ich mich plötzlich vor einer durch Baumäste versteckten Erdhöhle, aus welcher lautes Schnarchen drang. Als ich in die Höhlung spähte, schliefen darin die seit so langer Zeit gesuchten Marodeure, vollzählig beisammen liegend, geräuschvoll den Schlaf der Gerechten oder vielmehr Ungerechten.«

Der Superdetektiv auf dem Waldspaziergang mußte bloß noch die Polizei herbeirufen und die schlafenden Kriminellen überrumpeln lassen. So einfach war das damals – behauptet jedenfalls Stieber. Doch der junge Polizist hatte nicht nur mit derart beschaulichen Ermittlungen zu tun. Im Fall Tomaschek zum Beispiel kommt er einem Berliner Schneidermeister auf die Spur, der sich mit Hilfe eines Arztes für tot erklären und scheinbar beerdigen hatte lassen, um eine Versicherungssumme von 100 000 Talern zu ergaunern. Stieber erfuhr durch einen kleinen ungarischen Ganoven, daß der Schneider in Böhmen lebte. Er ließ das Grab Tomascheks öffnen, fand nur ein Bügeleisen und schwere Steine im Sarg, reiste sofort inkognito nach Böhmen und stöberte den schwerreichen Versicherungsbetrüger auf.

Stieber war noch kein Jahr bei der Berliner Polizei und schon eine Legende. Eigentlich ist alles, was folgte, aus diesen beschaulichen Anfängen erklärbar – auch wenn es noch so unglaublich klingt. Stieber ging methodisch, unbefangen und unbelastet durch moralische oder ideologische Rücksichten vor. Das war in einer Zeit, in der sich alle Welt an traditionelle Werte klammerte, höchst ungewöhnlich. Man wurde höheren Ortes auf den fleißigen und karriereorientierten Kriminalisten aufmerksam. Wenn man schon einen derart begabten Mann zur Hand hatte, warum sollte man sich seiner nicht auch zu anderen als kriminalistischen Zwecken bedienen?

»Der Staat hat das höchste Recht auf die Individuen… deren oberste Pflicht ist es, Bürger dieses Staates zu sein.« So sprach der Philosoph Hegel, der bis 1831 an der Berliner Universität unterrichtete (zuletzt sogar als Rektor) und zu einer Art Hausideologe Preußens wurde. Der preußische Staat war ein Obrigkeitsstaat, er war der festen Überzeugung, daß er seine Untertanen an die Kandare nehmen mußte. Und er steckte in einer Krise...

Stieber: »Am **24. Februar 1845** empfing ich ein Schreiben des Geheimen Oberregierungsrat Mathies beim Ministerium des Innern, in welchem ich ersucht wurde, ihn am folgenden Tag mit größter Diskretion in einer dienstlichen Angelegenheit aufzusuchen.«

Im Innenministerium kommt man ohne Umschweife zur Sache, der Staat hat es noch nicht nötig, seine Wege und Ziele zu vertuschen. »...erhielt von Mathies die vertrauliche Mitteilung, daß die Provinzialbehörden in Schlesien einer Verschwörung von Bewohnern des Hirschberger Tales auf die Spur gekommen seien... der Minister des Innern, Graf von Arnim, hätte deshalb angeregt, mich nach Schlesien zu entsenden zwecks geheimer Führung von Recherchen nach den Verschwörern und deren Plänen...«

Der Geheimagent war geboren. Mit der gleichen bodenständigen Begeisterung für das Machbare, mit der er gegen kleine und große Ganoven vorging, entwickelt Stieber seine erste Operation gegen politisch unliebsame Oppositionelle. Ohne daß ihm die geringsten Zweifel an der Rechtmäßigkeit der Aktion kamen, scheint Stieber jedoch die Andersartigkeit seines neuen Aufgabengebietes erkannt zu haben. Anläßlich der Reise ins Hirschberger Tal tut der preußische Beamte zum ersten Mal etwas, was ganz und gar nicht zu seinem legitimistischen Selbstverständnis paßt: Er schlüpft in eine andere Identität. Stieber läßt sein *Alter ego* auferstehen: einen gewissen Herrn Schmidt, ein Durchschnittsmensch, der nicht übertrieben staatstragend, aber auch nicht rebellisch gesinnt ist. Ein typischer Biedermeierdeutscher, unauffällig, verschlossen, sympathisch, kunstsinnig und weitgehend apolitisch. Dementsprechend auch die Berufe, in denen er auftritt: Kunstmaler, Redakteur, Arzt...

»...noch an demselben Tag ließ ich mir vom Polizeipräsident einen Paß auf den Namen des Malers Wilhelm Schmidt ausstellen, der zur Ausübung seiner Kunst nach Hirschberg und Umgebung reise – ich beschäftigte mich in meiner freien Zeit tatsächlich ganz annehmbar mit Landschafts- und Portraitmalerei...«

Schon bei seiner ersten großen, konspirativen Operation geht Stieber mit einer Kaltschnäuzigkeit und Gerissenheit zu Werke, die man vielleicht einem Doppelagenten im Kalten Krieg zutrauen würde, aber keinem Berliner Referendarius in der Mitte des vorigen Jahrhunderts. Entweder wußte er nicht, in welchen politischen Untiefen er sich bewegte – oder er setzte eiskalt alles aufs Spiel, um in den Augen seiner hochgestellten Auftraggeber als der geeignete Mann für künftige, schwerere Aufgaben zu erscheinen. Stieber: »...dort setzte ich mich gleich mit dem Denunzianten, einem Arbeiter Herrmann, in Verbindung, und zwar in einer ganz unverfänglichen Weise, daß ich ihn in meiner Unterkunft als Portraitmaler abkonterfeite...«

Er erfährt von einer »Arbeiterverschwörung«, die die Reichen enteignen und ihre Güter unters Volk verteilen will. Eine Proklamation ruft zum Kampf gegen die unnatürliche Ungleichheit auf. Stieber ermittelt *undercover* den Fabrikbesitzer Schöffel als Verfasser und den Tischlermeister Wurm als Hauptmann. Er besticht den Arbeiter Herrmann, damit er in Schöffels Haus eindringt und dessen Schreibtisch ausraubt. Da sich außer Schöffels auffälligem Umgang mit Arbeitern nichts Belastendes ergibt, teilt Stieber per Kurier nach Berlin mit, er müsse noch weiter gegen den renitenten Fabrikanten ermitteln, das Material reiche für eine Gerichtsverhandlung noch nicht aus. Doch die Order aus Berlin widerspricht der Einschätzung des Agenten vor Ort. Oberregierungsrat Mathies befiehlt Stieber unmißverständlich: »Alle Genannten sind deshalb unverzüglich festzunehmen...«

Der Preuße Stieber tut, was man ihm aufträgt – auch gegen sein besseres Wissen.

Von den verhafteten Personen wurden sechs, darunter der Tischler Wurm, wegen Hochverrats unter Anklage gestellt, Wurm verurteilten die Richter zum Tode, die übrigen bekamen mehrjährige Zuchthausstrafen. Wurm wurde später zu lebenslänglichem Zuchthaus begnadigt. Eine Amnestie im Jahr **1848** brachte allerdings sämtlichen Verurteilten die Freiheit wieder.

Der Ausflug des Kunstmalers ins Hirschberger Tal hatte ein parlamentarisches Nachspiel. Im Schlesischen Landtag brachte der Abgeordnete Milde die Verhaftungen zur Sprache und forderte, eine derartig operierende Geheimpolizei im Land nicht weiter zu dulden. Sein Antrag wurde mit nur vier Gegenstimmen abgelehnt. Dennoch bekam Geheimagent Stieber zum ersten Mal zu spüren, was alle Agenten nach ihm oft leidvoll erfahren mußten: Der Staat läßt sie im Regen stehen, wenn er selbst unter Druck gerät. »Die ganze Schuld hierfür wurde auf mich gewälzt, ohne daß die Regierung es für notwendig erachtete, den wahren Sachverhalt auch nur mit einem Wort zur öffentlichen Kenntnis zu bringen...«

Das ist nicht die einzige Lektion in Sachen Staatsraison, die Stieber zu lernen hat. Ein Vorfall im Berlin des Revolutionsjahres 1848 beleuchtet geradezu satirisch die Winkelzüge des unter Druck geratenen Regimes. König Friedrich Wilhelm IV. wollte, nachdem seine Regierung schon im März abgedankt hatte, mit einem verzweifelten Zeichen die revolutionären Massen Berlins auf seine Seite ziehen. Und so geschah etwas Ungeheuerliches: Die revoltierende Berliner Bevölkerung sah eines Tages den König mit dem Wahrzeichen der Aufrührer, mit den republikanischen Farben Schwarz-Rot-Gold am Oberarm, durch die Stadt reiten. Stieber erlebte den denkwürdigen Augenblick als Passant mit: »Bloß durch Zufall kam ich gerade recht, als der einsame königliche Reiter während seiner ebenso gefährlichen wie weltfremden Unternehmung von immer mehr lärmendem Volke umringt ward und endlich Gefahr lief, vom Pferd gestoßen zu werden. Kurz entschlossen sprang ich hinzu, entriß dem anstürmenden Führer einer lärmenden Rotte sein schwarz-rot-goldenes Banner und bahnte, dessen Tuch hin und her schwenkend, dem königlichen Pferde mit Mühe und Not eine Gasse durch die immer wilder dagegen anbrandende Volkesmenge.«

Stieber rettete den Monarchen hinters eiserne Schloßtor. Doch dort erwartete den todesmutigen Polizisten eine peinliche Überraschung. Der König fiel bewußtlos vor Angst vom Pferd, seine Lakaien trugen ihn ins Schloß und zogen ihm den falschen Bart und eine Perücke ab: Ein bedauernswerter Schauspieler des Hoftheaters war in die Rolle des Möchtegern-Bürgerkönigs gezwungen worden.

Stieber war in den Jahren zwischen 1845 und 1850 nicht nur als Kriminalist tätig, er arbeitete auch sehr erfolgreich als Strafverteidiger (wobei er wertvolle Kontakte zur Unterwelt knüpfte) und redigierte die vom Polizeipräsidium herausgegebene Zeitung. Als Redakteur hatte er Einblick in die Personalakten der Polizei, was schnell zu einem Skandal führte. Man bezichtigte Stieber, Unterlagen der Polizei zum Vorteil seiner Mandanten genutzt zu haben. Ein entsprechendes Verfahren wurde jedoch zu seinen Gunsten entschieden.

1850 wurde Stieber als Assessor beim Polizeipräsident eingestellt und bekam 600 Taler Jahresgehalt. Angeblich für sein Schweigen über den Vorfall vorm Schloß wurde Stieber jedoch schnell zum Direktor der Berliner Kriminalpolizei befördert. (Das ist seine Version; der polnische Spionage-Historiker Janusz Piekalkiewicz berichtet, daß er bloß Polizeirat wurde.) Lange jedoch konnte sich Stieber in seinem neuen, repräsentativen Amt nicht ausruhen. Seine Talente werden andernorts gebraucht. Wilhelm Johann Carl Eduard Stieber muß sich wieder in einen gewissen Herrn Schmidt verwandeln.

Der König persönlich schrieb in einer Aktennotiz: »Ich halte Stieber für die Persönlichkeit, das Gewebe der Verschwörung aufzudecken und uns das lange ersehnte Exempel eines zerschlagenen und bestraften Komplotts zu verschaffen. Lassen Sie Stieber sein Meisterstück machen. Ich halte meinen Gedanken für folgenreich und wünsche seine sofortige Realisierung. Es ist keine Zeit mehr zu verlieren. Verbrennen Sie dieses Blatt. Vale! Friedrich Wilhelm.«

Was der preußische König Friedrich Wilhelm IV. im **Winter 1850** als Verschwörung bezeichnete, war erst einmal nichts anderes als eine rege Korrespondenz, die ein in London lebender Redakteur aus dem Rheinland mit Mitgliedern eines »Geheimbundes der Kommunisten« in Preußen führte.

Stieber selbst hatte längst Fühlung mit den sogenannten Verschwörern aufgenommen. Bei einem Schneidergesellen, den er in Berlin wegen fehlender Paßdokumente hatte verhaften lassen, fanden sich Hinweise auf die Existenz eines »Internationalen Kommunistenbundes«, dessen Sitz in London war. Der Name des Schneiders: Nothjung. Der Name des Redakteurs in London: Karl Marx.

3. Spitzeldienst

Stieber bekam einen neuen geheimdienstlichen Auftrag, und er schien froh darüber zu sein, wieder Gelegenheit zu einem Ausflug aus dem langweiligen Berliner Polizeialltag in die Politik zu haben: »Angesichts dieser Entdeckung gab mir der König jetzt keinen geringeren Auftrag, als die Spuren jener umstürzlerischen Vereinigung an Ort und Stelle zu verfolgen, und ich begab mich unverzüglich mit dem Paß eines Zeitungsredakteurs Schmidt als Privatmann nach London, vorgeblich zum Besuche der dortigen ›Großen Industrie-Ausstellung‹.«

Die Situation zur Mitte des Jahrhunderts war brisant. Im Zuge der überall auftretenden revolutionären Unruhen hatte sich am **18. Mai 1848** in der Frankfurter Paulskirche eine Nationalversammlung konstituiert. Das Parlament aus Bildungsbürgern und Beamten sollte die Einheit in Deutschland herstellen und eine Verfassung verabschieden. Es war allerdings, da es über keine wirkliche exekutive Macht verfügte, hilflos gegen die ihre Pfründe rigoros verteidigenden Partialfürsten. Der Preuße Friedrich Wilhelm – schon arg gebeutelt durch die Unruhen um das Berliner Schloß – reagierte besonders hart. Er schickte Militär ins Parlament, das die preußische Nationalversammlung kurzerhand auseinanderjagte. Dann diktierte er seinem Land eine eigene Verfassung, das das Dreiklassenwahlrecht festschrieb. Wenn es um die brutale Niederschlagung von liberalen und nationalen Aufständen ging, verbündete er sich sogar mit seinem Erzfeind Österreich.

So zerschlugen die europäischen Monarchien, die zwei Jahre zuvor noch am Ende zu sein schienen, gemeinsam die demokratische Opposition. Der preußische König bewies bei diesem *rollback* durchaus die Weitsicht eines modernen Strategen: Selbst ein Wirrkopf, der von London aus einen Geheimbund mit utopischen Vorstellungen führte, konnte ihm irgendwann einmal gefährlich werden. Deshalb schickte er jetzt schon seinen besten Mann los, um die Sache im Keim zu ersticken.

Entsprechend militant klang Stiebers Einschätzung des Marxschen Kommunistenbundes: »Ihre Ziele waren gewaltsamer Sturz und Enteignung der Bourgeoisie, Aufhebung der bisherigen auf Klassengegensätzen beruhenden Ordnung mit der Begründung einer neuen menschlichen Gesellschaft ohne solche. Ihr fanatisch verkündeter Leitsatz lautete: ›Die Zeit ist reif für die gewaltsame Besserung unserer verderbten Welt!‹«

Stieber ging mit der üblichen Sorgfalt und Logik vor. Er verfertigte Dossiers über die Anführer der Verschwörung, die den Agenten über Arbeitsweise, Lebenslauf und Intimitäten der Zielpersonen ins Bild setzten. Der preußische Beamte war im **Mai 1851** – ohne Computer und fast im Alleingang – logistisch längst auf dem Stand seiner Kollegen im 20. Jahrhundert. Eine später aufgrund des sechswöchigen Aufenthaltes in London angelegte Karteikarte wies folgende Eintragung auf: »Marx, Karl: Der aus Deutschland Ausgewiesene entstammt einer Trierer jüdischen Familie, studierte in Berlin und Bonn Philosophie und hatte sich an der

Bonner Universität um einen Lehrauftrag bemüht, welcher ihm jedoch wegen seiner jüdischen Herkunft verweigert wurde. Marx wurde daraufhin Redakteur der ›Rheinischen Zeitung‹ zu Köln, und als solcher wegen staatsbeleidigender Hetzartikel 1849 ausgewiesen. Er floh nach Paris, wurde indessen auch von dort ausgewiesen wegen Anstiftung zum Aufruhr und flüchtete sich nach London, von wo er in der Folge mit falschem Paß immer wieder nach Paris zurückkehrte. Marx hat eine schöne, vielumschwärmte Ehefrau aus einem alten westfälischen Grafengeschlecht und drei Töchter mit ihr, außerdem einen am 23. Juni 1851 zu London geborenen, außerehelichen Sohn namens Henry Demuth, von ihm gezeugt mit Helene Demuth, der Dienstmagd seiner Familie.«

So oder so ähnlich hätte auch die Akte des Karl Marx ausgesehen, wenn das Ostberliner Ministerium für Staatssicherheit es für nötig befunden hätte, ihn zu observieren. Natürlich blieben auch die Londoner Mitverschwörer nicht von der sicherheitsdienstlichen Erfassung verschont: »Engels, Friedrich: Ist der Sohn eines Fabrikanten aus dem Wuppertal, flüchtet in die Schweiz, nachdem er in Basel an einem Gefecht teilgenommen hat, das sich dort Sozialisten mit der Polizei lieferten, fand sodann Anstellung in England in einem Handelshause bei Geschäftsfreunden seines Vaters in Manchester. Der erste Eindruck, den der Besucher von Engels erhält, fasziniert: Er ist groß, breitschultrig, blondhaarig und von überaus gewinnendem Wesen, dazu passionierter Reiter, Schwimmer und Jäger. Er schrieb ein Buch mit dem Titel: ›Die Ausbeutung der arbeitenden Klassen‹.«

Sobald Stieber **1851** in London angekommen war, ging er mit der gewohnten Kaltschnäuzigkeit zu Werke. Er ließ sich bei Karl Marx als Redakteur Schmidt anmelden und gab vor, einen jungen deutschen Kollegen, der ebenfalls Mitglied des kommunistischen Bundes sei, ausfindig machen zu wollen, um ihm Grüße der besorgten Eltern in Deutschland zu überbringen. Erstaunlicherweise empfing ihn Marx – obwohl die Londoner Leitung des europaweit aktiven Kommunisten-Bundes mit geheimdienstlichen Aktionen der Feinde vom Festland zu rechnen hatte. Selbst derart erfahrene Aufrührer wie Karl Marx waren damals noch arglos gegenüber raffinierten, psychologischen Spitzeltechniken.

In seinen Memoiren gibt Stieber das Gespräch mit Marx wieder. Es treffen in diesem Jahr 1851 zwei Welten aufeinander. Der kosmopolitische, offensichtlich großherzige, aber bis zur Blauäugigkeit gutgläubige Revolutionär und Wissenschaftler Karl Marx auf der einen Seite: Trotz seiner wegweisenden politischen Theorien ein Mensch des noch idealistisch geprägten 19. Jahrhunderts. Auf der anderen Seite der provinzielle, aber blitzgescheite und absolut skrupellose Berliner Spitzel Stieber, der Macht-Mensch des 20. Jahrhunderts, ein von allen Ideologien und Zweifeln an der Rechtmäßigkeit der Staatsraison unbelasteter Pragmatiker. Fast könnte man über den Spitzbubenstreich Stiebers und über Marxens Naivität lachen – wenn nicht aufgrund der Begegnung der beiden Männer Hunderte in Gefängnisse geworfen und etliche hingerichtet worden wären.

Stieber stellt sich Marx als Redakteur einer medizinischen Publikation vor, und Marx erbittet von dem vermeintlichen Fachmann Rat gegen die Hämorrhoiden, die den fanatischen Leser so sehr quälen, daß er nur noch am Stehpult arbeiten kann. Auf dem Umweg über den Leibarzt von Marx, einen gewissen Dietz, bringt Stieber auf abenteuerliche Weise die Registratur des Bundes an sich. Bei dieser Registratur handelt es sich nicht etwa um eine Handvoll vollmundiger Programmerklärungen oder geheimniskrämerischer Umsturzprotokolle. Die Londoner Registratur eines »Weltbundes der Kommunisten« war eine Art Zentralcomputer der internationalen Organisation. Dietz verwaltete also eine Aktei, in der alle Mitglieder des Bundes, Anlaufstellen, konspirative Treffs usw. aufgeführt wurden. Es ging um nicht mehr und nicht weniger als um die Namen von Hunderten von Menschen in ganz Europa, die, wenn sie enttarnt werden würden, damit rechnen mußten, in ihren Heimatländern wegen Hochverrats vor Gericht gestellt zu werden.

Die Auswertung der Registratur ergab, daß der Bund bereits seit 1847 bestand und maßgeblich zu den revolutionären Ereignissen des Jahres 1848 beigetragen hatte. Stieber konnte zuschlagen: »In Köln, Berlin, Braunschweig, Hannover, Hamburg, Frankfurt am Main, Leipzig, Stuttgart. Aber auch in Brüssel, Verviers, Lüttich, Paris, Lyon, Marseille, Genf, St. Gallen, Chaux de Fonds, Locle, Bern, Dijon, Lausanne, Straßburg, Valenciennes, Metz, Basel, Algier, New York, Philadelphia nannten die von mir erlisteten Dokumente geheime Stützpunkte.«

Nach diesem geheimdienstlichen Erfolg wurde Wilhelm Stieber zu einer Art Reisender in Sachen Kommunistenbund. Die Restauration benötigte seine Dienste. Ein Jahr wie 1848 sollte es in ganz Europa nicht mehr geben. Die Monarchen und Partialherrscher wollten mit eisernem Besen kehren. Und der gerissene Stieber sollte ihnen zeigen, wo sie zu kehren hatten.

Da sich sein Londoner Handstreich auch in den oppositionellen Kreisen der Hauptstädte schnell herumsprach und die Umstürzler jetzt Bescheid wußten über seine Mission, ließ eine Reaktion der Revolutionäre nicht lange auf sich warten. Bei seinem nächsten Parisaufenthalt, der dazu dienen sollte, den dortigen Polizeipräfekten für einen großen Schlag gegen die politisch aktiven Emigrantengruppen der französischen Hauptstadt zu gewinnen, sprach ein gewisser Cherval in Stiebers Hotel vor. Der Lithograph erkundigte sich erst höflich nach der Identität des Deutschen, gab sich dann als Mitglied des Kommunistenbundes zu erkennen und zog plötzlich einen langen Dolch.

Stieber gelang es, den Attentäter mit einem Stuhl zu Boden zu schlagen und zu binden.

Obwohl eben noch sein Leben bedroht war, nutzte Stieber die Situation kaltblütig für seine Zwecke aus: »Noch in derselben Stunde wurde der gefesselte Cherval, welcher aus Deutschland stammte und sich erst in Frankreich den französischen Namen Cherval zugelegt hatte, von mir in Gegenwart eines hohen französischen Polizeioffiziers verhört, wobei er eine Reihe von Kumpanen, darunter auch den später vom preußischen Staatsgerichtshofe wegen Hochverrates verurteilten Schneidergesellen Tietz, als führende Mitglieder des Kommunistenbundes in Frankreich denunzierte. Zu diesem Verrat wurde Cherval durch mein Versprechen veranlaßt, sein auf mich verübtes Attentat nicht strafrechtlich zu verfolgen.«

Stiebers Spitzeleien in London und Paris – er selbst nannte seine Aktivitäten in neutraler Amtssprache »Recherchen« – ermöglichten es den Kriminalbehörden, alle in Deutschland lebenden Mitglieder des Kommunistenbundes festzunehmen. Stieber: »... darunter Dr. jur. Becker, später Oberbürgermeister zu Köln, Schriftsteller Freiligrath, Literat Bürgers, Zigarrenmacher Röser, Dr. med. Daniels, Dr. med. Jakoby, Dr. med. Klein ...« Die Verhandlung gegen die zwölf Beschuldigten fand vom **4. Oktober bis zum 12. November 1852** am Assisenhof (Schwurgericht) zu Köln statt, dauerte also volle fünf Wochen und zeigte schon gewisse Eigentümlichkeiten ähnlicher politischer Prozesse unserer

Tage. Stieber: »...wobei die Angeklagten immer wieder versuchten, den Prozeßablauf mit juristischen Finten zu verzögern. Solches ergab sich auch ganz offen aus ›Kassibern‹, welche unter ihnen trotz aller Bewachung kursierten... mehr als einmal vermochten die gebildeten Angeklagten den ermatteten Richtern eine Runde abzugewinnen. Vom ersten Augenblick an ließ die Polizei keinen Zweifel, wer Herr im Lande sei. Sie umzingelte das ganze Gerichtsgebäude, und ihre Sicherheitsvorkehrungen waren unerbittlich... Am Portal griffen die Wachposten jedermann, ausgenommen die Richter, nach Waffen ab, und auch im Gerichtssaal wurden immer wieder körperliche Visitationen vorgenommen.«

Der Bund der Kommunisten war durch Stiebers Coup aufgewacht. Man wußte nun, daß der Staat nicht nur zu plumper, offener Repression, sondern auch zu raffinierter Konspiration fähig war, wenn er sich bedroht fühlte. Die unversehrten Führer des Bundes betrieben Schadensbegrenzung. Marx und Engels versuchten von London aus, ihre Kameraden zu entlasten.

Aber Stieber hatte längst Wind von der Aktion bekommen. Er schaltete sich in das Kommunikationsnetz des Bundes ein, was damals nichts anderes hieß als: Er fing Briefe zwischen London und Köln ab: »...welche keinen anderen Zweck hatten, als falsche Zeugen und Beweisstücke zugunsten der Angeklagten herbeizuschaffen und die öffentliche Meinung zu ihren Gunsten zu beeinflussen. Es richteten sich die Anstrengungen der Zentralbehörde zu London vor allem auf eine Beseitigung des ehemaligen Emissärs Haupt, welcher zum Verräter geworden, indem er dem Gericht die wichtigsten Verbindungen der Kölner Verschwörer zu der Londoner Zentrale preisgab. Auf diesen Kronzeugen wurde unablässig mit Morddrohungen eingewirkt, und es gelang den Londoner Kommunisten endlich, ihn so zu verängstigen, daß er kurz vor dem Beginn der Kölner Hauptverhandlung nach Amerika flüchtete, so daß seine Aussage vor Gericht unmöglich wurde.«

Marx und Co. hatten gelernt, sie arbeiteten jetzt nicht nur mit ähnlichen geheimdienstlichen Strategien wie Stieber, sie schossen sich auch auf ihren Jäger ein. Die Opposition betrieb in den Anfangsgründen das, was man heute Spionage-Abwehr nennen würde. Dazu gehörte auch gezielte Desinformation (ein Mittel, das Stieber in seiner gesamten Laufbahn dosiert und erfolgreich benutzte). So wurde von London aus das Gerücht ausgestreut, das

Kölner Belastungsmaterial sei von deutschen Stellen gefälscht worden. Die Urteile fielen dennoch drakonisch aus: Rösner und Bürgers wurden wegen versuchten Hochverrates u. a. zu je sechs Jahren verurteilt, Dr. Becker bekam fünf Jahre Zuchthaus, was damals Einzelhaft unter unmenschlichen und oft genug tödlichen Bedingungen bedeutete.

4. Neue Dimensionen – der Ausputzer des Staates

Im **Januar 1853** wurde Stieber die Direktion der »Sicherheitsabteilung« beim Berliner Polizeipräsidium übertragen, und vom König Friedrich Wilhelm IV. persönlich wurde er mit der Niederschrift seiner Erfahrungen bei der Verfolgung der Verschwörer in England, Frankreich und Deutschland beauftragt. Der Bericht wurde unter dem Titel »Die kommunistischen Verschwörungen des 19. Jahrhunderts« in zwei Bänden von der königlichen Hofdruckerei gedruckt.

Wilhelm Stieber hatte im Alter von 35 Jahren schon eine atemberaubende Karriere hinter sich. Er hätte sich auf dem sicheren preußischen Posten ausruhen und weiterhin etwas für die Sicherheit der Machtverhältnisse in Berlin tun können. Aber der Agent des Königs schrieb nicht nur seine Erfahrungen in einer Art Lehrbuch für Spione auf, er begann sich auch über die Ursachen der von ihm ausspionierten Verschwörungen Gedanken zu machen. Und da Stieber ein gründlicher Mensch war, ein Pragmatiker und Analytiker, blieb es nicht aus, daß er in Konflikt mit der Macht geriet, der er diente. Ans Ende seines Erfahrungsberichtes hatte er eine Notiz gesetzt: Die Ursache für alle Verschwörungen sei nichts anderes als die grassierende Armut. Beste Mittel gegen Verschwörungen seien mithin bessere Ausbildung und Bezahlung der Arbeiter. Stieber war beileibe kein Reformer, er war nur ein sehr gründlicher Polizist – und als solcher wollte er nicht nur Delikte verfolgen, sondern sie ein- für allemal aus der Welt schaffen.

Bei aller Staatstreue: Solche Töne wollte man in Preußen nicht vom besten Agenten des Landes hören. Höheren Ortes wurden die Ansichten des Polizeidirektors als liberal kritisiert – was damals eines der schlimmsten politischen Attribute war. Stieber zog sich die Feindschaft des königlich-preußischen Justizministers Simons zu – ein Hardliner, der Oppositionelle als gewöhnliche Kriminelle ansah und hart bekämpfte. Für Simons waren politische oder soziale Begründungen eines Umsturzversuches nichts anderes als Beschönigungen. Stieber: »Ich dagegen vertrat die Ansicht, daß wir versuchen müßten, unser Volk durch stetige Verbesserung seiner Lebenshaltung gegen die Einflüsterungen solcher Umstürzler zu immunisieren. Wir sollten Verschwörungen und Umsturzversuche zwar ersticken, nicht jedoch die ihnen zugrunde liegenden Ideen, soweit sie vernünftig und berechtigt wären. Solche sollten wir im Gegenteil im Rahmen von Recht und Gesetz zu verwirklichen suchen, wodurch wir uns einen weit wirksameren Standpunkt verschafften als unsere Feinde, die solches auf dem Wege der Gewalt und der Gesetzlosigkeit zu erzwingen suchten.«

Eine politische Strategie, die dem reformerischen oder sozialdemokratischen Staatsverständnis des 20. Jahrhunderts entspricht. Damals aber war Stiebers Programm pure Ketzerei, und er verdankte es nur seinen kriminalistischen Fähigkeiten, daß Gegner wie Simons es nicht schafften, ihn zu erledigen. Stieber wurde noch gebraucht – auch wenn es nun nicht mehr gegen die kommunistische Weltverschwörung ging.

Er ließ einen Fälscherring auffliegen, der falsche Kassenanweisungen und falsche Münzen in Umlauf brachte. Stieber: »...weil mir durchaus möglich erschien, daß auch eine Geldfälschung in derart ausgedehnter Dimension verschwörerische Ziele haben konnte, nämlich die Verwirrung und Untergrabung von Handel und Wandel in einem Lande, dessen Umsturz beabsichtigt ist.« Dem Kriminalisten gelang es, etwa hundert Mitglieder eines weitverzweigten Ringes zu verhaften, indem er dem ersten Verhafteten Straffreiheit zusicherte, wenn er alle anderen Täter belastete. Stieber machte den Fälscher zum Kronzeugen des Prozesses, eine Institution der anglo-amerikanischen Justiz, die bei uns heute noch umstritten ist. Auch mit dieser Strategie war der preußische Polizist seiner Zeit weit voraus: »...denn es erschien mir stets besser, ein einziger Verbrecher bleibt frei, wenn alle anderen durch seine Aussage dingfest gemacht werden, als umgekehrt.«

Obwohl sein Stern durch die reformerischen Ansichten seiner Schriften schon im Sinken war, rief ihn der Hof 1858 doch wieder zu Hilfe. Die Sache war so prekär, daß der preußische König sie nur Wilhelm Stieber anvertraute. Der Bruder von Friedrich Wilhelm IV., Prinz Carl, hatte in jungen Jahren überschwengliche Briefe geschrieben, aus denen man mit etwas schlechtem Willen auf eine homosexuelle Veranlagung schließen konnte – nicht nur hochkompromittierend für das Königshaus, sondern auch strafbar, falls es zu sexuellen Handlungen gekommen war oder kommen würde. Stieber lockte den Adressaten, einen Geheimen Rat Horst Wedeke, der sich in die Schweiz geflüchtet hatte, nach Freiburg im Breisgau und verhaftete ihn dort. Der Erpresser starb noch in der Untersuchungshaft unter ungeklärten Umständen – und Stieber war wieder der Günstling des Hofes.

Der König übertrug ihm immer persönlichere Aufträge. So verwaltete der Polizeidirektor Wilhelm Stieber eineinhalb Jahre lang die Krollschen Gaststätten im Berliner Tiergarten. Das Grundstück gehörte dem Regenten, was dieser geheimhielt, denn die an die Familie Kroll verpachteten Gaststätten waren hoch verschuldet und standen vor der Pfändung. So wurde, um Aufsehen zu vermeiden, die Gaststätten von den Krollschen Gläubigern betrieben und ein Vertrauensmann des Königs als Verwalter des Besitzes bestellt: eben Wilhelm Stieber, der nun vom Agent zum Wirt geworden war.

Auf der Dresdner Konferenz zur Reform des Bundestages wurde ein Ausschuß eingesetzt, der die Vorgänge in liberalen Staaten wie Baden kritisch zu beobachten hatte. Die Reaktion hatte wieder Boden zurückgewonnen. Gleichzeitig begann in Deutschland mit der zweiten Hälfte des 19. Jahrhunderts ein technologischer und wirtschaftlicher Aufschwung: Aktiengesellschaften bauten die Eisen- und Maschinenindustrie und den Bergbau aus. Justus von Liebig entwickelte die künstliche Düngung und steigerte so die Erträge in der Landwirtschaft. Unter den deutschen Staaten profitierte Preußen am meisten vom Wirtschaftsaufschwung, Stiebers Heimatstadt Berlin wurde zu einer Wirtschafts- und Geldmetropole.

5. Die geheime Leidenschaft: Großstadtkriminalität

Die Gefahr eines Umsturzes war vorerst gebannt. Wilhelm Stieber machte sich dennoch Sorgen. Es ging ihm um die Moral der Großstadtbevölkerung. Als Charlotte von Hagen, Tragödin am Berliner Königlichen Schauspielhaus, ihn um Hilfe in ihrem Scheidungsprozeß gegen ihren Gemahl Herr von Oven bat, willigte der Wirt des Königs ein, obwohl Ehestreitigkeiten nicht gerade in seinen Arbeitsbereich als Polizeidirektor lagen. Stieber: »Ich hoffte nämlich, damit dem sittenlosen Treiben der höheren Gesellschaftskreise Berlins auf die Spur zu kommen, welches damals so sehr über die Grenzen des Erlaubten hinausging, daß ich als Direktor der Berliner Polizei nicht länger tatenlos zusehen konnte.«

Der Spion bewegte sich mal wieder auf unsicherem Terrain: Die Schlafzimmer der Mächtigen waren für einen Ermittler gefährlicher als die Hinterzimmer kommunistischer Verschwörer. Dennoch – er hatte auch hier Erfolg. Stieber: »Ich konnte bald ermitteln, daß Herr von Oven viel bei einer Frau von T. verkehrte, deren Adel angeheiratet war und in deren reich ausgestatteter Wohnung allabendlich ganz junge Mädchen sich einfanden und in der Regel erst tief in der Nacht wieder entfernten.«

Stieber ließ kurzerhand das Haus umstellen und klingelte dann höchstselbst am Portal des Bordells. Zwei Honoratioren sollen – folgt man Stiebers zwar züchtigen, aber auch recht reißerischen Schilderungen – nackt aus dem Fenster gesprungen sein. Stieber beruhigte die in flagranti ertappten Berliner Würdenträger mit der Versicherung, sie nicht vor Gericht zu bringen, wenn sie sich legitimierten. Frau von T. hingegen – in den besseren Kreisen auch einfach Tilly genannt – wurde auf der Stelle verhaftet und ins Präsidium gebracht, nachdem sie sich angekleidet hatte. Stieber wußte, was sich gehörte: »Daß die Namen der Beteiligten nicht an die Öffentlichkeit gelangten, dafür trug ich Sorge, wohl aber veranlaßte ich die sofortige Veröffentlichung und weiteste Verbreitung meines Einschreitens in allen Zeitungen, damit ein heilsamer Schrecken verbreitet werde. Ich ahnte damals noch nicht, daß mein Vorgehen gegen das gastfreundliche Haus der Frau von T. nicht nur meiner verehrten Auftraggeberin Charlotte von Hagen zu einer sofortigen Scheidung verhalf, sondern auch ein Wegweiser für mein weiteres Wirken war.«

Bei Stieber mischen sich nun verschiedene Motive auf eigentümliche Weise. Die Prostitution wird zu einer Art Besessenheit – sicher auch, weil der preußische Spion von der Jagd auf Umstürzler bis auf weiteres suspendiert ist. Wenn Stieber von seinem neuen Arbeitsgebiet spricht, so dringen oft puritanische Töne durch: Für den Bürgerssohn aus gutem protestantischem Elternhaus war käufliche Liebe vorerst noch eine Sünde, die zuallererst den Frauen anzulasten war, die ihre Körper den bessergestellten Herren aus der Berliner Oberschicht anboten. Dann aber, erst unmerklich, weil derartige Gedanken damals auch als durchaus aufrührerisch gelten konnten, melden sich andere Beweggründe für Stiebers Feldzug gegen die Berliner Halbwelt.

Je mehr er sich mit den Gegebenheiten in den Rotlichtbezirken der preußischen Hauptstadt beschäftigte, desto klarer wurden ihm die ursächlichen Zusammenhänge des Phänomens mit der urbanen Gesellschaft des ausgehenden 19. Jahrhunderts. Stieber erkannte die sozialen Gründe, die die Frauen in die Prostitution trieben, er erkannte auch, wer die wahren Nutznießer des Geschäftes waren: die wohlhabenden Freier und die geachteten Bordellbetreiberinnen, die Minderjährige mit gefälschten Kirchenurkunden versahen und somit dem Zugriff der Polizei entzogen, um sie als »Kostbarkeiten« den besonders zahlungskräftigen Kunden zu offerieren. Natürlich sieht der staatstragende Preuße auch eine Gefahr in der geheimen Neigung des höheren Beamtentums zum Milieu. Aber auch über diese speziellen Sichtweisen des Geheimen Staatspolizisten hinaus erkannte Stieber Gefahren der Prostitution, die in der modernen Kriminalistik eine Rolle spielen: »Die größte Gefährdung der Öffentlichkeit jedoch schien mir darin gelegen, daß beinahe alle durch Krankheit an der weiteren Ausübung ihres Gewerbes gehinderten Dirnen versuchten, ihren Lebensunterhalt stattdessen durch allerlei Vergehen, ja Verbrechen fortzuführen, welche sie entweder selber ausübten oder mit Hilfe ihrer zweifelhaften Gefährten, wodurch Kriminalität und Unsicherheit gleich mehrfach in die Höhe getrieben wurden.«

Daß das mehr war als die biedermeierliche Angst vor einer unkontrollierten und für die gängigen moralischen Normen unzugänglichen Subkultur, zeigten Stiebers Folgerungen für seine polizeiliche Arbeit: »Ich hatte erkannt, daß man den Sittenproblemen einer heranwachsenden Hauptstadt nicht länger nur mit strafender Polizeigewalt beikommen konnte.«

Stieber richtete eine Eingabe an König Wilhelm IV. und empfahl, die herrschende Polizeiaufsicht über das Dirnenwesen aufzulösen und stattdessen eine »Dirnen-Heilungscassa« einzurichten. Der Eingabe wurde entsprochen.

Aber Wilhelm Stieber wäre nicht Wilhelm Stieber gewesen, wenn er nicht noch einen persönlichen Nutzen aus der Nähe zum Milieu gezogen hätte: »Gleichsam zum Danke konnten ich und meine Beamten – gleichfalls ein Novum in der bisherigen Polizeiarbeit – fortan mit oft unschätzbaren Informationen aus dem Kreis der Dirnen rechnen…«

Stieber machte die Prostituierten zu Spitzeln – und sie berichteten fleißig. Nicht zuletzt, weil sich das Milieu von Kapitalverbrechern abheben wollte, die das Image verdarben und die Freier abschreckten. Für diese Amtshilfe revanchierte sich der pragmatische Stieber auf seine Weise: Er sorgte dafür, daß die Dirnen bei der Berliner Polizei den gleichen Schutz genossen wie jeder andere Bürger auch. Mit harten Strafen mußte rechnen, wer eine Prostituierte verletzte, sie bestahl oder betrog.

Frau von T., die Bordellchefin, die Stieber bei seiner Razzia verschont hatte, zeigte sich erkenntlich und berichtete ihm von einem Freier, der vor den Mädchen damit renommierte, daß er mehr Staatsgeheimnisse wisse als der König von Preußen und daß die gesamte Presse vor ihm auf den Knien rutschte. Da der König damals tief verärgert war über regelmäßige amtlich geheime Meldungen aus Berlin in der »Allgemeinen-Augsburger-Zeitung« und in der »Bremer-Weser-Zeitung«, nahm Stieber die Sache ernst.

Er überführte durch sorgfältige Observation einen Offizier der königlichen Schloßwache, einen Leutnant Wagner, 25 Jahre und aus bester preußischer Offiziersfamilie: gutaussehend, Frauenfreund, Trinker, Spieler, hochverschuldet. Wagner hatte die Bekanntschaft einiger Literaten und Zeitungsredakteure gemacht und seine finanzielle Notlage beklagt. Die Herren konnten ihm helfen. Der Leutnant fertigte nicht nur Abschriften der vom königlichen Büro ausgehenden Korrespondenz, er bestach auch einen Leibdiener, ihm persönliche Briefe des Königs zur Abschrift zu beschaffen. Als er zum ersten Mal an hochbrisantes militärisches Material gelangte, bot Wagner es unter falschem Namen dem französischen Gesandten an. Der beauftragte seinen neuen Agenten sogleich mit einem Spitzeldienst in der Rheinprovinz und zahlte dafür 1000 Franken Vorschuß – weit mehr als die Presseleute Wagner jemals gezahlt hatten. Wagner brachte das Geld mit einem Mädchen der Frau von T. in Nizza durch und tischte dem Gesandten Märchen auf. Anschließend offenbarte er sich dem russischen Gesandten als Agent der feindlichen Franzosen und bot ihm an, jeden Auftrag, den er von den Franzosen bekam, sogleich den Russen auf den Tisch zu legen. Der kleine Leutnant der Schloßwache war internationaler Doppelagent geworden.

Stieber griff sofort zu, als er die Tragweite des Falles erkannte. Wagner – ganz untadeliger Preuße – zeigte Reue, aber auch Stolz, endlich keine Schulden mehr zu haben. Der Leutnant wurde zu zehn Jahren Zwangsarbeit verurteilt. Da der König aber Angst vor den weitreichenden Pressekontakten seines Offiziers hatte, wurde Wagner kurzerhand wieder auf freien Fuß gesetzt.

Die Angelegenheit gab dem Hof zu denken. Und so kam Stieber zu einem Auftrag, dem er offensichtlich pflichtgemäß, aber mit wenig Begeisterung nachging. Um zukünftig einen neuen Fall Wagner zu verhindern, sollte er gegen Wucherer vorgehen, die von Offizieren überhöhte Zinsen nahmen. Er erhielt dafür reichlich Mittel aus der königlichen Privatschatulle und weitgehende Freiheiten zur »geräuschlosen Tilgung«.

Die konnte damals so aussehen, daß der Gläubiger erst einmal von der Polizei visitiert wurde, daß der Beamte ihn also in Uniform aufsuchte, was den um ihren guten Ruf besorgten Geschäftsleuten alles andere als lieb war. Viele Gläubiger verzichteten schnell auf die Zahlungen, und viele Schuldner aus dem Offizierscorps bedankten sich mit Zuwendungen bei der Polizei für den günstigen Vergleich – eine Methode, die Stieber ausdrücklich verurteilte, während er Zwangsmaßnahmen gegen Wucherer unterstützte.

Bis **1857** war Stieber mit Schuldentilgung beschäftigt – dann kam es zu einem folgenschweren Zwischenfall, der ausgerechnet Stiebers oberstem Dienstherren das Leben kostete. Der legendäre Polizeipräsident Hinckeldey stürmte in vorderster Front einen Spielclub im vornehmen Bezirk Tiergarten. Er geriet mit dem Betreiber, einem Herrn von Rochow-Plessow, aneinander, wurde von dem als Spitzel und Dieb bezeichnet und bezeichnete diesen als Verbrecher am Staat, was den Glücksspielchef so aufregte, daß er den Polizeipräsidenten zum Duell forderte und ihn wenig später im Beisein Stiebers erschoß. In dem Trubel dieser Ereignisse gelangte Stieber – quasi als Nachlaßverwalter – in den Besitz einer privaten Schatulle Hinckeldeys. Obenauf lagen die Liebesbriefe einer französischen Agentin des Toten, unten lagen die Dossiers über hohe und höchste Repräsentanten des Staates...

6. Luftige, politische Höhen: Der deutsche Nachrichtendienst

Am **8.10.1862** betrat ein Mann die politische Bühne Preußens, mit dessen Schicksal sich die zweite Karriere Stiebers so eng verband, daß seine erst 1978 erschienenen Lebenserinnerungen den Titel »Spion des Kanzlers« trugen. Dieser Mann hieß Otto Bismarck.

Bismarck war preußischer Gesandter in Paris und in St. Petersburg gewesen. **1851 bis 1859** fungierte er als Vertreter Preußens beim Deutschen Bundestag in Frankfurt am Main, wo er als strammer Konservativer auffiel und verbissen die preußischen Interessen gegen die österreichische Präsidialmacht durchsetzte. König Wilhelm I. machte ihn zum Ministerpräsidenten und Außenminister, weil er einen starken Sachwalter wollte, der sich gegen das Parlament durchsetzen konnte.

Der König lag mit liberalen Politikern in einem erbitterten Streit um eine Heeresreform. Während Wilhelm I. ein Königsheer mit dreijähriger Dienstzeit wie zu Zeiten des »Alten Fritz« wollte, bestanden seine Gegner auf einer zweijährigen Dienstzeit und einer halbmilitärischen Landwehr. Die Auseinandersetzung eskalierte. Zwei Mal wurde das Abgeordnetenhaus aufgelöst und neu gewählt, dennoch änderten sich die Mehrheitsverhältnisse kaum und das Parlament verweigerte weiterhin seine Zustimmung zu den Kosten der Heeresreform in Höhe von sechs Millionen Talern.

In dieser Notlage übertrug der König Bismarck weitgehende Rechte. Er wollte einen »kurbrandenburgischen Vasallen«, der ihm die Liberalen vom Leib hielt. Bismarck erschien ihm stark, verschlagen und königstreu genug für diese Aufgabe. Und Wilhelm Stieber sollte für Bismarck die Aufgabe erfüllen, die dieser für das Königshaus erfüllte. Stieber nahm alte Kontakte auf und verfuhr nach bewährtem Muster: Er sammelte alle Informationen, an die er kommen konnte: »Über einen früheren ausländischen Mittelsmann erfuhr ich nichts Geringeres, als daß von noch ungekannter Seite ein Anschlag geplant sei auf das Leben des neu ernannten preußischen Ministerpräsidenten Otto von Bismarck.«

Gründe dafür gab es genug: Bismarck bemühte sich, die von seiten des Königs in ihn gesetzten Erwartungen nicht zu enttäuschen. So plädierte er leidenschaftlich für die Wiedereinrichtung des seit 1848 mehr und mehr aufgelösten preußischen Ständestaats mit seiner antidemokratischen Verfassung und beschimpfte seine Widersacher als »besitzlose Neider«. Zudem ließ er keinen Zweifel daran, daß er eine europäische Vormachtstellung Preußens gegen Österreich wenn nötig mit Waffengewalt erkämpfen wollte.

Bismarck und Stieber sind lange nicht mehr voneinander gewichen. Der eiserne Kanzler brauchte Stieber, der Polizist unterfütterte seine komplizierten außen- und innenpolitischen Volten mit den nötigen geheimdienstlichen Informationen. Und Stieber war auch skrupellos und loyal genug, um in einer massiven Form operativ tätig zu werden, wenn die Gegner Bismarcks sich allzu sehr sperrten.

Der Machtmensch Bismarck wußte, was ein Stieber für ihn wert war – aber eine über das politische Kalkül und die damit verbundene politische Freundschaft hinausgehende Sympathie hat er für den bleichen Beamten nicht empfunden. Dafür war der sonst so kontrollierte Stieber ein bis zur Selbstaufgabe glühender Bewunderer Bismarcks: »Schonungslos trug ich meine Befürchtungen vor, nicht jedoch, worin ich ihren Ursprung sah, denn eine Kritik an Worten und Taten des preußischen Ministerpräsidenten stand mir nicht zu.«

Bismarck war damals schon ganz der furchtlose Staatsmann seiner Kanzlerjahre. Er machte sich über Stiebers Warnung lustig und nannte die Attentatsgerüchte eine »Gruselpostille«. Dennoch beugte er sich den Ratschlägen des Polizisten. Die hatten – trotz fehlender Erfahrungswerte – durchaus schon die Raffinesse von Personenschutzmaßnahmen im Zeitalter des internationalen Terrorismus. Stieber entwickelte täglich wechselnde Routen von den Privaträumen zum Büro. Er riet Bismarck dringend, statt seines bekannten Wagens Mietkutschen zu benutzen und anstatt seines gewohnten Hutes wechselnde Kopfbedeckungen zu tragen, auch mal ohne Hut zu fahren und sich am besten Haupthaar und Bart jeweils anders frisieren zu lassen.

Zuerst sträubte sich Bismarck noch gegen die für seine Begriffe grotesken Vorkehrungen, dann aber ließ er dem eifrigen Stieber freie Hand. Der bestellte bei einem Berliner Schneidermeister eine lebensgroße Puppe, der er die von Bismarck bevorzugten Kleidungsstücke überzog. Die Puppe wurde in Bismarcks Wagen gesetzt, der dann zur üblichen Zeit die übliche Route fuhr, während Bismarck in Mietkutschen auf Umwegen ins Amt gelangte.

Schon nach wenigen Tagen geschah es. Ein Mann trat an den Wagen heran und schoß der Puppe in die Stirn. Der Attentäter wurde von zivilen Beamten, die Stieber am Rand der Strecke postiert hatte, überwältigt und festgenommen. Er entpuppte sich als ein Anhänger des russischen Revolutionärs Bakunin. Da der Attentäter gebürtiger Österreicher war und Bismarck auf keinen Fall öffentliches Aufsehen wollte, wurde er wegen »Gefährdung der Öffentlichkeit« heimlich über die Grenze abgeschoben.

Vielleicht hat Stiebers Einfallsreichtum oder das für einen Polizisten damals unübliche Bestreben, nicht nur vorzusorgen, sondern den Gegner geradezu herauszufordern, Bismarck erst auf die Idee gebracht, aus den Talenten des Kriminalisten Kapital zu schlagen. Jedenfalls ließ er Stieber zu sich kommen und fragte ihn, ob es zu den Pflichten eines Polizeidirektors gehöre, sich außerhalb seiner Amtsgewalt umzutun und ob er noch über »Verbindungen ins Ausland« verfügte. Als Stieber zögernd zugestand, er habe noch gewisse Kontakte, kam Bismarck erstaunlich schnell zur Sache. Selbst der abgebrühte Stieber war einigermaßen überrascht...

Der preußische Ministerpräsident erklärte ihm, er habe Aufgaben für ihn, für deren Erledigung eine Zwangspensionierung nützlich sei, da sie den Gegner täusche. Als der ahnungslose Stieber wissen wollte, mit welchem Gegner er es zu tun bekomme, erhielt er eine verblüffende Antwort: Bismarck erwartete von ihm, daß er Österreich auskundschaften sollte – vor allem dessen Pläne im Kriegsfall. Er sah eine »prophylaktische Ausforschung des lieben Bruders« als unentbehrlich an, ja künftig sollte eine solche »Vorsorge« seiner Politik vorangehen.

Innerhalb von zehn Tagen legte Stieber dem Ministerpräsidenten den Entwurf zur »Errichtung eines geheimen Observationsdienstes in Österreich« vor. Das Muster dieses Planes entspricht der Struktur moderner Nachrichtendienste, damals aber war Stiebers Konzept geradezu revolutionär: Er verabschiedete sich von der üblichen Strategie, Einzelkundschafter auf neuralgische Ziele anzusetzen, und knüpfte ein engmaschiges Netz vieler Beobachter, die alle offiziellen, atmosphärischen und geheimen Informationen über ein Land sammeln und an die Zentrale weiterleiten sollten.

Damit machte Stieber sich unabhängig von den willkürlichen Auswahlkriterien einzelner Spione, die vor Ort entschieden, was für ihre Zentrale wichtig war und was nicht – und er etablierte einen Nachrichtendienst, der durch spektakuläre Gegenspionageerfolge kaum noch zu verletzen war: Flog ein Kundschafter auf, so arbeitete das Netz dennoch emsig weiter, während früher bei der Aushebung eines großen Spions meistens die gesamte Logistik zusammenbrach.

Auch informationstheoretisch war Stiebers österreichisches Konzept durchaus auf dem Stand des Computerzeitalters. Die Vielzahl der verarbeiteten Informationen schloß individuelle Fehler weitgehend aus. Stieber arbeitete nach statistischen Prinzipien: Erst wenn genügend gleichlautende und sich ergänzende Nachrichten vorlagen, wurde ein Fakt als gegeben angesehen. Seine erkenntnistheoretische Formel lautete: »Und auch die Wichtigkeit und Richtigkeit jeder einzelnen Information eines Agentenheeres läßt sich besser controllieren durch gleiche oder entgegen lautende weitere Meldungen, welche ja ununterbrochen einpassieren. Hieraus erwächst dann von selber stets das zutreffende Abbild aller Verhältnisse und Vorhaben in dem observierten Land.«

Stieber setzte auch neue Maßstäbe bezüglich der Absicherung seiner Agenten. Er achtete darauf, daß sie voneinander fast nichts wußten und nur ein sorgsam abgeschotteter Agentenführer die Fäden in der Hand hielt – hier wurde das Residentensystem des 20. Jahrhunderts vorweggenommen: »Man braucht dazu allerorts nur einen ›Residenten‹, welcher selber nicht ausspäht, sondern als Organisator wirkt seines Rayons, um so viele Informationen daraus zu erpressen wie möglich. Seine Pflicht dazu ist das Aufspüren und Anwerben tüchtiger ›Assistenten‹ (Zuträger).«

Alle Informationen liefen in der »Centrale« zusammen und wurden sorgfältig analysiert. Die Analyse mündete in einen Lagebericht, dessen wesentliche Erkenntnisse sich gerade im Kontrast der Nachrichten aus verschiedenen Residenzen ergab. So und nicht anders arbeiten heutzutage die großen Analyse-Departments der CIA und anderer Dienste.

Ein besonderes Augenmerk legte Stieber auf die Presse. Er ahnte, welche Macht die Medien bald haben würden, und verstand es, dieses Potential zu nutzen: »Selbst secreteste Wirtschafts- und Militärthemen können Presseleute völlig unbehelligt eruieren, ja sie kennen oft genug hohe Politiker und Militärs so freundschaftlich, daß jene in ihrer Gegenwart aus ihrem Wissen kein Hehl mehr machen.«

Dabei ging es ihm nicht nur darum, den »meist chronischen Geldbedarf aller Scribenten« zu Spionagezwecken zu nutzen, er setzte auch auf seriöse Kompetenzen der Presse und drängte darauf, daß seine Residenten auch offenliegende Vorträge, Kommentare, Fachpublikationen auswerteten. Vor allem war der Geheimdienstler Stieber begeistert von dem Nimbus der Journalisten: Während seine Leute verdeckt und im dunkeln agierten (was ihm persönlich Zeit seines Lebens zu schaffen machte), bewegten sich Journalisten in politischen Kreisen ganz offen und wurden auch noch von Politikern umworben. Stieber imponierte das so sehr, daß er seinen neuen deutschen Geheimdienst als Pressebüro tarnte.

Zufälligerweise war der preußische König damals besonders verärgert über die geplante Eröffnung einer Filiale der »Reuterschen Telegraphen-Companie« in Berlin. Er befürchtete ein englisches Monopol bei der »Lenkung der Volksmeinung« und drängte auf die Einrichtung einer deutschen Agentur. Dieses »Telegraphen-Bureau« des Dr. Wolff wurde die Deckadresse von Stiebers Berliner Zentrale. (Reuters wurde die Genehmigung mit der Begründung verweigert, eine englische Agentur garantiere nicht die »den preußischen Belangen konforme Citation des Zeitungsstoffes«. Daraufhin warben die Briten einen deutschen Strohmann – den ehemaligen preußischen Gesandten in London – an und versuchten unter seinem Namen, eine Genehmigung zu bekommen. Stieber deckte diese Hintergründe jedoch auf, bevor das britisch-deutsche Unternehmen seine Arbeit aufnehmen konnte.)

Die Begeisterung des Hofes für Stiebers Geheimdienstnetz hielt sich in Grenzen. Deshalb mußten Bismarck und sein oberster Agent auf andere Finanzquellen zurückgreifen: Stieber rekrutierte in Berliner Gefängnissen die besten Falschmünzer und ließ sie im großen Stil österreichisches Geld drucken, mit dem Wien überschwemmt wurde. Stiebers Organisation hatte nun genug Mittel und konnte an die Anwerbung der Agenten gehen. Deren Arbeit ergab Alarmierendes: In Wien saßen Vertreter der süddeutschen, katholischen Mittelstaaten zusammen mit Österreichern am Entwurf eines »Staatenbundes unter österreichischer Führung«. Man wollte das protestantische Preußen ausbooten. Angesichts solch ziviler Pläne ließ Wien die militärische Aufrüstung schleifen. Auch bemühte man sich kaum um den Aufbau eines effektiven Geheimdienstes für den Kriegsfall, Gegenspionage war ein Freizeitvergnügen pensionierter Polizeibeamter.

Stieber zog Bilanz: Österreich will Preußens Vormacht mit politischen Mitteln brechen, ist aber militärisch mehr als nachlässig. Preußen ist Wien (vor allem durch das neue Zündnadelgewehr) militärisch und geheimdienstlich weit überlegen.

Nach der Lektüre von Stiebers Bericht bezeichnete Bismarck das Observationsgebiet als »einladende Idylle«. Stieber bekam den Auftrag zu einer Desinformationskampagne in der europäischen Presse, die das Ziel hatte, das friedfertige Land zu kriegerischen

Handlungen zu provozieren und einen Keil zwischen Kaiser Franz Joseph und sein Volk zu treiben. Ein Angriffsplan Italiens gegen Österreich wurde fingiert, woraufhin die Wiener Regierung nervöse »Vorbeugungsmaßnahmen« ergriff. Weiterhin benutzte Stieber falsches Geld, um »den hunderttausenden Hitzköpfen tschechischer und slowakischer Minderheiten« einzuheizen, und in Ungarn stellte er eine »Freiheitslegion« aus Deserteuren der K.u.K.-Armee auf.

7. Die Bewährungsprobe: der Deutsche Krieg

Am **14.6.1866** beantragte Österreich die Mobilmachung der Verbündeten gegen Preußen. Die deutschen Staaten mobilisierten 120 000 Soldaten, und Österreich schickte 250 000 Mann ins Feld, während auf der preußischen Seite nur 280 000 Mann standen. Allerdings war das preußische Heer unter Wilhelm I. von Grund auf reformiert worden, es war besser ausgebildet und mit der Technik des Zündnadelgewehrs den Vorderladern und der altertümlichen Stoßtaktik der Gegenseite überlegen.

Angesichts der entsetzlichen Greuel auf dem Schlachtfeld bei Horitz erklärte selbst der kaltblütige Bismarck am **3. Juli 1866**: »Krieg ist die Hölle, und wer ihn mit einem Federstriche auslöst, ein Teufel!« Es war auch der preußische Ministerpräsident, der den siegestrunkenen Militärs und dem zum äußersten entschlossenen König davon abriet, nach Wien zu marschieren und Österreich zu annektieren. Bismarck fürchtete eine Strafaktion aller deutschen Staaten gegen Preußen und ein Eingreifen Frankreichs, wenn die Machtausdehnung Preußens die europäische Balance zu sehr in Gefahr gebracht hätte. Andererseits aber scheint er damals schon Vorsorge getroffen zu haben, daß ihm später kein rachelüsternes, weil gedemütigtes Österreich in die Parade fahren würde, wenn er sich zu größeren europäischen Kriegen aufmachte. (Stieber bestätigte diese Vermutung Jahre später in seinen Aufzeichnungen zum deutsch-französischen Krieg.)

Nach nur sechs Kriegswochen wurde am **23. August 1866** in Prag ein milder Friede geschlossen. Bismarck hatte Österreich als Präsidialmacht verdrängt, ohne Österreich zu zerstören. Stieber, der wie immer bei größeren preußischen Kriegsabenteuern mit von der Partie und als Chef der Feldgendarmerie für den Schutz der königlichen Hoheiten und des Ministerpräsidenten verantwortlich war, wurde vom liberalen Kronprinzen beauftragt, die heimkehrenden Truppen genau zu visitieren, damit keine Kriegsbeute aus Österreich herausgeschleppt wurde – so sehr war man daran interessiert, für zukünftige Zeiten einen artigen Nebenbuhler zu haben.

Auch wenn die Soldaten sich korrekt verhalten sollten: Preußen bediente sich bei den geschlagenen Verbündeten. Schleswig-Holstein, das Königreich Hannover, Kurhessen, Nassau und die Stadt Frankfurt am Main (während alle anderen billig davonkamen, brummte Bismarck der verhaßten Revoluzzerstadt 31 Millionen Taler Reparationen auf, woraufhin sich der Frankfurter Bürgermeister erhängte) fielen an Berlin. Wien konnte gerade noch verhindern, daß die Preußen sich auch seinen engsten Verbündeten, nämlich Sachsen, unter den Nagel riß. Das beträchtliche Vermögen des Königs von Hannover wurde konfisziert, und als dieser, Georg V., von London aus Preußen kritisierte, bezeichnete Bismarck ihn als »Giftreptil«. Das Geld Georgs wurde deshalb im Volksmund »Reptilienfonds« genannt – und allein Stiebers Geheimdienst kam in den Genuß dieser Kriegsbeute. Stieber, dessen Agentennetz den Sieg vorbereitet hatte, wurde zum »Geheimen Regierungsrat« ernannt.

Die unerwarteten Finanzmittel sollte Stiebers Dienst vor allem gegen Georg V. verwenden. Der preußische Generalkonsul in Washington von Gerold berichtete nämlich von einer Gruppe Königstreuer aus Hannover, die von New Orleans aus ein Attentat auf Bismarck vorbereiteten. Zudem fanden in Hannover und in England Soldaten-Werbungen für ein neues Heer gegen Preußen statt, das in einem kommenden preußisch-französischen Krieg auf französischer Seite kämpfen sollte.

Vor dem Hintergrund dieser Gefahr wurde Stieber am **17. Mai 1867** das »General-Sicherheitscommissarium« übertragen. Das bedeutete, daß Wilhelm Stieber nun die Leitung aller Aktivitäten zum Schutze des Staates hatte.

Stieber reiste inkognito nach Hannover, wo die verbitterten Bürger aus Haß gegen die preußischen Okkupanten ihre Hunde Bismarck und Wilhelm riefen. Er verhaftete die Soldatenwerber, hob ein umfangreiches englisches Waffenlager in einem Schloß nahe Hannover aus (der Hausherr, ein Graf G., kam bei dieser Aktion auf ebenso mysteriöse Weise ums Leben wie viele andere Delinquenten bei ähnlichen Visitationen Stiebers) und setzte den Kopf der Verschwörer, den Grafen Platen-Halermund, fest, der bereits ein britisches Offizierspatent in der Tasche hatte. Natürlich schnappte sich Stieber vor seiner Heimreise alle Guthaben des Exilkönigs bei hannoveranischen Banken.

Im **Juli 1867** traf Stieber zum ersten Mal auf seinen nächsten Feind: Frankreichs Kaiser Napoleon III.; Wilhelm I. von Preußen und der russische Zar Alexander trafen anläßlich der Weltausstellung in Paris zusammen, und Stieber war mit ihrem Schutz betraut (er hatte eine Art Beratervertrag mit dem Zar). Als Attentatsgerüchte kursierten, wurde Stieber ins Privatkabinett Napoleons gerufen, wo er zusammen mit dem Pariser Polizeipräfekten Bericht erstattete. Es kam sehr schnell zum Streit, denn der Präfekt duldete keine preußische Einmischung und verwies auf die Vorkehrungen der damals legendären Pariser Polizei.

Die **1810** von François Vidocq gegründete Sûreté war für die Sicherheit der Hauptstadt verantwortlich. Auf Anordnung des damaligen Pariser Polizeipräfekten Baron Pasquierot hatte der Ex-Häftling eine schlagkräftige Brigade aus ehemaligen Mithäftlingen zusammengestellt und ein Archiv eingerichtet, in dem Aussehen und Arbeitsmethoden der Pariser Kriminellen, die seiner Organisation bekannt waren, gesammelt wurden. **1833** mußte Vidocq zurücktreten, weil der Polizeipräfekt Henri Gisquet es nicht mehr duldete, daß die Mitarbeiter der Sûreté sich aus Straffälligen rekrutierten. Die Sûreté bekam seriösere Chefs. Im Jahre **1871**, also zur Zeit des deutsch-französischen Krieges, hieß er Claude. Die Sûreté-Zentrale war von einer konspirativen Wohnung in einen düsteren Bau am Quai d'Horloge und schließlich zum Quai des Orfèvres umgezogen. Obwohl Vidocqs Nachfolger keine Kriminellen mehr zu Inspektoren machten, blieben sie dennoch bei dessen Methode, Spitzel (*agents provocateurs* oder *moutons*) im Milieu zu unterhalten. Weiterhin sammelte man Personenkarten der Pariser Kriminellen. Zehn Jahre nach dem deutsch-französischen Krieg, also um 1880, umfaßte das Archiv fünf Millionen dieser Karten und bereits 50 000 Fotografien.

Bei einer Fahrt mit der offenen Kutsche schoß der polnische Nationalist Berezowski auf den russischen Zaren, verletzte aber nur ein scheuendes Begleitpferd. Wie durch ein Wunder war der durch die abweisenden Gastgeber gekränkte Stieber zur Stelle und nahm die Verfolgung auf, es kam zu einem Handgemenge, Berezowski nahm ein Mädchen als Geisel, verschanzte sich in einem Gebäude, gab aber gegen Morgen erschöpft auf.

8. Der Höhepunkt: Siegreich wollen wir Frankreich schlagen

Stieber wurde »rehabilitiert« – aber er wütete, als die Franzosen den Attentäter Berezowski auf freien Fuß setzten, weil er in der Haft einem Gefängnisdirektor das Leben gerettet haben soll. Immerhin verlieh Zar Alexander II. dem preußischen Geheimdienstchef den Stanislausorden mit Stern. Stieber trug ihn voller Stolz – die Auszeichnung tröstete ihn über ein negatives Grunderlebnis seines Lebens hinweg: Stieber quälte es ungeheuer, wenn er höheren Ortes mit seinen Warnungen und Prognosen nicht ernstgenommen wurde. Trotz seiner unbestreitbaren Erfolge litt er unter der heimlichen Mißachtung seiner Profession durch die Politik. Der Ton in seinen persönlichen Aufzeichnungen wird geradezu bitter, wenn er auf die vielen wirklichen und vermeintlichen Zurücksetzungen zu sprechen kommt, die er durch die erfahren hat, für deren politisches Fortkommen er sein Leben lang gearbeitet hat. Die in manchen Passagen schonungslose Offenlegung aller Umstände seiner Operationen scheint nur einen einzigen Zweck zu verfolgen: Stieber wollte mit seinen geheimdienstlichen Erfahrungen an die Öffentlichkeit, um sich vom Stigma dessen, der im Dreck wühlt und für andere die Schmutzarbeit macht, zu befreien.

Die Mißtöne in Paris waren nicht nur durch Reibungen zwischen Stieber und dem Polizeipräfekten entstanden, sie hatten ihre Ursachen in einer Verschlechterung der politischen Großwetterlage. Bismarck hatte Frankreich für sein Stillhalten während des Feldzuges gegen Österreich großspurige Versprechungen gemacht: Es sollte linksrheinische Gebiete (Teile der preußischen Rheinprovinz und der Pfalz) erhalten sowie das Großherzogtum Luxemburg (seit der Liquidation des Deutschen Bundes selbständig) und Teile Belgiens.

Als erster Mann des am **1.7.1867** gegründeten Norddeutschen Bundes sah sich Bismarck aus Prestigegründen nicht mehr in der Lage, diese Versprechungen einzuhalten: Er mußte auf das gute Auskommen der deutschen Staaten untereinander bedacht sein und sich auch den ehemals verfeindeten süddeutschen Staaten gegenüber entgegenkommend zeigen. Unbedachte Gebietsaufgaben hätten das Mißtrauen gegen die neue Hegemonialmacht Preußen nur verstärkt. Zudem hatte sich Frankreich nach dem Ende des Deutschen Krieges vehement gegen eine Vereinigung *aller* deutscher Staaten gewandt, Gebietsabtretungen an Paris hätten alle großdeutschen Einigungsbefürworter deshalb als Verrat angesehen – und ein großdeutscher Bund aller Staaten war schließlich langfristig Bismarcks Ziel.

Wie schon vor dem deutsch-österreichischen Krieg verfolgte Bismarck auch diesmal eine Politik der vorauseilenden Konfliktschaffung: Noch ehe Frankreich sich wegen der nichteingehaltenen Versprechungen gegen Preußen wenden konnte, wollte er eine Entscheidung zwischen den beiden Großmächten herbeiführen, und wie im Falle Österreich handelte er nach der Maxime: Wenn schon ein Krieg unvermeidbar ist (was er in Bismarcks Verständnis auch beim kleinsten Konflikt war), so sollte er geführt werden, solange Preußen ihn gewinnen konnte. (Jacob Burckhardt sprach in diesem Zusammenhang von einer damals in Europa weit verbreiteten »Psychose von der Unvermeidbarkeit des Krieges«, die durch den »bewaffneten Frieden« nach dem Deutschen Krieg genährt wurde.)

Also wurde Stieber **1867** erneut nach Paris geschickt. Diesmal in geheimer Mission – mit dem Ziel, Frankreich im großen Stil (nach dem österreichischen Muster) auszuspionieren und schnellstens Informationen über den Stand der französischen Waffentechnik zu beschaffen, insbesondere über die Leistungen des neuen französischen Chassepotgewehres und der legendären Kugelspritze »Mitrailleuse«. Aus Gründen der Geheimhaltung wurde die großangelegte Aktion nicht aus offiziellen Verteidigungsmitteln, sondern aus dem Reptilienfonds des entflohenen Königs von Hannover bestritten.

Stieber fand nicht nur schnell heraus, daß das neue gefürchtete Maschinengewehr erhebliche Funktionsschwächen aufwies (so zum Beispiel 370 Schuß pro Minute auf den gleichen Punkt abgab, sich also als Feldhaubitze nicht verwenden ließ), sondern auch, daß eine baugleiche Version des Fabrikanten Fedle in Augsburg längst zur Ausrüstung der königlich-bayrischen Armee gehörte.

Umso gelassener ging der preußische Geheimdienstchef (als deutscher Journalist Schmidt) vor Ort an die Rekrutierung seines französischen Spitzelheeres. Besonderes Augenmerk legte er dabei auf Offiziere und Beamte, die sich nach ihrer Relegation unfair behandelt fühlten oder politische Ressentiments gegen ihre Regierung hegten. Gleichzeitig forschten seine in Österreich bereits erfahrenen Mitarbeiter die finanziellen Lebensumstände in Frage kommender Zielpersonen aus und banden sie mit großzügigen Krediten aus der Hannoveraner Schatulle an sich. Alle derart Angeworbenen bekamen den Hauptauftrag, sich wiederum nach neuen Aspiranten umzusehen. Die Personendaten der angeworbenen und umworbenen Personen wurden im Berliner Centralregister erfaßt. Dort wurden von sogenannten »Acquisiteuren« auch die Beförderungslisten des Militärs und der Verwaltung durchgesehen, um Übergangene, Benachteiligte und Bevorzugte herauszufiltern, aus denen geheimdienstliches Kapital zu schlagen war.

Das Ergebnis von Stiebers »Recherche«: Frankreichs Waffenfabriken waren in einem schlechten Zustand, der Kaiser Napoleon III. litt unter einer schweren Krankheit und machte mehr und mehr Zugeständnisse an das Parlament und seine innenpolitischen Kritiker, seine Berater drängten ihn, angesichts dieser Schwäche keinen Krieg zu riskieren und einer gesamtdeutschen Einigungsbewegung keine Steine mehr in den Weg zu legen. Französische Truppen kämpften im Ausland, kurzfristig war das Land gerade mal in der Lage, 100 000 Mann mobilzumachen. Bismarck nannte den Bericht aus Paris eine »Einladung an deutsche Soldatenstiefel«.

Die Suche nach einem Anlaß für den »notwendigen« Krieg begann, denn Bismarck hatte den Ehrgeiz, vor der Geschichte als der dazustehen, der sich bloß zur Wehr setzte – wie im Fall des Krieges gegen das arglose Österreich. Und er brauchte einen Krieg, denn die deutschen Staaten waren nur im Krieg zu vereinen, wie er, verbittert über bayrische Neutralitäts-Bestrebungen und württembergische Tändeleien mit Paris, mehrmals Stieber gegenüber äußerte. Die sogenannte Main-Linie, die geographische und politische Grenze zwischen den Staaten des Norddeutschen Bundes und den süddeutschen Staaten, schien sich zu verfestigen.

»Nie war ein Krieg mit so viel Liebe vorbereitet worden. Nie wurde er so begeistert geführt«, schreibt Golo Mann, jedoch auch: »Einen echten Gegenstand hatte der Krieg von 1870 aber nicht.«

Wenn schon kein »Gegenstand« vorhanden war, ein Anlaß war schnell gefunden: Die Hohenzollern hatten einen entfernten Anspruch auf den spanischen Thron, der durch eine Volkserhebung gegen die Königin Isabella II. verwaist war. Der spanische Ministerpräsident Graf von Prim nahm diesen Anspruch auf und animierte den Erbprinzen Leopold von Hohenzollern-Sigmaringen zur Kandidatur. Da Sigmaringen seit 1849 zu Preußen gehörte und der preußische König als Familienoberhaupt fungierte, hatte Berlin bei der Bewerbung ein gewichtiges Wort mitzureden.

Obwohl kein Mensch die Kandidatur des Hohenzollern aus dem schwäbischen Zwergenfürstentum ernst nahm, bestärkte Bismarck hinter den Kulissen Leopold in seinen hochtrabenden Plänen. Er schickte sogar einen Vertrauten, Theo von Bernardi, mit 50 000 Talern aus dem »Reptilienfonds« in der Tasche nach Madrid, um Stimmen für Leopold zu kaufen. Anschließend machte Bismarck dem preußischen König die Transaktion schmackhaft, da sie im Kriegsfall »zwei Armeecorps einspare«. Dennoch lehnte König Wilhelm die Kandidatur ab – weil sie, was keiner offen aussprach, aber jeder wußte – direkt zum Krieg mit dem derart eingeschlossenen Frankreich führen würde. Ein vom Auswärtigen Amt 1924 bei zwei deutschen Historikern in Auftrag gegebenes Gutachten urteilte deutlich: »Obwohl oder vielmehr weil Bismarck in den Akten über seine letzten Absichten bei der Kandidaturfrage und vor allem auch über ihre Rückwirkungen auf Frankreich kein Wort äußert, kann daraus gefolgert werden, daß er damit einen Kriegsgrund habe schaffen und den Zusammenstoß provozieren wollen.«

Bismarck schickte Lothar von Bucher nach Madrid zum spanischen Ministerpräsidenten Prim (von dem Stieber behauptet, er hätte das Geld Bernardis persönlich unterschlagen). Der König protestierte, Bismarck wiegelte ab und verwies auf die Versicherung Prims, niemand erfahre bei einer Kandidatur Leopolds, daß Preußen die Strippen gezogen hatte. (Alle Dokumente der Geheimpolitik Bismarcks in Madrid sind bis zum Ende des Zweiten Weltkrieges sorgsam unter Verschluß gehalten worden – Josef Becker bezeichnete die Vorgänge um die Kandidatur in einem »Zeit«-Artikel vom 19.1.1996 als »streng gehütetes Geheimnis des Bismarck-Reiches«.) Nun willigte der preußische König ein, widerstrebend wie so oft und auch mit schlimmen Folgen – wie immer, wenn Bismarck ihn zu drastischen Schritten gedrängt hatte.

Napoleon III. tobte gegen das »ausländische Complot«, das ihn auch noch den letzten Rest an Respekt seines Volkes kostete. Er schickte seinen Gesandten Le Sourd mit einem Protestschreiben nach Berlin, aber der König weilte gerade zur Kur in Bad Ems, wohin ihm Napoleon am **13. Juli 1870** den Gesandten Benedetti mit einer zur Unterschrift vorbereiteten Erklärung nachschickte. Diese Erklärung besagte, daß Preußen ein für allemal auf die spanische Thronoption verzichtete (für den von den Ereignissen etwas überraschten Leopold hatte das sein Vater Fürst Karl-Anton von Hohenzollern schon am **12. Juli** getan). Der König schickte eine Depesche an Bismarck, in der er sich verwundert über das französische Ansinnen zeigte, da er doch noch nicht einmal von Leopolds Verzicht etwas wußte.

Noch bevor Bismarck etwas von der nervösen und gefährlichen Forderung wußte, die Benedetti von Napoleon III. überbrachte, hatte er am Vorabend – also am **12. Juli** – in kleiner Runde mit Generalstabschef Moltke, Kriegsminister Roon und Innenminister Eulenburg den Entschluß gefaßt, gegen Frankreich in den Krieg zu ziehen. Das war ein Bruch der von ihm selbst lancierten Verfassung des Norddeutschen Bundes, die das Recht der Kriegserklärung dem König vorbehielt.

Nun hatte Bismarck ein Mittel in der Hand, diesen Krieg zu bekommen, ohne selbst als Aggressor dazustehen. Er redigierte die Emser Depesche, bis sich (so gestand er später gegenüber dem damaligen preußischen Geschäftsträger in Paris Solms-Sonnenwalde) »die nette Figur einer Beleidigung des Königs durch Benedetti herausgeschält« hatte. Die redigierte Depesche wurde blitzschnell durch die Presse verbreitet und mobilisierte die Solidarität der süddeutschen Staaten für den »beleidigten« preußischen König. Alle deutschen Staaten – samt Bayern – waren bereit, gegen Frankreich in den Krieg zu ziehen. Als, wie durch einen eisernen Mechanismus herbeigeführt, die provozierte Kriegserklärung aus Paris eintraf, mobilisierten die Deutschen fast 400 000 Mann unter dem Oberbefehl von General Moltke.

9. Militärspionage

Natürlich nehmen die Preußen ihren Geheimdienstchef Stieber mit ins Feld – diesmal nicht nur als Personenschützer für die königlichen Hoheiten und den Stab, sondern ausdrücklich auch zur »Unterstützung der deutschen Armeeführung durch Informationen aus Feindesland«, zur »Abwehr feindlicher Kundschafter, Controlle des gesamten Postverkehrs und der im Armeebereiche erscheinenden Presse«.

Er drängte auf die Einrichtung einer »Sicherheitspolizei«, bestehend aus speziell ausgebildeten Polizisten, die Attentäter und Saboteure schon im Vorfeld ausfindig und unschädlich machen sollten. Der Innenminister Eulenburg lehnte diese Sondereinheit entschieden ab – und wieder war Stieber tief gekränkt, vor allem aufgrund der polemischen Formulierung »hysterische Aufblähung«, die selbst in der heimischen Presse Furore machte. Diesmal aber nahm Bismarck seinen treuesten Gefolgsmann in Schutz; er setzte die Aufstellung einer »Feld-Sicherheitspolizei« durch und machte Stieber zu deren Chef.

Stieber arbeitete während des Krieges Tag und Nacht. Er schlief selten länger als zwei Stunden, stockte seine Truppe in Frankreich auf und übernahm in den besetzten Gebieten auch die Zivilverwaltung der französischen Bevölkerung. Das heißt, wenn er mit dem deutschen Hauptquartier in einer größeren Stadt einrückte, erklärte er sich sofort zum Präfekt des Departements.

Stieber ging in jeder Beziehung planvoll vor: Dort, wo die Sturheit des Militärs eine ordnungsgemäße Arbeit übriggebliebener französischer Verwaltungsstellen verhinderte, trat er für eine Kooperation ein, bei Störungen militärischer Aktionen aber war er gnadenlos wie ein Frontgeneral. So ließ er einen französischen Partisanen, der auf deutsche Truppen geschossen hatte, ohne Verhandlung aufhängen und seine Leiche drei Tage mitten im Ort als Abschreckung baumeln. Der sonst so penible Protestant ließ Kirchturmtreppen zerstören, um zu verhindern, daß die antipreußischen Geistlichen mit Glockenläuten Nachrichten an den Feind weitergaben. Besonders beunruhigte Stieber, daß in Pariser Zeitungen eine »Volks-Subscription« betrieben wurde, bei der schon vier Millionen Franc Handgeld für potentielle Attentäter auf Wilhelm oder Bismarck gesammelt worden waren.

Stiebers Spitzel berichteten von allen Bewegungen der Franzosen, von Offizieren, die per Aushang ihre Truppenteile suchten, von Generälen, die in Telegrammen Paris um Sold für ihre Leute anbettelten, von detaillierten Kampfstärken und der Kampfmoral. Selbst der kritische Bismarck war begeistert: Noch nie in der Geschichte habe ein kriegsführendes Land über einen so fortlaufenden Strom an Geheimwissen über seinen Gegner verfügt, lobte er Stieber vor versammeltem Stab, der mittlerweile bei den Lagebesprechungen an den Lippen des Geheimdienstchefs hing.

Am **25. August 1870** befand sich das deutsche Hauptquartier in

Bar-le-Duc, am **27. August** zog es nach Clermont in die Berge um, am **1. September 1870** nach La Vandresse. Am **4. August** hatte bayrische Infanterie bei Weißenburg eine Schlacht gewonnen, am **6. August** wurde bei Wörth und auf den Spicherer Höhen gekämpft, dann um die Festung Metz, am **18. August** um Gravelotte – alle Schlachten wurden von den Deutschen für sich entschieden.

Der französische Stabschef General Mac Mahon zog sich in den Norden zurück, in der Nacht zum **31. August 1870** rettete er sich mit 180 000 Soldaten in die französische Festung 2. Ranges Sedan. Von Frénois aus beschossen die deutschen Krupp-Hinterlader-Kanonen die kleine, enge Stadt. Französische *Chasseurs d'Afrique* versuchten auszubrechen und wurden niedergemacht oder stürzten sich in den Steinbrüchen zu Tode. Ein Parlamentär, der von König Wilhelm in die Stadt geschickt wird, um den Franzosen die Kapitulation nahezulegen, wird vom kranken Kaiser Napoleon III. persönlich empfangen und zurückgeschickt. Napoleon soll in seiner Verzweiflung stark geschminkt auf den Wällen auf und abgeritten sein, um den Tod durch eine preußische Kugel zu suchen. Als selbst das mißlang, schickte er seine Unterhändler zu den Deutschen.

Die Kapitulationsurkunde vom **2.9.1870** besagte, daß über 100 000 Soldaten in Gefangenschaft kamen, Elsaß und Lothringen an Deutschland gingen und Frankreich fünf Milliarden Francs Kriegskostenentschädigung an Deutschland zu zahlen hatte. (Pikanterweise wurden die Reparationsmodalitäten auf deutscher Seite später von dem Industriellen Henckel-Donnersmarck und dem Bankier Bleichröder ausgehandelt – jenem Vertrauten Bismarcks, dessen Bank die astronomischen Pariser Zahlungen auch durch Kredite finanzierte.)

Als der preußische König angesichts der Leichenberge über die Kriegsschuldigen sinnierte, regte Bismarck die Einrichtung eines Welttribunals an, eines internationalen Kriegsgerichts, das die »Verbrecher abzuurteilen« habe, »welche diesen Krieg angefangen...« Während die hohen Herren derart über Schuld und Sühne räsonierten, mußte Stieber die Drecksarbeit machen: Unter Gewaltandrohung rekrutierte er Leute aus der Gegend als Totengräber, die die verwesenden Toten – Deutsche und Franzosen – in den Steinbrüchen verscharren mußten.

Anschließend sicherte er mit seinen Leuten den Abtransport

und die notdürftige Versorgung der weit über 100 000 Kriegsgefangenen und begann noch in der Nähe des Kriegsschauplatzes mit den Verhören der festgesetzten Franzosen. Als Stieber den etwa 1000 französischen Offizieren freien Abzug zusicherte, sofern sie ihr schriftliches Ehrenwort abgaben, sich nicht weiter am Krieg gegen Deutschland zu beteiligen, meldeten sich noch nicht einmal 100 – was den obersten Feldgendarmen offensichtlich sehr beeindruckte. Obwohl er kein Soldat war, war er Zeit seines Lebens ein Bewunderer der »Soldatenehre«.

Weniger soldatisch verhielt er sich, wenn es um Sicherheitsinteressen ging: Als belgische Kaufleute deutsche Wachposten bestachen und nachts Pferde aus der Kriegsbeute über die Grenze bringen wollten, um sie dann noch kämpfenden französischen Truppenteilen zu verkaufen, ließ Stieber die Diebe samt Wachposten erschießen. Die Leichen der Belgier band er auf tote Pferde und warf sie als »reitende Leichen« in die Maas, um ihren neutralen Landsleuten einen »Denkzettel« zu verpassen.

10. Der Kampf um Paris

Währenddessen riefen in Paris unter dem Eindruck der kaiserlichen Niederlage bei Sedan Jules Favre und Léon Gambetta die Republik aus. Am **4.9.1870** bildeten sie eine provisorische Regierung der »nationalen Verteidigung« und machten sich sofort an die Aufstellung eines Volksheeres, das die vom Kaiser »eingeladenen« Deutschen aus dem Land treiben sollte. Der neue Innenminister verließ das belagerte Paris in einem Freiballon und sorgte auf dem Land für die Mobilisierung der Bevölkerung (*levée en masse*). Eine eilig aufgestellte Loire-Armee errang überraschende Siege über die Deutschen, die im **Oktober** bei Orléans und im **November 1870** bei Coulmier geschlagen wurden. Eine Nordarmee, die das belagerte Paris befreien wollte, blieb jedoch bei Kämpfen gegen preußische Verbände in Amiens, St. Quentin und Bapaume hängen.

Die republikanische Begeisterung schwappte von Paris nach Reims, wo der Bürgermeister seines Amtes enthoben und ein demokratischer Konvent von zehn Bürgern eingerichtet wurde. Stieber, der Präfekt von Bismarcks Gnaden, konnte derartige Veränderungen nicht dulden: Er verjagte den Konvent und befahl dem alten Bürgermeister, in sein Amt zurückzukehren. Die konservativen Kräfte (»darunter viele Millionäre«) der Stadt Reims dankten es ihm und baten um zukünftigen Schutz vor den revolutionären Republikanern. Stieber setzte (trotz heftiger Kritik in der liberalen deutschen Presse) auf die Konservativen, denn »man kann nicht gegen 30 Millionen Franzosen ankämpfen«.

Das Hauptquartier (und damit Stieber) rückte weiter auf Paris vor: nach dem harmonischen Reims folgen Chateau-Thierry, Meaux und Lagny, wo man im Schloß des Baron Rothschild abstieg. Schon ein Tag nach dem Einzug im Schloß Ferrières machte der neue Außenminister Jules Favre den Preußen seine Aufwartung und leitete die Kapitulationsverhandlungen ein, die nach einem neuen Umzug des Hauptquartiers über fünf lange Kriegsmonate hinweg in Versailles fortgesetzt wurden.

Nach Versailles hatte sich der alte Adel zurückgezogen, der mit den Republikanern nichts am Hut hatte und deshalb die Deutschen freundlich empfing. Doch selbst Paraden und die »Großen Wasser« im Schloßpark täuschten Stieber nicht über die wahren Verhältnisse hinweg: Man befand sich in Feindesland und mußte auf der Hut sein. Als die täglichen Verpflegungskosten von 2000 Francs pro Offizier den Bürgern zuviel wurden, verschlechterte sich die Beziehung zwischen Franzosen und Besatzern.

Stieber traf seine üblichen Sicherheitsvorkehrungen. So richtete er neben einer Fremdenpolizei ein Einwohnermeldeamt nach Berliner Vorbild ein und legte Pläne aller Gebäude, Straßen und Hauszugänge an, um auf ein Attentat vorbereitet zu sein. Seine Leute stellten eine Liste von 100 verdächtigen Personen auf, die im Ernstfall sofort verhaftet werden sollten. Dazu durchforsteten die Agenten das Strafarchiv der französischen Polizei, die Mitgliedslisten der »Demokratenpartei« und die Abonnenten-Aufstellung der Zeitung »Liberté« (die unser Inspektor Lamartine so genau zu lesen pflegt).

Am **21. Oktober 1870** verschlechterte sich auch die militärische Lage: Die in Paris eingeschlossenen Truppen unternahmen einen Ausfall in Richtung Versailles und konnten nur unter großen Verlusten zurückgeworfen werden. Zum ersten Mal mußte Stieber eingestehen, von einer wichtigen Militäraktion nichts gewußt zu haben. Wütend griff er durch: Um der Freiluftballonspionage Einhalt zu gebieten, ließ er die Ballons mit einem eigens bei Krupp konstruierten »Special-Ballon-Abwehrgeschütz« abschießen und die Flieger hinrichten. Mehrere Angehörige der Versailler Häuser, die die Deutschen bewirtet hatten, wurden der »Kollaboration« mit den eingeschlossenen Truppen überführt und erschossen.

Am **22. Oktober 1870** wurde der Belagerungszustand über Versailles und Umgebung verhängt – die Zeit der champagnerseligen Etappe hatte ein Ende. Es folgten massenhaft Hausdurchsuchungen, 300 Festnahmen und nächtelange, harte Verhöre.

Die Pariser dachten nicht daran, ihre Stadt zu übergeben, und Bismarck erklärte den entnervten deutschen Militärs: »Nicht auf unseren Humanismus, sondern auf unseren Sieg wartet die Welt.« Obwohl der König aus »völkerrechtlichen« und General von Moltke aus »strategischen« Gründen dagegen waren, wurde **kurz nach Weihnachten 1870** das Bombardement der französischen Hauptstadt beschlossen, die größte Barbarei in diesem an barbarischen Aktionen reichen Feldzug.

Stieber, dem Bismarck an Heiligabend das Eiserne Kreuz in Aussicht gestellt hatte, war nicht unbeteiligt an dieser Entscheidung: Er reichte im richtigen Moment einen »Lagebericht« ins Hauptquartier, der von der schlechten Moral in der Heimat berichtete, wo viele Deutsche Schwarz trugen, weil sie Gefallene zu beklagen hatten, auch verstand man zu Hause nicht, warum der »glorreiche Feldzug« immer noch andauerte und jetzt auch schon weit in den **bitterkalten Winter 1970/71** hineinreichte.

Am Morgen des **27. Dezember 1870** um 8 Uhr 30 begann das Bombardement aus 250 Kanonen, die – eine Novität in der Militärgeschichte – in einem beispiellosen logistischen Kraftakt mit 400 Lokomotiven per Eisenbahn herbeigeschafft worden waren. Die schweren Vierundzwanzigpfünder schlugen in die Wohngebiete der dicht besiedelten und von Flüchtlingen überfüllten Hauptstadt ein, in der sich damals mehr als zwei Millionen Menschen aufhielten. Die Vorstadt Saint-Denis, die gezielt unter Beschuß genommen wurde, brannte, die Krankenhäuser konnten die Schwerverletzten kaum fassen. Die Nahrungsmittel wurden rationiert, Erwachsene bekamen täglich 300 Gramm Brot, Kinder 150. Auf den Märkten verkauften die Händler Hunde, Katzen und Ratten an wohlhabende Pariser.

Währenddessen diskutierte man im deutschen Hauptquartier die Modalitäten einer deutschen Vereinigung (man glaubte sich beeilen zu müssen, denn zu Hause forderten nationalliberale Gruppierungen nach dem gemeinsamen Sieg über Frankreich schnellstmöglich eine politische Einheit – ob mit oder ohne

König). Die Lage in Deutschland war von den Strategen vor Paris schwer einzuschätzen. Deshalb beauftragte Bismarck Stieber mit einer Eilrecherche in Sachen deutsche Stimmungslage. Seit seiner großflächigen Jagd auf die Kommunisten gab es keine deutsche Residenz, in der Stieber keine Agenten unterhielt. Seine Leute meldeten einhellig, daß vor allem in den süddeutschen Staaten und in Hannover niemand einen preußischen Soldaten-Kaiser aus Berlin haben wollte.

Da der preußische König Wilhelm wie immer zögerte und kategorisch forderte, wenn überhaupt, so nehme er nur von seinesgleichen die Kaiserkrone an, mußte Bismarck nachhelfen. Aus dem »Reptilienfonds« des Welfen Georg V. und aus dem Privatvermögen der hessischen Kurfürsten, die Soldaten an England verkauft hatten, bot er Ludwig II. von Bayern eine Unterstützung (7 Millionen) zur Begleichung seiner horrenden Bauschulden an (4 Millionen) – der bayrische Unterhändler in Versailles, Graf Holnstein, bekam davon 10 % Provision.

Graf Holnstein mußte dafür seinem König eine Unterschrift abtrotzen – unter das vorbereitete Angebot an Wilhelm, die Kaiserkrone aus Ludwigs Hand anzunehmen. Da Ludwig sich dazu (wegen Zahnschmerzen, wie Stiebers Spitzel am Hofe des Bayernkönigs berichtete) nicht in der Lage sah, unterschrieb der dazu autorisierte Holnstein im Namen seines schwachen Regenten und eilte mit der Erklärung nach Versailles zurück.

Noch immer zögerte der preußische König, die von Ludwig im Namen der deutschen Fürsten angebotene Kaiserkrone zu übernehmen – ganz zu Recht mit Hinweis auf die immer noch unsichere Kriegslage, sehr zu unrecht, weil er der Meinung war, eine gleichzeitig angereiste Delegation des Reichstages bringe den »Ludergeruch der Revolution« nach Versailles. Aber Bismarck überzeugte Wilhelm I. Und so konnte – unter dem Schutz von Stieber und unter dem Donner der Paris beschießenden Batterien – am **18. Januar 1871** im Spiegelsaal des Versailler Königsschlosses die Proklamation des preußischen Königs Wilhelm I. zum Deutschen Kaiser vorgenommen werden. Stieber war gerührt – gleichzeitig aber spottete er heimlich darüber, daß die Delegation der Abgeordneten, die die Erklärung formuliert hatten und sie nun Wilhelm übergaben, fast ausschließlich aus Juden bestand.

Die Kaiserproklamation provozierte Paris zu einem Ausbruchsversuch mit einem letzten Aufgebot von 100 000 schnell rekrutierten Soldaten. Die Deutschen schlugen auch diesen Angriff zurück und schossen Saint-Denis in Schutt und Asche. Noch in der Nacht wurde von Stiebers Agenten ein Parlamentär angekündigt. Es handelte sich um den Vizepräsidenten und Außenminister der bürgerlichen Regierung, Jules Favre, den Stieber bei sich einquartierte, um ihn unbemerkt überwachen zu können. Vom Nebenzimmer aus verfolgte Stieber jedes Wort der Beratung zwischen Favre und seinem mitreisenden Schwiegersohn Martinez del Roi. Während die ausgehungerten Franzosen frühstückten, ließ Stieber unter ihrem Fenster eine Schafherde vorbeitreiben, damit die Unterhändler verstanden, wie gut es den Deutschen in ihren Belagerungsstellungen ging.

Am **28. Januar 1871** kapitulierte Paris, Jules Favre unterzeichnete einen Waffenstillstand – nach 132 Tagen Belagerung. Als die Vorhut über die Wälle der Pariser Forts in die Stadt einrückte, ließ Stieber zivile Geiseln (Stadträte, Kaufleute, Redakteure, Geistliche) vorneweg marschieren, um Tretminen und Anschlägen zu entgehen.

Stieber wurde zum Chef der gesamten Verkehrsüberwachung gemacht – ein zentrales Amt angesichts des riesigen Proviantbedarfes der ausgehungerten Stadt. Außerdem mußte er noch die Entschädigungen der aus Frankreich vertriebenen Deutschen eintreiben.

Am **10. Mai 1871** – Stieber ist längst wieder in Berlin – wurde in Frankfurt von Bismarck und Außenminister Jules Favre der Friedensvertrag unterzeichnet, der die Abtretung von Elsaß-Lothringen an Deutschland und die Zahlung von fünf Milliarden Francs Reparationen festschrieb. Bis diese Summe bezahlt war, blieben deutsche Besatzungstruppen in Frankreich. Diese Garantietruppen leisteten der bürgerlichen französischen Regierung unter Adolphe Thiers wertvolle Dienste bei der Niederschlagung der Kommune.

Aus Enttäuschung über die Bedingungen des Waffenstillstandes vom 28. Januar 1871 und über die trotz der Ausrufung der Republik fortdauernden sozialen Ungerechtigkeiten erhoben sich Arbeiter, Kleinbürger und Intellektuelle und rissen für kurze Zeit die Macht in Paris an sich. Vor allem die Entwaffnung der Nationalgarde durch die Regierung am **18. März 1871** schürte den Aufstand. Der Rat der Kommune übernahm die Macht in der Stadt.

Bei der anschließenden Rückeroberung der Stadt durch französische und deutsche Truppen wurden 25 000 Kommunarden getötet. 40 000 Menschen wurden nach Nordafrika und Neukaledonien deportiert.

Am **17. März 1871** verließ Stieber im Gefolge des neuen Kaisers Paris und kehrte nach Berlin zurück, wo er sich wieder den Geschäften seines »Nachrichtenbureaus« widmete. Dieses so betulich nach redaktionellem Handwerk klingende »Central-Nachrichten-Bureau« baute Stieber in den folgenden Jahren zum ersten durchorganisierten deutschen Geheimdienst aus, einem staatlichen Großunternehmen, das richtungsweisend für ähnliche Einrichtungen unseres Jahrhunderts wurde. Innenpolitisch war er in den Jahren nach dem Krieg vor allem mit der Ausforschung der Sozialdemokraten beschäftigt, seine Erkenntnisse flossen maßgeblich in die ab **1874** stattfindenden Verfahren wegen reichsfeindlicher Äußerungen ein.

Stiebers Spionagezentrale war aber auch ein Exportschlager. Als der russische Zar (für den Stieber schon ab **1858** mit Bismarcks Wissen beratend und operativ tätig war, indem er den Auslandszweig der politischen Geheimpolizei Ochrana reformierte sowie nach Exilrussen fahndete und für die Sicherheit des Zaren im Ausland sorgte) im Zuge einer neuen panslawistischen Politik zur Befreiung der Balkanchristen von der islamischen Herrschaft Ende der siebziger Jahre den russisch-türkischen Krieg vorbereitete, wollte er sich in jeder Hinsicht rückversichern und bat Stieber nach Moskau, um dort einen effizienten Kriegsspionagedienst nach deutschem Muster aufzubauen. Der aber mußte ablehnen, weil er zu dieser Zeit schon schwer erkrankt war.
Wilhelm Johann Carl Eduard Stieber starb am **29. Januar 1882** im Alter von 63 Jahren.

Wolfgang Brenner, 1996

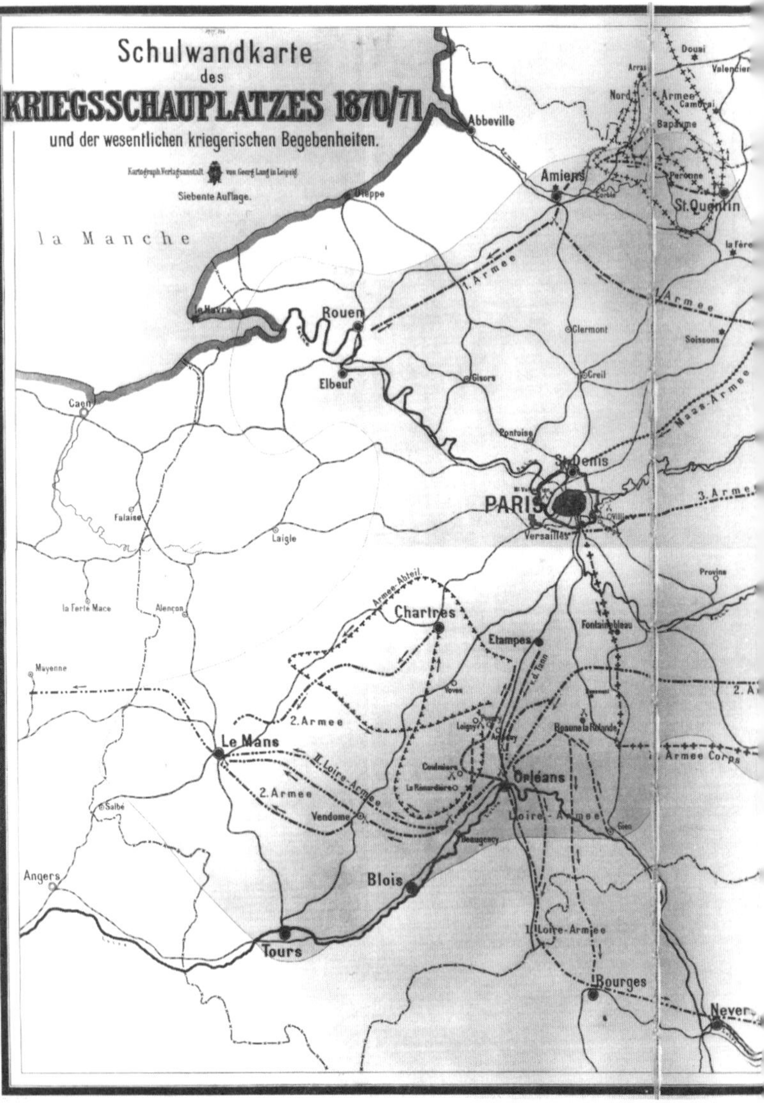
Schulwandkarte
des
KRIEGSSCHAUPLATZES 1870/71
und der wesentlichen kriegerischen Begebenheiten.
Siebente Auflage.
la Manche
Abbeville
Dieppe
Amiens
St.Quentin
Douai
Arras
Cambrai
Bapaume
Peronne
Nord-Armee
la Fère
1. Armee
Rouen
Le Havre
Elbeuf
Clermont
Soissons
Gisors
Creil
Maas-Armee
Caen
Pontoise
St.Denis
PARIS
Versailles
3. Armee
Falaise
Laigle
Provins
Armee-Abteil.
la Ferté Macé
Alençon
Chartres
Etampes
Fontainebleau
Mayenne
2. Armee
Le Mans
Loire-Armee
Orléans
Beaune la Rolande
Armee Corps
Coulmiers
La Renardière
Vendome
Beaugency
Gien
Angers
Blois
Tours
I. Loire-Armee
Bourges
Nevers